ariadne

Adriana Stern

Hannah und die Anderen

roman ariadne
Argument Verlag

roman ariadne
Herausgegeben von Else Laudan
www.argument.de

Deutsche Originalausgabe
Alle Rechte vorbehalten
© Argument Verlag 2001
Glashüttenstraße 28, 20357 Hamburg
Telefon 040/4018000 – Fax 040/40180020
www.argument.de
Lektorat: Iris Konopik
Umschlaggestaltung: Martin Grundmann
unter Verwendung des Bildes *Selbst unterm Sternenhimmel*
(Kohle auf Acryl) von Ingrid Beckmann
Satz: Martin Grundmann
Druck: CPI Books, Leck
Gedruckt auf säure- und chlorfreiem Papier
ISBN 978-3-88619-993-8
Sechste Auflage 2020

Inhalt

Auf der Flucht

1. Kapitel, in dem Hannah durch die Straßen irrt und jemanden mit merkwürdigen Meinungen kennen lernt

Sie sah auf die Telefonnummer, die sie mit kalten, klammen Fingern in ihren Händen hielt.

Sie zitterte am ganzen Körper. Vor Kälte? Oder aus Angst? Sie wusste es nicht. Verzweifelt wühlte sie in ihrem Kopf nach einem Sinn, weshalb sie jetzt hier in der Telefonzelle stand, um diese Nummer zu wählen.

Für einen Augenblick sprangen ihre Gedanken heraus aus der Enge der Zelle. Bilder vom Pausenhof ihrer Schule tauchten vor ihr auf. Wie sie dort saß – auf dem Holzrand des Sandkastens in der hinteren Ecke des Schulhofs – und die stellvertretende Klassenlehrerin, gleichzeitig Vertrauenslehrerin der Schule, vor ihr stand und auf sie herabsah.

Sie erinnerte sich noch genau an ihre Panik, während sie versuchte, nach außen ganz ruhig und gefasst zu wirken. Immer wieder die gleichen panischen Versuche einzuordnen, wie sie in eine bestimmte Situation geraten war. Immer wieder die gleichen Fragen, über die sie sich den Kopf zerbrach.

Was um Himmels willen ist geschehen?

»Hannelore, vielleicht möchtest du ein paar Broschüren mitnehmen?« Ein auffordernder Blick – vielleicht war er auch ermutigend gemeint – traf Hannah, und gegen die innere, ihr schon vertraute wilde Verzweiflung ankämpfend sah sie der Lehrerin voll ins Gesicht.

»Wirklich, Frau Liesban. Es ist nichts. Es ist ... es ist alles in Ordnung. Ich ... ich komme ganz gut klar. Ehrlich. Es besteht bestimmt kein Grund zur Besorgnis.«

Trotzdem hatte Hannah dann einen Stapel Broschüren in ihrem Rucksack verstaut. Wohl eher, damit Frau Liesban sie mit weiteren Fragen verschonte, auf die Hannah sowieso keine Antwort gewusst hätte.

Zu Hause hatte sie die Telefonnummern mehrerer Mädchenhäuser auf einen Zettel geschrieben und den Zettel in ihrem Portemonnaie verstaut. Vorsichtshalber, hatte sie gedacht, ein wenig erstaunt über ihr Handeln zwar, aber na ja. Sie verstand halt nicht immer, was sie tat und warum.

Und hier stand sie nun. In irgendeiner Telefonzelle, hundertfünfzig Kilometer von zu Hause entfernt. Mit dem Rest des Zettels in der Hand, auf dem nur noch die Nummer des Mädchenhauses dieser Stadt übrig geblieben war. Die anderen Nummern hatte sie abgerissen und in einem Gully versenkt.

Sie sah sich die Nummer an. Eine einfache, eine völlig harmlose Telefonnummer. Trotzdem spürte sie ihren Puls rasen wie nach einem Tausend-Meter-Lauf.

Oh Gott, was tue ich hier nur? Verzweifelt sah sie durch das regennasse Zellenglas in das unergründliche Dunkel draußen.

Die kennen mich doch gar nicht. Die werden mich einfach für verrückt erklären.

»Du willst doch immer nur im Mittelpunkt stehen. Hör auf, dir ständig diese abgedrehten Geschichten auszudenken und damit alle Leute verrückt zu machen, die mit Sicherheit Besseres zu tun haben, als sich mit deinen Hirngespinsten zu befassen«, hörte sie die warnende Stimme der Mutter in ihrem Kopf und ließ mutlos die Hand mit dem Hörer sinken.

Wer weiß, vielleicht hatte die Mutter ja Recht. Was konnte sie, Hannah, denen vom Mädchenhaus schon erzählen? Ja, was eigentlich? Erneut stieg Panik in ihr auf, und ein abgrundtiefes Gefühl von Sinnlosigkeit sprang sie aus dem Dunkel der Großstadt an.

»Trotzdem. Ich kann nicht zurück. Ich habe keine andere Wahl«, sprach sie sich selbst Mut zu. »Ich muss es einfach tun. Ich muss. Seit Tagen denke ich an nichts anderes mehr. Schließlich bin ich doch abgehauen von zu Hause! Ich habe es doch tagelang geplant. Nachdem …« Hannah schrie erschrocken auf.

Nein, nein, ich will das gar nicht wissen. Nein, ich … ich kann das nicht. Ich will das nicht. »Verdammt, Hannah, jetzt reiß dich endlich zusammen«, sagte sie schließlich wütend.

Sie nahm den Telefonhörer wieder fest in die Hand. Hielt ihn an ihr Ohr. Sah sich die Nummer auf dem zerrissenen Zettel an und wählte sie langsam und konzentriert Ziffer für Ziffer.

Sie hörte das Klingelzeichen. Einmal, zweimal – es würde niemand rangehen, es würde niemand da sein. Immer war es so. Niemand erreichbar ...

Sie hörte, wie der Anrufbeantworter sich einschaltete und eine Frauenstimme sagte: »Hallo. Du bist verbunden mit dem Notruf für Mädchen. Im Moment können wir leider nicht ans Telefon gehen. Du kannst es in einer halben Stunde noch einmal versuchen. Nach dem Signalton besteht auch die Möglichkeit, eine Nachricht zu hinterlassen. Wir rufen zurück, sobald der AB abgehört wird.«

Sie hörte die Pause, dann den Signalton, dann nichts mehr.

Die Gedanken überschlugen sich in ihrem Kopf. Sie hatte plötzlich wieder Angst vor ihrer eigenen Stimme. Auch das kannte sie schon. Diese Angst, die Kontrolle zu verlieren ...

Sie sah den Regen draußen an der Scheibe hinunterlaufen. Sie hörte das Schlagen der Elternhaustür in ihrem Kopf. Wie einen Pistolenschuss. Dann Leere.

Ich muss etwas sagen, dachte sie verzweifelt. Das Band würde zu Ende sein, bevor sie etwas gesagt hätte. Und dann? Sie würde die Nummer verlieren. Sie wusste, sie konnte nicht mehr nach Hause zurück. Es war unmöglich. Unmöglich.

»Hallo«, hörte sie sich sagen und erschrak tatsächlich vor ihrer Stimme. »Ich brauche Hilfe, ich weiß nicht, wohin, ich ... man kann mich nicht anrufen. Ich bin in einer Telefonzelle, ich habe keine Uhr. Eine halbe Stunde, ich weiß nicht, wie lange das ist. Ich habe kein Geld, ich weiß nicht ...«

Das Band brach ab und sie ließ den Hörer fallen. Ihr wurde schwarz vor Augen und die Umgebung verschwamm mehr und mehr vor ihrem Blick. Sie taumelte innerlich zurück. Immer weiter und weiter und weiter.

Etwas benommen versuchte ein Junge, sich zu orientieren.

Aha, kombinierte er. Telefonzelle! Großstadt! Sehr gut!

Er sah den Hörer am Kabel gleichmäßig hin und her schwingen. Ein Telefongespräch hatte wohl nicht stattgefunden, sonst stünde er nicht hier.

Und jetzt? Würden sie Hannah zu Hause schon vermissen? Würden sie bereits nach ihr suchen?

Er lachte. Arschlöcher, alle, dachte er und gab der Telefonzellentür einen heftigen Tritt. Dann eben nicht. Ich komm auch ohne die klar. Sozialarbeiter! Lächerlich.

Der Regen hatte etwas nachgelassen und er versuchte herauszufinden, wo genau er inzwischen gelandet war.

Gut hat sie das hinbekommen mit dem Abhauen, dachte John zufrieden und warf noch einen letzten Blick zurück auf die Telefonzelle, bevor er sich zum Gehen wandte. Und sie ist tatsächlich hier angekommen. Geil! Dann kann das Abenteuer Großstadt ja beginnen.

In dieser Stadt war er nur einmal gewesen, während einer Schülerdemo gegen irgendetwas, woran er sich nicht mehr erinnern konnte.

Lehrer, dachte er verächtlich. Als hätten die mir jemals etwas beibringen können. Jedenfalls nicht auf meiner Schule …

Er sah einen Polizeiwagen an der nächsten Straßenecke und dachte: Scheiße, Scheiße, die suchen mich bestimmt schon überall!

Er warf kurz einen Blick in alle Richtungen und lief los. Er bog zweimal rechts, einige Male links ab. Er lief immer weiter, ohne ein klares Ziel vor Augen. Er ließ sich einfach von seiner Intuition leiten. Irgendwann würde schon irgendetwas passieren. Das war bisher nie anders gewesen. Er musste nur lange genug weitergehen und nicht aufgeben.

John dachte an den Abend zurück, über den Hannah eben in der Telefonzelle nicht hatte nachdenken wollen. Er fand es richtig, dass sie sich damit nicht weiter belastete. Dafür gab es schließlich andere. Ihn zum Beispiel, der sich von seinem Vater nichts gefallen ließ.

Na ja, okay, für ihn war das auch nicht so schwierig wie für die Mädchen. Auf ihn hatte der Vater fast immer gut reagiert. Kumpelhaft eben, wie es sein sollte zwischen Vater und Sohn. Kein Problem also. Eine Menge hatte John von ihm gelernt. Lauter praktische Handwerkssachen, die ihm ganz sicher von Nutzen sein würden. Erklären, das konnte sein Vater wirklich erstklassig. Besser als jeder Lehrer, der ihm bislang begegnet war.

Aber an diesem Abend war er zu weit gegangen. Er hatte ihn, John, geschlagen. Nein, nicht nur einmal mit der flachen Hand. Immer wieder mit der Faust ins Gesicht. Der Alte war regelrecht ausgerastet. Warum, das wusste John nicht, und niemand von den Anderen hatte es ihm erzählt.

Aber in der Nacht war die Entscheidung gefallen. Hannah musste abhauen. Es wurde jetzt lebensgefährlich für sie alle. Wenn der Vater sogar vor ihm, John, den Respekt verloren hatte, dann hatte niemand mehr etwas zu lachen.

Hannah war für die Flucht am besten geeignet. Weil sie als Einzige keine Ahnung hatte. Sie wusste einfach nichts. Nichts von den Gefahren. Nichts von der Geschichte.

So hatten sie es beschlossen. In ihrer Panik. Nach diesem 15. Geburtstag, der eigentlich keine andere Entscheidung mehr offen gelassen hatte. Wenn jemand es schaffen konnte, alles noch irgendwie zum Guten zu wenden, dann nur jemand, der nichts von dem wusste, was vorher war. Ja, und seitdem also gab es Hannah.

Und – er hatte Recht behalten. Sie hatten es wirklich geschafft. Kluges Mädchen, dachte er erleichtert und sah sich in der Straße um.

Diese Stadt ist so groß, dass sie mich nicht finden werden. Der Gedanke erfüllte ihn mit Zuversicht. Die Gegend gefiel ihm. Alte, hell und gemütlich beleuchtete Häuser. Junge Leute mit Kindern auf den Bürgersteigen. Ein nettes kleines Café an der Straßenecke. Ein Trödelladen neben einem Antiquariat. Ein Bäcker gegenüber auf der anderen Straßenseite.

Hier ist es gut, dachte John. Ab hier kann Hannah weitermachen. Er ließ seinen Blick noch einmal durch die Straße wandern und schloss dann die Augen.

Im Laufen hatte sie Mühe, ihre Gedanken zu sortieren. Geld hatte sie keins mehr und sie kannte keinen Menschen in dieser lauten, unfreundlichen Stadt.

Vielleicht war es doch keine so gute Idee, hierher zu flüchten. Vielleicht hat mich die Mutter von Stephanie ja angelogen und es stimmt überhaupt nicht, dass sie einem Mädchen beim Notruf helfen. Und außerdem, überlegte sie weiter, was hatte die Mutter von Stephanie überhaupt für eine Ahnung. Selbst wenn sie bis vor einhalb Jahren wirklich in München gelebt hatte, was wusste sie schon davon, wer einem Mädchen in einem ganz anderen Teil von Deutschland helfen würde? Und da, wo sie selbst herkam, da gab es zwar ein Jugendamt, aber nicht für solche Mädchen wie sie. Ein Mädchen aus guten Verhältnissen, wie es so schön heißt.

Hannah hörte ein höhnisches Lachen hinter sich und drehte sich erschrocken um. Aber … da war niemand. Verwirrt schüttelte sie den Kopf.

Nein, solche Mädchen wie sie hatten auf dem Jugendamt nichts verloren.

Während Hannah immer weiter und weiter ging, suchte sie in ihrem Kopf nach vernünftigen und vor allem triftigen Gründen, weshalb sie von zu Hause weggelaufen war. Scheiße, ihr fiel nichts ein!

Ihr Vater, stellvertretender Schuldirektor am Gymnasium, war ein angesehener Mann und die Leute liebten ihn geradezu. Erst im letzten Jahr war er vom Bürgermeister für seine Verdienste im Bereich der Freizeitpädagogik ausgezeichnet worden.

Und ihre Mutter? Sie arbeitete seit einiger Zeit wohl wieder in ihrem Beruf als Heimerzieherin.

Nur vage erinnerte sich Hannah an die Zeit vor ihrem fünfzehnten Lebensjahr. Nein, eigentlich konnte sie sich an diese Zeit überhaupt nicht erinnern.

Sie erinnerte sich nicht an eine Mutter, die zu Hause auf die Kinder wartete, die aus der Schule heimkamen und ein warmes Mittagessen bekamen. Sie erinnerte sich lediglich an eine Frau, die ihr fremd erschien, mit der sie nichts anfangen konnte und die behauptete, ihre Mutter zu sein.

Hannah zuckte die Achseln. Was bedeutete das schon? Mutter?

Mit ihrem Vater, da war es schon anders. Manchmal nahm er sie am Wochenende in seinem Mercedes mit an einen See, weit weg von zu Hause. Ein wunderschöner See mit tiefblauem Wasser mitten in einem Naturschutzgebiet, wo er eine Jagdhütte besaß.

Aber er jagte dort nicht.

Ein leises Weinen irgendwo in ihrem Innern ließ Hannah zusammenzucken und stumm wischte sie sich die Tränen aus dem Gesicht, die heiß über ihre Wangen liefen, ohne dass sie sich traurig fühlte. Nur ein wenig beklommen, aber weshalb konnte sie nicht sagen.

Sie liebte den See und sie liebte es, dort mit ihrem Vater stundenlang am Ufer zu sitzen und zu angeln. Dann erfüllte es sie manchmal plötzlich mit Stolz, dem stellvertretenden Schuldirektor ihres Gymnasiums so nah zu sein. So nah, dass sie ihn in der Nacht sogar schnarchen hören konnte.

Also, fasste Hannah ihre Gedanken entschlossen zusammen. Was? Was hätte ich dem Jugendamt sagen sollen? Die stumme Frage hallte endlos in ihrem Kopf wider, und verwirrt hielt sie im Laufen inne.

Ja, es hatte so etwas wie einen Termin beim Jugendamt gegeben. Hannah dachte mit tiefer Scham an ihren Besuch dort zurück. Wie peinlich es ihr gewesen war, als sie plötzlich nicht mehr sagen konnte, weshalb sie eigentlich gekommen war. Und die Frau vom Jugendamt war offensichtlich vollkommen verwirrt gewesen. Sie hatte tausend Fragen gestellt, auf die Hannah keine Antwort wusste.

Kurz nach ihrem 15. Geburtstag musste das gewesen sein. Also ungefähr vor einem halben Jahr. Sie wusste es nicht mehr genau.

Sie ertappte sich immer wieder dabei, wie sie versuchte, Ereignisse zeitlich zuzuordnen. Es versetzte sie in Panik, wenn sie das Gefühl bekam, den Überblick über die Zeit zu verlieren. Sie verbrachte manchmal Stunden damit, mühsam zusammenzusetzen, was wann in ihrem Alltag geschehen war, und sie fühlte sich erst wieder sicher, wenn es ihr gelungen war, einen Tag zeitlich ohne Lücken zu rekonstruieren.

Manchmal, wenn jemand so etwas sagte wie: »Meine Güte, die Zeit ist ja wieder wie im Flug vergangen«, fühlte sie sich für einen Moment erleichtert. Offensichtlich kannten auch andere Menschen dieses Phänomen mit der Zeit, die manchmal verschwunden ist. Einfach so. Und wenn es andere auch kannten, dann war mit ihr vielleicht doch alles in Ordnung?

Ja, jedenfalls war er kurz nach ihrem 15. Geburtstag gewesen, dieser Besuch beim Jugendamt, an den sie sich nicht wirklich erinnern konnte. Nur an dieses peinliche Ende, wo sie am liebsten im Erdboden versunken wäre.

Aber ihr Tagebuch erzählte mehr davon, was beim Jugendamt Thema gewesen war. Sie hatte es eingesteckt, gestern Morgen, zu dem anderen Fluchtgepäck. Ein komisches Tagebuch. Beim Lesen übersprang sie oft ganze Seiten. So auch jene Seiten, die angefangen hatten mit: »Heute Nachmittag war ich beim Jugendamt ...«

In diesem Tagebuch gab es so viele Sätze, mit denen Hannah nichts anfangen konnte. In einer steilen, nach links geneigten schmalen Schrift, die ihr fremd erschien, die sie aber auch aus ihren Deutschaufsätzen kannte. Und in anderen Schriften, manchmal sogar in anderen Farben. Bunt und verwirrend insgesamt. Hannah wollte nicht darüber nachdenken. Nein, lieber nicht.

Nun ja, sann sie. Die anderen in der Klasse hatten wahrscheinlich Recht. Sie war anders. Seltsam. Leicht bis mittelschwer durchgeknallt. Verhaltensgestört, wie ihr Onkel meinte, der Kinder- und Jugendtherapeut war und so was dann ja wohl beurteilen konnte.

Und obwohl Hannah eigentlich nichts mehr von ihrem Besuch beim Jugendamt wusste, war sie sich sicher gewesen, dort nichts erzählt zu haben. Was auch? Es gab ja wohl nichts, was einer Dame vom Jugendamt irgendwie gefährlich vorkommen konnte.

Und dann war die Dame vom Jugendamt zu einem Hausbesuch gekommen, weil sie den Bericht der Jugendlichen besorgniserregend gefunden hatte, wie sie sagte. Hannah wäre damals erneut am liebsten im Erdboden verschwunden.

Zwei Wochen war das jetzt her. Zwei Wochen, die ihr erschienen waren wie eine Ewigkeit. Während sie weitergrübelte, nahm sie ihren Weg durch die Straßen der Stadt wieder auf.

»Ja, ja, meine Tochter hatte schon immer ein bisschen zu viel Phantasie. Sie will etwas Besonderes sein und ständig im Mittelpunkt stehen. Ihr Onkel schenkt ihr, glaube ich, einfach zu viele Kriminalgeschichten.«

Die Frau vom Jugendamt hörte geduldig zu. Weder sie noch ihre Mutter schienen die Anwesenheit der Tochter überhaupt zu bemerken. Auch wenn die Frau vom Jugendamt ab und zu verwunderte Blicke in ihre Richtung warf.

Aber Hannah blieb stumm wie ein Fisch. Ja, genau so fühlte sie sich. Wie ein Fisch hinter einem dicken Panzerglas, der nicht sprechen kann und den sowieso niemand hören könnte, selbst wenn er Worte finden sollte. Das Wasser war viel zu tief …

»Hannelore, würdest du Frau Krebs und mir noch einen Kaffe kochen«, wandte sich die Mutter an sie, die jetzt wohl die wohlerzogene Tochter spielen sollte. Daran sollte es nicht scheitern! Sie war sofort aus dem Wohnzimmer und in die Küche gestürzt.

Eine ihr völlig unvertraute Wut hatte sie plötzlich gepackt und sie versuchte erschrocken, sich wieder in den Griff zu bekommen. Stattdessen verbrühte sie sich beim Kaffeekochen die rechte Hand.

Die Mutter sah es, als sie eine viertel Stunde später den Kaffee in die kleinen goldumrandeten Kaffeetassen goss, und zeigte der Frau vom Jugendamt die Verbrennung. »Da sehen Sie selbst. Meine Tochter fügt sich alle ihre Wunden selbst zu. Sie ist einfach ungeschickt und sie wollte schon immer von zu Hause weg.«

Dann sah die Mutter Hannah an. »Nicht wahr, Hannelore? Dein Elternhaus ist dir nicht gut genug. Du denkst, du hast was Besseres verdient. Aber glaube mir, du kannst froh sein, keine Eltern zu haben, die dich schlagen und zu Hause einsperren. Was man da heutzutage alles in der Zeitung liest. – Möchten Sie noch einen Kaffee?«, fragte die Mutter freundlich und wandte sich wieder der Frau vom Jugendamt zu.

»Ach, nein danke«, antwortete die Frau, und zu Hannah gewandt: »Ich habe gehört, du hast Schwierigkeiten in der Schule? Du hast in der letzten Zeit häufiger den Unterricht geschwänzt und mit deinem Fahrrad schon mehrere Unfälle verursacht. Woran liegt denn das, Hannelore? Was ist los mit dir?« Erwartungsvoll sah sie Hannah an.

In Hannahs Kopf formten sich Worte, Sätze, Gedankenfetzen. Eine wilde Verzweiflung und der Wunsch laut zu schreien und der Mutter zu widersprechen. Aber nichts von alldem konnte die dicke Panzerglasscheibe durchbrechen, und wie von einem anderen Planeten aus sah Hannah der Frau vom Jugendamt ins Gesicht.

»Stimmt das? Du bist ohne Führerschein mit dem Klasse-1-Motorrad deines Bruders durch die Gegend gefahren? Warum, Hannelore?« Die Frau beugte sich zu ihr vor. Sie sah verwirrt und ein wenig beunruhigt aus.

»Willst du jetzt nicht mehr mit mir reden?«, fragte sie dann und musterte Hannah aufmerksam.

Hannah schüttelte stumm den Kopf. Sie hörte einen lauten Knall, mit dem sich ein Sargdeckel über ihr schloss.

Von sehr weit weg sah sie noch, wie sich die Mutter und die Frau freundlich voneinander verabschiedeten und die Mutter der Sozialarbeiterin für ihre Bemühungen dankte und sich gleichzeitig dafür entschuldigte, dass sie wegen Hannah so viel unnötige Arbeit gehabt habe.

Wie gesagt. Das war kurz nach ihrem 15. Geburtstag passiert. Mehr fiel ihr nicht ein.

Ich muss sofort etwas essen, dachte Hannah unvermittelt. Ich verhungere sonst noch mitten auf dieser elenden Straße. Und zwar noch heute Nacht, wenn ich nicht vorher erfroren bin.

Im gleichen Augenblick erregte ein Laden an der Ecke Hannahs Aufmerksamkeit. Es war eine Buchhandlung mit vielen Plakaten an den Schaufenstern. Da war sie wieder, diese Telefonnummer.

Komisch, dachte sie, während sie in ihrer Jackentasche und dann noch mal in ihren Jeanstaschen kramte, ich hab die Nummer echt in der Zelle liegen lassen.

Sie sah sich das Plakat genau an. Ja, da stand es. Genau so, wie es die Mutter von Stephanie ihr erzählt hatte. In großen bunten Buchstaben stand es dort auf dem Plakat.

Hallo!
Willst du weg von zu Hause? Hältst du es dort nicht mehr aus? Suchst du einen Raum, in dem du sicher bist und dir jemand zuhört? Wo du in Ruhe darüber nachdenken kannst, was du selber willst? Und wo du über deine Sorgen reden kannst? Weißt du nicht mehr wohin? Hast du Angst und brauchst Hilfe? Einen Schlafplatz, etwas zu essen? Dann ruf uns an. Wir sind Frauen, die Mädchen in Notlagen unterstützen. Wir beraten dich, und wenn du willst, dann kannst du auch eine Zeit lang bei uns wohnen, bis du für dich eine Lösung gefunden hast.
Mädchenhaus

Die Telefonnummer wurde dann noch einmal in großen roten Zahlen wiederholt. Hannah fand nichts zu schreiben. Na ja, dachte sie, ich habe sowieso kein Geld mehr. Die Telefonkarte hatte sie auch in der Zelle vergessen. Verzweiflung stieg langsam in ihr auf und sie spürte den Kloß im Hals so deutlich, dass sie glaubte, daran zu ersticken.

Die Tür des Ladens öffnete sich und Hannah trat erschrocken einen Schritt zur Seite. »Tschüß, Janne, dann bis übermorgen«, hörte sie eine Frauenstimme direkt vor sich und ehe sie richtig mitbekam, was geschah, lag sie schon auf dem Boden.

»Oh Scheiße, das tut mir Leid, ich hab dich überhaupt nicht gesehen. Hast du dir wehgetan?« Ein besorgtes Gesicht beugte sich über sie. »Komm, ich helfe dir aufstehen«, sagte die Stimme, und eine Hand wurde ihr entgegengestreckt.

»Geht schon«, murmelte Hannah ohne aufzublicken.

»Mensch, du bist ja total nass«, sagte die Frau. »Willst du nicht einen Moment reinkommen?«

Hannah nickte. Ihr fiel sowieso nichts Besseres ein, außerdem spürte sie plötzlich, dass ihr Knie wehtat und ihr bei dem Sturz offensichtlich doch etwas passiert war.

»Hey«, hörte sie eine andere Stimme, die von Janne, wie sie später erfuhr, »ich hätte nicht gedacht, dass ich dich so schnell wiedersehe.« Und dann, nach einer Pause: »Was ist denn passiert?«

»Ich habe vor der Tür ein Mädchen umgerannt. Ich glaube, sie hat sich verletzt«, antwortete die Frau. »Ich heiße übrigens Marissa, es tut mir echt Leid. Kann ich irgendwas tun? Setz dich doch erst mal. Dein Knie blutet ja. Scheiße«, sagte sie noch einmal, und Hannah setzte sich auf den angebotenen Stuhl.

»Sag mal, wohnst du hier irgendwo in der Nähe?«, fragte Janne, die hinter dem Ladentisch hervorgekommen war. »Du bist ja ganz nass. Ich könnte dich nach Hause bringen.«

Hannah riss erschrocken die Augen auf. Sie schrie es fast. »Nein, nein, bloß nicht. Ich … ich komm schon alleine klar. Lasst mich doch einfach in Ruhe.« Entsetzt über ihren Ausbruch hielt Hannah sich unwillkürlich den Mund zu.

Janne und Marissa sahen sich an. »Ich bring dir 'nen Kaffee.

Oder willst du lieber Tee?«, fragte Janne und sah Hannah nun direkt an.

Sie sieht irgendwie nett aus, dachte Hannah erleichtert und sagte: »Ein Kaffee wäre toll.«

»Meinst du, ich kann jetzt gehen?«, fragte Marissa und Janne nickte.

»Na klar, kein Problem«, und mit einem Ich-schaff-das-schon-Blick wies Janne zur Ladentür.

Dann saßen sie sich schweigend gegenüber, und Hannah fühlte sich immer unbehaglicher.

»Was ist denn das hier für ein Laden?«, fragte sie in die Stille, als sie den ersten Schluck Kaffee getrunken hatte.

»Das ist ein Frauenbuchladen.«

»Wie?«, meinte Hannah und sah Janne neugierig an.

»Na ja«, begann Janne, »hier kommen nur Frauen hin und kaufen Bücher, die von Frauen geschrieben sind. Männer dürfen hier nicht rein, und Bücher, die von Männern geschrieben sind, verkaufen wir auch nicht.«

»Und wieso nicht?«, fragte Hannah weiter, froh, dass Janne ihren Ausbruch offensichtlich gar nicht richtig mitbekommen hatte.

»Viele Frauen haben festgestellt, dass sie sich an Orten, wo keine Männer sind, oft wohler fühlen und dort ihre Ruhe haben. Und dann sind Frauenzentren entstanden und eben auch Frauenbuchläden.«

»Und die Mädchen?« Hannah entspannte sich etwas. Ihr gefiel der warme, gemütliche Buchladen. Und der Kaffee schmeckte gut.

»Mädchenbücher haben wir auch. Und ein paar Häuserblocks weiter gibt es ein Mädchencafé.«

»Draußen hängt ein Plakat«, meinte Hannah und musterte Janne vorsichtig. »Da steht was drauf von 'nem Mädchenhaus.«

Janne nickte zustimmend und setze sich auf einen zweiten Stuhl. Sie steckte sich eine Zigarette an. »Willst du auch eine?«

Hannah musste lächeln. »Ich bin noch keine sechzehn«, sagte sie.

»Na und, manche Mädchen rauchen schon mit zehn, und du sitzt schließlich nicht hier, weil ich dich erziehen soll, oder?«

»Nee, natürlich nicht. Ich lass mich sowieso von niemand erziehen.« Hannah sah ein wenig kampflustig aus.

»Interessierst du dich für das Mädchenhaus?«, fragte Janne.

»Ist doch für Mädchen, oder?«, konterte Hannah.

»Ja, ist für Mädchen.« Janne schwieg eine Weile, dann sagte sie: »Das wäre klasse gewesen, wenn es so was schon vor zehn Jahren gegeben hätte. Einen Ort, wo man hinkann, wenn man es zu Hause nicht mehr aushält.«

»Wieso, sind deine Eltern gemein zu dir gewesen?«

»Ich finde«, sagte Janne, »für die Aufnahme im Mädchenhaus hätte es auf jeden Fall gereicht.«

Hannah hatte mehr als interessiert zugehört. Wer weiß, Janne schien nicht zu den Erwachsenen zu gehören, die Mädchen sowieso nicht ernst nahmen. Vielleicht konnte sie ihr sogar weiterhelfen.

»Was muss denn zu Hause passiert sein, um ins Mädchenhaus zu kommen?« Hannahs Herz klopfte wild. Sie hoffte sehr, dass ihre Frage zwar nach Interesse, aber gleichzeitig wie beiläufig klang.

Janne überlegte einen Moment, als müsste sie nach den richtigen Worten erst suchen. »Also«, sie zögerte, »Mädchen, die zu Hause geschlagen werden, können ins Mädchenhaus gehen. Auch, wenn Mädchen einfach Angst vor ihren Eltern haben und das nicht so richtig erklären können. Wenn die Eltern den Mädchen ständig alles verbieten und sie sich nie mit ihren Freundinnen und Freunden treffen dürfen oder nie raus dürfen am Wochenende in die Disco oder ins Jugendheim. Wenn sie zu Hause ständig oder überhaupt bestraft werden.«

»Und«, fragte Hannah, »wie beweisen die Mädchen das dann?«

»Also beweisen«, überlegte Janne, »beweisen müssen sie das nicht. Ist doch klar, dass kein Mädchen ohne Grund von zu Hause wegläuft. Nur Mädchen, denen es schlecht geht, kommen überhaupt auf die Idee, ins Mädchenhaus zu gehen.«

Janne sah Hannah an. »Du kannst ruhig deine nassen Klamotten ausziehen und da drüben über die Heizung hängen. Ich glaube, vom Frauenflohmarkt letzte Woche steht da drüben noch eine große Kleiderkiste. Vielleicht passt dir ja was davon.«

Hannah sah Janne überrascht an. »Du brauchst überhaupt nicht zu denken, mit mir wär irgendwie was. Ich hab bloß grade keine Lust, nach Hause zu gehen. Sonst nix.«

»Ist okay«, sagte Janne. »Ich dachte nur, vielleicht schmeckt dir der Kaffee besser, wenn du was Trockenes anhast. Die Sachen liegen hier eh nur rum. Die gehören niemandem mehr. Sind auch ein paar Sachen von mir dabei. Die Hosen wären dir vielleicht einen Tick zu groß, aber sonst – ich bin nicht viel größer als du. Und ich würde mich freuen, wenn dir was davon gefällt.«

»Wieso?«, wollte Hannah wissen.

»Ich mag dich irgendwie. Ich glaube deswegen«, sagte Janne. Hannah musterte sie mit zweifelndem Blick und Janne schien es zu bemerken, denn sie fügte hinzu: »Ich finde es einfach gut, was du mich alles fragst. Es gefällt mir, wenn Mädchen ihren eigenen Kopf haben. Und genau so kommst du mir vor.«

Janne sah auf, als eine Frau den Laden betrat. Fast entschuldigend sagte sie: »Meine Pause ist offensichtlich zu Ende. Du kannst einfach hier bleiben und dich umgucken, solange du willst. Dir noch Kaffee kochen. Und wie gesagt, die Kleiderkiste steht rechts in der kleinen Küche in der Ecke.«

Janne begrüßte die Frau und setzte sich hinter den Ladentisch. Sie schien Hannah nicht mehr weiter zu beachten. Das war Hannah nur recht.

Sie ging in die Küche, die einen gelben Boden hatte. Irgendjemand hatte Wellen in bestimmt zwanzig verschiedenen Blautönen an die Wände gemalt. Hannah gefiel die Küche. Sie setzte neues Kaffeewasser auf und suchte die Kleiderkiste.

»Wow!« Anerkennend pfiff sie durch die Zähne. »Das sind ja tolle Klamotten.«

Sie fand vier Jeans, die ihr einigermaßen passten und die tolle Farben hatten. Sie suchte sich mehrere T-Shirts und drei Sweatshirts aus. In einen bordeauxroten Nicki verliebte sie sich sofort, und sie beschloss, einen blauschwarz gestreiften Pullover, den Nicki und eine grünschwarz gestreifte Jeans gleich anzuziehen.

»Du, Janne, habt ihr vielleicht zufällig auch eine Dusche?«

»Ja, zufällig ist eine Dusche im kleinen Bad neben der Küche. Brauchst du sonst noch irgendwas?«

Hannah schüttelte den Kopf, trug die neuen Anziehsachen wie einen Schatz ins Bad und duschte fast eine halbe Stunde lang heiß. Sie fand Shampoo und Duschgel und mehrere große, warme, bunte Frottehandtücher, und ihre Laune besserte sich mit jeder Minute, die sie in dem Laden verbrachte. Die neuen Sachen passten ihr eigentlich ganz gut.

Gut, dass Janne so klein ist, dachte sie und verteilte ihre nassen Sachen auf den verschiedenen Heizkörpern im Laden. Ihre kurzen Haare trockneten schnell. Hannah hatte plötzlich das Gefühl, unendlich viel Zeit zu haben. Sie setzte den Wasserkocher erneut auf, weil das Wasser für den Kaffee mittlerweile nur noch lauwarm war, sang, ohne es zu merken, eine Melodie vor sich hin und bot Janne schließlich einen frisch aufgebrühten Kaffee an.

»Die Sachen stehen dir echt gut«, sagte Janne bewundernd. »Ich mach übrigens in einer halben Stunde den Laden zu.« Prüfend sah sie Hannah an. »Wenn du willst, kannst du deine Sachen über Nacht hier lassen. Morgen sind sie bestimmt trocken, dann kannst du sie wieder abholen.«

Hannah erschrak. Daran hatte sie überhaupt nicht gedacht. Dass der Laden schließen könnte. Dass Janne bestimmt was Besseres zu tun hatte, als sich den Rest ihres Lebens mit ihr zu unterhalten.

Scheiße, was mach ich denn jetzt?, überlegte sie fieberhaft. Hannah war den Tränen nah, schluckte sie aber verbissen hinunter. Mir wird schon was einfallen, und fast trotzig sah sie Janne an.

Janne beobachtete Hannah und räusperte sich. »Du, darf ich dich mal was fragen?«

Hannah ließ sich nicht anmerken, ob sie damit einverstanden war. Sie fühlte sich in absoluter Hochspannung und unmittelbar bedroht. Als sie Janne nur schweigend anstarrte, fuhr Janne fort.

»Ich habe den Eindruck, als wäre es vielleicht eine gute Idee, im Mädchenhaus anzurufen. Wenn du das willst, dann kannst du das Telefon da vorne benutzen. Du kannst auch mein Handy haben und in der Küche telefonieren, wenn du lieber deine Ruhe haben willst.«

»Wieso soll ich da anrufen?«, fragte Hannah und fühlte sich elend. Ihre Panik stieg.

»Ich dachte, falls du nicht weißt wohin, wäre das vielleicht ein guter Ort.« Janne sah sie unsicher an. »Ich … es war nur so ein Gefühl. Als ob du im Moment keinen Ort hättest, wo du hinkannst.« Und weil Hannah immer noch nicht reagierte, fügte sie hinzu: »Ich kann mich ja auch irren.«

Hannah hörte wieder diesen Knall. Und spürte den Sargdeckel, der sich über ihr schloss.

Jemand sprang auf. Jemand, der nicht mehr Hannah war. Jemand, der ziemlich wütend war. Nur wütend und sonst gar nichts. Ihre Augen funkelten.

»Ach, was wissen Sie denn schon«, schrie sie. »Was soll ich denen denn erzählen? Meinen Sie vielleicht, mir glaubt jemand auch nur ein einziges Wort? Mir hat noch nie irgendjemand irgendwas geglaubt. Und Sie, Sie wollen mich doch auch bloß so schnell wie möglich wieder loswerden. Ich … ich kann denen nix erzählen. Ich … ich weiß einfach nichts … Ich kann nicht so tolle Worte machen wie Sie. Ich …«

Dezember brach ab. Wieso stand sie in diesem komischen Zimmer einer wildfremden Frau gegenüber? Was war jetzt bloß wieder passiert? Und wieso fragte die sie aus? War das etwa wieder so eine vom Jugendamt? Sie zitterte. In ihrer Wut hatte sie einen Stuhl umgerissen, der direkt hinter ihr stand. Tränen rannen ihr die Wangen hinunter, sie schmeckten salzig. Mit den Augen suchte sie die Tür. Ihr fiel ein, dass sie bestimmt eine Jacke getragen hatte und dass die noch irgendwo sein musste. Scheiße. Und so was wie einen Rucksack oder eine Tasche hatten sie normalerweise auch immer bei sich. Aber das war eigentlich auch egal. Die Frau sah ziemlich erschrocken aus. Sie war ebenfalls aufgesprungen. Ihre Stimme klang laut.

»Du brauchst keine tollen Worte, verdammt. Du sagst denen einfach, dass du da hinwillst. Das ist alles, was du tun musst. Du musst nix beweisen. Dein Gefühl reicht. Wenn du nicht nach Hause willst, dann hast du das Recht, dorthin zu gehen.«

Die Frau setzte sich wieder. Dezember hob den Stuhl auf und stellte ihn an die gleiche Stelle zurück. Sie sah sich in dem Zimmer um, als suche sie nach einem Halt oder einem Wort.

»Da ist niemand«, hörte sie sich sagen und fühlte sich plötzlich sehr klein.

Die Frau sah Dezember einen Moment lang an. Dann sagte sie: »Im Mädchenhaus ist immer jemand, sie sind Tag und Nacht da.«

»Nein. Das stimmt nicht. Jemand von uns hat schon angerufen und es war niemand da.« Sie verstummte entsetzt. Oh nein, dass hätte sie niemals, niemals sagen dürfen. Das hätte ihr nicht herausrutschen dürfen. Sie hatte sich verraten.

Dezember wurde schlagartig schlecht und sie hielt sich krampfhaft an der Stuhllehne fest.

Gut, jetzt hatte sie es also gesagt. Jetzt würde die Frau sie bestimmt rausschmeißen, sie anschreien oder vielleicht sogar … Dezember duckte sich.

»Hey«, hörte die Stimme der Frau, »es tut mir Leid, dass du nicht sofort jemanden erreicht hast. Stimmt, manchmal unternehmen die Frauen etwas mit den Mädchen und sind dann nicht da. Oder sie sprechen gerade mit einem Mädchen und wollen nicht unterbrochen werden. Aber sie sind dann nie lange weg und man kann später noch einmal anrufen.«

»Aber ich soll eine Nummer sagen, wo die mich erreichen können. Ich habe aber keine.« Dezember schwieg.

»Wir könnten zusammen den Laden aufräumen und vorher rufst du im Mädchenhaus an und hinterlässt die Nummer hier. Und wir bleiben so lange hier, bis dich jemand zurückruft. Was hältst du von der Idee?«

Dezember war plötzlich unendlich müde. Sie konnte überhaupt nicht mehr denken. Immer noch drehte sich alles, und ihr wurde noch übler. Sie hörte tausend Stimmen in ihrem Kopf, die ihr unterschiedliche Sachen sagten. Welche, die unglaublich wütend waren. Andere, die einfach lachten, sie auslachten.

»Ich kann nicht mehr«, sagte Dezember und ließ sich auf den Boden fallen.

Liebes Tagebuch

Donnerstag, den 2. Juni 1994

Tante Lore hat mir heute zum Geburtstag ein Buch mit leeren Seiten geschenkt. Tante Lore ist − glaube ich − die einzige Tante, die ich richtig gerne mag aus meiner ganzen Verwandtschaft. Sie hat gesagt, ich könnte es als Tagebuch benutzen oder um Gedichte darin aufzuschreiben. Dass Tante Lore überhaupt weiß, dass ich Gedichte schreibe! Das Wichtigste ist wahrscheinlich, dass ich das Tagebuch sehr gut verstecke, damit Mama es nicht findet.

Denn sie würde bestimmt alles lesen. Meine Post macht sie ja schließlich auch einfach auf. Sie meint, Briefgeheimnis gilt nicht für Kinder, solange sie noch zu Hause wohnen. Und weil sie das Sorgerecht für mich hat − Mama sagt immer ›die elterliche Gewalt‹, so wie das wohl früher mal hieß, tja, solange sie also für mich noch zuständig ist, hätte sie das Recht, alles zu lesen und zu kontrollieren, was für mich ist oder von mir kommt.

Klar, bei ihrer Paranoia, dass ich sowieso bloß lüge. Woher sie das wohl weiß?

Ich jedenfalls finde es echt gefährlich, hier mal eben so locker ein Tagebuch zu führen. Denn was wirklich zu Hause passiert, sollte man hier wohl lieber nicht reinschreiben. Na, kann mir ja egal sein. Meine Meinung interessiert dich ja sowieso nicht.

Jetzt kaue ich schon die ganze Zeit auf meinem Stift herum − eine sehr schlechte Angewohnheit, sagt Papa. Ich glaube, da hat er wohl Recht. Eigentlich war es wohl ein ganz schöner Geburtstag. Ich weiß gar nicht, wieso ich mich trotzdem so allein fühle. So einsam.

Der Blick aus dem Fenster bedeutet Einsamkeit
keine Spur im Sand
die zu mir führt

niemand, der mich erreicht, der mich versteht
niemand, der begreift, was ich selbst nicht begreifen kann
ach wie gut, dass niemand weiß, dass ich nicht Hannelore heiß

Hannelore ist echt ein bescheuerter Name. Ich würde viel, viel lieber, na ja, vielleicht nicht gerade Rumpelstilzchen heißen, aber auf jeden Fall nicht so. Miriam zum Beispiel, das ist ein Name, der mir gut gefällt. Eigentlich, finde ich auch, heiße ich schon immer so. Wie diese tolle Schriftstellerin, die so viele Bücher übersetzt hat und auch selber tolle Bücher schreibt. Ich möchte gerne noch mindestens zwei andere Sprachen lernen. Leider kann ich die ja nur in der Bibliothek lesen, aber diese Miriam Pressler finde ich einfach klasse. Sie schreibt und übersetzt, finde ich, wirklich wichtige Bücher. Ich weiß ja, dass ich nicht so bin wie sie, aber vielleicht kann ich es mal werden, wenn ich erwachsen bin.

Da fällt mir ein, so ein Tagebuch, das müsste sich an irgendjemanden wenden. Ich muss alles jemandem erzählen können. Jemandem, der mich versteht. Jemand, der ein bisschen so ist wie meine Tante Lore, nach der ich ja immerhin benannt sein soll.

Oh ja, ich weiß. Ich werde mir einfach jemanden vorstellen, so wie es Anne Frank in ihrem Tagebuch gemacht hat. Und sie soll älter sein als ich. Schon erwachsen, aber nicht steinalt. Neunzehn vielleicht. Und sie heißt Klara, weil sie so viel Klarheit hat und mir immer helfen und mich trösten kann, wenn ich nicht mehr weiterweiß.

Okay, also dann fange ich jetzt noch mal ganz neu an.

Liebe Klara,
na ja, das habe ich ja schon aufgeschrieben, dass ich heute Geburtstag habe und mir Tante Lore ein Buch geschenkt hat mit leeren Seiten darin.

Sag mal, findest du eigentlich auch meine Schrift so zerfahren und unterschiedlich? Manchmal, das gebe ich zu, habe ich echt eine Sauklaue. Ich glaube, das war auf jeden Fall auch ein Grund, wieso ich vorher noch nie überlegt habe, ein Tagebuch zu schreiben. Weil plötzlich meine Schrift richtig schlecht und krakelig wird und dann tausend Tintenkleckse da reinkommen und Fettspritzer und so, und das finde ich echt eklig. Ich habe keine Ahnung, wieso mir das immer passiert. Ich setze mich eigentlich nie mit Fett- oder Schokoladenfingern an meine Hausaufgaben. Trotzdem passiert das ständig. Das ärgert mich total, zudem mir in der Schule die Lehrer nicht glauben – na ja, wie sollten sie auch –, dass ich echt überhaupt nichts dafür kann – komisch, es sind ja meine Hefte? Scheiße, so was verwirrt mich echt. Interessiert dich das eigentlich? Bestimmt gibt es wichtigere Themen als beschmierte Hefte. Ich muss mal kurz nachdenken, was ich dir erzählen könnte.

Also, Fettfinger sind doch nun wirklich nicht so ein tragisches Problem, ich könnte da über ganz andere Sachen berichten, die ich viel schwieriger finde. Meine Alpträume zum Beispiel. Außerdem liebe ich Käsebrot essen oder Schokolade und dann was aufschreiben echt megamäßig. Ehrlich, ich kann mich viel besser konzentrieren, wenn ich gleichzeitig was in den Bauch bekomme! Und ich würde mich wirklich freuen, Miriam, wenn du meine Existenz wenigstens dadurch mal bemerken würdest!

Ich denke zum Beispiel sehr viel darüber nach, dass ich mich so oft schlecht fühle, obwohl, wenn ich dann darüber nachdenke, was an dem Tag so alles passiert ist, dann muss ich doch zu dem Ergebnis kommen, dass es eigentlich ein schöner Tag gewesen ist. Aber ich fühle das einfach nicht. Mama sagt, dass ich vom Leben zu viel erwarte und dass man mich nie zufrieden stellen könne, egal, was auch immer man Tolles für mich tut. Dann kriege ich richtig Schuldgefühle, wenn ich mich so schlecht fühle, und fühle mich noch viel schlechter als vorher sowieso schon. Das ist wie ein Hamsterrad. Manchmal kann ich aus dem überhaupt nicht mehr aussteigen, dann wird es manchmal so schlimm, dass ich am liebsten sterben würde. Oh bitte, Klara, das darfst du niemandem weitersagen. Versprich es mir! Aber natürlich, du bist ja meine Freundin und du hilfst mir ja auch. Auch wenn ich dir nicht genau sagen kann wie, kannst du mir ja vielleicht trotzdem helfen.

Vor zwei Wochen habe ich mal in der Kirche gebeichtet, weil ich mit diesen ganzen schrecklichen Gedanken überhaupt nicht mehr fertig geworden bin. Aber der Pastor meinte, das wäre in meinem Alter ganz normal. Er meinte, ich müsste den Sinn in meinem Leben erst noch finden und alle Jugendlichen würden sich mal eine Zeit lang so schlecht fühlen. Und dass es eine Sünde wäre, an Selbstmord zu denken. Da habe ich dann lieber nichts mehr gesagt. Aber warum, warum fühle ich mich so dreckig und schlecht und nutzlos? Ach Klara, ich will doch lieber bald erwachsen sein. Wenn dann diese Gefühle endlich aufhören.

Oh, jetzt fällt mir schon eine erste Hilfe ein. Schreib mir doch bitte auf, wo ich das Buch am sichersten verstecken kann? Ach Mann, ich hab manchmal schon komische Ideen. Na ja, ich hoffe du verzeihst mir. Ich wünschte so sehr, dass es dich wirklich gäbe.

Oh je, ich glaube, Papa ruft mich.

Komisch, ich bekomme dann manchmal richtiges Herzrasen und mir wird ganz schummrig und ich kann gar nicht mehr richtig gucken.

Ich habe schon mal überlegt, ob ich vielleicht eine unheilbare Krankheit im Gehirn habe. Komisch, das will ich auf keinen Fall. Ich glaube, in Wirklichkeit will ich gar nicht sterben, sondern mich einfach nur nicht so schlecht und sinnlos fühlen. Und siehst du, kaum schreibe ich an dich, schon fühle ich mich wieder viel besser.

Oh Gott, Papa ruft schon wieder. Klara, mir ist so schlecht auf einmal ...

Sonntag, 5. Juni 1994
Vielleicht als Schulbuch tarnen, eins, wo eine Mutter niemals reinguckt, zum Beispiel Geschichte oder Erdkunde oder Biologie. Gut, oder?

Zu Besuch bei Janne

2. Kapitel, in dem Janne sich erschreckt und eine richtig gute Idee hat

Janne sah erschrocken auf das Mädchen hinunter. Tausend Gedanken überschlugen sich in ihrem Kopf.

Scheiße, was mache ich denn jetzt ... Wie alt sie wohl ist ... Hätte ich doch letzten Herbst bloß diesen Erste-Hilfe-Kurs gemacht ... Ich weiß nicht mal, wie sie heißt ... Wovor hat sie so eine schreckliche Angst? ... Ob sie wohl gesucht wird? ... Ich weiß nicht mal, wo sie herkommt ... Ich weiß überhaupt gar nichts von ihr ... Verdammt, ich muss den Laden abschließen ... Ich bin um acht mit Noa verabredet ... Noa! Ich kann nicht schon wieder einen Termin verbauen ... Ob das Mädchen ohnmächtig ist? ... Ich muss irgendwas tun.

Janne versuchte sich zu beruhigen. Ihr Herz raste. Sie sah das Mädchen am Boden liegen und fühlte einen Schmerz, sehr, sehr weit weg ... so weit, dass sie sich kaum noch daran erinnern konnte und das Gefühl von Unwirklichkeit sie unwillkürlich zusammenzucken ließ. Sie sah sich selbst mit fünfzehn verzweifelt in ihrem Zimmer hocken und die Wände anstarren. Sie schob die Erinnerung zur Seite. Bloß nicht. Nicht jetzt. Sie beugte sich zu dem Mädchen hinunter und setzte sich dann neben sie auf den Boden.

»Hey, du. Hallo. Bitte, sag doch etwas. Komm, bitte, mach die Augen auf.«

Sie versuchte sich daran zu erinnern, welche Augenfarbe das Mädchen hatte, aber es fiel ihr nicht ein. Sie nahm ihre Hand und suchte hektisch nach ihrem Puls. Dann atmete sie erleichtert auf. Ein regelmäßiges Pochen war deutlich zu fühlen.

Ob Noa schon zu Hause ist?, überlegte sie. Ich würde sie so gerne fragen, was ich machen soll. Noa hat immer gute Ideen, gerade in Krisensituationen. Und mit Mädchen sowieso. Ach, fiel ihr dann ein, ich kann sie überhaupt nicht anrufen. Immerhin arbeitet sie im Mädchenhaus, und wenn ich jetzt eine Mitarbeiterin des Mädchenhauses anriefe, wäre das für die Kleine bestimmt ein Vertrauensbruch. Vielleicht hole ich lieber eine Decke. Im Büro müsste eigentlich eine sein.

»Du, ich hole mal eine Decke für dich. Ich komme sofort zurück, okay?«

Das Mädchen reagierte nicht und Janne stand auf, lief die wenigen Schritte an den Bücherregalen vorbei auf das winzige Büro zu, in dem gerade genug Platz war für einen Computer, einen Stuhl und zwei lange, schmale, bis zur Decke reichende Regale, in denen sich Buchhaltungsordner und Leseexemplare stapelten.

Janne bemerkte, dass sie den Computer noch nicht ausgemacht hatte, und die Hälfte der zu erledigenden Tagespost sprang sie regelrecht vorwurfsvoll an.

»Immer mir muss so was passieren«, seufzte sie. Immer bin ich diejenige, der Hunde zulaufen oder Mädchen, die nicht wissen wohin, oder Migranten, die vor der Hetze durch Rechtsradikale in den Laden flüchten, so wie vor einem halben Jahr Lois. Komisch, dass den anderen so was nie zu passieren scheint. Sie werden mir meine Geschichten bald überhaupt nicht mehr glauben.

Janne seufzte erneut und sah sich stirnrunzelnd in dem kleinen Büro um. Ihr fiel ihre Schulzeit wieder ein. Die Lehrer hatten auch immer geglaubt, sie hätte einfach nur eine sehr ausgeprägte Phantasie und einen besonderen Sinn für die originellsten Ausreden, wenn sie zu spät kam oder mal wieder die Hausaufgaben nicht gemacht hatte, was zugegebenermaßen ziemlich häufig vorgekommen war …

In der hintersten Büroecke sah Janne die rote Plüschdecke fein säuberlich zusammengefaltet liegen. Sie nahm sie und ging zum Verkaufsraum zurück. Das Mädchen lag immer noch genauso da, und Janne sah mehr als besorgt zu ihr hinunter.

Ich muss sie irgendwie wach kriegen. Ich kann sie unmöglich hier liegen lassen. Sie ist ja regelrecht umgefallen. Vielleicht ist sie krank und ich sollte eine Ärztin rufen.

Ihr fiel ein, dass sie es in alten Filmen immer mit Riechsalz lösten, wenn eine Frau in Ohnmacht gefallen war. Und dass überhaupt in allen Filmen ausschließlich Frauen in Ohnmacht fielen. Natürlich, dachte sie höhnisch.

Sie hatte sich noch nie überlegt, was in diesem Riechsalz genau drin war, und das bereute sie jetzt. Ihre Interessen waren weiß Gott vielfältig, aber Riechsalz hatte bislang nicht dazugehört.

Musik! Das ist es. Ich mach Musik. Irgendwas Lautes, Fetziges. Vielleicht Pur oder so. Das könnte ihr gefallen. Janne deckte das Mädchen zu und strich ihr leicht über die Hand. »Ich helfe dir. Du bist nicht allein. Hab keine Angst. Wie wär's mit ein bisschen Musik?«

Hatte sich im Gesicht des Mädchens nicht gerade etwas bewegt? Hatte sie nicht ganz schwach gelächelt? Janne war sich nicht sicher, aber sie redete weiter in der Hoffnung, dass die Jugendliche sie hörte.

»Ich leg mal Pur auf. Kennst du die? Ist echt eine ziemlich coole Gruppe. Ich kenne viele Mädchen, die diese Musik total klasse finden. Eigentlich habe ich sie durch die Mädchen kennen gelernt und jetzt höre ich sie selber ständig.«

Janne hatte mit ihr gesprochen, als wäre sie wach und würde ihr auf jede Frage ganz selbstverständlich antworten. Und weil sie immer noch das Gefühl hatte, wirklich von dem Mädchen gehört zu werden, sprach sie weiter.

»Ich mache Kurse für Mädchen. Selbstbehauptungskurse nennen sich die. Dort spielen die Mädchen ganz viel und sie lernen zu sagen, was sie selbst wollen, und vor allem, sich gegen das zu wehren, was sie auf gar keinen Fall wollen. Und sie stellen viele Fragen. Eltern sind nämlich oft leider so bescheuert, dass Mädchen die für sie wirklich wichtigen Dinge von ihnen am allerwenigsten erfahren können.«

Janne sah zu ihr hin. Das Mädchen schien eingeschlafen zu sein. So, wie sie jetzt dalag, wirkte es auf Janne nicht mehr beunruhigend.

Vielleicht ist sie nur müde, überlegte sie. Wer weiß, wie lange sie schon unterwegs ist. Vielleicht hat sie seit Ewigkeiten weder geschlafen noch irgendwas gegessen. Und bestimmt hatte sie die ganze Zeit Angst.

Janne hatte in dem Mädchen eine ungeheure Kraft wahrgenommen. Und sie hatte in den vergangenen vielleicht eineinhalb Stunden völlig unterschiedlich auf Janne gewirkt. Trotzig, mutig, kämpferisch, selbstbewusst, klug und humorvoll. Und gleichzeitig auch verzweifelt, ängstlich und sehr verletzt. Misstrauisch und klein. Unglaublich viele Facetten in so kurzer Zeit.

Es ging etwas von ihr aus, das schwer zu beschreiben war. Eine Welle von Energie, die Janne tief berührte, sie ganz wach werden ließ und sehr aufmerksam.

Janne hatte sie vom ersten Augenblick an gemocht. Schon wie sie mit Marissa zur Tür hereingekommen war und darauf bestanden hatte, dass alles mit ihr in Ordnung sei. Wo es doch offensichtlich alles andere als völlig in Ordnung war, was in dem Leben des Mädchens los sein musste. Diese Jugendliche beeindruckte Janne.

Sie nahm sich vor, ihr zu helfen, zumindest so lange, bis sie an einem guten, sicheren Ort angekommen war, an dem sie sich geborgen fühlen konnte. Und an dem sie sie auch in guten Händen wusste. Bei Frauen, die dafür sorgten, dass sie nicht dahin zurückmusste, von wo sie offensichtlich und aus sicher schwer wiegenden Gründen geflohen war.

Janne stand auf und wandte sich nach links, wo auf einem kleinen Tisch ein CD-Player stand. Sie drehte die Musik laut und setzte sich auf den Stuhl von vorher, ein wenig abseits, damit das Mädchen in Ruhe aufwachen konnte. Sie hatte mittlerweile jegliches Zeitgefühl verloren. Draußen war es schon eine Weile ziemlich dunkel, aber einige Läden hatten noch offen.

Als Janne gerade beschlossen hatte, sich noch einen Kaffee aufzubrühen und das Mädchen einen Moment sich selbst zu überlassen, bewegte sich der rote Plüschberg. Also blieb sie sitzen und wartete gespannt ab.

Das Mädchen setzte sich auf und sah sich langsam und vorsichtig um. Als sie Janne erblickte, nickte die ihr kurz zu und lächelte.

Das Mädchen schien verwirrt und gleichzeitig darum bemüht, es sich nicht anmerken zu lassen. Janne beschloss, als Erste etwas zu sagen.

»Hey, ich heiße Janne und arbeite hier im Buchladen. Du bist wohl vor etwa einer viertel Stunde eingeschlafen. Ich dachte, ich weck dich lieber, denn der Boden ist nicht sehr gemütlich.«

Janne versuchte herauszufinden, wie ihre Worte gewirkt hatten. Der rote Plüschberg schwieg. Die beiden sahen einander an.

»Magst du die Musik?«, fragte Janne und das Mädchen nickte.

»Hm-hm«, murmelte sie zustimmend. »Pur finde ich gut. Die haben echt gute Texte. Jedenfalls viele Texte finde ich klasse.«

»Ich wüsste gerne, wie du heißt, damit ich dich mit deinem Namen ansprechen kann.« Janne stutzte einen Moment und fügte dann hinzu: »Wenn du willst, natürlich nur.«

Das Mädchen sah aus dem Fenster in den nachtdunklen Hinterhof. »Zu Hause nennen sie mich Hannelore«, sagte sie dann, ohne sich umzudrehen. »Aber in Wirklichkeit heiße ich Hannah«, fügte sie leise hinzu.

Janne nickte. »Magst du deinen Namen?«

»Ich glaube schon«, antwortete das Mädchen. Sie zögerte einen Moment. »Doch, Hannah ist ein schöner Name, irgendwie.«

»Ich weiß nicht«, fing Janne das Gespräch neu an und fühlte sich unsicher. Sie wollte Hannah nicht zu nahe treten, sie mit ihren Fragen nicht erschrecken. Der Gedanke, dass Hannah fluchtartig den Buchladen verlassen könnte, war für sie mehr als beunruhigend. Hannah sah sie an. Fragend, ein wenig trotzig und mit einer Spur von Geringschätzigkeit.

Bestimmt findet sie mich genauso bescheuert wie alle Erwachsenen, dachte Janne und der Gedanke machte sie traurig.

»Hier den Laden, den wollte ich jetzt abschließen und nach Hause gehen. Ich will dich nicht auf die Straße setzen. Wenn du magst, kannst du erst mal mit mir kommen.« Halb fragend sah Janne sie an.

»Und dann?«, wollte Hannah wissen.

»Dann können wir zusammen überlegen, was du machen willst, und ich könnte dich beraten. Vielleicht«, setzte sie etwas zweifelnd hinzu.

»Wieso willst du das?«

»Weil wir zusammen vielleicht eine gute Idee haben. Falls du nichts Besseres vorhast, könntest du doch einfach erst mal mitkommen und dann weitersehen. Was meinst du?«

»Und du rufst nicht die Bullen an?«

»Nein, ich rufe nicht die Bullen an.«

»Und bei mir zu Hause?«

»Nein, auch dort nicht. Und überhaupt werde ich nichts unternehmen, was du nicht willst. Echt nicht.«

Hannah runzelte die Stirn. »Da wärst du aber die erste Erwachsene, die das wirklich nicht macht.«

»Na, und?« Janne grinste. »Kennst du vielleicht Erwachsene, die Pur gut finden?«

»Okay. Eins zu null für dich«, stimmte Hannah anerkennend zu und Janne spürte, dass sie ihr ein wenig vertraute.

Die Abschlussarbeiten, die notwendig waren, um den Laden verlassen zu können, nahmen jeden Tag etwa eine halbe Stunde in Anspruch. Hannah hatte sich aus einem der Regale ein Jugendbuch ausgesucht, in das sie sich vertiefte, während Janne zügig und konzentriert die letzten Arbeiten erledigte. Ihr fiel wieder ein, dass sie mit Noa verabredet war.

Gut, dass sie einen Schlüssel zu meiner Wohnung hat. Dann kommt sie auf jeden Fall rein, falls ich erst nach acht mit Hannah nach Hause komme. Dann dachte sie: Oh, vielleicht ist das keine so gute Idee, dass Noa einfach so bei mir auftaucht. Vielleicht macht es Hannah Angst. Auch, überlegte sie weiter, weil sie im Mädchenhaus arbeitet, und möglicherweise denkt Hannah dann noch, ich hätte heimlich im Mädchenhaus angerufen.

Janne spürte, wie schnell das hauchdünne Vertrauen, das Hannah ihr entgegenbrachte, zerstört werden konnte. Durch ihre Arbeit als Selbstverteidigungstrainerin wusste sie, wie wichtig es war, auf gar keinen Fall etwas gegen den Willen eines Mädchens zu unternehmen. Ganz egal, wie sinnvoll ihr ihre Ideen vorkommen mochten.

Dass Menschen gegen Hannahs Willen über sie bestimmt hatten, ihr Gewalt angetan hatten oder Schlimmeres, um dann auch noch zu behaupten, es sei nur zu ihrem Besten, das hatte sie zu Hause mit Sicherheit schon zur Genüge erlebt.

Dass es bei Hannah um Schlimmeres ging, dessen war sich Janne sicher.

Wahrscheinlich hat niemand ihre Situation erkannt oder ihre Hilferufe ernst genommen. Wer weiß, Erwachsene haben gerade in dieser Hinsicht oft erstaunliche Bretter vorm Kopf, grübelte Janne.

Sie würde Noa anrufen und ihr erklären, dass sie sich später noch einmal melden würde. Noa würde das schon verstehen.

»Du, Hannah?« Janne ging zu dem kleinen Lesetisch, an dem das Mädchen saß und um sich herum alles vergessen zu haben schien. Hannah fuhr unwillkürlich auf.

»Oh, Entschuldigung, ich wollte dich nicht erschrecken. Ich will kurz eine Freundin anrufen, die mich heute Abend besuchen wollte, und ihr absagen. Weil ja heute du schon mein Besuch bist.«

Hannah sah erstaunt aus und auch ein wenig stolz. »Ja?«, fragte sie. »Bin ich dein Besuch?«

Janne lachte und bestätigte das, und Hannah strahlte über das ganze Gesicht.

»Okay, Hannah, ich rufe dann also mal kurz an.«

Sie wandte sich dem Telefon zu und warf dabei einen Blick auf den kleinen Wecker, der direkt zwischen dem Telefon, den Notizzetteln und der Stiftbox stand. Es war schon halb acht.

Noa war sicher noch zu Hause. Der Weg von ihr zu Jannes Wohnung betrug nur etwas mehr als einen Kilometer. Nach dem zweiten Klingeln meldete sich der Anrufbeantworter. Noa besprach ihren AB grundsätzlich zweisprachig, weil sie viele Leute kannte, die nur Englisch verstanden. Leider dauerte es deswegen immer ewig, bis der Signalton zu hören war.

»Mensch, hallo. Da hast du aber Glück gehabt, dass du mich noch erreichst. Ich wollte gerade los. Ist irgendwas passiert?«

»Ja«, erwiderte Janne. »Das kann man schon so sagen. Ich habe überraschend Besuch bekommen. Ich würd's dir gern später erklären. Ist das in Ordnung so?«

»Ja. Ja, klar. Was denn für Besuch?«

»Ich kann und will im Moment nichts dazu sagen. Lass uns doch einfach später noch mal telefonieren, okay?«

Noa schwieg einen Moment, dann sagte sie: »Ja gut, Janne. Ich hab mich nur so auf dich gefreut, weißt du. Schade, dass wir uns nicht sehen. Ruf mich auf jeden Fall an, vergiss es nicht, ja?

»Ja, natürlich ruf ich dich an. Sei mir nicht böse. Diesmal kann ich es wirklich nicht anders lösen.« Janne spürte Noas Enttäuschung. »Bis später, liebste Noa. Ich vermisse dich und ruf dich bestimmt an.« Sie murmelte »Scheiße«, als sie den Hörer auf die Gabel zurückgleiten ließ.

Hannah, die immer noch unverändert am Lesetisch saß, sah von ihrem Buch auf. »Du?«, fragte sie. »Kann ich das Buch vielleicht ausleihen und bei dir weiterlesen? Es ist wirklich total spannend.«

»Ja, klar. Zeig mal, was liest du denn da?«

Hannah reichte ihr das Buch. Janne kannte es gut. Es war die Geschichte eines Mädchens, die zusammen mit einigen Delphinen ihrem autistischen Bruder half, in die Welt der Sprache zurückzufinden.

»Weißt du, ich würde dir das Buch gerne schenken.«

Hannah überlegte einen Moment, bevor sie fragte: »Weil es dir gefällt?«

»Ja, genau. Deshalb würde ich es dir gern schenken.«

Hannah legte den Kopf schief und lächelte. »Danke. Ich freue mich«, sagte sie nur, stand auf, klappte das Buch zu und verstaute es in ihrem Rucksack. Sie klaubte auch ihre immer noch feuchten Kleidungsstücke von den verschiedenen Heizkörpern und stopfte sie ebenfalls in den Rucksack, der nun aus allen Nähten zu platzen schien.

»Ist ja ein richtiger Geschenketag heute«, kommentierte sie den Anblick und verwandte dann ziemlich viel Kraft darauf, den Rucksack zuzuschnüren.

Es nieselte noch immer, und Hannah und Janne liefen schweigend zur nächstgelegenen U-Bahnstation. Sie mussten einige Minuten auf den nächsten Zug warten, und in der grellen Beleuchtung auf dem Bahnsteig schien Janne alles wie unwirklich.

Hannah trat von einem Fuß auf den anderen. Ihr schien der Bahnsteig auch nicht sonderlich zu gefallen. Als die U-Bahn nach einer Ewigkeit einfuhr, murmelte sie »na endlich«. Schweigend schaute sie aus dem Fenster, obwohl es dort nichts zu sehen gab außer den tiefschwarzen Wänden des Schachtes.

Janne betrachtete sie heimlich. Da stecke ich mal wieder mitten in einem Abenteuer, dachte sie. Wer weiß, wohin es mich führen wird. Sie lächelte und in diesem Augenblick trafen sich ihre Blicke mit Hannahs.

»Woran hast du gerade gedacht?«, wollte Hannah wissen

»Ich habe überlegt, dass ich es abenteuerlich finde, jetzt mit dir zusammen zu mir zu fahren.«

»Echt? Na ja«, fügte Hannah nach einem Zögern hinzu, »könnte man wahrscheinlich schon als Abenteuer bezeichnen. Hoffentlich eins mit Happy-End.«

»Ja, das wünsche ich mir auch«, erwiderte Janne.

Der Himmel hatte sich aufgeklart, und Janne sah vereinzelte Sterne und einen wunderschön großen, fast orangen Halbmond schräg über ihrem Kopf.

»Sieh mal«, wollte sie gerade sagen, doch da wies Hannah bereits mit dem Finger in den Himmel und Janne wusste, dass sie genau das Gleiche sah, und nickte.

»Sogar der Regen hat aufgehört«, bemerkte Hannah. »Und so ein schöner Mond. Bestimmt wird alles andere jetzt auch noch gut.«

Janne fragte nicht nach, was Hannah damit meinte.

Als das Licht in der Diele von Jannes Haus aufleuchtete, blühte Hannah auf. »Wow.« Sie blieb mitten im Flur stehen und sah sich um. Janne hatte die Tür zum Wohnzimmer offen gelassen, und mit einem »Darf ich mich hier umsehen« verschwand Hannah darin.

Janne folgte ihr. »Ja, also, das ist mein Wohnzimmer.«

Hannah nickte. »Das ist toll, so riesig irgendwie und mit so vielen Fenstern«, staunte sie.

»Ja, wenn die Sonne scheint, dann wandert sie von morgens bis abends durchs Zimmer«, lachte Janne.

»Ist das ein Kamin?«, fragte Hannah, und als Janne bestätigte, fügte sie leise hinzu: »So einen haben wir zu Hause auch.« Sie sah traurig aus.

»Magst du Kaminfeuer?«

Hannah schüttelte den Kopf. »Nein, ich mag kein Feuer«, flüsterte sie und sah zu Boden.

»Wenn du müde bist«, versuchte Janne sie abzulenken, »kann ich dir das Zimmer zeigen, das ich für Gäste eingerichtet habe. Da kannst du auch deine Sachen erst mal lassen.«

Hannah folgte ihr und strahlte wieder, als sie das Zimmer sah. »Es ist wirklich super hier. So gemütlich und bunt. Und deine Fußböden sind auch so schön. Wirklich megaklasse.«

»Hast du Lust, das ganze Haus zu sehen?«, fragte Janne, und Hannah nickte begeistert.

»Dann komm mal mit nach oben.«

Bereitwillig folgte ihr Hannah die kleine hölzerne Wendeltreppe hinauf in den ersten Stock. Janne ließ sie einen Blick in jedes Zimmer werfen.

»Das ist das Zimmer von meiner Freundin Noa«, erklärte sie, und Hannah blieb im Türrahmen stehen, ohne dass Janne etwas sagen musste. Sie schien ein gutes Gespür für Grenzen zu haben.

»Schön«, sagte sie, und dann: »Was ist denn das für ein besonderer Kerzenständer? Der kommt mir irgendwie bekannt vor.«

»Das ist eine Menora«, erklärte Janne. »Es ist tatsächlich ein besonderer Leuchter. Viele Juden stellen ihn sich in ihre Wohnung. Er ist ein wichtiges Symbol, das an den Tempel erinnert.«

»Aha«, meinte Hannah und zog die Stirn ein wenig kraus.

»Die beiden anderen Zimmer sind meine«, setzte Janne ihre Führung fort.

Begeistert stürzte sich Hannah auf einen riesigen Futon, auf dem sich Jannes 43 Kuscheltiere tummelten. »Darf ich?«, versicherte sie sich mit leuchtenden Augen, bevor sie jedes einzeln in die Hand nahm. Dann schüttelte sie den Kopf. »So 'ne Erwachsene wie du ist mir echt in meinem ganzen Leben noch nicht begegnet. Sind das alles deine?«

Janne setzte sich zu Hannah aufs Bett. »Ja, sie haben alle einen Namen und eine eigene Geschichte natürlich auch. Ich liebe Kuscheltiere«, fügte sie hinzu.

»Das ist nicht zu übersehen«, grinste Hannah und sah sich weiter im Zimmer um. »Wow. Das ist ja abgefahren.« Sie pfiff durch die Zähne, und Janne folgte ihrem Blick. Hannah hatte ihren kleinen Strand entdeckt. In einer Ecke füllte eine dicke Schicht Meeressand den Holzfußboden.

Hannah hockte sich vor die Sandecke. Ganz vorsichtig berührte sie die Muscheln, Steine und Murmeln, die Janne in wechselnden

Mustern in den Sand gelegt hatte. Hannah veränderte nichts, berührte nur alles vorsichtig.

»Gefällt es dir?«, fragte Janne und Hannah nickte.

»Ja, es ist toll bei dir«, sagte sie nach einer Weile. »Hast du alles selbst gemacht hier?«

»Ja, ich habe alles selbst renoviert, aber der Vermieter hat das meiste vom Material bezahlt. Er ist echt in Ordnung.«

»Ich baue mir später selbst ein Haus. Mit ganz vielen verschiedenen Zimmern. Eins aus tausenden von Flaschen, so wie ich es in einem Architekturbuch aus Amerika gesehen habe.«

»Du interessierst dich für Architektur?« Dieses Mädchen erstaunte Janne.

»Ja, meinst du vielleicht, ich will mal Friseuse werden? Oder Arzthelferin, Krankenschwester oder Kellnerin? Nee, vielen Dank auch.« Hannah warf Janne einen wütenden Blick zu.

»Viele Mädchen kommen gar nicht auf die Idee, etwas Handwerkliches zu lernen oder etwas zu studieren, was als untypisch für Mädchen gilt«, verteidigte sich Janne.

»Ja, ja, ich weiß. Aber ich bin eben nicht so wie andere Mädchen.«

Hannahs Augen waren bei den letzten Worten sehr dunkel geworden. Ihr Gesicht wirkte schmaler, fast eckig, und Janne stutzte. War das noch das gleiche Mädchen, das sich vorhin auf die Kuscheltiere gestürzt hatte?

»Und? Was gibt es noch zu sehen in deinem tollen Haus?« Fast kampflustig sprang die Jugendliche auf die Füße, und Janne sah sie verunsichert an.

»Hannah, wir können auch einfach runtergehen, und ich mach uns was zu essen.« Janne spielte nervös mit einem Stift, der auf ihrem Schreibtisch lag.

»Nee, wieso, ist doch nett, so 'ne Hausführung. Hab nix dagegen und auch grad eh nichts Besseres zu tun.«

Die Ironie in den Worten entging Janne nicht, aber sie wusste nicht, wie sie darauf reagieren sollte. Sie beschloss, sie einfach zu überhören. »Okay, dann komm. Ist sowieso nur noch ein Zimmer«, sagte sie.

Als Janne ihr das Schlafzimmer zeigte, musste Hannah lachen.

»Das ist ja wie im Frauenbuchladen hier«, stellte sie fest, und Janne wunderte sich, dass sie jetzt wieder so wirkte wie vorher. Irritiert schüttelte sie innerlich den Kopf. Was für ein seltsames Mädchen!

»Na ja, ganz so viele Bücher habe ich leider nicht, aber das schaffe ich bestimmt noch. Und meine Auswahl ist auch etwas anders. Denn ich mag einige Schriftsteller gern, die du bei uns im Laden nicht findest, weil es Männer sind.« Was war da eben so plötzlich in das Mädchen gefahren und hatte sich genauso schnell wieder in Luft aufgelöst?

»Ach ja, stimmt«, erwiderte Hannah und sah sich die Bücher in den deckenhohen Regalen an. »Puh«, war alles, was ihr dazu einfiel.

»Ich werde uns jetzt mal was kochen«, schlug Janne vor. »Du kannst gern mitkommen in die Küche.«

»Ich glaube, ich krame noch ein bisschen in meinen neuen Schätzen rum und komm dann nach.«

Nach kurzem Überlegen beschloss Janne, dass Spaghetti mit Tomaten-Käse-Sahnesoße und ein Salat genau das Richtige für den heutigen Abend wären, und machte sich an die Arbeit.

Als sie das Nudelwasser abschüttete, hörte sie Hannah in die Küche kommen. Der Tisch war bereits gedeckt und in der Mitte brannte eine Kerze.

»Schön«, sagte Hannah, und nachdem sie sich gesetzt hatte: »Danke, das alles ist echt total toll.«

Janne setzte sich zu Hannah an den runden Küchentisch. »Hier ist Selbstbedienung. Nimm dir einfach von allem, so viel du magst.«

Als Hannah sich Saft eingießen wollte, stieß sie mit der Hand ihr Glas um, und der Saft lief quer über den Tisch und tropfte auf der anderen Seite auf den Boden. Hannah schrie auf und duckte sich. Sie sah entsetzt aus und völlig verängstigt. Janne wollte sie beruhigen, doch Hannah wich vor ihrer Stimme zurück. Ihre Bewegung dabei war so heftig, dass sie beim Aufspringen fast ihren Teller vom Tisch riss. Janne sah sie erschrocken an, und Hannah wich weiter in Richtung Tür aus, die Hände wie zum Kampf geballt und schützend vor den Kopf gehoben.

»Hannah, bitte. Hab keine Angst. Das ist überhaupt nicht schlimm. Ich hole einfach einen Lappen und wische das auf. Ich würde dir niemals etwas tun. Wirklich, Hannah, es ist überhaupt nicht schlimm. Es ist doch nur Saft.«

Hannah blieb regungslos stehen. Janne konnte nicht erkennen, was in ihr vorging. Ihr Gesicht hatte sich völlig verändert. Die Augen waren zu Schlitzen verengt. Sie wirkte um einige Jahre älter, und als sie sprach, klang ihre Stimme sehr hart und sehr tief.

»Und, was haben Sie jetzt mit mir vor? Was soll das Ganze hier? Wie lange werden Sie noch nett und freundlich zu mir sein? Und was haben Sie wirklich vor?«

Bevor Janne antworten konnte, stieß das Mädchen, das da vor ihr stand und das sie kaum wiedererkannte, hervor: »Sie werden mich nicht kriegen. Niemand wird mich je wieder kriegen. Nein.«

Janne beobachtete Hannah. Was war hier los? Was war gerade geschehen? Wovor hatte Hannah eine solch wahnsinnige Angst? Was sollte sie nur tun? Janne besann sich und sagte ganz ruhig: »Hannah, die Tür nach draußen ist gleich da vorne durch die Diele links. Sie ist niemals abgeschlossen. Wenn ich abschließe, dann steckt der Schlüssel immer von innen. Du kannst einfach gehen. Ich will dir nichts tun.«

Janne konnte an Hannahs Gesicht nicht ablesen, wie ihre Worte gewirkt hatten. Wenn Hannah jetzt weglief, konnte sie sie nicht zurückhalten, und sie wusste, dass sie genau das auch nicht versuchen durfte.

Nein, Hannah hatte ihr nicht vertraut. Keinen Augenblick. Sie hatte das alles nur für einen Trick gehalten, um sie zu locken und dann zu verletzen.

Mein Gott, was haben sie ihr nur angetan, fragte sich Janne zutiefst erschrocken, während sie einander unverwandt ansahen. Janne konnte nicht sagen, wie lange. Es kam ihr vor wie viele endlos lange Minuten, in denen es zwischen ihnen so still war, dass das Knistern der Kerze fast wie ein Knall in die gespannte Lautlosigkeit fuhr. Janne wurde immer ruhiger in diesen Minuten, auch wenn sie nicht wagte, sich zu bewegen.

Plötzlich setzte sich Hannah auf den Boden und fing leise an zu schluchzen. Das Weinen schüttelte ihren ganzen Oberkörper, obwohl es kaum zu hören war.

Jannes Blick fiel auf ihren kleinen blauen Drachen auf dem Fensterbrett und sie riskierte es, sich ein wenig vorzubeugen, um ihn sich zu angeln. Es war eine Handspielpuppe aus weichem Nickistoff mit einem fröhlichen, frechen Gesicht und einem weit aufgesperrten lachenden Mund.

Mit dem Drachen im Arm ließ sich Janne vorsichtig auf den Boden gleiten. Hannah rührte sich nicht von der Stelle. Sie hatte das Gesicht in den Händen vergraben, und doch wusste Janne instinktiv, dass sie genau beobachtet wurde. Sie ließ ihre linke Hand in die Handpuppe hineinschlüpfen und bewegte den lachenden Mund auf und zu.

Liebes Tagebuch

Sonntag, 11. September 1994

Jetzt versuche ich schon bestimmt zwei Stunden lang einzuschlafen, aber es gelingt mir einfach nicht. Und ich muss doch morgen eine Mathe-Arbeit schreiben!

Manchmal habe ich richtig Angst vor der Schule. In Mathe bin ich wirklich nicht gut. Ich verstehe ganz oft die Aufgaben nicht. Komischerweise schreibe ich dann trotzdem oft eine Eins. Die anderen in der Klasse denken, das ist ein blöder Trick von mir und dass ich in Wirklichkeit bloß nicht zugeben will, dass ich eine Streberin bin.

Vielleicht haben sie ja Recht und ich bin schon dermaßen unehrlich und verlogen, dass ich nicht mal vor mir selbst zugeben kann, dass ich sehr wohl alles in Mathe und auch in den anderen Fächern kapiere.

Die einzigen Fächer, die ich wirklich liebe und wo ich auch weiß, dass ich darin gut bin, sind Deutsch und Geschichte.

Ach, gerade fällt mir wieder ein, dass ich ja ein Tagebuch an dich, Klara, schreiben wollte.

Ach Klara, mit dem Tagebuchschreiben ist es viel, viel schwerer, als ich mir vorgestellt hatte. Ich habe vorhin gesehen, dass ich über zwei Monate gar nichts hier reingeschrieben habe, und wenn ich versuche, dir zu erzählen, was in der Zwischenzeit passiert ist, dann fällt mir überhaupt nichts mehr ein.

Na ja, ich bin auf jeden Fall versetzt worden in die neunte Klasse. Und mein Klassenlehrer meint, dass ich locker das Abitur schaffen würde. Ich glaube manchmal, er ist der Einzige, der eine hohe Meinung von mir hat.

Gestern habe ich mich ganz schrecklich mit Mama gestritten. Ich bin total ausgerastet, obwohl ich gar nicht mehr weiß, warum eigentlich.

Und ich habe sie richtig angeschrien. Am Schluss hat sie sogar geweint und gesagt, dass sie sich von mir nicht länger fertig machen lässt, dass ich sie noch ins Grab bringen würde und dass ich mal warten soll, bis Papa nach Hause kommt. Ich habe ihr gesagt, dass es mir Leid tut, und es tut mir auch wirklich Leid, aber Mama wollte davon nichts wissen. Sie meinte, mit mir würde es noch mal ein schlimmes Ende nehmen und sie hätte es langsam aufgegeben, aus mir einen anständigen und ehrlichen Menschen machen zu wollen. Sie schlug mir vor, in eine Besserungsanstalt zu gehen, ein Heim für Schwererziehbare. Sie meinte, wenn ich ihr gegenüber noch einmal ausfallend würde, dann würde sie mich schon an den richtigen Ort bringen, und dass sie das mit Papa besprechen wird, sobald er nach Hause kommt.

Als ich dann in meinem Zimmer saß, sah ich plötzlich, dass mein Kleid da unten voller Blut war, und ich bekam schreckliche Bauchkrämpfe. So schlimm, dass ich dachte, ich sterbe gleich.

Heute Nacht war wieder mal die Hölle los. Um Mitternacht kam Papa mit der schwarzen Luxuslimousine nach Hause. Da wusste ich natürlich gleich, was die Uhr geschlagen hat! Oh, Mann, wie ich die hasse. Aber irgendwas war anders als sonst, wenn mich Papa spätabends abholt und ich mit ihm dann zur Burg fahre.

Mama war so freundlich. Echt richtig unheimlich. So wie sie sonst nie zu mir ist. Vor allem nicht, wenn's draußen dunkel ist. Sie hat mich in die Badewanne gesteckt und mich mit Duftöl gebadet. Ich dachte, jetzt ist sie völlig durchgeknallt. Also, das geht doch wohl echt zu weit. Dann hat sie mich regelrecht bestochen. Mit Cola. Ich dachte, ich glaub's nicht. Plötzlich darf ich Cola trinken? Naja, okay, dachte ich mir, was soll's. Sitz ich halt dumm rum in der Badewanne und trink dafür ne coole Cola. Der Deal ist schon okay, irgendwie.

Naja, und wie ich da so sitze in der Wanne und mich langsam an den Gestank gewöhne, wird mir plötzlich total anders. Ganz dumpf im Kopf und ich kann meine Arme und Beine überhaupt nicht mehr bewegen.

Und meine Mutter sieht original aus wie ein Zombie. Und sie sagt immer: Sunny, Sunny – echt völlig bescheuert und ihre Stimme hallt so komisch in meinem Kopf.

Wisst ihr was? Die hat mir irgendwas ins Glas getan. Echt jede Wette!

Du, Klara, stell dir vor, ich weiß nicht mal mehr, was wir in den großen Ferien gemacht haben. Ich zermarter mir schon seit bestimmt einer halben Stunde das Hirn, aber es fällt mir nicht ein.

Das ist vielleicht komisch. Ich sitze seit einer halben Stunde vor dem Tagebuch und es fällt mir immer weniger ein, was ich dir schreiben könnte. Mit der Angst vor der Mathe-Arbeit, das habe ich ja schon geschrieben. Und morgen wird die Arbeit bestimmt wieder erste Klasse, obwohl ich überhaupt nicht das Gefühl habe, dass ich etwas von Algebra verstanden habe.

Ich wollte dir noch ein Geheimnis anvertrauen. Etwas, was ich mit niemandem besprechen kann. Ich glaube, weil ich mich viel zu sehr deswegen schäme.

Also gut, ich traue mich jetzt. Aber bitte versprich mir, dass du mich nicht auslachen wirst und mir auch trotzdem weiter zuhörst, auch wenn das wirklich irre klingt und ich selbst auch schon das Gefühl habe, wirklich verrückt zu sein. Okay?

Also – manchmal, wenn ich spazieren gehe und ganz alleine bin, dann höre ich plötzlich Stimmen. Obwohl da überhaupt niemand anderes ist. Die unterhalten sich richtig und lachen auch und manchmal schreien sie, und wenn ich mich umdrehe, dann ist niemand da. Aber ich, ich höre sie ganz deutlich. Irgendwo drin in mir, und manchmal reden die auch laut. Hört sich dann an wie Selbstgespräche. Ich habe Mama übrigens schon öfter heimlich dabei belauscht, wie die auch mit sich selbst gesprochen hat. Das klingt richtig gruselig. Die hat dann auch verschiedene Stimmen.

Mein Herz rast, wenn ich dir das schreibe. Ich habe das Gefühl, dass es total verboten ist, was ich schreibe.

Sollte Mama das Tagebuch jemals finden, bringt sie mich mit Sicherheit um. Glaubst du, ich habe das von Mama geerbt? Dieses zwanghafte Selbstgesprächeführen? Dabei wollte ich nie so werden wie Mama. Das ist für mich der größte Horror. Obwohl ich dir gar nicht sagen kann wieso. Oder was ich an Mama eigentlich so schrecklich finde.

Ich will nicht so leben wie sie. Das weiß ich auf jeden Fall.

Sie hat irgendwie immer eine Maske auf, wenn sie mit anderen Leuten zu tun hat. Ich habe das Gefühl, Mama ist so gut wie nie sie selbst. Sie spielt dauernd irgendwelche Rollen. Die tolle Ehefrau, die tolle

Mutter, die tolle Erzieherin. Nie weiß ich, was Mama wirklich denkt. Wer sie wirklich ist.

Und ich finde es auch schrecklich, dass sie mich nie in den Arm nimmt, mich nie tröstet, mich nie fragt, wie es mir geht. Irgendwie scheint sie überhaupt nicht davon auszugehen, dass es mir überhaupt mal irgendwie geht. Sie fragt mich nicht nach der Schule, nicht nach Freundschaften, außer nach Jungs. Danach fragt sie mich dauernd. Ich muss ihr haarklein erzählen, was ich mit den Jungen in der Klasse rede und mit ihnen zusammen mache, und am Schluss glaubt sie mir sowieso kein Wort und schreit mich nur an.

Komisch, Mama denkt, ich bin eine Hure. Das hat sie selbst gesagt.

Oh Gott, Klara, warum denkt Mama so schreckliche Sachen über mich? Dabei will ich doch nur, dass Mama mich lieb hat. Was mache ich denn nur so schrecklich falsch, dass sie so von mir denkt?

Ich würde niemals mit einem Jungen ins Bett gehen oder so was. Bestimmt nicht, Klara! Ich hoffe, du glaubst mir das.

Warum nur glaubt Mama mir nicht?

Ich versuche so oft, ihr zu helfen und sie zu verstehen, aber zwischen uns liegt ein riesiger Graben, den ich nicht überwinden kann.

Ich möchte noch immer ganz oft sterben! Zur Kirche gehe ich aber jetzt nicht mehr. Ich trau mich auch nicht mehr, mit welchen in der Klasse darüber zu reden, nachdem ich Anne gefragt habe, ob sie auch so oft an den Tod denkt. Erst hat die mich angeguckt, als hätte sie einen Marsmenschen vor sich, und dann hatte sie nichts Besseres zu tun als das gleich Frau Liesban weiterzupetzen, und die hat dann mit mir ein Gespräch gemacht, weil sie doch Vertrauenslehrerin ist.

Dabei hat der Pfarrer doch gesagt, alle Jugendlichen denken in meinem Alter an Selbstmord! Ich habe Frau Liesban natürlich nix erzählt. Die denkt am Schluss doch nur, dass ich verrückt bin und in die Klapse gehöre, nur weil ich sterben will wegen Mama und weil Mama mich niemals lieben wird.

Ach Klara, was soll ich nur tun? Ich verstehe mich selbst immer weniger und es gibt keinen Menschen, mit dem ich über mich reden könnte.

Ich bin wirklich total verzweifelt und fühle mich schrecklich allein. Ich glaube, der Pfarrer hat gelogen. Der wollte wahrscheinlich einfach nichts hören von meinen Gedanken und Gefühlen. Na ja, kann man ja verstehen. Aber er hätte trotzdem nicht so tun müssen, als sei das ganz normal mit dem, was ich denke.

Warum bin ich nur so geworden, Klara? So verkorkst und so. Depressiv, meinte Frau Liesban. Ich würde depressiv auf sie wirken, und dann fragte sie, ob ich Probleme zu Hause hätte.

Na, die hat vielleicht Nerven! Probleme zu Hause. Mit ihrem Chef womöglich. Das vergessen die Pauker hier immer so gerne. Dass good old Daddy schließlich der Schuldirektor ist. Ich kann das jedenfalls nicht vergessen. Tut mir Leid. Auch wenn ich Paps an sich ganz in Ordnung finde, so weiß ich doch andererseits schon längst, dass er zu Mädchen alles andere als nett ist. Aber das würde mir an dieser Schule sowieso niemand glauben. Also wieso fragt die blöde Lehrerin uns überhaupt, wenn sie die Antwort doch sowieso nicht hören will?

Und wie ich mit ihr über meine nächtlichen Abenteuer reden soll – das ist mir das absolute Rätsel überhaupt!

Siehst du, Klara, jetzt hab ich schon wieder die ersten Flecken in meinem neuen Tagebuch. Ich bin doch wirklich ein hoffnungsloser Fall. Bitte, verzeih mir! Ich habe gerade auf die Uhr geguckt. Ich muss unbedingt schlafen. Aber ich verspreche dir, dass ich jetzt öfter in das Buch hier schreibe, weil das toll ist und ich mich jedes Mal nach dem Schreiben richtig gut fühle. Es war übrigens eine gute Idee von dir mit dem Schulbuch. Ich glaube, es ist die perfekte Tarnung.

Komisch, wer kommt denn da die Treppe rauf mitten in der Nacht? Oh Gott, Mama ...

Ein Märchen für Sascha

3. Kapitel, in dem Sascha zwei neue Freunde trifft, ein Märchenbuch sich in einen bösen Traum verwandelt und Hannah heimlich Fragen stellt

Sie sah in ein freundliches blaues Gesicht mit einem großen lachenden Mund, der sich öffnete und schloss, und sie ließ langsam eine Hand auf die Knie sinken. Warum das Tier da vorne wohl gar nicht spricht, überlegte sie und wagte nicht, sich zu bewegen, um den kleinen blauen Kuscheldrachen nicht zu verscheuchen. Sie wusste sehr genau, wie behutsam man sich bewegen musste, um ängstliche kleine Wesen nicht in Panik zu versetzen.

Ja, sie hatte schon oft gehört, dass Kuscheltiere gar nicht wirklich lebendig sind. Vati und Mutti sagten ihr das immer wieder, aber irgendwie wollte sie nicht daran glauben. Wenn ihr kleiner gelber Teddy mit ihr sprechen konnte, warum sollte es dieser blaue Drache dann nicht können?

Sie lächelte unter Tränen und sah den Drachen unverwandt an, in der Hoffnung, dass er etwas zu ihr sagen würde. Dass er ganz lebendig werden würde und sie vielleicht mit ihm spielen könnte. Vorsichtig setzte sie sich ein wenig bequemer hin. Mit jeder ihrer Bewegungen ließ sie sich sehr viel Zeit und nur ganz bedächtig wischte sie sich mit dem Handrücken ein paar Tränen aus dem Augenwinkel.

»Hallo, du«, sagte der Drache plötzlich. Dabei legte er den Kopf schief und grinste über sein ganzes kleines Gesicht.

Sie jubelte innerlich. Mutti und Vati hatten Unrecht. Kuscheltiere sprachen wohl. Nur konnten Erwachsene sie nicht hören.

»Ich heiße Flax Flabi Fledermaus, aber der Einfachheit halber darfst du Flax zu mir sagen, und jetzt bin ich auch noch ein kleiner Drache. Genau genommen nämlich erst achthundertdreiundvierzig Jahre alt, aber die Janne will mir trotzdem schon bald das Feuerspucken beibringen. Das«, fuhr der kleine Drache fort, »habe ich noch nicht gelernt.«

»Ich heiße Sascha und bin schon fünf«, flüsterte sie, und zum Zeichen ihrer Freundschaft legte sie ihren Kopf ebenfalls ein wenig schief.

»Dann kannst du wohl auch noch nicht Feuerspucken?«, wollte der Drache wissen.

Sascha lachte verlegen. »Nein, Feuerspucken, das kann ich nicht. Aber Radfahren«, erklärte sie stolz. Sascha freute sich über den Drachen, und als er ein wenig näher rutschte, streckte sie ihre Hand vorsichtig nach seinem Kuschelfell aus. Nur so weit, dass er noch selbst entscheiden konnte, ob er angefasst werden wollte.

Der Drache wollte dies ganz offensichtlich, denn er schmiegte sein Köpfchen nun gegen ihre Hand. Sascha gluckste vor Vergnügen und ihre Augen begannen zu strahlen. Sie streichelte den blauen Drachen ganz behutsam und sah ihm dabei in die Augen. Sie sahen aus wie dunkle glitzernde Sterne, und Sascha wurde es ganz warm im Bauch. Da entdeckte sie unter dem Küchentisch eine bunte Glaskugel, die verführerisch glänzte.

»Du, Flax?« Das *du* zog sie in die Länge und die Betonung lag zitternd im Raum. Der Drache beobachtete sie mit weiterhin schief gelegtem Kopf, und sie wagte den zweiten Versuch. »Du, Flax, magst du Murmeln auch so gerne wie ich?«

Der Drache nickte heftig und lachte.

»Soll ich mal die da holen und wir spielen zusammen?« Sascha deutete mit dem Kopf in Richtung Küchentisch.

»Au ja«, freute sich Flax und Sascha rutschte auf Knien unter den Tisch.

Die Murmel fühlte sich kühl an in ihrer Hand. Sie war klein und durchsichtig mit winzigen Regenbögen innen und einem Blauschimmer, der leuchtete, wenn Sascha die Kugel leicht bewegte. Sie rollte die Murmel vorsichtig zu dem kleinen Drachen, der vor Freude ein wenig in die Höhe sprang. Dann ließ er die Kugel zu ihr zurückrollen, und es begann ein Spiel, das im Laufe der Minuten immer ausgelassener und wilder wurde.

Sascha hatte sich noch nie in ihrem Leben so wohl gefühlt, und sie vergaß, wie groß ihre Angst sonst immer war. Sie fühlte sich sicher und auch verstanden und endlich, endlich hatte sie einen Freund gefunden, dem sie etwas von sich erzählen konnte und der mit ihr spielte und ihr glaubte, dass es sie wirklich gab. Und endlich fror sie nicht mehr so schrecklich und niemand lachte böse auf diesem schönen Holzfußboden.

Sascha beobachtete immer noch, ob sich Flax vielleicht veränderte und ein böser Wolf wurde, der sich auf sie stürzte und sie zerriss. Aber so lange sie auch hinsah, Flax blieb einfach Flax, der sich über das Glasperlenspiel freute, und deshalb durfte sie endlich auch Sascha bleiben, die mit ihm spielen konnte, ohne sich zu fürchten.

»Sascha, magst du vielleicht auch einen Saft? Ich habe großen Drachendurst.«

Sascha nickte.

»Dann frag ich mal die Janne, ob sie uns was zu trinken holt, ja?«

Als Sascha nicht antwortete, beugte sich der kleine Drache verschwörerisch zu ihr vor und zog eine Augenbraue hoch. »Die Janne, das ist nämlich schon eine große Freundin und sie gibt mir immer alles, was ich haben möchte.« Der Drache lachte verschmitzt. »Die bringt mich sogar ins Bett und liest mir noch Märchen vor, bis ich eingeschlafen bin.«

So etwas hatte Sascha noch nie gehört und vor Staunen wurden ihre Augen ganz groß und kugelrund. Solche Freunde hatte Flax? Sie konnte es kaum glauben, aber als der Drache begeistert nickte, merkte sie, dass sie eigentlich sehr großen Durst hatte und dass sie sich auch jemanden wünschte, der sie in den Arm nahm und ihr eine Geschichte vorlas. Flax war ein bisschen zu klein, um sie in den Arm zu nehmen.

»Willst du die Janne vielleicht kennen lernen?«, fragte Flax.

Sascha zuckte fragend mit den Schultern. Sie überlegte, ob sich der Drache auch bestimmt nicht irrte, und als hätte er ihre Gedanken erraten, sagte er:

»Ich kann die Janne jederzeit wieder wegschicken. Ich habe das schon tausendmal ausprobiert und sie hat immer auf mich gehört. Stimmt doch, oder?«

Mit dieser Frage drehte er sich um und sah nach oben. Sascha folgte seinem Blick, und da saß eine Frau auf dem Küchenboden, die dem Drachen zunickte und sehr ernst sagte: »Ja, Flax, du hast völlig Recht. Ich mache immer ganz genau das, was du mir sagst. Weil du einfach die besten Ideen hast. Und Saft«, jetzt sah die Frau Sascha an, »ist zum Beispiel eine ganz hervorragende Idee.«

Die Frau hatte freundliche Augen und eine schöne Stimme. Sascha konnte sich gut vorstellen, dass sie bestimmt wunderschön Märchen vorlas. Und sie sah auch ganz lustig aus mit ihren bunten Sachen und diesen Haaren, die ein bisschen aussahen wie Drachenhaare. Ihre Augen waren wie große Zaubermurmeln, und Sascha lächelte, während sie von der Frau zu Flax und zurückblickte.

»Ich mag gerne Saft und auch mag ich Murmeln und Märchen«, sagte sie zu beiden.

»Magst du deinen Saft am liebsten unter dem Küchentisch oder willst du dich auf einen Stuhl setzen?«, fragte die Frau mit den Murmelaugen.

»Wo sitzt denn der Flax?«, wollte Sascha wissen, und Flax grübelte und antwortete dann:

»Am allerliebsten vor dem warmen Kamin auf dem großen Sofa im Wohnzimmer, weil ich Feuer doch so gerne mag.«

»Was haltet ihr davon, wenn ich euch ins Wohnzimmer rüberbringe und ihr kuschelt euch zusammen in die Decke ein. Und du, Flax«, wandte sie sich dem Drachen zu, »du passt auf deine neue Freundin sehr gut auf, wenn ich für uns alle den Kamin anmache, und Sascha, dir gebe ich ein Märchenbuch mit vielen Bildern und du sagst mir dann, welches Märchen ich euch erzählen soll. Den Saft bringe ich euch natürlich zum Sofa.«

Sascha hörte aufmerksam zu. Sie mochte Feuer nicht so gern, aber Drachen, die mochte sie sehr. Und vielleicht war ja ein Drachenfeuer etwas ganz anderes als ein Höllenfeuer und sie musste davor keine Angst haben? Vielleicht gab es liebe Drachen, die sich nicht verwandelten, und böse Drachen, die sich wohl verwandeln konnten, und Flax aber gehörte zu den lieben Drachen, die auch nur liebes Feuer machten? Sie wollte es ausprobieren und sie wollte so gerne ein Märchenbuch mit vielen bunten Bildern anschauen.

»Darf ich das Märchen mit den schönen Bildern wirklich ganz alleine aussuchen?«, fragte sie vorsichtshalber noch einmal nach.

Die Frau nickte. »Ja klar, du darfst entscheiden und Flax bleibt bei dir und lässt dich ganz in Ruhe aussuchen. Okay?«

Statt einer Antwort krabbelte Sascha unter dem Küchentisch hervor und streckte der Murmelaugenfrau ihre Hand entgegen. Die Frau stand auf, nahm die kleine Kinderhand in die ihre und gemeinsam mit Flax gingen sie in das nahe gelegene Wohnzimmer.

Auf dem Weg durch den bunten Flur dachte Sascha darüber nach, ob die Frau vielleicht eine Hexe sein könnte, weil sie einen sprechenden Drachen hatte und in den Märchen immer stand, dass Hexen anfangs ganz lieb zu Kindern sind und erst dann böse werden, wenn die Kinder gar nicht mehr damit rechnen. Ihr fiel plötzlich ein, dass auch die Hexe von Hänsel und Gretel zuerst sehr lieb war, dabei wollte sie den Hänsel in Wirklichkeit nur essen und in den großen brennenden Ofen werfen. Saschas Herz begann wild zu schlagen und sie riss ihre Hand aus der der Frau.

Die blieb sofort stehen und sagte sehr leise: »Sascha, was ist passiert? Sag mir, wovor hast du Angst?«

Sascha schluckte. Flax musste ihr helfen. Er würde die Wahrheit kennen. Er hatte sich nicht verwandelt und sie wusste, dass er es auch nicht mehr tun würde.

»Ich mag mit Flax reden.«

Leise fielen die Worte aus ihrem Mund und Flax sah sofort zu ihr hin und legte den Kopf schief und lachte sein lustiges Drachenlachen. Sascha fasste neuen Mut.

»Ist die Janne nicht in Wirklichkeit eine Hexe?«, fragte sie leise und starrte Flax unverwandt an.

»Also«, begann Flax, »die Janne, die kenne ich schon viele Jahre und sie ist in Wirklichkeit eine Fee. Weißt du, was das ist?«

Sascha war sich nicht ganz sicher und schüttelte deshalb lieber den Kopf.

»Feen«, setzte Flax seine Erklärung fort, »sind meistens Frauen, die Kindern helfen, die von zu Hause weglaufen, weil die Mutter und der Vater ganz gemein sind. Und dem Kind nicht helfen, wenn es Angst hat oder sich wehgetan hat. Diese Eltern sagen ganz oft, dass Feen Hexen sind, damit die Kinder sich nicht trauen, den Feen zu erzählen, was der Vater und die Mutter tun.«

Mit offenem Mund und großen, überraschten Augen stand Sascha da. Woher konnte denn der kleine Drache das wissen? Genau das hatten Vati und Mutti ihr immer erzählt.

»Kennst du die Geschichte von Hänsel und Gretel?«, hörte sie Flax fragen, und als sie nickte, fuhr er fort: »In dieser Geschichte jagen die Eltern die beiden Kinder in den Wald und sind sehr, sehr böse zu ihnen. Sie wollen, dass die Kinder frieren und verhungern und sich im Wald verirren und dann vielleicht sogar aus Angst sterben. Und dann kommt die Fee und hilft den Kindern. Sie gibt ihnen zu essen und ein warmes Bett und sagt ihnen, dass sie nicht mehr nach Hause zurückmüssen. In der Zwischenzeit fragen die Lehrer in der Schule, wo die Kinder geblieben sind, und die Eltern erzählen, dass eine böse Hexe sie im Wald gefangen hält. Und weil niemand glauben will, dass Eltern wirklich böse zu ihren Kindern sein können, glauben die Lehrer und auch andere Leute, dass die Eltern natürlich die Wahrheit sagen. Und so werden aus den Feen Hexen gemacht. Und die Eltern können zu ihren Kindern weiter böse sein.«

Sascha hatte sehr aufmerksam zugehört. Es war nicht leicht zu verstehen, was ihr der Drache da erklärte. Aber sie erinnerte sich jetzt, dass am Anfang des Märchens *die Eltern* böse gewesen waren und an die große Angst der Kinder.

»Gibt es dann gar keine bösen Hexen?«, fragte sie.

Flax ließ sich eine Weile Zeit mit seiner Antwort. »Also«, er kratzte sich am Kopf, »ich glaube schon, dass es auch böse Hexen geben kann. Genauso wie es auch böse und liebe Eltern geben kann und böse und liebe Drachen. Ich kenne ein Geheimnis, wie du herausfinden kannst, ob jemand böse oder lieb ist. Wenn du willst, verrate ich es dir.«

Sascha nickte begeistert, und gemeinsam gingen sie weiter ins Wohnzimmer, wo Sascha von der Murmelaugenfrau eine warme, weiche Decke bekam und sich einkuschelte. Der Drache rollte sich neben ihr zusammen und legte seinen Kopf an ihre Schulter.

Nachdem die Frau den Saft geholt und sich vor die beiden auf den Boden gesetzt hatte, senkte Flax seine Stimme fast zu einem Flüstern.

»Das Geheimnis liegt in jedem Kind und in jedem Drachen

selbst. Man muss es nur wiederfinden. Wenn du irgendwo bist und dein Bauch fühlt sich warm an und schön und du fängst an zu träumen und zu lachen und zu spielen und du bist so richtig froh darüber, dass du an diesem Ort bist, wo du dich so wohl fühlst, dann hast du einen lieben Menschen oder einen lieben Drachen getroffen.

Und wenn du dann Angst bekommst, weil du nicht sicher bist, ob jemand dich nur locken will, so wie es von der Hexe bei Hänsel und Gretel berichtet wird, und du das fragst und dich dann jemand tröstet und in den Arm nimmt, bis dein Bauch sich wieder warm und fröhlich anfühlt, dann ist es ein guter Mensch oder ein guter Drache.

Wenn du aber Angst hast und dein Bauch wird ganz kalt und klein und tut dir sogar weh und dein Herz beginnt ganz doll in dir zu galoppieren und in deinem Kopf rast alles und du darfst nicht weinen und niemand hilft dir, dann sind das böse Menschen oder auch böse Drachen. Und wenn sie sagen, dass deine Angst und deine Schmerzen falsch sind, dann sind es sogar sehr böse Menschen oder Drachen, die dich ganz doll angelogen haben und denen du nicht glauben musst.«

Sascha sah den kleinen Drachen lange an. Dann fragte sie: »Wenn mein Bauch warm ist, dann habe ich einen lieben Drachen und eine liebe Fee getroffen?«

»Ja, genau«, bestätigte Flax.

»Aber«, sagte Sascha und stockte. Stille Tränen liefen über ihr Gesicht. »Wenn sich doch dann die Fee in eine Hexe verwandelt und der Drache in einen Wolf?« Ihre Worte hingen wie eine dunkle Gewitterwand im Raum und Sascha wurde sehr kalt unter ihrer Decke.

»Dann«, sagte Flax und streichelte mit seiner Pfote sanft über ihr Gesicht, »musst du ganz schnell zu einer Fee laufen und ihr alles erzählen. Es gibt Feen, die dir glauben und dir helfen. Und auch Drachen. Ich zum Beispiel«, sagte Flax und grub seinen Kopf ein wenig tiefer in ihren Nicki.

»Bist du mein Freund?«, fragte Sascha und ihr Herz setzte aus, als sie ihre eigene Stimme hörte.

»Ja, ich bin dein Freund. Und auch Janne ist deine Freundin. Sie wird dir helfen, so wie sie mir geholfen hat, als ich zu ihr gelaufen bin.« Der kleine blaue Drache schwieg jetzt.

»Hast du auch böse Menschen und Drachen getroffen, die sich verwandelt haben?« Sascha wischte ihre Tränen weg und sah ihrem neuen Freund forschend in sein freundliches Gesicht. Der nickte und sah plötzlich traurig aus.

»Ja, ich lebte in einer Drachenfamilie, wo mich die Großen immer ausgelacht und gesagt haben, dass ich ganz hässlich und ganz dumm bin.«

Sascha konnte nicht glauben, was sie da hörte. Ihr lieber kleiner neuer Freund? Nein, so etwas konnte doch niemand über ihn sagen. Er war der schönste und liebevollste und ehrlichste Drache, den sie je getroffen hatte. Was für gemeine Leute das gewesen sein mussten.

»Dann haben sie mich eingesperrt und geschlagen, weil ich kein Feuer machen konnte. Dabei war ich dazu noch viel zu klein. Bevor ein Drache nicht mindestens eintausenddreihundertsechzig Jahre alt ist, kann er das gar nicht lernen. Aber all das wusste ich leider nicht. Ich habe selber geglaubt, dass ich ein böser, dummer Lügendrache bin, der seinen Eltern nur Kummer bringt.«

Sascha sah ihn erschrocken an. So böse waren seine Eltern zu ihm? Sie nahm ihn ein wenig fester in den Arm und drückte ihr Gesicht in sein blaues Fell.

»Das finde ich dolle gemein und es stimmt auch gar nicht. Du bist ein lieber Drache und ich mag gerne deine Freundin sein.« Sie gab ihm einen vorsichtigen Kuss auf seinen türkisgrünen Flügel und er lachte glücklich.

»Ich bin sehr froh, dass du mir glaubst. Und ich glaube dir auch. Und«, Flax überlegte einen Moment, »die Janne hat mir das auch alles geglaubt. Deswegen weiß ich«, schloss er seine kleine Rede ab, »dass die Janne eine Fee ist und auf keinen Fall eine böse Hexe.«

Sascha nickte und streichelte Flax über sein flauschiges Fell. Noch nie hatte sich jemand so mit ihr unterhalten. Ihr Bauch fühlte sich wieder ganz warm an und sie erinnerte sich an das Geheimnis, das ihr der Drache soeben geschenkt hatte. Wenn der Bauch sich warm anfühlte und keine Angst in ihr war, dann handelte es sich um liebe Menschen und Drachen.

Verstohlen betrachtete sie die Murmelaugenfrau, die ein wenig abseits auf dem Fußboden saß und nachdenklich den Drachen ansah, als habe sie ihm genauso aufmerksam zugehört wie sie selbst. Wenn der Drache sagte, dass sie eine Fee war, dann musste das einfach stimmen. Und tatsächlich fühlte sich ihr Bauch warm an und sie fühlte ein kleines Lachen darin und ein wenig Vertrauen, dass niemand in diesem Haus sich plötzlich verwandeln würde.

»Murmelaugenfrau?« Sascha sah sie zum ersten Mal direkt an. »Der Drache sagt, du bist eine Fee und verwandelst dich nicht. Da hat er doch Recht, oder?«

»Ja«, sagte die Frau und lächelte. »Und jetzt hole ich dir endlich mal das Märchenbuch. Ich glaube«, sagte sie mit einem Blick auf Flax, »dein neuer Freund ist ein bisschen müde geworden. Meinst du, du kannst kurz auf ihn aufpassen? So lange, bis das Feuer im Kamin brennt? Dann könnten wir ihn wieder aufwecken und ich lese euch das Märchen vor, das du für euch ausgesucht hast.«

»Meinst du, ich kann das? Auf ihn aufpassen?«

»Ja, er wird in deinen Armen bestimmt gut träumen. Sieh mal, er lächelt im Schlaf.«

Und tatsächlich, Flax hatte sich ganz und gar zusammengerollt und lächelte ein wunderschönes Drachenlächeln. Sascha war sehr stolz, dass ihr der kleine Drache so sehr vertraute. Die Murmelaugenfrau war aufgestanden und in ein anderes Zimmer gegangen. Sascha hörte ihre Schritte, und kurz darauf kam sie mit einem großen, bunten Buch zurück. Saschas Herz klopfte vor Aufregung. Sie streckte eine Hand nach dem Buch aus und die Frau legte es vorsichtig neben den Drachen auf ihren Schoß.

Sascha befühlte die Seiten und blätterte jede einzelne vorsichtig um. Lesen konnte sie fast noch gar nicht, aber die Bilder erzählten so vieles, dass sie bald ganz in den Farben und Bildern des Buches versank. Sie begann zu träumen, und all das, was sie von ihrem neuen Freund gehört hatte, die Wärme der Decke, die Geräusche, die die Murmelaugenfrau beim Feueranzünden machte, und die Farben und Muster auf jeder Buchseite verwoben sich für sie zu einem ganz eigenen Märchen, und wie durch eine neue, noch unbekannte und doch vertraute Märchenwelt flog sie immer weiter.

Sie begegnete Hänsel und Gretel, die verzweifelt versuchten, der verwirrten Frau Krebs vom Jugendamt zu erklären, dass die Murmelaugenfrau keine Hexe, sondern im Gegenteil eine liebe Fee sei. In ihrem Märchen hörte sie die Eltern böse Dinge über die Murmelaugenfrau sagen, und sie traf einen kleinen gefangenen Drachen, der mit einem Stock geschlagen wurde, weil er nicht Feuerspucken konnte. Sie sah Hannah, die wütend um sich schlug, und ein Fenster auf dem Dachboden zerbarst in tausend Scherben, die bunte Regenbögen auf den schmutzigen, spinnenübersäten Holzboden warfen. Und dann kam Flax herangeflogen, und Sascha beschwor Hannah in schnellen, wilden Worten, daran zu glauben, dass Flax sich bestimmt nicht in einen bösen bissigen Wolf verwandeln, sondern sie beide sicher zur Murmelaugenfrau bringen würde. Weg von diesem stickigen, heißen, gefährlichen Ort.

Aber Hannah wollte ihr nicht glauben, und auch John sah sie wütend an und sagte »du Traumtänzerin« zu ihr, und plötzlich wusste Sascha nicht mehr, ob sie vielleicht doch alles nur geträumt hatte und John Recht hatte und sie in Wirklichkeit überhaupt nicht auf einem gemütlichen Sofa saß mit einem Märchenbuch auf den Knien und einem lustigen blauen Drachen im Arm und einer Murmelaugenfrau in der Nähe, die eine Fee und keine Hexe war und gerade für ihren kleinen Drachen ein Feuer machte, weil er sich das so sehr gewünscht hatte.

Entsetzt fuhr sie auf. Das Buch fiel krachend zu Boden und die Frau drehte sich erschrocken um.

»Entschuldigung«, sagte Hannah, »ich hab gar nicht mitbekommen, dass ein Buch auf meinen Knien lag.«

»Das macht doch nichts«, sagte Janne und sah sie forschend an.

»Ist irgendwas?«, wollte Hannah wissen, die Jannes Blick nicht einordnen konnte. Sie überlegte fieberhaft, was eigentlich gerade passiert war. Hatten sie nicht eben noch in der Küche gesessen und leckere Spaghetti gegessen? Aber dann? Irgendetwas war passiert, aber sie wusste nicht, was. Jetzt jedenfalls saß sie im Wohnzimmer und Janne fachte offensichtlich gerade den Kamin an. Verwirrt und wie gelähmt beobachtete Hannah sie dabei. Sie hatte Janne doch gesagt, dass sie kein Kaminfeuer mochte!

Das Feuer brannte schon und Hannah versuchte panisch, woanders hinzusehen und das würgende Gefühl im Hals loszuwerden. Ihre Beine waren eingeschlafen und kribbelten unangenehm. Beim Strecken fiel etwas Blaues auf den Boden und sie bückte sich, um es aufzuheben. Als sie sah, was es war, vergaß sie für einen Augenblick ihre Angst.

»Och, der ist ja süß. Ist das deiner?«

Janne nickte. »Hannah, was ist los? Du siehst plötzlich so blass aus.«

Sie folgte Hannahs Blick, der wie gelähmt im Kamin festhing. Bevor Hannah ihre Panik in Worte fassen konnte, ging Janne zum Kamin und begann das Feuer zu ersticken.

»Oh, tut mir Leid, Hannah. Ich hatte vergessen, dass du Feuer nicht magst. Es ist gleich vorbei. Dauert nur einen Moment.«

Janne sah sie immer noch an, als hätte sie sie nie zuvor gesehen. Hannah zog sich misstrauisch in sich selbst zurück. Irgendetwas stimmte hier doch nicht. Verdammt, wieso kam sie nicht drauf? Sie spürte, dass sie etwas sagen musste. Sie wusste nur nicht, was und wie sie es anfangen sollte. Schließlich gab sie sich einen Ruck.

»Du willst mich bald loswerden, stimmt's? Ich wachse dir irgendwie über den Kopf, wie es die Erwachsenen immer so schön ausdrücken.«

»Nein«, sagte Janne, »das ist es nicht. Ich hole mir einen Tee aus der Küche. Willst du auch einen?«

»Du bist irgendwie sauer auf mich, oder? Stimmt doch! Ich kann auch gehen. Du brauchst es nur zu sagen, dann bin ich in drei Sekunden weg.«

»Hannah, lass uns doch bitte gleich zusammen überlegen, wie es weitergehen kann, okay? Ich freue mich, dass du heute mein Besuch bist, und ich möchte wirklich gerne wissen, was du weiter machen willst.« Janne schien zu überlegen, dann sagte sie: »Ich will nicht, dass du ziellos durch die Straßen ziehst. Es gibt andere und viel bessere Möglichkeiten. Aber um darüber zu reden, brauche ich einen Tee und eine Zigarette. Das ist alles. Kannst du mir das glauben?«

»Ja, ja, ist schon okay. Ich will auch einen Tee und vielleicht sogar eine Zigarette und irgendwie habe ich immer noch Hunger.«

»Du hast auch fast gar nichts gegessen. Ich mache das Essen noch mal warm und bringe es dann mit. Dauert nur ein paar Minuten.«

»Ist gut, ich lese solange das Buch weiter, das du mir geschenkt hast.«

Hannah fand ihren Rucksack in dem kleinen Gästezimmer und setzte sich aufs Bett. Verdammt, was war in der Zwischenzeit geschehen? Wie war sie von der Küche ins Wohnzimmer geraten? Mit einem Buch auf den Knien, in eine Decke gewickelt, zusammen mit einem Plüschtier? Das ist doch total verrückt, dachte sie.

Sie hatte so sehr gehofft, dass ihr das nie wieder passieren würde, wenn sie erst von zu Hause weg war. Stattdessen war es sogar noch schlimmer geworden. Warum konnte sie mit niemandem darüber reden, dass immer wieder Zeit verging, ohne dass sie es merkte? Und warum sprach sonst niemand über dieses Phänomen? Vielleicht hatte ihre Mutter doch Recht damit, dass sie vollkommen durchgeknallt und verhaltensgestört war. Also lieber nicht nachfragen!

Seufzend nahm sie das Buch und ging zurück ins Wohnzimmer. Sie hörte Janne in der Küche rumoren, und trotz ihrer plötzlichen Unsicherheit und einem schleichenden Gefühl von Angst fühlte sie sich geborgen und sicher in dem kleinen alten Häuschen.

Liebes Tagebuch

Liebe Klara,

heute habe ich es mal geschafft, sofort daran zu denken, mein Tagebuch an dich zu schreiben. Ist doch auch schon ein Fortschritt, oder?

Es gibt total viel zu berichten, so dass ich gar nicht weiß, wo ich anfangen soll. Das Wichtigste ist, glaube ich, dass ich mich mit jedem Tag total viel verändere. Ich weiß nicht so richtig, wie ich dir das in Worten beschreiben kann. Vor allem, weil es mir manchmal unheimlich ist, aber manchmal finde ich es auch toll.

Manchmal bin ich neuerdings in der Schule plötzlich so richtig offen und erzähle dann ganz viel von mir.

Mein Klassenlehrer hat letzte Woche in der Pause zu mir gesagt: »Mensch, Hannelore, du taust ja richtig auf. Geht es dir besser?« Wieso besser? Ich wusste gar nicht, dass es mir so schlecht ging. Na ja, da war dieses Gespräch mit der Vertrauenslehrerin. Wer weiß, vielleicht hat sie ja meinem Klassenlehrer was weitererzählt, obwohl ich das ehrlich gesagt nicht in Ordnung finde.

Mit dem vielen Reden, das ist mir oft schon richtig peinlich. Weißt du, die Worte kommen einfach so aus mir herausgepurzelt, ohne dass ich richtig darüber nachgedacht habe. Ich höre mich dann reden und bin selber über meine Gedanken erstaunt. Manchmal sind die sehr philosophisch, echt so richtig tiefgründig. Wusste gar nicht, dass ich so denken kann.

Und manchmal, da mache ich richtig gute Witze, so dass in der Klasse alle lachen, und echt scharfsinnige und witzige Kommentare, vor allem, wenn die Jungs blöde Sprüche über Mädchen machen.

Aber ich selbst sozusagen bin eigentlich gar nicht besonders schlagfertig oder witzig oder so etwas. Und ironisch, wie ich jetzt manchmal auch bin, bin ich schon gar nicht – von meiner Natur her würde ich mich eher als ruhigen, ernsten und traurigen Menschen beschreiben. Schon klug – also dumm kann man mich wirklich nicht nennen –, aber eigentlich total verschlossen, in mich selbst eingegraben. Richtig erzählen tue ich nur dir hier im Tagebuch, nur dir vertraue ich richtig. Und sage dir auch Sachen, die mir sehr, sehr schwer fallen und wegen denen ich mich auch schäme.

Ich finde, das muss sich wirklich ändern, diese Verschwiegenheit ist ja nicht zum Aushalten. Und das Leben ist doch viel zu kurz, um sich in seine eigene kleine Welt zurückzuziehen. Ich habe bloß so lange nichts gesagt, weil ich ganz genau weiß, dass Papa nicht will, dass wir was von zu Hause erzählen. Und wieso will er das nicht? Na, ist doch logisch. Aus Angst, was andere Menschen, zum Beispiel Frau Liesban oder unser Klassenlehrer Herr Kuck, wohl über die saubere Familie Merkum herausfinden könnten.

Ich finde, wir dürfen nicht schweigen! Wir müssen weg von zu Hause. Wieso freundet sich die blöde Miriam nicht endlich mit der Neuen an. Stephanie oder wie sie noch mal heißt. Ich trau mich das irgendwie nicht so richtig, weil sie doch ein Mädchen ist und so. Ich komme einfach besser mit Jungs klar. Zum Beispiel den Stephan, den finde ich echt superklasse. Endlich mal nicht so ein Hohlkopf, der nur an Mädchenärgern, Fußball und Rumprahlen denkt. Und Gitarre spielt der Typ – echt zum Verlieben! Aber das lass ich wohl lieber mal bleiben. Jedenfalls ist es spitzenmäßig, dass wir jetzt mit ihm zusammen in der Schülerzeitungsredaktion arbeiten. Das war die beste Idee des Jahrhunderts – ehrlich.

Und diese Jugendgruppe, die für ein unabhängiges Jugendzentrum kämpft, die finde ich wirklich cool. Okay, die Leute sind nicht vom Gymnasium, sondern von der Hauptschule, und Vater meint, diese Leute wären ja wohl nicht so ganz unser Niveau, aber ich finde Vater sowieso in vielerlei Hinsicht reichlich reaktionär, wollte ich bei dieser Gelegenheit mal vermerkt haben.

Mit Vater über Politik zu streiten mag ja bis zu einem gewissen Grad tatsächlich Spaß machen, aber teilweise hat der Typ dermaßen rückständige Überzeugungen, dass man sich wirklich schämt, sein Kind zu sein.

Letztens zum Beispiel behauptet er doch glatt, nur Arbeitslose und Sozialschwache und Alkoholiker würden ihren Kindern Gewalt antun. Er hat sogar auf einem Kongress, wo es um Gewalt in der Familie geht, ein Referat gehalten, wo er das wissenschaftlich, man stelle sich vor: wissenschaftlich nachgewiesen hat, dass Gewalt an Kindern in Mittel- und Oberschichtsfamilien nur einen geringen Bruchteil ausmacht.

Vorher hat er Miriam das Referat zum Lesen gegeben – und jetzt halte dich fest, Klara – Miriam hat doch glatt gesagt: »Mensch, Papa, bin ich froh, dass ich nicht solche Eltern habe.« Also, tut mir Leid, aber da hat es mir dann gereicht. Ich sie also weggeschubst und dann mit Vater mal ein paar ernste Worte gewechselt – von wegen keine Gewalt in Mittelschichts- und Oberschichtsfamilien.

Dann ist Vater ziemlich wütend geworden. Also, bei ihm sieht das ja so aus, dass man das nicht an seiner Lautstärke merkt oder so. Er wird im Gegenteil dann immer total ruhig – so dass einem himmelangst wird – wie vor einem tierischen Sturm, wo dann die Vögel aufhören zu singen und die Luft vor Spannung zu knistern beginnt und die Leute auf der Straße ganz still werden und wirklich jegliche Unterhaltung einstellen. Ja, also Vater wird dann genau so, dass einem angst und bange wird. Dann färbt sich sein Gesicht langsam rot und er schiebt im Zeitlupentempo seine Brille von der Nase hoch auf die Stirn. Seine Stimme wird dann gefährlich leise und er sagt: »Wer bist du eigentlich, dass du so mit deinem Vater sprichst?« Dann fasst er mich voll brutal an den Schultern und schüttelt mich, dass mir echt ganz anders wird – von wegen keine Gewalt gegen Kinder in Mittelschichtsfamilien.

»Wer bist du«, hat er dann geflüstert, »dass du es wagst, derart mit deinem Vater zu sprechen?«

»Jurek«, habe ich geantwortet, und er sagt: »Aha, dann zieh dich schon mal aus, ich hole inzwischen ein paar Dinge, damit du eine Ahnung davon bekommst, was Gewalt ist und wovon wir hier gerade reden. Und danach schreibst du einen Aufsatz darüber, haben wir uns verstanden?« Ich hab bloß genickt, und kaum ist der Typ zum Zimmer raus, habe ich gemacht, dass ich wegkomme.

Am nächsten Morgen in der Schule tat mir alles weh und beim Sportunterricht wollte ich mich nicht ausziehen. Ich hatte den ganzen Rücken und die Oberschenkel blau bis grün – netter Regenbogen, wirklich – wer hat so was schon persönlich auf seiner eigenen Haut! In der Dusche bekam ich fast einen Herzinfarkt. So schlimm hatte ich mir das gar nicht vorgestellt.

Der Sportlehrer hat's dummerweise auch gesehen und ich hatte ein Gespräch mit Frau Liesban. Inhalt? Keine Ahnung, weiß ich echt nicht.

Scheiße, ich habe irgendwie mal wieder den Faden verloren.

Ach, ich glaube, es ging um meine neue Redseligkeit. Vielleicht liegt es auch an meinem neuen Klassenlehrer, Herrn Kuck, der ist schon irgendwie echt toll drauf. Im Unterricht macht er so abgefahrene Sachen in Deutsch – aber auch in den anderen Fächern, das ist richtig gut. Ich traue mich vielleicht deshalb mehr. Was vor allem echt toll an ihm ist, dass er mich völlig in Ruhe lässt, wenn ich mal wieder ›abwesend‹ bin, wie man so schön sagt. Er stört mich dann nicht oder versucht, mich auf frischer Tat dabei zu ertappen, dass ich gerade nicht aufgepasst habe, wie es vor ihm schon etliche Lehrer getan haben. Er versteht es einfach und lässt mich machen.

Das Einzige, was ein bisschen komisch ist, dass er denkt, dass ich voll die tolle Sozialarbeiterin oder Psychologin oder so etwas bin. Weil er dann Mädchen mit Selbstmordgedanken oder Problemen zu Hause zu mir schickt und tatsächlich glaubt, ich könne denen helfen. Irgendwie rede ich dann auch mit ihnen – ich weiß nicht was –, und den Mädchen geht es wirklich besser danach. Ich versuche dann, stolz auf mich zu sein, Herr Kuck ist es auf jeden Fall, aber ehrlich gesagt macht mir das Angst mit den drei Schülerinnen, mit denen ich bisher gesprochen habe. Aber das traue ich mich natürlich nicht Herrn Kuck zu sagen. Ich bin ja froh, dass er nicht so scheiße von mir denkt.

Weißt du was? Ich finde, ich schreibe irgendwie viel zu wenig über mich, ich meine darüber, wie es mir wirklich geht. Für so vieles habe ich keine Worte, es gibt keine. Und viel zu oft weiß ich überhaupt keinen Grund dafür, warum ich mich schlecht fühle, aber auch nicht, warum ich mich gut fühle. Eigentlich beobachte und analysiere ich mich ständig. Meinst du, das ist in meinem Alter ganz normal? Irgendwie kann ich über solche Fragen echt mit niemandem reden. Manchmal habe ich das Gefühl, von einem völlig anderen Planeten zu kommen.

Wir haben seit einem Monat ein neues Mädchen in der Klasse. Ich glaube, sie ist nett. Sie kommt aus München und ist neu hierher gezogen, weil ihre Mutter hier eine Stelle gefunden hat. Sie spricht so klar und direkt über sich selbst und mit anderen und hat sehr viel Humor und ist trotzdem auch tiefsinnig und ernsthaft. Sie ist wirklich gut drauf, glaube ich. Ich würde sie so gerne ansprechen, aber ich traue mich nicht.

Ich wäre wirklich gerne so wie sie. Sie ist so selbstbewusst und redet, wie ihr der Schnabel gewachsen ist, und scheint überhaupt vor nichts Angst zu haben. Ich meine vor allem nicht davor, wie andere über sie denken könnten. Letzte Woche hat sie mich angelacht und ist mit ihren Schulsachen einfach auf den leeren Platz neben meinem gezogen. »Was dagegen, eine neue Nachbarin zu bekommen?«, hat sie gefragt und mich ganz spitzbübisch angesehen dabei. Und ich Idiot habe nur den Kopf geschüttelt. Na ja, jetzt sitzt sie jedenfalls neben mir und ich bin froh darüber.

Ach, könnte ich doch so reden und mich ausdrücken wie sie. Ich glaube, das ist im Moment fast mein allergrößter Wunsch.

Warum nur bin ich nicht so wie sie? Warum gibt es niemanden, mit dem ich wirklich über mich reden kann? Und wieso habe ich so große Angst davor? Ich will das nicht mehr! Niemand weiß, wie ich wirklich bin.

Warum verhält man sich nicht so, wie man ist? Warum ist man nicht einfach so, wie man ist? Vor wem müssen wir uns denn verstecken?

Ich bin so oft überhaupt nicht ich selbst, ich halte das nicht mehr aus, ich will das nicht mehr. Kannst du das denn nicht verstehen, Klara? Ich will, ich will sofort anders sein!

So, jetzt ist eine Stunde vergangen. Ich habe den Stift erst mal zur Seite gefeuert und geheult wie ein Schlosshund. Und jetzt geht es schon wieder.

Also wirklich. Dass ich vor Selbstmitleid nicht zerflossen bin! Es tut mir Leid. Ist ja alles Blödsinn. Ich kenne mich eben nur nicht mehr so richtig (aus). Nimm's mir nicht so übel. Ich habe das Gefühl (das Gefühl, wie gesagt), ich bin etwas auf die schiefe Bahn geraten. Wie komme ich nur dazu?

Ich finde einfach keine Worte für meine Gedanken. Am besten male ich nur noch und spreche überhaupt nicht mehr. Im Kunstunterricht lebe ich. Es ist die einzige Zeit, in der ich mich wirklich lebendig fühle. Ich spreche nicht mit Worten, ich spreche mit Farben und Formen. Mein Kunstlehrer hält mich für sehr begabt. Er fährt wirklich total auf meine Bilder ab. Aber ich, ich kann meinen Schmerz, meine Wut, all meine Gefühle nicht mal annähernd deutlich aufs Papier bringen, obwohl mein Lehrer sagt, er hätte selten ausdrucksstärkere und emotionalere Bilder gesehen als meine.

Es gibt ein Bild, das wir uns letzte Woche angesehen haben im Kunstunterricht. Es heißt >Der Schrei< oder >Der Schrei auf der Brücke<. Und genau so fühle ich mich oft. Genau so will ich malen. Ich könnte schreien, schreien, schreien und ich würde bestimmt niemals damit aufhören, wenn ich nur einmal damit angefangen habe. Meinem Kunstlehrer habe ich erzählt, dass ich mit meinem Namen überhaupt nichts anfangen kann und mir einen Künstlernamen wünsche. Er fragte mich dann, wie ich am liebsten heißen würde, und ich sagte ihm, dass ich in Wirklichkeit Silver heiße.

Er hat nur genickt und nennt mich seitdem Silver. Das finde ich echt klasse.

Warum schreibe ich solche Sachen? Bin ich es überhaupt, die diese Sachen schreibt? Oder habe ich sie nur irgendwoher geklaut? Ich finde mich schrecklich!

Liebe Miriam,
1. Dezember 1994
triff dich doch einfach mal mit Stephanie. Sie ist ein tolles Mädchen und sie mag dich gern! Deine Klara

Ankunft im Mädchenhaus

4. Kapitel, in dem Janne Hannahs Mut herausfordert, eine spannende Diskussion mit John führt und einiges über Hannah und die Anderen erfährt

Die Kerze in der Küche war beinahe ganz heruntergebrannt. Janne sah die dunkelrote Pfütze auf dem Holzfußboden und Hannahs Teller, auf dem die fast unberührten Spaghetti mittlerweile kalt geworden waren.

Janne setzte sich auf die Stuhlkante. Das tat sie immer, wenn sie aufgewühlt war und eigentlich Zeit brauchte, um etwas Erlebtes innerlich zuzuordnen, aber dazu gar nicht die Ruhe hatte. Sie manchmal auch nicht wirklich haben wollte. Vielleicht, weil sie den Zeitpunkt nicht für geeignet hielt, etwas, das sie erschütterte, wirklich voll und ganz zu begreifen.

Stattdessen saß sie dann also auf der erstbesten Stuhlkante, rauchte eine Zigarette und dachte nur an das Nächstliegende. Jetzt zum Beispiel Tee zu machen und das Essen für Hannah aufzuwärmen. Sie fragte sich, ob Sascha wohl auch noch Hunger hatte, und erschrak.

Was für ein seltsamer Gedanke, schoss es ihr durch den Kopf, und gleichzeitig: Es gibt sie wirklich. Sie und Hannah und wer weiß, auf wen ich noch treffen werde.

Dieser Gedanke war ihr nicht eigentlich unheimlich. Sascha hatte so leibhaftig vor ihr gesessen und mit dem kleinen Plüschdrachen geredet, dass keinerlei Zweifel daran blieb, dass es sie tatsächlich gab.

Ob Hannah deshalb immer wieder so misstrauisch ist und so verwirrt wirkt?

Janne stand auf. Während sie darauf wartete, dass das Teewasser kochte und die Nudeln warm wurden, wischte sie den Tisch und den Boden. Die Pfütze sah plötzlich aus wie Blut. Sie dachte an den Augenblick, als das Glas umkippte – an Hannahs entsetztes Gesicht und ihre Panik. Sie hatte sich mit Sicherheit geduckt, weil sie erwartete, dass sie sie schlagen würde. Janne schüttelte den Kopf.

Wenig später trug sie ein Tablett mit Tee und Essen zurück ins Wohnzimmer. Hannah war offensichtlich kalt geworden, denn sie hatte sich ganz in die Decke eingewickelt. Sie sah nicht auf, als Janne das Tablett auf einem kleinen Glastisch abstellte. Erstaunlich, wie tief sie in einem Buch versinken und gleichzeitig so wachsam und schreckhaft sein konnte.

»Hey«, sagte Janne, »dein Essen ist fertig. Ich hoffe, es schmeckt dir auch aufgewärmt.«

Hannah legte das Buch auf die Seite und sah Janne an. »Danke. Überhaupt danke für alles. Ohne dich würde ich jetzt bestimmt irgendwo auf einer Parkbank sitzen und mir wäre kalt und ich wäre völlig durchgeregnet und wahrscheinlich längst verhungert«, sagte sie mit schelmischem Gesichtsausdruck.

Janne goss sich einen Tee ein, und während sie noch überlegte, wie sie über das Mädchenhaus reden könnte, ohne dass Hannah wieder das Gefühl bekam, dass sie sie nur loswerden wollte, sagte Hannah: »Und was meinst du, was ich jetzt machen soll?«

»Darüber habe ich auch gerade nachgedacht. Was hältst du von der Idee, ins Mädchenhaus zu gehen?« Den Tee in der einen, die halb gerauchte Zigarette in der anderen Hand, sah Janne das Mädchen gespannt an.

»Drehst du mir auch eine?«, fragte Hannah und rührte grübelnd in ihrem Tee. Ihre Worte kamen zögerlich, als müsse sie jedes einzelne sorgsam abwägen. »Du denkst, ich sollte ins Mädchenhaus gehen?«

»Ja«, sagte Janne. »Ich weiß, dass das Mädchenhaus ein wirklich guter Ort ist. Und ich habe das Gefühl, dass es für dich genau das Richtige wäre.«

Hannah schwieg, die Stirn in tiefe Falten gelegt, und rührte und rührte. Die Minuten zogen sich quälend in die Länge. Janne hielt den Atem an. Was würde Hannah jetzt tun? Wie würde sie sich entscheiden? Würde sie Janne vertrauen?

»Und du meinst, die glauben mir?«

»Ich meine das nicht nur, ich weiß es.« Janne sah Hannah beinahe beschwörend an.

»Aber woher willst du das wissen?«

Janne überlegte, welche Frau im Mädchenhaus heute die Nachtschicht machte. Wahrscheinlich Aische, vielleicht auch Jackie. Irgendetwas hatte Noa doch gestern erwähnt. Ach ja, Jackie war für ein paar Tage zu ihren Eltern gefahren, weil ihre Großmutter im Sterben lag. Aische hatte Dienst.

Janne war beruhigt. Sie kannte Aische gut, mochte sie und vertraute ihr.

»Hannah, ich weiß es. Bitte, glaub mir doch. Du musst den Frauen dort überhaupt nichts erzählen. Es reicht, wenn du ihnen sagst, dass du ins Mädchenhaus willst. Die Frauen wissen, dass kein Mädchen ohne Grund von zu Hause wegläuft. Und außerdem«, Janne grinste, »kannst du es doch einfach versuchen. So wie mit mir. Wenn es dir nicht gefällt, dann gehst du eben nicht hin. Probier es aus. Damit kannst du eigentlich nichts falsch machen.« Die Herausforderung war nicht zu überhören.

Hannah richtete sich auf und wickelte sich aus der Decke. »Okay, du hast Recht. Was hab ich schon groß zu verlieren. Und je eher ich Klarheit habe, desto besser. Für alle Beteiligten«, setzte sie noch hinzu, und Janne fragte sich, wen sie damit wohl meinte.

»Dann hol ich dir mal das Telefon«, sagte sie erleichtert und ging in die Küche, wo der Apparat auf der Fensterbank stand. Daneben hatte vor mehr als einer Stunde noch ihr kleiner blauer Drache gesessen. Na, hoffentlich ist das Telefon für Hannah so beruhigend, wie es der Drache für Sascha war, dachte sie.

Mit klopfendem Herzen ging sie ins Wohnzimmer zurück. »Wenn du allein sein möchtest, kannst du auch in dein Zimmer gehen«, sagte sie und reichte Hannah den Apparat. »Die Schnur reicht bis dorthin.«

»Nein.« Hannah zögerte. »Ich meine, vielleicht kannst du mir helfen, wenn ich nicht weiterweiß?«

Janne nickte. »Natürlich helfe ich dir. Hast du schon eine Idee, was ich sagen soll?«

»Na ja, vielleicht dass du denkst, dass ich dahingehen darf, weil das denkst du doch, oder?«, vergewisserte sich Hannah.

»Ja, auf jeden Fall.« Janne dachte einen Moment nach, dann sagte sie: »Hannah, du solltest noch wissen, dass ich einige der Frauen, die im Mädchenhaus arbeiten, auch selber kenne. Mit einer Frau bin ich sehr, sehr gut befreundet.«

»Du kennst die Frauen?«, sagte Hannah verblüfft und leicht ungläubig.

»Ja. Heute Abend hat Aische Dienst. Nur damit du dich nicht wunderst, wenn ich dann vielleicht mit Aische rede. Dass du einfach weißt, dass wir uns kennen.«

Hannah nickte. »Dann hast du sicher auch die Telefonnummer im Kopf, oder?«, sagte sie grinsend.

Klar hatte Janne die Nummer im Kopf. Hannah wählte und ihr Lächeln wich einem Ausdruck angestrengter Konzentration.

»Ja, guten Tag«, sagte sie dann. »Ich wollte fragen, ob ich ins Mädchenhaus kommen kann.«

Hannah biss sich nervös auf die Unterlippe und stieß mit dem Fuß immer wieder vors Tischbein. Janne bedauerte, dass sie die Antworten nicht hören konnte, und versuchte, in Hannahs Gesicht zu lesen, was auf der anderen Seite der Leitung geschah.

»Ich habe die Telefonnummer von der Mutter einer Klassenkameradin. Sie hat mir erzählt, dass es das Mädchenhaus gibt und dass Mädchen dorthin gehen können, die nicht mehr nach Hause zurückwollen.«

Hannah schwieg jetzt. Sie schien sich etwas zu entspannen, während sie der Stimme am Telefon lauschte. Sie nickte zweimal und legte einmal die Stirn in Falten, dann wandte sie sich Janne zu.

»Sie will wissen, wo wir uns treffen können, um zu besprechen, ob ich die Regeln im Mädchenhaus gut finde. Und sie will wissen, wann wir uns treffen. Ob es sofort sein muss oder auch in einer Stunde geht.«

»In einer Stunde reicht. Und sag ihr, dass ich dich zu einem Treffpunkt bringen kann.«

Hannah nickte. Sie hatte vor Aufregung ganz rote Wangen bekommen.

Janne saß wie auf Kohlen, während sie das Telefonat verfolgte. »Und?«, fragte sie erwartungsvoll, sobald Hannah aufgelegt hatte.

Hannah lächelte etwas verunsichert. »Ich glaube, es war ganz okay. Sie sagte, dass wir uns in der Beratungsstelle treffen können. So um elf.« Sie blinzelte zweifelnd. »Meinst du, das schaffen wir?«

»Ja klar, kein Problem. Die U-Bahn fährt von hier aus durch«, beruhigte sie Janne. »Ich räume schnell die Küche auf und wir treffen uns wieder hier und trinken noch einen Tee zusammen, bevor wir aufbrechen.«

Während Hannah ihre Sachen packte, saß Janne am Küchentisch und sah aus dem Fenster. Es dauerte eine Weile, bis sich ihre Augen an die Dunkelheit gewöhnt hatten. Sie blies die Kerze aus, von der nur noch ein Stummel übrig war. Wie es Hannah wohl im Mädchenhaus ergehen würde? Ob sie ihr ihre Telefonnummer geben sollte? Janne wusste, dass Noa den Mädchen nie ihre Privatnummer gab, aber sie war ja auch eine Betreuerin.

Dass Hannah wegmusste von zu Hause, war für Janne überdeutlich. Unfassbar, überlegte sie, dass ich Hannah erst vor ein paar Stunden kennen gelernt habe. Ihr schien es Wochen her zu sein.

Diese komische Sache mit ihrem Zeitgefühl, auf das sich wohl keine Uhr der Welt jemals einstellen würde. Andere Menschen kannten das auch. Für Noa zum Beispiel, die nach dem jüdischen Kalender lebte, war die Sache mit der Zeit sogar noch sehr viel verrückter. Sie hatte neben der christlichen immer auch die jüdische Zeitrechnung vor sich, und der Unterschied betrug ja immerhin nur lächerliche 3756 Jahre. Das muss sich mal einer vorstellen, dachte Janne und grinste.

Es war auch enorm schwierig, Hannahs Alter zu schätzen, kehrte sie in Gedanken zu ihrem Schützling zurück. Sie konnte zwölf Jahre alt sein, aber durchaus auch siebzehn. Die Wahrheit lag wahrscheinlich irgendwo in der Mitte.

Was hatte Hannah erlebt? Was hatte es notwendig gemacht, mehr als nur Eine zu sein? Würden die Frauen im Mädchenhaus mit Hannah und Sascha umgehen können? Würden sie sie verstehen?

Als Janne ins Wohnzimmer zurückkam, stopfte Hannah gerade ihr neues Buch in den voll gepackten Rucksack. Mit einiger Mühe schaffte sie es auch diesmal, ihn zu schließen.

»Willst du noch einen Tee?«

Hannah nickte und hielt Janne den Becher hin. »Jetzt müssen wir bald gehen?«

»Ja, in einer viertel Stunde. Wie fühlst du dich denn?«

»Weiß nicht. Schon irgendwie komisch.« Hannah betrachtete ihre Füße. »Ich dachte, die Mutter von Stephanie spinnt bestimmt. Ich weiß auch gar nicht, wieso sie überhaupt auf das Mädchenhaus gekommen ist.« Hannah stockte. »Ich hab der doch gar nix erzählt«, schloss sie dann verwirrt.

»Vielleicht«, begann Janne und war selbst traurig und verwirrt, »vielleicht erinnerst du dich nicht mehr daran? Und hast Stephanies Mutter doch etwas erzählt?«

Hannah zuckte zusammen. »Nein«, widersprach sie. »Daran würde ich mich bestimmt erinnern.«

Janne spürte ihren Zweifel. »Vielleicht ist es ja manchmal zu gefährlich, sich zu erinnern.«

»Wie meinst du das?«

»Na ja«, erklärte Janne, »meistens verbieten die Eltern ihren Kindern, etwas von dem zu erzählen, was zu Hause passiert. Und sehr oft schaffen sie es, ihren Kindern so viel Angst zu machen, dass sie sich dann auch nicht trauen.«

»Und wenn doch?« Hannah saß ganz aufrecht auf dem Sofa und wirkte auf einmal sehr kampflustig. Janne setzte sich ebenfalls aufrecht hin.

»Viele Menschen wollen nicht glauben, dass es Eltern gibt, die ihren Kindern etwas antun.«

An Hannahs Gesichtsausdruck konnte Janne sehen, dass sie genau diese Erfahrung zu kennen schien.

»Viele Menschen sind wohl eher bereit, die Kinder für Lügner zu halten, als sich einzugestehen, dass es Eltern gibt, die Verbrechen an ihren Kindern begehen. Das kann schlimme Folgen haben.«

Hannahs Blick war ins Nichts gerichtet und Janne fühlte sich, als hätte sie jeden Kontakt zu ihr verloren. Sie merkte, wie gefährlich das Thema war, doch sie fuhr fort: »Deshalb ist es auch so gut und wichtig, dass es seit ein paar Jahren endlich Mädchenhäuser gibt. Weil die Frauen den Mädchen nicht nur glauben, sondern außerdem dafür sorgen, dass auch andere ihnen glauben.«

»Andere?«

»Ja, zum Beispiel die Verantwortlichen auf den Jugendämtern, oder Lehrer und Lehrerinnen. Und Leute, die sonst noch mit Mädchen zu tun haben.«

»Ärzte?«

Wie ein Messer zerschnitt das Wort die Atmosphäre im Raum und Janne wurde schlagartig kalt. Ihr gegenüber saß nicht mehr das Mädchen, mit dem sie eben noch Tee getrunken hatte. Janne neigte den Kopf etwas zur Seite, eine Angewohnheit, wann immer sie hochkonzentriert war.

»Genau.« Sie hoffte, dass sie gehört wurde.

Die Antwort war knapp und deutlich. »Vergiss es.«

Janne hatte jegliches Zeitgefühl verloren. Aber es hatte nichts mit dem zu tun, worüber sie vorhin in der Küche nachgedacht hatte. Es ging etwas von *Hannah* aus, was ihre innere Uhr vollkommen durcheinander brachte.

»Hannah denkt immer, dass ihr schon jemand glauben wird. Echt voll bescheuert.«

»Und du, was denkst du?«

Es traf sie ein geringschätziger Blick. »Niemand wird jemals glauben, was wir zu sagen haben.«

»Du hast bisher noch niemanden gefunden, der euch glaubt.« Es war gleichermaßen eine Feststellung wie eine Frage.

»Nein, und ich kann mir auch nicht vorstellen, dass sich das ändert.«

»Und was denkst du über das, was ich gesagt habe?«

»Dass du naiv bist.«

»Wenn du mich wirklich für naiv halten würdest, dann säßest du nicht hier, und mit mir reden würdest du schon gar nicht.«

Ihr Gegenüber grinste über das ganze Gesicht. »Na ja, okay, vielleicht bist du nicht ganz so naiv, wie ich dachte. Aber meinst du im Ernst, dass die Frauen vom Mädchenhaus irgendwem vom Jugendamt oder anderen Leuten auch nur im Ansatz klarmachen können, was mit uns und auch anderen Jungen und Mädchen passiert?«

»Ja! Ich denke, dass Anfänge gemacht worden sind und dass es immer mehr Menschen gibt, die glauben, dass Gewalt für viele Mädchen und auch Jungen leider Alltag ist.«

»Okay, wir werden ja sehen, wer von uns beiden Recht behalten wird.«

»Ganz genau. Und jetzt müssen wir los, sonst verpassen wir die Bahn.«

»Ich heiße John, nur falls es dich interessiert.« Er musterte sie forschend, gab sich dabei aber betont lässig.

»Danke«, sagte Janne und stand auf. Schweigend zogen beide ihre Jacken an.

Draußen glitzerte silbern der Mond. Sein Licht warf dunkle Schatten von den Bäumen und Häusern auf den dunkelgrauen Asphalt.

»Geht's auch ein bisschen langsamer?« Janne hatte Schwierigkeiten, mit John Schritt zu halten. Sie blieb stehen und holte tief Luft.

John blieb ebenfalls stehen. »Sorry, ich bin berühmt für meine Geschwindigkeit«, sagte er und trabte unverdrossen weiter.

Als sie in der U-Bahn saßen, fragte Janne: »Wirst *du* mit Aische reden?«

»Nee, ich denke nicht. Das sollte schon Hannah machen. Die kann das, glaub ich, am besten von allen.«

»Ich würde dich gern was fragen über dich und die Anderen. Ist das okay?«

»Ich weiß ja nicht, was du wissen willst. Probier's aus. Dann siehst du ja, ob du eine Antwort bekommst.«

»Okay«, erwiderte Janne. »Hannah kennst du ja offensichtlich. Kennst du auch noch andere?«

»Na ja«, überlegte John. »Wahrscheinlich nicht alle, aber einige kenne ich schon. Klar«, fügte er hinzu und nickte, wie um das Gesagte noch einmal zu verstärken.

»Und wusstest du schon immer, dass es noch andere gibt?«

»Immer, das kann ich gar nicht beurteilen. Was bedeutet das auch schon?«, meinte John. »Aber dass in meiner Nähe noch andere Jugendliche und auch Kinder sind, das weiß ich jedenfalls seit Ewigkeiten. Da gibt es Sammy und Sunny, sie sind acht Jahre alt und Zwillinge, aber das weiß ich nur vom Hören-Sagen und aus meinen eigenen theoretischen Überlegungen. Wir reden auch manchmal miteinander. Na ja, und befreundet bin ich zum Beispiel mit Jurek und Bastian, Rickie und Miriam. Die sind so etwa in meinem Alter. Und dann gibt es natürlich noch die ganz Kleinen. Sascha zum Beispiel kenne ich gut. Und Lola und Lela, Hans und Mai gehören dazu. Tja, mehr fallen mir gerade nicht ein.«

John schwieg und sah sie an. Janne konnte nicht erkennen, was in ihm vorging.

»Ich glaube, es ist ziemlich klasse, dass ihr von zu Hause abgehauen seid. Ich weiß nicht viel, aber mir ist schon klar, dass es ziemlich schwer wiegende Gründe dafür gibt. Und«, sie sah John offen und voller Bewunderung an, »es war bestimmt sauschwer wegzukommen. Umso genialer, dass ihr es geschafft habt.«

»Da könntest du Recht haben.« John begegnete ihr ebenfalls mit offenem Blick. »Danke, dass du uns glaubst und nicht für völlig durchgeknallt hältst.«

Er schwieg wieder und sah aus dem Fenster, obwohl es dort nichts zu sehen gab. Außer seinem eigenen Gesicht, das sich in der Scheibe spiegelte.

Als die U-Bahn hielt und Janne aufstand, traf sie ein fragender Blick.

»Wir sind da, komm.« Aufmunternd sah Janne zu der Jugendlichen hinunter und stellte fest, dass es sich nicht mehr um John handelte. Sie fragte sich, ob tatsächlich Hannah zurückgekommen war.

»Das ging aber schnell«, war alles, was Hannah antwortete, während sie aufstand und nach ihrem Rucksack griff. Dann folgte sie Janne auf dem kurzen Weg zur Beratungsstelle.

Als sie in die letzte Straße vor ihrem Ziel einbogen, suchte Hannah Jannes Hand. »Ich hab Angst.«

Janne drückte ihre Hand und ging ein wenig langsamer. »Das kann ich verstehen. Aber ich glaube, du wirst es gut machen. Du hast heute alles so toll hingekriegt, da schaffst du das ganz bestimmt.«

»Wieso denkst du das?« Hannah sah zweifelnd zu ihr auf.

»Du bist allein in diese Stadt gekommen. Du hast deine Angst überwunden und im Mädchenhaus angerufen. Du hast den Weg in den Frauenbuchladen gefunden. Du hast mit mir gesprochen, obwohl es für dich sicher nicht viele Gründe gibt, jemandem zu vertrauen. Du hattest heute so viel Mut und Stärke. Wirklich, Hannah, du kannst verdammt stolz auf dich sein.«

Hannah strahlte. »Du meinst das ernst, stimmt's?«

»Ja, Hannah, das meine ich ernst.«

Inzwischen waren sie vor der großen Holztür angekommen, hinter der im zweiten Stock die Beratungsstelle lag. Es war genau elf Uhr.

»Kommst du mit?« Hannahs Stimme zitterte. Offensichtlich hatten Jannes Worte ihre Angst nicht kleiner machen können.

»Wenn du das willst, Hannah, komme ich natürlich mit.«

Janne nahm ihre Hand ein wenig fester, und so gingen sie gemeinsam durch das hell erleuchtete Treppenhaus. Kaum hatte Hannah auf den goldenen Klingelknopf unter dem großen Schild mit der Aufschrift »Beratungsstelle Mädchenhaus« gedrückt, als sie schon jemanden auf die Tür zukommen hörten. Es war unverkennbar Aische, ohne dass Janne hätte beschreiben können, was deren Schritt so eigen machte.

»Hallo«, sagte sie, als Aische die Tür öffnete. »Ich habe Hannah hierher begleitet.«

Aische sah sie überrascht an. Sie wollte etwas sagen, überlegte es sich dann aber anders und wandte sich stattdessen Hannah zu: »Hallo. Ich heiße Aische. Komm doch rein.«

»Ich will, dass Janne mitkommt.« Hannahs Stimme klang klar und entschlossen. Ihr war die Angst nicht anzumerken.

»Ja, klar, kommt beide rein.«

Aische nickte Hannah aufmunternd zu und die drei betraten einen hellen, in freundlichem Gelb gestrichenen Flur.

Liebes Tagebuch,

Donnerstag, den 8. Dezember 1994

Liebe Klara,

deinen Tipp von letzter Woche fand ich richtig gut, und stell dir vor, ich habe mich wirklich getraut, Stephanie anzusprechen. Das war zuerst gar nicht so einfach. Ach Klara, wieso ist das Leben nur so kompliziert? Eigentlich ist doch der Dezember ein schöner Monat mit so vielen schönen Feiertagen wie zum Beispiel Nikolaus, was ja vorgestern war, oder eben auch Weihnachten, und wo wir schon bei Kinderfesten sind, darf ich auf keinen Fall den Martinszug vergessen, der so ziemlich das einzig Schöne am November ist. Mit den vielen bunten Laternen und den Liedern und dem feierlichen Umzug. Tja, obwohl ich schon vierzehn bin, sogar schon vierzehneinhalb, wenn man es genau nimmt, mag ich das noch immer gern.

Aber leider reichen die Kinderfeste überhaupt nicht aus, damit es mir besser geht. Die schöne Stimmung hilft immer nur einen kurzen Augenblick, dann bricht die graue kalte Leere wieder in mein Leben ein und macht es zur stillen Hölle, die niemand außer mir bemerkt. Oje, ich erzähl mal lieber schnell von Stephanie.

Die Mutter von Stephanie ist ganz, ganz anders als meine Mutter. Wie sie mit Stephanie redet, das ist wirklich klasse. Ich meine, man merkt schon, dass sie eben eine Mutter ist, aber sie ist mit den Regeln doch nicht so krass, wie ich es von den meisten Müttern kenne, und man kann auch mit ihr diskutieren.

Jedenfalls habe ich Stephanie gleich am Freitag angesprochen und sie hat mich für das ganze Wochenende eingeladen. Stell dir das mal vor! Meine Güte, war ich vielleicht nervös. Na ja, und dann sagt Mama, ich müsste ihr erst mal im Haushalt helfen, schließlich könne sie ja nicht ständig alles alleine machen.

Ich habe ihr dann erklärt, dass zur Stephanie der letzte Bus schon um 14 Uhr fährt, aber Mama meinte, dass ich mich dann eben beeilen müsste.

Ich bin dann schon um halb sieben aufgestanden und habe geputzt,

Wäsche gewaschen und gespült, die Mülleimer rausgetragen und so weiter. Na ja, insgesamt so ziemlich jegliche erdenkliche Hausarbeit erledigt.

Mama hatte aber immer noch etwas auszusetzen, es war total schrecklich. Und ihr fiel immer mehr ein, was angeblich noch unbedingt an diesem Tag gemacht werden musste. Um 12 Uhr war ich so fertig, dass ich wirklich angefangen habe zu weinen, und gezittert habe ich am ganzen Körper.

Ich weiß gar nicht mehr, wie es dann weiterging. Komisch, irgendwie habe ich das Gefühl, da war noch irgendwas, bevor Mama mit dem Einkauf nach Hause kam, aber ich weiß es überhaupt nicht mehr.

mama macht dan so vil haises wassa in die wane und ich bekome gans vil angst und wil schnel weglaufn. aba mama schpert mich dan laida ein und ich mus mich gans nakt auszihn. dan sagt mama wie böse und dräkich ich bin und das ich ein klaina krebs bin, den man in haise wassa werfn mus und das macht dan auch die mama und ich daf nicht wainen. mama sagt, haises wassa ist kain grund zum wainen und es gibt zu hause kainen. und ich waine auch nicht. ich waine nie. ich wil nicht mer so gern zu hause blaiben. bite soll mich mal wer retten, ja?? ich bin Lela und vil tut mir dol weh.

Jedenfalls fühlte ich mich um eins so gerädert und mies drauf, dass ich schon wirklich drauf und dran war, bei Stephanie anzurufen und ihr zu sagen, dass ich lieber doch nicht komme. Dann kam Mama mit dem Einkauf zurück und sagte, dass ich gehen könnte, wenn ich denn unbedingt wollte, aber erst müsste ich noch den Einkauf vernünftig einräumen. Das war tierisch viel, weil Mama in der Metro war. Ungefähr den halben Supermarkt kauft sie dann immer leer. Jedenfalls ließ ich einen Karton mit sechs Weinflaschen fallen und alle waren hinüber. Scheiße, war das ein Schock.

Während Mama mir mit einem Kleiderbügel ins Gesicht schlug – echt, so was hat sie noch nie mit mir gemacht –, kam Papa nach Hause. Er hat Mama voll angeschrien, ob sie jetzt völlig übergeschnappt wäre, seine Tochter zu verprügeln, und hat Mama den Bügel weggenommen. Ich musste dann die Scherben wegräumen und den Alkohol aufwischen und die Küche noch mal putzen. Außerdem sagt Papa, muss ich den Wein ersetzen und darf am Wochenende nicht mehr raus. Hätte Mama mich lieber schlagen sollen, dachte ich und bin in mein Zimmer. Papa hat mich dann eingeschlossen.

Der Bus zu Stephanie war sowieso längst weg, aber irgendwie habe ich es echt nicht mehr ausgehalten und bin einfach übers Dach abgehauen und zu Stephanie getrampt. Das ging ganz schnell.

Stephanies Mutter hat sich total erschrocken, als sie mich sah, und ich hatte in diesem Moment keine Kraft mehr, mir irgendwas auszudenken, wieso ich im Gesicht eine Platzwunde habe. Also habe ich erzählt, was passiert ist.

Ich habe dann auch erzählt, dass ich abgehauen bin und voll die Angst habe, nach Hause zurückzugehen. Ich habe wohl immer noch gezittert wie eine Pappel im Wind, jedenfalls hat mich die Mutter von Stephanie dann richtig getröstet. In den Arm genommen werden wollte ich auf keinen Fall! Keine Ahnung, warum. Ich kriege dann einfach die absolute Panik, wenn mich jemand in den Arm nehmen will.

Stephanie war auch ziemlich erschrocken. Das war mir ehrlich gesagt doch eher peinlich, weil mir so etwas mit meiner Mutter wirklich noch nie passiert ist. Das gibt doch ein völlig falsches Bild. Am Ende denkt Stephanie noch, dass ich zu Hause jeden Tag verprügelt werde oder was?

Na ja, und Papa hat doch auch nur so reagiert, weil er irgendwie hilflos war, und ich glaube auch, weil er das wegen Mama auch machen musste – mich bestrafen, meine ich jetzt –, weil Mama sowieso immer denkt, Papa ist der totale Schlappschwanz, der sich nicht durchsetzen kann.

Aber davon wollte Stephanies Mutter überhaupt nichts hören. Sie meinte, ich wäre völlig unschuldig an der Situation und das Opfer. Echt voll blöd. Wieso bin ich das Opfer? Rein rechtlich betrachtet, habe ich schließlich die sechs Flaschen mit teurem Wein in der Tat zerschlagen. Ich hasse Leute, die meinen, ich wäre ein Opfer. Das soll sie meinetwegen ihren Jugendlichen auf der Arbeit erzählen, ich mag so was überhaupt nicht. Als wenn ich völlig hilflos und ein Unschuldslamm wäre. Also das bin ich bestimmt nicht!

Aber, Klara, vielleicht hängt das ja damit zusammen, was ich schon beim letzten Mal ins Tagebuch geschrieben habe. Dass ich mich so sehr verändere jeden Tag. Ich weiß echt schon nicht mehr, was ich tue. Und manchmal werde ich richtig aggressiv, auch gegen Mama und Papa. Kein Wunder, dass sie dann schon mal ausrasten.

Am Abend hat Papa auf jeden Fall bei Stephanies Mutter angerufen. Als Schuldirektor kommt er ja an jede Adresse und Telefonnummer ran. Stephanies Mutter hat ziemlich lange mit ihm geredet und Papa hat sich bei ihr und bei mir entschuldigt und gesagt, dass Mama gerade vollkommen mit den Nerven runter wäre und dass ich wohl auch gerade in einer sehr schwierigen Phase sei.

Mit Mama, das stimmt, das weiß ich auch, dass sie wegen der schlechten Nerven schon länger behandelt wird. Papa hat also wirklich die Wahrheit gesagt.

Na ja, und das mit mir stimmt ja wohl auch irgendwie, denn ich weiß wirklich langsam nicht mehr, was ich tue und was Wirklichkeit ist und was nicht.

Natürlich dürften Kinder nicht geschlagen werden, dies vertrete er ja auch selbst in seinen Referaten, hat Papa dann weiter erklärt, und es würde bestimmt nicht wieder vorkommen und sei auch noch nie vorgekommen.

Ich durfte dann noch bis Sonntagabend bei Stephanie bleiben, und am Sonntag hat mir ihre Mutter dann ganz viel erzählt von einem Haus für Mädchen, die nicht mehr zu Hause leben wollen. Na ja, ist mir doch egal, was andere Mädchen machen, ich jedenfalls werde bestimmt wieder zu Mama und Papa gehen. Sie haben schließlich gesagt, dass es ihnen Leid tut und dass es nie wieder vorkommen wird, ich meine, was soll man denn sonst noch verlangen?

Sonntagabend habe ich dann noch ganz lange mit Mama und Papa geredet, und Mama tat es wirklich Leid, das habe ich gemerkt. Sie haben auch nicht mehr geschimpft, dass ich einfach abgehauen bin, und bezahlen muss ich den Wein jetzt auch nicht mehr.

Die haben doch nur Schiss, dass die Mutter von Stephanie einfach zu viel mitbekommen könnte. Es ist schließlich stadtbekannt, dass sie eine Emanze ist und außerdem auch noch andersrum. Na ja, und wenn schon. Ich finde daran wirklich nichts Kriminelles. Aber naiv wie du bist, Miriam, raffst du solche Zusammenhänge sowieso nicht.

Die Lage fängt an sich verdammt zuzuspitzen zu Hause. Wir fallen immer mehr auf in unserem Umfeld sozusagen. Ich finde die Aktionen von Basti und Jurek echt klasse eigentlich, aber sie bedeuten doch auch eine große Gefahr. Das müssen die beiden langsam mal kapieren, die setzen am Schluss noch unser Leben aufs Spiel. Und das kann ich auf keinen Fall zulassen.

Papa wird langsam immer nervöser. Der kriegt das natürlich mit mit der Schülerzeitung und auch das mit der Gruppe von Jugendlichen, die dieses Jugendzentrum fordern, das nichts mit Kirche und Stadt zu tun haben soll. Und alle diese Kontakte will Papa nicht. Wir sollen schön zu Hause bleiben und überhaupt mit niemandem reden. Und das haut jetzt eben einfach nicht mehr hin.

Es ist zu viel und ich habe schon Panik, wenn ich an Weihnachten denke, wo Papa doch jetzt auf der Burg schon angekündigt hat, dass sich für uns alles völlig verändern wird, wir was ganz Besonderes werden, eine besondere Stellung bekommen für die Männer. Besser gesagt, die Mädchen, denn davon bin ich ja zum Glück nicht betroffen. Wenn ich an Nikolaus zurückdenke, dann wird mir echt ganz anders. Meine Güte, war das ein Horror!

Ich halt's hier bald nicht länger aus. Ich will wirklich weg von hier. Muss ja nicht unbedingt so 'n Sozialarbeiterprojekt sein, davon halte ich nicht die Bohne. Lieber 'ne alte Tonne oder ein Zelt, so wie der Huck Finn das gemacht hat, und dann gen Süden ziehn, wo's schön warm ist. Und überall bleiben, wo es einem gefällt. Das fände ich cool!

Nikolaus war eigentlich ganz schön, glaube ich. Papa, Mama und ich sind richtig weggefahren zu einer Nikolausparty, wo viele Freunde von Papa waren und auch noch bestimmt zehn andere Mädchen. Das war eine alte Burg oder so was. Echt voll abenteuerlich.

An den Abend kann ich mich komischerweise überhaupt nicht mehr erinnern. Ich habe nur am nächsten Morgen, also gestern, genau gesagt, einen voll gefüllten nagelneuen Stiefel vor meinem Bett gefunden, mit Süßigkeiten drin und diesem Lamyfüller, den ich mir schon seit Ewigkeiten gewünscht habe. Und die Stiefel sind so was von schön. Genau die, die ich haben wollte. Innen gefüttert und mit Klettverschlüssen. Mama und Papa sind doch wirklich toll!

Und wie toll die sind. Mama und Papa bringen nicht nur tolle Stiefel und Markenfüller in dein Leben. Sie haben in diesem tollen Monat Dezember auch dafür gesorgt, dass es mich gibt. Ich bin neu hier und komme jetzt öfter. Grüße von Dezember

Ein Abend voller Fragen

5. Kapitel, in dem Hannah einem Gespräch nicht mehr folgen kann und ihr neues Zimmer kennen lernt

An den Wänden im Flur hingen viele Plakate. Es gab welche vom Mädchenhaus, vom Frauenhaus und von einer Einrichtung, die sich Wildwasser nannte. Ein Plakat von einem Kinderschutzzentrum. Viele selbst gemalte Bilder und eine riesige Collage mit den unterschiedlichsten Mädchengesichtern. Hannahs Blick blieb an der Collage hängen.

Das sind ja ganz normale Mädchen. So wie die auf meiner Schule, dachte Hannah. Ob das die Mädchen aus dem Mädchenhaus sind? Plötzlich ging ihr auf, dass es dort außer ihr noch andere Mädchen geben musste. Eigentlich war es sonnenklar, dass sie nicht die Einzige sein konnte. Schließlich hatten diese Frauen nicht gewusst, dass es sie gab, und trotzdem ein Haus für Mädchen eingerichtet, die von zu Hause weglaufen wollten. Die wahrscheinlich schon lange vor ihr den Entschluss gefasst hatten, ins Mädchenhaus zu fliehen. Die womöglich jetzt schon dort waren und vielleicht …

Hannah wagte nicht weiterzudenken. Das Herz schlug ihr bis zum Hals und ihr brach der Schweiß aus. Abrupt wandte sie sich von der Collage ab, und ihr Blick fiel erneut auf das Plakat mit der Aufschrift *Wildwasser*. Es war groß und gelb, mit vielen Strichmännchen darauf, die alle Mädchen darstellten und unterschiedliche Gesichter gezeichnet bekommen hatten. Auf dem Plakat stand: »Jedes vierte Mädchen wird sexuell missbraucht.«

Hannah wich zurück, als hätte man sie geschlagen. Die bunten Buchstaben tanzten vor ihren Augen einen wilden Reigen. Als sie versuchte, sich an den Satz auf dem Plakat zu erinnern, wurde ihr schlecht. Sie richtete ihren Blick auf den Fußboden und bemerkte erst jetzt einen dunkelblauen Teppich mit vielen bunten Punkten. Er war wunderschön und ihre Augen beruhigten sich. Das Drehen hörte auf und ihr wild rasendes Herz schlug allmählich wieder ruhiger.

»Hannah, alles in Ordnung mit dir?«, hörte sie eine Stimme, und als sie aufblickte, stand Janne neben ihr und sah sie besorgt an.

Hannah nickte. Ihre Stimme war kaum zu hören. »Es war nur dieses Plakat da.«

»Du meinst das von Wildwasser?«

Hannah antwortete nicht, nahm einfach nur Jannes Hand und ließ sich von ihr in ein gemütliches Zimmer führen, in dem der gleiche Teppich lag. Um einen runden schwarzen Tisch standen vier Stühle mit grünen Kissen. Ansonsten war der Raum fast leer. Nur an einer Seite befand sich ein Regal, das Hannah etwa bis zur Schulter reichte und viele bunte Bücher beherbergte. An der hinteren Wand stand ein kleiner hellbrauner Schrank, oder war es ein Schreibtisch? Und in einer Zimmerecke saßen mehr Kuscheltiere als bei Janne. Jemand hatte einen Deckenfluter eingeschaltet, der den Raum in warmes Licht tauchte. Auch der Deckenfluter erinnerte Hannah an Jannes Wohnung, und sie atmete erleichtert auf.

»Wo möchtest du sitzen?«, fragte jemand, und Hannah stellte fest, dass sie den Namen der Frau vergessen hatte. Sie wählte den Stuhl, der den besten Blick auf die weiß gestrichene Holztür bot. Die Frau nahm schräg gegenüber Platz. Janne setzte sich neben Hannah, die nicht wagte, die Frau anzusehen, aber auch Jannes Blick mied.

»Du bist bestimmt sehr aufgeregt«, begann die Frau vom Mädchenhaus. »Ich heiße Aische.«

Hannah erinnerte sich. Genau, der Name hatte sie an den Herbst erinnert.

»Möchtest du vielleicht etwas trinken?«, fragte Aische, und als Hannah den Kopf schüttelte: »Soll ich einfach mal anfangen, dir vom Mädchenhaus zu erzählen?«

Hannah nickte und sah Aische zum ersten Mal richtig an. Sie hatte kurzes dunkles Haar und dunkle Augen. Sie sah freundlich aus, offen und interessiert, so wie Janne, obwohl die beiden völlig verschieden waren. Hannah fühlte sich schon ein bisschen mutiger.

»Also«, sagte Aische, »das Mädchenhaus gibt es jetzt seit ungefähr fünf Jahren. Wir, das heißt einige Frauen, haben uns überlegt, wie wichtig ein solches Haus für Mädchen ist, die von zu Hause wegmüssen, weil sie dort aus unterschiedlichen Gründen nicht mehr leben können.«

Während sie sprach, sah sie Hannah die ganze Zeit an. Das kannte Hannah von Erwachsenen sonst nicht, vor allem dann nicht, wenn noch andere Erwachsene mit im Raum saßen. Dass Aische Janne regelrecht ignorierte, fand Hannah gut, schließlich ging es ja um sie. Ein Gefühl, das ihr Erwachsene sonst nie gaben, auch nicht die Frau vom Jugendamt, die bei ihrem Gespräch mehr in Hannahs Akte gesehen hatte als in ihr Gesicht.

»Im Mädchenhaus ist Platz für zehn Mädchen«, erklärte die Frau weiter, »die dort eine Zeit lang wohnen und mit uns zusammen herausfinden können, wie und wo sie leben wollen. Im Moment sind sieben Mädchen da, das heißt, wir haben noch drei freie Plätze, und wenn du willst und wenn dir gefällt, was ich erzähle, kannst du nachher mit mir mitkommen.« Aische schwieg und sah Hannah an.

Jetzt sollte bestimmt *sie* etwas sagen, aber die Gedanken sprangen wild und in Fetzen durch ihren Kopf. Sie konnte keinen von ihnen festhalten, geschweige denn laut aussprechen. Verzweifelte Tränen schnürten ihr den Hals zu. Aische würde sie nicht mitnehmen, wenn sie nicht bald den Mund aufmachte. Und weinen wollte sie auf keinen Fall, bloß das nicht. Hannah fühlte sich plötzlich wie eine Verbrecherin, die zur Rede gestellt wird, und im selben Augenblick verlor sie die letzte Verbindung zu ihrem Gegenüber.

Dann hörte sie plötzlich Aisches Stimme und sah auch den lustigen Teppich mit den bunten Punkten wieder. »Hannah, ich kann mir vorstellen, dass dir elend zumute ist. Du brauchst mir auch gar nicht viel zu erzählen. Aber ein paar Fragen musst du mir leider beantworten, bevor ich dich mitnehmen kann. Du kannst einfach nicken, wenn du einverstanden bist, oder den Kopf schütteln, wenn du nicht einverstanden bist, okay?«

Hannah sah überrascht auf. Nichts sagen müssen, nur nicken oder mit dem Kopf schütteln? Sie schöpfte neue Hoffnung. Nicken und Kopfschütteln, das würde sie bestimmt schaffen. Sie nickte heftig, und Aische lächelte.

»Weißt du, was das Mädchenhaus ist?«

Hannah nickte langsam. Sie war sich nicht sicher, ob sie das wirklich genau wusste, aber sie wollte unbedingt erst die weiteren Fragen abwarten.

»Und es ist richtig, dass du nicht mehr nach Hause zurückwillst?«

Hannah nickte, ohne zu zögern. Ja, dessen war sie sich sicher.

»Gut«, sagte Aische. »Würdest du im Mädchenhaus gerne ein Zimmer für dich allein haben?«

Hannah überlegte einen Moment, dann nickte sie wieder. Sie wusste schließlich nicht, welchen Mädchen sie dort begegnen würde. Vielleicht waren sie genauso wie die in ihrer Schule. Dann schon lieber alleine.

»Weißt du, was Anonymität bedeutet?« Hannah schüttelte den Kopf. »Das Mädchenhaus ist ein Haus, von dem niemand weiß, wo es ist. Nur die Frauen, die dort arbeiten, wissen es, und die Mädchen, die zu uns kommen. Keine von den Mädchen und Frauen darf die Adresse weitersagen. Nicht einmal der allerbesten Freundin oder dem allerbesten Freund.«

»Warum?«, hörte Hannah sich fragen und war gespannt auf die Antwort.

»Das ist wichtig für den Schutz eines jeden Mädchens. Manche Mädchen werden von den Eltern gesucht. Es gibt Eltern, die ihre Töchter am liebsten umbringen würden, weil sie von zu Hause weggelaufen sind. Und Eltern, die sie mit Gewalt nach Hause zurückholen würden, wenn sie wüssten, wo sie sind. Auch dann, wenn ein Mädchen nicht bedroht wird, darf sie nicht sagen, wo das Mädchenhaus ist, denn sie könnte damit die anderen gefährden. Und selbst wenn sie irgendwann in einer WG lebt zum Beispiel, darf sie die Adresse nicht verraten. Niemals sozusagen. Kannst du mir versprechen, dass du niemandem die Adresse vom Mädchenhaus weitersagst?«

Hannah nickte erschrocken. So gefährlich könnte es für sie sein, ins Mädchenhaus zu gehen? »Hat schon einmal eine Mutter oder ein Vater das Mädchenhaus gefunden und dann das Mädchen umgebracht?«

»Nein«, sagte Aische ernst und tauschte einen Blick mit Janne. Hannahs Angst stand überdeutlich im Raum. »Das ist noch nie passiert«, bekräftigte Aische. »Aber das liegt auch daran, dass wirklich noch nie ein Mädchen oder eine Frau verraten hat, wo das Mädchenhaus ist. Deshalb konnten wir bisher alle Mädchen so gut beschützen, und ich will, dass das so bleibt. Und darum ist das die erste und wichtigste Regel, wenn du ins Mädchenhaus willst. Du musst ganz sicher wissen, dass du die Adresse niemals und an niemanden verraten wirst.«

Hannah ließ die Worte in sich nachhallen. Sie fühlte sich plötzlich, als stünde sie vor einem riesigen Schritt in ihrem Leben, vielleicht dem größten, den sie bisher gewagt hatte. Was, wenn ihre Eltern sie fanden? Konnten Aische und Janne wirklich verhindern, dass sie sie mit nach Hause nahmen? Die Frauen hatten doch keine Ahnung, wie stark und angesehen die Eltern waren.

Ständig wurden sie für ihre pädagogischen Fähigkeiten gelobt. Ihr Vater war immerhin Konrektor am städtischen Gymnasium. Und ihre Mutter war Erzieherin, speziell ausgebildet für die Arbeit mit schwierigen oder schwer erziehbaren Kindern, wie sie es nannte. Solche Menschen, denen wurden doch einfach alle Kinder anvertraut. Niemand würde ihr glauben, dass sie Hannah so sehr schadeten, dass es eine Flucht ins Mädchenhaus rechtfertigte. Im Gegenteil. Sie, Hannah, war doch eindeutig die Kriminelle. Sie war es, die die Schule schwänzte, sich in der Stadt herumtrieb, Motorräder stahl und ohne Führerschein damit durch die Gegend fuhr. Auch wenn sich Hannah an derlei Vorfälle nicht erinnern konnte, hatte *sie* eine Vorladung zum Jugendgericht bekommen und nicht ihre Eltern. Schwarz auf Weiß hatte es dort gestanden: Hannelore Merkum. Und das war nun einmal sie, daran gab es nichts zu rütteln. Bestimmt mussten alle anderen Mädchen, die ins Mädchenhaus flohen, wirklich dorthin. Aber sie …

Erneut spürte Hannah Verzweiflung in sich aufsteigen, doch als Tränen über ihre Wangen liefen, wischte sie sie schnell weg. »Ich, ich hab leider die letzte Frage vergessen …« Ihre Stimme hatte gezittert, das war deutlich zu hören gewesen.

Aische, die sie immer noch unentwegt ansah, beugte sich ein wenig vor. »Ich hatte gefragt, ob du mir versprechen kannst, dass du die Adresse vom Mädchenhaus an niemanden weitergeben wirst. Nicht einmal an einen Menschen, dem du sehr vertraust?«

»Nein«, erwiderte Hannah bestimmt, »ich sage die Adresse niemandem weiter. Nicht einmal Janne.«

Aische nickte zustimmend. »Ja, genau, auch Janne darf die Adresse nicht erfahren. So, es gibt noch ein paar Regeln, die ich dir erklären will, Hannah. Sie stehen hier auf diesem Papier. Es ist ein Vertrag, den wir beide unterschreiben, wenn du mitkommen willst. Okay?«

Hannah nickte, und noch einmal dachte sie, dass dies wirklich der größte Schritt in ihrem Leben war. Sogar einen Vertrag sollte sie unterschreiben. Sie begann zu lesen: *Liebe …,* und Aische sagte: »Da schreibst du deinen Namen hin, dann heißt es Liebe Hannah.« Sie reichte ihr einen Stift und Hannah schrieb ihren Namen über die Punktreihe. Dann las sie den Vertrag Satz für Satz.

Es waren schrecklich viele Sätze. Hannah fand das Wort Anonymität wieder und hörte noch einmal, was Aische ihr dazu erklärt hatte. Sie sah das wutentbrannte Gesicht ihrer Mutter vor sich, weil sie Hannah nicht finden konnte. Obwohl der Gedanke, wie zornig die Mutter werden könnte, Hannah Angst machte, war sie gleichzeitig erleichtert, dass ihre Mutter jetzt nicht mehr so leicht an sie herankam.

Dann fiel ihr die Frau vom Jugendamt ein. Wie sollte sie ihr klarmachen, dass sie einfach nur Ruhe brauchte? Dass sie sich schrecklich durcheinander und von der Mutter bedroht fühlte? Ohne dass die sie schlug oder einsperrte. Es war doch nur ein Gefühl! Das Gefühl, dass die Mutter unglaubliche Macht über Hannah besaß, gegen die sie sich nicht wehren konnte. In Gegenwart der Mutter fühlte sich Hannah wie ein Nichts, weniger als ein Stück Dreck. Einfach vollkommen ausgelöscht. Wie sollte sie dieser Frau Krebs das erklären? Das Jugendamt hielt Hannah bestimmt für absolut unglaubwürdig und führte ihre Probleme auf den schlechten Einfluss von Freunden zurück.

Na klar gehörten ihre neuen Freunde zur Kategorie ›schlechter Einfluss‹. Schließlich kämpften sie für einen Ort, an dem niemand sie kontrollierte. Und viele von der Hauptschule waren dabei. Na gut, einige nahmen Drogen und auch Hannah hatte schon ein paar Mal gekifft. Gar nicht übel übrigens – plötzlich wird alles ziemlich lustig und die Probleme verschwinden in einer bunten Welt.

Also, warum nicht kiffen? Und einige ihrer Freunde schwänzten die Schule. Vielleicht hatte sie das deshalb in letzter Zeit auch gemacht? Und wenn schon! In der Schule lernte man sowieso nur Unsinn.

Mittlerweile waren schon drei Lehrer auf sie aufmerksam geworden. Hannah hatte keine Ahnung, wie sie das geschafft hatte. Sie kannte diesen Jugendtreff nicht mal besonders gut. Mit Stephanie war sie ein paar Mal dort gewesen, aber jedes Mal machte es irgendwie innerlich klick und sie saß schon wieder zu Hause am Abendbrottisch. Und dann diese Frau Krebs. Die kriegte das wohl nicht zusammen – solch feine Eltern, und die wohlerzogene Tochter erzählt dem Jugendamt irgendwelche Gruselstorys. Von denen sie hinterher nicht mal mehr was weiß! Der Vater und die Mutter konnten so viele tolle Worte machen, die jedes Mal alle total beeindruckten. Und sie? Sie war immer stumm wie ein Fisch, und schier gar nichts wollte aus ihr herauskommen. Wahrscheinlich gab es auch gar nichts, was herauskommen konnte.

Alles nur Wunschphantasien! Sie, das schrecklich gequälte Mädchen. Das arme Opfer, das bemitleidet werden und immer nur im Mittelpunkt stehen will. So hatte es Onkel Herbert – der Therapeutenonkel – mal knapp auf den Punkt gebracht. »Sei froh, dass du nicht meine Tochter bist«, hatte er gesagt. »Ich würde ganz andere Seiten aufziehen als deine verständnisvollen Eltern. Ich sage das nicht gern und auch nicht häufig, aber für dich ist zu viel Verständnis schädlich. Klare Grenzen braucht so eine verzogene Göre wie du.« Diese laute, schreckliche und durchdringende Stimme. Wie viel Macht besaß er? Konnte er dafür sorgen, dass Hannah nach Hause zurückmusste? Mühsam versuchte sie, den Onkel aus ihren Gedanken zu verscheuchen, doch seine Stimme wollte nicht verstummen.

Plötzlich blitzte ein Bild in ihr auf. Der Hobbykeller ihres Onkels. Rotlicht. Es war so heiß … Sie schrie auf.

»Hannah, was ist los?« Aische sah sie bestürzt an. »Du bist ja ganz blass! Verstehst du den Vertrag nicht? Du kannst mich ruhig alles fragen.«

»Nein, nein«, stammelte Hannah. »Es ist nur … Ich muss dauernd an meinen Onkel denken. Er ist Kinder- und Jugendtherapeut. Er hat mich genauestens analysiert und denkt, ich will nur Aufmerksamkeit und im Mittelpunkt stehen. Bestimmt hat er damit Recht. Ich weiß nicht, er ist doch so anerkannt und ich, ich bin gar nichts. Und dann die Frau vom Jugendamt. Sie hat sich Mühe gegeben. Aber ich, ich bin stumm wie ein Fisch. Da ist nichts. Nichts. Es ist gar nichts passiert. In Wirklichkeit bin doch ich die Kriminelle ...« Ihre Worte überschlugen sich. Sie zitterte am ganzen Körper und wollte jetzt nur noch weg. Raus hier. Weg vom Mädchenhaus, weg von Janne, der sie so schrecklich viele Lügen erzählt hatte.

Raus! Raus hier.

Sie sprang auf. Panisch vor Angst, Zorn und Verzweiflung riss sie ihre Jacke von der Lehne und zerrte den Rucksack unter dem Stuhl hervor.

»Das Jugendgericht wird mich ins Gefängnis bringen, ich hab schon eine Vorladung bekommen. Ich hab keinen guten Umgang zur Zeit. Ich bin kriminell. Frau Krebs vom Jugendamt weiß schon Bescheid. Ich liefere hier doch nur eine Show. Weil ich mir selbst – ich habe mir mein ganzes Leben versaut. Meine Eltern, die können überhaupt nichts dafür.« Die letzten Worte hatte sie beinahe geschrien. Entsetzt starrte sie Aische an, ohne sie zu erkennen. Dann wurde ihr schwarz vor Augen.

»Hannah, welche Ausbildung dein Onkel auch haben mag, was er zu dir gesagt hat, war absolut nicht in Ordnung. Du bist bestimmt nicht ohne Grund hier. Es ist Quatsch, dass Mädchen von zu Hause weglaufen, weil sie so gern im Mittelpunkt stehen und Aufmerksamkeit wollen. Dein Onkel hat dich angelogen, Hannah.«

»Und was nützt mir das? Ihr Erwachsenen haltet doch sowieso alle zusammen. Pädagogen, Lehrer, Jugendamt, und bestimmt stecken auch Sie mit denen unter einer Decke.« Dezember sah sich um. Na, wenigstens waren die Räume hier nicht so düster und ekelhaft gestrichen wie auf dem Jugendamt.

»Wir arbeiten mit den *Mädchen* zusammen, nicht mit Menschen, denen du nicht vertrauen kannst. Und im Mädchenhaus wird keine der Frauen etwas gegen deinen Willen unternehmen.

Du kannst jederzeit weggehen, wenn du das Gefühl hast, dass du bei uns nicht richtig bist. Niemand wird dich jemals zu etwas zwingen.« Aische sah auf ein Papier, das Dezember in den Händen hielt. »Der Vertrag mit den Regeln für das Mädchenhaus, weshalb macht er dir solche Angst?«

Vertrag für das Mädchenhaus?, dachte Dezember verwirrt. Was sollte das denn? Einen Vertrag konnte sie sich jetzt auf keinen Fall in Ruhe durchlesen. Und unterschreiben schon gar nicht. Sie sah Aische herausfordernd an. »Wenn ich das hier nicht unterschreibe, dann nehmen Sie mich auch nicht. Richtig?«

Aische fuhr sich mit der Hand durchs Haar und seufzte leise. »Hannah, ich weiß, es ist sehr viel zu lesen. Die Mädchen sind alle so aufgeregt, dass sie oft nicht aufnehmen können, was in dem Vertrag steht. Deswegen gilt er auch nur für die beiden ersten Wochen. Dann machst du ihn noch einmal neu. Mit deiner Bezugsbetreuerin.« Aische wirkte verunsichert und ein wenig verzweifelt.

»Bei meiner Mutter musste ich auch immer so komische Sachen unterschreiben, und ich wusste genau, dass sie mich nur reinlegen will.« Dezember schwieg. Da hörte sie plötzlich eine Stimme, die sie kannte. Damals, in diesem Laden, wo sie sich am Schluss verraten hatte. Scheiße, die war immer noch da. Wer war sie?

»Also, ich hab eine Idee. Aische könnte dir die Regeln kurz erklären, und wenn du einverstanden bist, dann unterschreibst du.«

»Okay.« Dezember lehnte sich auf ihrem Stuhl zurück und sah Aische erwartungsvoll an.

Aische erwähnte die Regel mit der Anonymität und Dezember nickte. Sonnenklar, dass das eine wichtige Bedingung für das Mädchenhaus war. Dann ging es um Drogenverbot und Dezember hakte nach. »Mit Drogen, was ist damit gemeint? Auch Kaffee und Zigaretten?«

»Nein, das sind die beiden einzigen Drogen, die sozusagen erlaubt sind. Rauchen allerdings erst ab sechzehn, es sei denn, deine Eltern erlauben es.«

»Sonst noch was?« Der ironische Unterton in Dezembers Worten war nicht zu überhören. »Meine Eltern werden Ihnen und mir überhaupt gar nichts erlauben. Ich rauche schon seit einem Jahr und werde damit auch im Mädchenhaus nicht aufhören. Mit den anderen Drogen, kein Problem. So was fasse ich nicht an, bin doch nicht bescheuert.«

Auch mit den anderen Regeln war Dezember einverstanden. Keine Gewalt, Hausputz, kochen, Zimmer aufräumen, zur Schule gehen, das waren Sachen, an die sie sich wohl oder übel überall halten müsste.

»Wenn wir gleich ins Mädchenhaus kommen, wird deine Bezugsbetreuerin da sein. Sie heißt Noa. Sicher wird sie dich heute Abend nur begrüßen und ihr redet morgen miteinander. So weit okay?«, fragte Aische vorsichtig.

»Ja, ist so weit okay.« Dezember redete meist nur das Allernotwendigste, und mit diesem Satz, fand sie, musste sich Aische schon zufrieden geben. Hannah redete ja immer wie ein Buch, aber davon hielt Dezember nicht das Geringste. Sie lehnte sich zurück, dann verschwamm das Zimmer vor ihren Augen.

Hannah schluckte, ehe sie die fast wichtigste Frage stellte. »Was passiert nach der Zeit im Mädchenhaus? Muss ich dann nach Hause zurück?« Ihr Herz raste bei dieser Vorstellung. Nein, lieber sterben als nach Hause zurückgehen. Sie starrte Aische an. Konnte sie ihr darauf überhaupt eine Antwort geben?

»Du musst nicht wieder nach Hause zurück, Hannah. Ab jetzt soll nichts mehr geschehen, was du nicht willst. Wir suchen mit dir zusammen nach einer guten Lösung. Es gibt viele Orte, an denen ein Mädchen leben kann. Wir müssen nur den richtigen Ort für dich finden.«

»Meine Eltern, wenn die mich wiederhaben wollen ... Sie werden alles dafür tun, mich zurückzuholen. Es sind einflussreiche Leute. Man darf sie nicht unterschätzen ...« Hannah schluckte und kippte innerlich nach hinten weg.

»Wenn ich nicht brav bin, dann wird mich die Mami und der Papi umbringen, sagt die Mami. Totmachen wie mein Freund, der Silver, der sterbte schon«, sagte Sammy.

Mit schreckgeweiteten Augen sah sie die Frau gegenüber an. Sie wagte kaum, sich umzusehen. Wo war sie gelandet und wer war die Frau, die neben ihr saß? Sie hörte die Frau mit den dunklen

Augen sagen: »Deine Eltern können dich nicht zurückholen. Im Mädchenhaus helfen wir dir. Deine Eltern können dich dort nicht finden. Sie kennen die Adresse nicht. Und wenn sie nicht damit einverstanden sind, dass du bei uns bist, dann hilft uns das Jugendamt.«

Sammy erschrak. Nein, nein, sprechen durfte man mit niemandem. Das würde nur zum Tod führen. Nein, nein, man durfte keine Freunde haben. So dreckig und eklig, wie man war. Die Freunde mussten doch dann sterben, so wie Silver, der kleine graue Silberhase. Nein! Die Mami würde sie verprügeln, weil sie schon wieder gelogen hatte. »Nein, nicht zu Frau Krebs gehen. Die Mami schlägt mich. Macht mich tot. Sie und die anderen Männer.«

Vor Sammys Augen tanzten bunte Punkte und ihr Kopf war von einem so ohrenbetäubenden Rauschen erfüllt, dass sie die Worte der dunkeläugigen Frau kaum verstand.

»Wer ist Frau Krebs? Ich werde nicht zu Frau Krebs gehen. Bestimmt nicht.«

Sammy hörte die Worte nur noch aus weiter Ferne, ehe sie hinter den Mauern ihres selbst gebauten Labyrinths verschwand.

»Das Jugendamt können Sie vergessen.«

John sah Aische kampflustig an. Er warf einen verächtlichen Blick zu Janne, die ihm mit forschender und aufmerksamer Miene begegnete.

»Du kennst das Jugendamt?«, fragte Aische völlig verwirrt.

»Darauf können Sie wetten«, erwiderte John und überlegte, wie sie nur eine so bescheuerte Frage stellen konnte. Ha, Hannah wieder. Die dachte immer noch, dass ihnen jemand helfen konnte. Aber wenn diese Frau ernsthaft das Jugendamt ins Spiel brachte, war es sinnlos, auch nur einen Augenblick länger zu bleiben. John sah sich innerlich schon fast im Flur, auf dem Weg zum Ausgang.

»Arbeitet da diese Frau Krebs, von der du gerade gesprochen hast?«, hakte Aische nach.

»Ich habe von niemandem gesprochen«, betonte John. »Aber auf dem Jugendamt, wo wir waren, gab es tatsächlich eine Frau Krebs, und ich sage Ihnen, die kann überhaupt nichts für uns tun. Sie versucht natürlich zu vermitteln zwischen uns und unseren

Eltern. Und das hat einfach keinen Sinn, wenn Sie verstehen, was ich meine. Das Jugendamt ist dieser Sache nicht gewachsen. Bitte glauben Sie mir das. Hier geht es um eine Geschichte, die niemand glauben kann. Diese Sache ist für ein Jugendamt viel zu kompliziert. Und deshalb wird das Jugendamt das Gegenteil von dem tun, was Hilfe bedeutet. Wenn Sie zum Jugendamt gehen, dann sind wir sofort weg.« John bemerkte, wie Aische Janne und Janne erst ihn und dann wieder Aische ansah. Als die nichts sagte, wandte er sich an Janne.

»Na, wer hat nun Recht behalten, du oder ich? Ich hab dir gleich gesagt, dass uns niemand helfen wird.«

Janne schlug die Beine übereinander. »John, was Aische gesagt hat, bedeutet, dass man euren Eltern das Aufenthaltsbestimmungsrecht entziehen wird, wenn sie sich nicht damit einverstanden erklären, dass ihr im Mädchenhaus seid. Eure Eltern haben dann kein Recht mehr, darüber zu bestimmen, wo ihr wohnt.«

»Wieso bist du da so sicher? Du kennst diese Leute doch überhaupt nicht. Der Vater ist Konrektor des Gymnasiums und die Mutter ist pädagogisch qualifizierte Heimerzieherin. Hochangesehene Leute in dieser Gesellschaft. Vor denen jeder beschissene Sachbearbeiter des Jugendamtes den Hut zieht. Niemand wird uns glauben. *Ihnen* werden sie glauben. Sie werden sagen: Ach, Herr Merkum. Ja, Entschuldigung, es muss sich hier um einen schrecklichen Irrtum handeln. Ihre Tochter hat ja schon häufiger gelogen. Es gibt schon eine richtig kriminelle Akte Ihres Kindes. Nehmen Sie sie doch einfach wieder mit nach Hause. Bla, bla …« Er sah Janne feindselig an, doch die schüttelte den Kopf.

»Nein, John, das wird nicht passieren. Ihr seid nicht die Ersten, deren Eltern hochangesehene Bürger dieser Gesellschaft sind, und das Jugendamt hat trotzdem im Interesse der Jugendlichen gehandelt. Diese Frau Krebs«, Janne hielt einen Moment inne, »sie ist Sachbearbeiterin auf dem Jugendamt eurer Stadt, und sie hat euch nicht geholfen?«

»Nein, das kann man so nicht sagen. Sie war einfach völlig konfus. Einige von uns hatten kurz nach unserem 15. Geburtstag beschlossen, zu ihr zu gehen. Hannah war zuerst nicht dabei. Sie hat das gar nicht richtig mitbekommen.« Die Erinnerung an den

Besuch bei Frau Krebs verunsicherte ihn. »Ja … also …«, fuhr er fort, »ich habe der Frau erzählt, dass Papa Sachen mit Mädchen macht, die nicht erlaubt sind. Ich hab ihn deswegen zur Rede gestellt – das habe ich Frau Krebs aber zuerst nicht gesagt –, er hat mich daraufhin bedroht und zwar so, dass ich einerseits genau wusste, was die Uhr geschlagen hat, und bis an mein Lebensende nichts lieber tun wollte als schweigen, aber andererseits eben auch so, dass ich wusste, dass wir jetzt langsam ernsthaft in Gefahr geraten. Das war ungefähr Mitte Juni. Na ja, und dass die ganze Situation überhaupt so eskaliert ist, liegt vielleicht daran, dass in der letzten Zeit, also …«

John suchte nach den richtigen Worten. Immerhin hatte Janne gesagt, dass man ihm hier glauben würde. Jetzt würde er wohl herausfinden, ob Jannes Einschätzung stimmte. Er sah in zwei äußerst angespannte Gesichter. Die Frau vom Mädchenhaus wirkte vollkommen schockiert, fast so schlimm wie die Frau vom Jugendamt. John seufzte.

»Also, in der letzten Zeit«, wagte er sich weiter vor, »gibt es mehrere bei uns, die sich gegen Papa, Mama und noch andere Erwachsene in unserem Leben wehren. Die abhauen und nicht mehr alles machen, was von ihnen verlangt wird. Na, Sie wissen schon. Sex und so. Und hübsche Fotos für irgendwelche Kerle, die auf kleine Mädchen stehen. Na ja, ist jetzt auch egal. Jedenfalls habe ich Frau Krebs erzählt, dass Papa Mädchen sexuell misshandelt und auch seine Tochter, und dass es jetzt so schlimm geworden ist, dass ich beschlossen habe, es ihr zu sagen und sie um Rat zu fragen. Frau Krebs war dann erst mal ziemlich erschrocken und so. Ich hatte aber schon das Gefühl, dass sie mir glaubt. Na, sie hat jedenfalls nicht geschnallt, wieso ich immer von ›Papas Tochter‹ spreche und von ›den Mädchen‹. Und fragte mich, wieso ich nicht von mir spräche. Ich habe ihr dann zwar gesagt, dass ich nicht betroffen bin, aber das hat sie überhaupt nicht verstanden. Dann haben ihr die Kinder erzählt, ich glaube, die kleine Lela, dass meine Mutter sie in kochend heißes Wasser taucht, wenn sie etwas kaputtmacht oder Widerworte gibt, und Sammy erzählte ihr, dass Männer sie zu sexuellen Sachen zwingen.« John brach ab und sah die beiden Frauen an.

»Verstehen Sie, ich konnte es nicht mehr ertragen und bin weg. Wenn die Kinder so was erzählen, dann drehe ich einfach durch. Ich halte es nicht aus, mir anzuhören und vorzustellen, was Mama, Papa und andere Leute mit Kindern und Mädchen machen. Ich muss dann ganz schnell verschwinden. Und wenn dann noch jemand ungläubig oder schockiert reagiert, dann ist bei mir der Ofen vollkommen aus. Miriam, die ziemlich wenig Durchblick hat, was die Gewalt zu Hause betrifft, hat dann wohl noch versucht zu sagen, dass sie depressiv ist und oft an Selbstmord denkt, ohne zu wissen warum. Am Schluss war Hannah da, die nicht die blasseste Ahnung hat, was zu Hause abgeht. Frau Krebs hat versucht, mit Hannah zu reden, um noch mehr zu erfahren, aber das war natürlich die absolut verkehrte Adresse. Unmöglich. Aber das konnte Frau Krebs ja gar nicht wissen …«, überlegte John plötzlich laut. Etwas irritiert sah er zu Janne, die Tränen in den Augen hatte.

»Na ja«, nahm John seinen Faden wieder auf, »Hannah hat sie dann jedenfalls so schnell wie möglich abgewimmelt und ist nach Hause. Dann kam Frau Krebs – dummerweise, muss ich jetzt leider mal anmerken – Ende September zu uns nach Hause, und danach ist die Situation dermaßen eskaliert, dass wir beschlossen haben, dass Hannah von zu Hause abhauen muss. Mein Vater hat mich zusammengeschlagen in dieser Zeit. Ach –« John unterbrach sich. Vielleicht war ja der Besuch des Jugendamtes der Grund dafür, dass Papa ausgerastet war? Er schüttelte die Frage ab und sprach weiter. »Und das hat er vorher nie getan. Deshalb war klar, dass wir wegmüssen, bevor Papa den letzten Rest Respekt verliert und uns einfach über die Klinge springen lässt. Ja, und nun sitze ich hier«, beendete John seinen Bericht und warf den Frauen einen ängstlichen Blick zu. Was ging wohl in ihnen vor?

Aische stand die Fassungslosigkeit ins Gesicht geschrieben. »Du, du heißt John?«, fragte sie, und John verdrehte die Augen. Oh nein, nicht schon wieder so eine mit dem ›Ihr seid ja vollkommen durchgeknallt‹-Blick.

»Entschuldigung, John. Ich war nur einen Moment verunsichert, weil ich vorhin noch mit Hannah gesprochen habe und es mir nicht oft passiert, dass ich dann plötzlich mit jemand anderem rede. Ich kann dir versichern, dass ich und die anderen Frauen nicht zulassen werden, dass du oder Hannah ...« Aische suchte nach Worten.

»Überhaupt niemand von euch«, fügte Janne ein.

»Ja, genau.« Aische sah sie dankbar an. »Niemand von euch wird wieder nach Hause zurückgehen müssen. Eure Eltern haben keinen Einfluss mehr darauf. Ob ihr mit Frau Krebs oder mit jemand anderem vom Jugendamt sprecht, könnt ihr in Ruhe mit Noa überlegen und dann entscheiden, womit ihr euch am sichersten fühlt.«

John horchte auf. Das klang ziemlich gut, was die Frau vom Mädchenhaus da sagte. Vielleicht hatten die hier ja mehr drauf, als er sich vorstellen konnte. Sie selbst hatten es immerhin geschafft abzuhauen. Das hatten sich seine Eltern bestimmt auch nicht vorstellen können. Wenn die Frauen genauso mutig waren wie sie, wäre eine Rettung vielleicht doch möglich.

»Und?« Mit hochgezogener Augenbraue wandte er sich an Aische. »Wie geht es jetzt weiter?«

»Wenn du den Vertrag einmal für dich und einmal für unsere Akte unterschreibst, kommst du mit mir ins Mädchenhaus. Morgen früh wird sich dann deine Bezugsbetreuerin mit dir treffen und das Aufnahmegespräch führen. Ihr besprecht, wie es weitergeht, und sie wird gegen deinen Willen nichts unternehmen.«

»Eine Akte«, kommentierte John das Gesagte misstrauisch.

»Ja, sie ist aber nur für den Gebrauch innerhalb des Mädchenhauses bestimmt. Wir geben nichts weiter, wozu du deine Einwilligung nicht gibst. Alles, was passiert, wird mit dir besprochen. Es geschieht nichts hinter deinem Rücken oder gegen deinen Willen. So arbeiten wir nicht. Das Mädchenhaus ist eine Einrichtung *für* Mädchen, nicht *gegen* sie.« Als John schwieg, ergänzte Aische: »Wir sind im Mädchenhaus auf schriftliche Informationen angewiesen. Damit dich nicht jede Frau das Gleiche fragen muss, schreiben wir alles auf. Für die Frauen, die nicht auf der Arbeit sind. Sie lesen dann, was am Tag vorher passiert ist, damit sie Bescheid wissen.«

»Ach so«, sagte John. Die Erklärung klang logisch und beruhigte ihn. Er beschloss, Hannah das Ruder wieder in die Hand zu geben, und verabschiedete sich mit einem Augenzwinkern von Janne.

Hannah legte schützend die Arme um sich. Ihr war kalt und sie fühlte sich, als wäre soeben eine Bombe eingeschlagen, aber der Raum sah noch genauso aus wie vorhin. Vorhin, dachte sie, und der Gedanke hinterließ einen bitteren Geschmack auf ihrer Zunge.

»Also«, begann sie langsam, »wenn ... wenn ich das hier jetzt unterschreibe, dann kann ich mitkommen und muss nicht nach Hause zurück?«

»Genau«, sagte Aische und hielt ihr den Vertrag in zweifacher Ausfertigung hin. Hannah setzte oben ihren Namen ein und unterschrieb dann am Schluss.

»Super«, sagte Aische und setzte ihre Unterschrift neben die von Hannah. »Sind das alle deine Sachen?«, fragte Aische und Hannah nickte. »Gut, wenn du dann so weit bist, können wir gehen. Willst du dich noch in Ruhe von Janne verabschieden?«

Hannah zuckte mit den Schultern. Ihr schwirrte der Kopf und sie konnte kaum noch sagen, was sie wollte. Aber Janne tschüß sagen auf jeden Fall.

»Ja, ich will Janne noch tschüß sagen«, sprach sie den letzten Gedanken laut aus und Aische ließ sie allein.

Hannah war plötzlich verlegen. Was sagte man zum Abschied? Ihr Kopf war leer. »Ich wollte dir noch mal danke sagen«, sagte sie. »Du warst wirklich ganz toll.«

»Danke«, sagte Janne. »Du auch.«

»Seh ich dich jetzt nie wieder?«, fragte Hannah und merkte, dass der Gedanke sie traurig machte.

»Klar sehen wir uns wieder, wenn du das willst. Du kannst mich im Laden besuchen oder wir treffen uns in der Stadt oder bei mir zu Hause.«

»Oh ja«, sagte Hannah mit leuchtenden Augen.

Dann war Aische zurück und wechselte einen Blick mit Janne und Hannah. »Fertig?«

Hannah stopfte den Zettel mit Jannes Adresse in ihren Rucksack und schnürte ihn zum dritten Mal an diesem Tag zu. »Ja, wir können gehen.«

Aische schloss die Beifahrertür des Bullis auf und Hannah kletterte hinein. Sie drückte ihre Nase am Fenster platt und winkte, solange sie Janne noch sehen konnte. Janne winkte zurück. Sie fuhren eine Weile durch die sternenklare Nacht, und als Hannah den Mond wiedersah, dachte sie an das kleine Hexenhäuschen und an den Buchladen und an Janne. Lust zu reden hatte sie keine mehr. Sie war so müde, als hätte sie seit Wochen nicht mehr geschlafen. Doch unzählige Gedanken schwirrten ihr im Kopf herum.

Wie es wohl aussah im Mädchenhaus? Ob es ein Haus war wie das von Janne? Hauptsache, nicht so wie ihr Elternhaus! Bloß keine dunklen Böden oder Möbel. Möbel hasste sie, ohne sagen zu können warum. Vor allem Schränke fand sie schrecklich. Sie hatte oft Angst, jemand könnte darin versteckt sein. Oder unter dem Bett liegen. Und sie dann überfallen, sobald sie schlief. Manchmal konnte sie ohne Licht überhaupt nicht einschlafen.

Als der Wagen plötzlich bremste, schreckte Hannah hoch.

»Du kannst aussteigen, Hannah. Wir sind da.«

»Was, echt?« Hannah wunderte sich, wie schnell die Zeit vergangen war, obwohl sie sich fest vorgenommen hatte, sich darüber nie mehr zu wundern.

Während Hannah neben Aische herging, klopfte ihr Herz zum Zerspringen. Ob die anderen Mädchen noch wach waren und auf sie warteten?

Als hätte Aische ihre Gedanken gelesen, sagte sie: »Die anderen Mädchen schlafen bestimmt schon. Noa hat ein Zimmer für dich vorbereitet. Ich habe ihr gesagt, dass du erst mal alleine wohnen möchtest.«

»Wissen die Mädchen, dass ich komme?«, fragte Hannah.

»Ja, klar, ich habe ihnen gesagt, dass ich zu dir fahre und dich mitbringe, wenn du willst. Sie sind schon ganz neugierig auf dich und haben mir tausend Fragen gestellt. Aber bevor ein Mädchen nicht wirklich im Mädchenhaus angekommen ist, erfahren die anderen nicht einmal einen Namen. Außerdem ist es sowieso besser, wenn du entscheidest, was sie von dir wissen dürfen. Sobald du morgen früh deine Augen aufmachst, fragen sie dir bestimmt Löcher in den Bauch.«

Aische war links in eine kleine Seitenstraße eingebogen. Die Häuser in diesem Stadtteil waren alle vier oder fünf Stockwerke hoch, und es war keine so eine gemütliche Gegend wie bei Janne.

Aische blieb vor einem vierstöckigen Haus stehen. Die dunkelbraune Flügeltür ließ sich nur mit viel Kraft öffnen. Aische hielt sie Hannah mit der einen Hand auf, während sie sich mit der anderen zum Lichtschalter vortastete.

»Hier entlang.« Aische wies eine Treppe hinauf. »Die Wohnung ist im zweiten Stock links.«

Auf dem letzten Treppenabsatz zog Aische einen Schlüsselbund aus ihrer Jackentasche und öffnete eine schwere Holztür. In der Wohnung dahinter war es still. Tatsächlich schienen alle Mädchen schon zu schlafen.

»Das ist unser Büro.« Aische ließ Hannah vorausgehen. »Stell deine Sachen erst mal hier ab, dann gucken wir uns dein Zimmer an.«

Hannah nickte und stellte ihren Rucksack auf den hellen Holzfußboden vor ein Sofa. Gegenüber der Tür sah sie einen großen Schreibtisch, auf dem viele Papiere herumlagen und zwei Telefone und zwei Schreibtischlampen standen. Der Tisch stand vor einem riesigen Fenster.

Bevor sie sich näher umsehen konnte, sagte Aische: »Vielleicht finden wir Noa in der Küche.«

Noa. Ach ja, stimmt. Ihre Bezugsbetreuerin! So toll wie Janne war sie bestimmt nicht, aber hoffentlich war sie so nett wie Aische. Hannah folgte Aische durch einen langen Flur mit Bildern an den Wänden. Vorbei an vielen geschlossenen Türen. Aus der Küche drang das Klappern von Geschirr.

»Na, hallo. Das seid ihr ja.«

Hannah sah in zwei grünblaue Augen. »Hallo«, sagte sie und stellte sich neben Aische.

»Das ist Hannah«, stellte Aische sie vor. »Du hast ja schon den Frühstückstisch gedeckt. Toll«, fügte sie hinzu und die Freude war ihr anzumerken.

»Ja, ich hatte sonst nichts mehr zu tun. Die Mädchen waren ganz brav und schlafen schon seit über einer Stunde. Obwohl sie alle sehr neugierig auf dich sind.« Noa sah jetzt Hannah an, die sie skeptisch und zugleich neugierig musterte. »Dein neues Zimmer wartet schon auf dich. Möchtest du einen Blick hineinwerfen?«, fragte sie dann und Hannah nickte.

Das Zimmer hatte ein großes Fenster und den gleichen schönen Holzfußboden. Hannah war erleichtert, dass es keinen Schrank gab, stattdessen ein kleines und zwei große Regale und eine Kommode aus hellem Holz. Die Bettwäsche war blau mit großen gelben und roten Sternen darauf. Auf dem kleinen Schreibtisch vor dem Fenster stand eine Vase mit bunten Blumen. Noa folgte Hannahs Blick. »Die Blumen sind für dich. Herzlich willkommen im Mädchenhaus. Ich hoffe, du fühlst dich hier wohl.«

Hannah hatte einen Kloß im Hals, deshalb nickte sie nur.

»Was hältst du davon, wenn du dich in Ruhe umsiehst, und dann kommst du ins Büro und ich gebe dir noch Waschzeug?«

Als Hannah erneut nickte, verließen die beiden Frauen das Zimmer.

Hannah schloss die Tür und setzte sich aufs Bett. Ihr Blick fiel auf die Blumen auf dem Schreibtisch und sie begann zu weinen. Sie zog die Schuhe aus und legte sich auf die Sternendecke. Den Kopf vergrub sie ins Kissen und weinte so lange, bis sie sich ganz leer fühlte. Sie wusste nicht, wie viel Zeit vergangen war, als sie den Kopf hob und sich umsah. Auf dem Kissen saß ein kleines graues Kuscheltier, das sie noch gar nicht bemerkt hatte. Es hatte sehr lange Arme und Beine und riesige Hände und Füße und blickte sie mit frechen Augen an.

»Na, was machst du denn hier?« Hannah setzte das kleine Tier auf ihre Hand und musste lachen. Es hatte einen langen Ringelschwanz und war aus Samt.

»Du bist ja ein süßes Kerlchen«, flüsterte Hannah und schmiegte ihr Gesicht an den weichen Stoff. Mit dem Tier in der Hand stand sie auf und ging zum Schreibtisch, wo neben den Blumen ein Buch lag und neben dem Buch ein Bleistift, ein Kugelschreiber und ein Radiergummi. Sie setzte das kleine graue Tier neben die Vase und nahm das Buch vorsichtig in die Hand. Der Einband war schwarz, nur die Ecken waren kobaltblau. Als sie es aufschlug, fand sie leere Seiten. Sie legte das Buch an seinen Platz zurück. Ob all die Sachen für sie sein sollten? Oh, wenn sie doch das Tier behalten könnte! In der Eile hatte sie ihr einziges Kuscheltier bestimmt zu Hause liegen lassen. Ihren einzigen wirklichen Freund, dem sie alles erzählen konnte und der sie niemals belog, sie niemals allein ließ und sie immer getröstet hatte, wenn sie nicht mehr weiterwusste. Es war ein selbst gemachter Salamander aus Jeansstoff, den ihr ihre Schwester vor fünf Jahren zum Geburtstag geschenkt hatte.

War sie wirklich erst vor so kurzer Zeit von zu Hause weggelaufen? Sie konnte sich nicht vorstellen, dass an nur einem Tag so vieles geschehen sein konnte. Und jetzt war sie hier. In einem freundlichen Zimmer mit bunten Blumen, einem Kuscheltier, einem Buch voll leerer Seiten und zwei Frauen, die in einem Büro saßen und auf sie warteten. Sie war im Mädchenhaus!

Noa hatte gesagt, sie solle ins Büro kommen, wenn sie sich umgesehen hatte. Aber wo war dieses Büro? Wo? Hannah fühlte Panik in sich aufsteigen.

Wo bin ich denn jetzt gelandet? Erstaunt sah sich Dezember um. Ihr Blick fiel auf die Zimmertür. Mal sehen, was dahinter liegt, dachte sie. Doch etwas ließ sie zögern. Eine leise Stimme, die sie bat, das Kuscheltier mitzunehmen, und verwundert drehte Dezember sich zum Schreibtisch um. »Na, du siehst ja witzig aus.« Sie grinste und nahm das Kuscheltier in die Hand. »Du bist zwar nicht ganz mein Stil, aber okay, ich nehm dich mit.«

Kurz entschlossen öffnete Dezember die Zimmertür und spähte hinaus.

»Hm, scheinen alle zu schlafen.« Leise schlich sie den Flur entlang, vorbei an mehreren geschlossenen Türen, bis sie hinter einer plötzlich Stimmen hörte. Sie wartete, nahm das Kuscheltier fest in eine Hand und klopfte dann mit der anderen kräftig an die Tür.

»Ja, komm rein«, hörte sie und das ließ sie sich nicht zweimal sagen. Sie sah die Frau von vorhin, die ihr tausend Regeln erklärt hatte. Dann war sie wohl schon im Mädchenhaus?

»Na, hast du dich schon ein wenig zurechtgefunden?«, fragte eine zweite Frau, die sie noch nicht kannte.

»Weiß nicht«, antwortete Dezember.

»Setz dich doch«, forderte die unbekannte Frau sie auf.

Dezember sah sich misstrauisch um und ließ sich dann auf ein Sofa fallen, vor dem sie Hannahs Rucksack entdeckte. Als sie merkte, dass sie immer noch das Kuscheltier in der Hand hielt, grinste sie verlegen und setzte es auf den Rucksack.

»Ich fahre gleich nach Hause und komme morgen um drei wieder, um mit dir das Aufnahmegespräch zu machen.« Als Dezember nicht antwortete, fuhr die Frau fort: »In die Schule solltest du morgen noch nicht gehen. Schlaf einfach aus, und Gül, die morgen hier ist, erklärt dir dann alles.«

»Aufnahmegespräch?« Dezember war verwirrt. »Ich dachte, das Gespräch war schon?« Irgendetwas sollte sie wissen, das merkte sie der Frau an.

»Ach, das weißt du noch nicht. Ich bin deine Bezugsbetreuerin. Morgen treffen wir uns und besprechen, was notwendig ist, um einen guten Weg für dich zu finden. Normalerweise machen wir das gleich, wenn ein Mädchen ankommt, aber es ist schon so spät. Du bist bestimmt müde – ich auf jeden Fall. Deshalb möchte ich das Gespräch auf morgen verschieben.«

»Wie soll ich Sie denn nennen?«, fragte Dezember und legte ihr Kinn auf die angezogenen Knie.

»Die Mädchen reden uns normalerweise mit dem Vornamen an. Ich heiße Noa. Wenn du das nicht willst, kannst du auch meinen Nachnamen benutzen. Epstein«, fügte sie hinzu.

Dezember stand auf und ging auf Noa Epstein zu.

»Also gut, Noa. Ich heiße Dezember.«

Entsetzt riss sie die Hand zurück. Wie konnte ihr das nur passieren! Schon zum zweitenmal in so kurzer Zeit. Sie war offensichtlich völlig außer Kontrolle, seit sie von zu Hause weggerannt war. Niemand, niemand sollte jemals ihren Namen erfahren. Zu Tode erschrocken floh sie nach innen.

Liebes Tagebuch

Montag, den 13. März 1995

Liebe Klara, stell dir vor, ich bin in diesem Halbjahr doch tatsächlich zur Klassensprecherin gewählt worden. Fast einstimmig sogar. Aber bestimmt werde ich in den nächsten Wochen wieder abgewählt, weil ich nicht länger vertrauenswürdig bin.

Mit Stephanie werde ich bestimmt nie wieder reden können. Zuerst wollte ich es ja auch selbst nicht mehr, wegen dem Wochenende, wo ich bei ihr war und das mit dem Bügel und Mama passiert ist. Ich wusste einfach nicht, was ich dazu sagen sollte. Ich habe mich richtig geschämt deswegen. Aber das ist jetzt sowieso egal, denn die Entscheidung hat sie mir abgenommen. Aber das erzähle ich dir später.

Mama ist jetzt für mindestens vier Wochen in so einer Spezialklinik. Sie sagt, sie erträgt mich nicht mehr und sie will mich auch nicht sehen. Diagnose von der Klinik ist wohl ein Nervenzusammenbruch.

Ich bin vor ein paar Tagen mit Papa zu der Klinik gefahren, wegen eines Familiengespräches. Komisch, in diesem Gespräch ist mir zum ersten Mal klargeworden, dass meine Schwester Mathilde echt 15 Jahre älter ist als ich, also die ist jetzt genau doppelt so alt wie ich.

Ich habe fast gar keinen Kontakt mehr zu ihr. Ich komme mit ihrem Mann nicht so gut klar. Der macht mir irgendwie Angst. Und Mathilde trinkt zu viel und schluckt dauernd Antidepressiva. Ich komme da schon nach ein paar Stunden richtig mies drauf.

Und meine beiden Brüder sind ja auch nicht mehr zu Hause. Hans ist erst letztes Jahr ausgezogen, kurz vor meinem Geburtstag. Richtig weit weg nach Berlin. Den Hans mag ich eigentlich total gerne, der hat mich immer verstanden, ich meine, wenn wir mal geredet haben. Und manchmal hat er mich sogar mitgenommen zu Feten, wenn es zu Hause mal wieder unerträglich war, weil Mama Migräne hatte oder Papa schlecht drauf war.

Er hat es hier nicht mehr ausgehalten. Aber mit 23 ist er auch wirklich alt genug, um auszuziehen. Also, so lange bleibe ich bestimmt nicht zu Hause wohnen.

Und Martin wird in drei Monaten 27. Ich mag ihn nicht. Ist irgendwie ein totaler Spießer und hat richtig reaktionäre Ansichten. Außerdem schlägt er seine Kinder, das habe ich selbst gesehen. Und er findet das auch noch voll in Ordnung. Martin jedenfalls hat um die Ecke von Papas und Mamas Haus ein Haus gebaut. Ausgerechnet er!

Ich werde nach der Schule auch nach Berlin gehen oder vielleicht sogar ins Ausland.

Dass ich ein Nachzügler bin, meinte der Therapeut von Mama, und möglicherweise deswegen so über die Stränge schlage. Ich weiß nicht, was das damit zu tun haben soll. Ich finde den Therapeuten echt megablöd.

Er meint, die meisten Probleme hätte Mama wegen mir. Sie würde mich als unberechenbar beschreiben, und wegen meiner ständigen Ausfälle und Wutausbrüche hätte sie schon richtig Angst vor mir. Und mein Umgang mit diesen verrückten Jugendlichen – wen meint sie wohl damit? –, mein Schuleschwänzen und meine kriminellen Geschichten würden ihr den Rest geben.

Ich habe keine Ahnung, wovon der Therapeut spricht. Das habe ich ihm auch gesagt. Dass ich denke, dass Mama wohl nicht mich meinen kann, weil ich mit all diesen Sachen überhaupt nichts zu tun hätte.

Daraufhin holt Papa einen Brief aus der Tasche, eine Benachrichtigung von der Polizei, dass ich beim Fahren mit einem Klasse-I-Motorrad erwischt worden bin, das ich Martin geklaut haben soll. Und als ich Papa angucke, zieht er den zweiten Brief aus der Tasche: Verstoß gegen das Betäubungsmittelgesetz. Mein Gott, Klara, was passiert denn da in meinem Leben? Ich habe voll die Panik.

Dann kam der dritte und hoffentlich auch letzte Brief: Widerstand gegen die Staatsgewalt, Teilnahme an einer nicht genehmigten Demonstration, versuchte Gefangenenbefreiung und Beamtenbeleidigung. Da habe ich dann erst mal gar nichts mehr gesagt.

Ich kann das schon erklären. Vielleicht nicht restlos, aber so die wesentlichen Fakten.

Das mit dem Motorrad hat eigentlich mehr mit Basti zu tun. Weil der eben fahren kann, und irgendwie muss man ja aus dem Kuhdorf auch mal raus, und da Mama zunehmend die Paranoia schiebt, wo wir uns rumtreiben, und Papa uns in den letzten Wochen permanent Hausarrest erteilt hat, da haben Basti und ich eben zur Selbsthilfe gegriffen. Zudem, wenn wir mal raus wollten, dann mussten wir den letzten Bus um 19.10 h nehmen, um überhaupt noch nach Hause zu kommen.

Basti also übers Dach und erst mal Martin einen kleinen Besuch abgestattet. Gut, dass Martin so ein penibler Ordnungsfanatiker ist. Ich meine, seine Frau kann einem echt Leid tun. Der geht ja schon an die Decke, wenn auch nur ein einziger Bauklotz von seinem Sohn Tom auf dem Wohnzimmerteppich liegt. Na ja, das nur nebenbei. Jedenfalls hängt am Schlüsselbrett der Ersatzschlüssel von seiner Honda und einer von seiner special Motorradgarage. Beide hat Basti sich gegriffen, und da Martin nach 19.00 h im Prinzip seine Bude nicht mehr verlässt, können wir dann ab 19.30 h unbemerkt die Düse machen. Das ist so geil!

Mit seiner Maschine sind wir in 20 Minuten in der Black Box, wo sich die Gruppe im Moment trifft, und da gab's vor ein paar Wochen leider 'ne Razzia. Na ja, und ich hatte leider gerade knapp zehn Gramm Dope in der Jacke. Echt dumm gelaufen.

Und das mit der Demo war nun mal eine vollkommen notwendige Maßnahme. Ging gegen Rechtsradikalismus in Deutschland. Da muss man einfach hingehen, finde ich. Die Demo war nicht genehmigt, und dann haben die Bullen auch noch zugeschlagen. Ich kam einfach nicht schnell genug weg. Weil ich wirklich Hendrik helfen musste. Die Bullen haben mit Gummiknüppeln auf ihn eingeschlagen. Hendrik ist mein bester Freund. Ich konnte doch nicht zugucken, wie sie ihn vor meinen Augen bewusstlos schlagen oder Schlimmeres. Tja, so war das mit den drei Anzeigen.

Seit ich Klassensprecherin bin, erzähle ich viel mehr. Langsam entwickelt sich das allerdings fast zu einem Problem, weil ich plötzlich Sachen sage, die irgendwie sehr merkwürdig sind.

Eva meinte, ich solle endlich aufhören, Lügen über meine Eltern zu verbreiten. Ich habe mich zu Tode erschrocken. Was denn für Lügen?

Im Deutschunterricht sollten wir einen Alptraum wie eine Fantasy-

Geschichte erzählen. Es war eine Hausaufgabe, die Herr Kuck dann eingesammelt hat. Er hat mich am nächsten Tag in der Pause zu sich gerufen. Frau Liesban – unsere Vertrauenslehrerin – war auch da. Sie wollten mit mir über meine Fantasy-Geschichte sprechen. Ich war ein bisschen ratlos, weil ich überhaupt nicht mehr wusste, was ich da eigentlich geschrieben hatte. Oh Klara, es ist so entsetzlich, das Schlimmste, was ich je gelesen habe. So schrecklich, dass ich es ganz schnell vergessen will, aber ich muss es für dich ins Tagebuch kleben.

Alptraum in der Martinsburg

Die Nacht ist schon vor einigen Stunden über die alte Burgruine hereingebrochen. Schon seit Jahrhunderten lebt hier kein Mensch mehr. Aber manchmal, manchmal wird es in der Burg lebendig. Zu bestimmten Zeiten im Jahr. Zu bestimmten Nachtzeiten im Jahr.

Hörst du, wie plötzlich vertrocknete Zweige unter unbekannten Stiefeln knacken? Ja, heute ist wieder so eine Nacht.

Da versammeln sie sich. Männer ganz in Schwarz. Mit dunklen Kapuzenmänteln und weiß leuchtenden Masken im Gesicht. Sie haben sich versammelt, um ein Fest zu feiern. Ein Höllenfest mit Höllenregeln.

Bei diesem Fest ist alles erlaubt, was bei Tage im Rest der Welt verboten ist, und alles ist verboten, was in der normalen Welt bei Tag erlaubt ist. Wenn du also deine Kinder liebst und vor Bösem beschützt, dann tust du hier das genaue Gegenteil.

Wenn du in der Kirche weiße Kerzen anzündest und zu Gott betest, nimmst du hier schwarze Kerzen und betest zu Satan.

Gut ist Böse und Böse ist Gut.

Das ist mein größter Alptraum.

Eine Note habe ich für den Aufsatz nicht bekommen, aber das ist auch egal. Herr Kuck fragte mich, wie ich zu diesem Alptraum komme. Ich habe wahrheitsgemäß geantwortet, nämlich dass ich das nicht weiß.

Und wieso meine Schrift in diesem Aufsatz so anders sei. Dass er sich sowieso langsam immer mehr wundert, sowohl über die unterschiedlichen Handschriften als auch über die Dinge, die ich manchmal sage oder schreibe. Vor allem in letzter Zeit.

Er fragte mich, ob ich irgendetwas mit Sekten zu tun hätte. Natürlich habe ich das nicht. Das habe ich Herrn Kuck dann echt geschworen.

Ob ich Kummer zu Hause oder sonst irgendwo in meinem Leben hätte. Ich sagte ihm dann, dass ich oft deprimiert wäre, aber keinen Grund dafür wüsste. Und manchmal ans Sterben denke. Aber dass er das auf keinen Fall meinen Eltern sagen dürfe, weil meine Mutter doch sowieso schon so krank sei.

Frau Liesban meinte dann, dass ich wohl Hilfe brauche, und der Sportlehrer hätte ja auch eindeutige Zeichen von Misshandlung an meinem Körper festgestellt.

Das bin ich nicht gewesen, habe ich Frau Liesban angeschrien. Meine Eltern misshandeln mich nicht, auch wenn Sie das noch so gerne hören würden. Ich bin richtig ausgerastet.

Na ja, und seitdem habe ich dann die Stunden bei Herrn Kuck und Frau Liesban immer häufiger geschwänzt. Und obwohl ich das selbst gar nicht wollte und dann auch gar nicht weiß, wie mir geschieht, bin ich zu beiden Lehren richtig frech und aggressiv. Ich widerspreche dauernd und kenne mich überhaupt nicht mehr wieder. In diesen Fächern habe ich das erste Mal in meinem Leben Fünfen und Sechsen geschrieben. Beide Lehrer sind mittlerweile so von mir genervt, dass sie mich in Ruhe lassen.

Vielleicht bin ich ja unbewusst so geworden, weil ich das Gespräch über diesen Alptraum-Aufsatz nicht verkraftet habe? Ach Klara, ich werde von Tag zu Tag konfuser.

Jetzt bin ich also eine Kriminelle und Schulversagerin, und eine Lügnerin bin ich sowieso schon. Wie soll es bloß mit mir weitergehen?

Und jetzt ist Mama auch noch meinetwegen im Krankenhaus und Papa redet schon seit Tagen nicht mehr mit mir.

Die Leute in meiner Klasse haben sich total von mir zurückgezogen, weil ich lüge und spinne und so aggressiv bin, wie sie sagen. Auch Stephanie will nichts mehr mit mir zu tun haben. Sie meinte gestern, dass ich mich sehr zu meinem Nachteil verändert hätte, und schließlich könnte ich meine Eltern nicht für alles verantwortlich machen.

Aber habe ich das denn überhaupt getan? Wahrscheinlich will ich einfach selbst nicht wahrhaben, wie sehr ich mich zu meinem Nachteil verändert habe.

Ich glaube, ich höre auf damit, dieses Tagebuch zu schreiben. Es bringt ja doch nichts.

Tut mir Leid, Klara, dass ich eine so verdammte Lügnerin und Kriminelle bin und mir andauernd so schreckliche Sachen ausdenke. Bitte sei mir nicht böse, dass ich selbst dir nicht mehr schreiben kann. Es tut mir Leid.

Liebe Miriam,
2. April 1995
   bitte hör nicht auf, mir zu schreiben. Du bist keine Lügnerin und auch nicht kriminell. Alles, was geschieht, hat doch sehr tiefe und auch schwer wiegende Gründe. Du hast dich überhaupt nicht zu deinem Nachteil verändert. Ich weiß, dass du nur voller Angst steckst und mittlerweile nicht mehr ein noch aus weißt. Deine beiden Lehrer sind dir einfach zu nahe getreten. Du bist doch diejenige, die zu Hause leben und dort klarkommen muss. Deine Lehrer haben gut reden. Die wissen doch überhaupt nicht, was sie damit anrichten würden, wenn sie sich jetzt in dein Leben einmischen und deinen Vater und deine Mutter wegen dir zur Rede stellen.
   Aber du weißt es. Und deshalb verhältst du dich so, dass sie wütend auf dich werden, damit ihre Wut nicht deine Eltern trifft. Und damit sie keine Lust mehr haben, dir Fragen zu stellen. Denn das würde es für dich noch viel, viel schlimmer machen, als es sowieso schon ist.
   Und Stephanie hat nur zu einem geringen Teil Recht. Natürlich sind deine Eltern nicht allein für das verantwortlich, was du tust. Aber im Moment lassen sie dir keine Wahl. Was du in den letzten Wochen tust, ist das Einzige, was du tun kannst, um dich selbst zu retten. Sag das Stephanie, wenn du sie das nächste Mal siehst. Sag ihr, dass sie keine Ahnung hat, was bei dir zu Hause los ist. Sag ihr, dass du keine Freunde haben darfst und dass du nur versuchst, dich zu wehren und zu schützen. Sag ihr, dass sie dir einen Vorschlag machen soll, was du stattdessen tun sollst. Und sag ihr, dass du sie nicht verletzen willst und dass du verzweifelt bist. Ich bin sicher, sie wird dich verstehen! Und erzähle mir bitte von deinem Gespräch, und bitte, Miriam, höre nicht auf, mir zu schreiben, denn ich habe dich sehr lieb und ich glaube, ich würde gar nicht darüber hinwegkommen, wenn du mir nichts mehr von dir erzählst. Antwortest du mir?

Viele Rätsel und eine lange Nacht

6. Kapitel, in dem sich Noa Gedanken über Multiple Persönlichkeiten macht und Hannah und die Anderen kennen lernt

Noa sah in die entsetzten Augen einer Jugendlichen, die sie als Hannah begrüßt hatte und die sich ihr nun mit dem Namen Dezember vorstellte.

»Hannah, Dezember …?« Verwirrt warf Noa Aische einen fragenden Blick zu. Aische sah erschrocken und ebenfalls verwirrt aus.

Gedankenfetzen rasten durch Noas Kopf. Begriffe, die sie nicht wirklich mit Inhalt füllen konnte. Massive Gewalt, organisiertes Verbrechen, Multiple Persönlichkeit, durchgeknallte Eltern, Unglaube in Fachkreisen, Abwehr von Gewaltschilderungen, Abwehr von Mädchen und Frauen, die multipel sind …

Das Gesicht des Mädchens wirkte schmaler, die Augen waren blau, die Gesichtszüge weich, fast so, als habe Noa eine andere Jugendliche vor sich. Sie atmete tief durch und zählte innerlich langsam bis fünf. Das half ihr meistens in Situationen, die sie verunsicherten, nicht aus dem Gleichgewicht zu geraten. »Magst du mit mir zusammen in die Wäschekammer gehen und dir dort Handtücher und Waschzeug aussuchen?«

Das Mädchen sah sie irritiert an. »Ja, ich glaub schon«, sagte sie leise.

»Wenn du willst, dann nimm deinen Rucksack gleich mit. Auf dem Weg zur Wäschekammer kommen wir an deinem Zimmer vorbei.«

Das Mädchen nahm das Kuscheltier in die eine Hand, den Rucksack in die andere und sah Noa erwartungsvoll an. Noa ging den Flur entlang in Richtung Küche. Hannahs Zimmer befand sich fast direkt daneben, nur getrennt durch den kleinen Wäscheraum.

»Hier bist du wieder bei deinem Zimmer und gleich daneben ist unsere Kammer. Hier findest du verschiedene Kleidungsstücke.

Auch einen Schlafanzug, falls du so was brauchst.« Noa fühlte den verwunderten Blick der Jugendlichen auf sich. Viele Mädchen reagierten erstaunt und ungläubig darauf, dass die Frauen einen Vorrat für sie ansammelten.

»Das habt ihr alles für Mädchen gekauft, die ihr gar nicht kennt?«

»Einiges haben wir gekauft und inzwischen bekommen wir auch viele Sachen geschenkt, hauptsächlich Jeans und Pullover. Ich lasse dich jetzt mal in Ruhe aussuchen. Nimm dir Duschgel, Schampoo, eine Zahnbürste und was du sonst noch brauchst. Ich geh nach nebenan in die Küche, und wenn du fertig bist, zeige ich dir das Badezimmer.« Fragend sah Noa ihr neues Bezugsmädchen an. Hannah nickte vorsichtig und Noa überließ sie sich selbst.

In der Küche setzte sie automatisch Wasser auf. Kurz bevor Hannah angekommen war, hatte sie sich todmüde gefühlt, aber jetzt war sie hellwach. Sie musste noch einmal mit Aische sprechen, sobald das neue Mädchen im Bett lag.

Was für ein verrückter Abend. Erst ruft mich Janne an, dass sie überraschend Besuch bekommen hat, und dann muss ich ins Mädchenhaus wegen einer Neuaufnahme. Auf der Küchenuhr war es inzwischen kurz nach eins. Morgen konnte sie wenigstens ausschlafen, weil die Jugendämter donnerstags nachmittags geöffnet hatten und sie alles Notwendige mit Hannah dann ausnahmsweise später regeln konnte. Bei der Vorstellung, was mit ihrem neuen Bezugsmädchen auf sie zukommen mochte, wurde Noa ganz mulmig.

Sie beschäftigte sich seit gut einem Jahr mit der Diagnose ›Multiple Persönlichkeit‹. Was darüber in den Medien und in Fachkreisen berichtet wurde, konnte einem richtig Angst machen. Im Rückblick hatte Noa bei einigen ihrer ehemaligen Schützlinge die Vermutung, dass sie multipel gewesen sein könnten. Doch bisher war das nie so deutlich geworden! Kein Mädchen hatte unterschiedliche Namen genannt, bis auf eine, die Noa von ›der Anderen‹ erzählt hatte, die etwas tat, was sie nicht wollte und wogegen sie sich auch nicht wehren konnte. Noa war es damals nicht möglich gewesen, die Beschreibungen richtig einzuordnen. Eines Tages war das Mädchen abgehauen und Noa hatte nie wieder etwas von ihr gehört.

In Erinnerung daran schauderte sie. Es war das erste und einzige Mal gewesen, dass sie an sich und ihren Fähigkeiten gezweifelt hatte, weil es ihr nicht gelungen war, das Mädchen besser zu betreuen. Die Geschichte mit Karin lag etwa drei Jahre zurück, und vor eineinhalb Jahren hatte sie zum ersten Mal von der Diagnose ›Multiple Persönlichkeitsstörung‹ gehört. Mit diesem neuen Wissen wurde ihr schlagartig klar, woran die Arbeit mit Karin gescheitert war. Die Erfahrung mit der Vierzehnjährigen, ihr urplötzliches Verschwinden, die monatelange vergebliche Suche nach ihr, nachdem sie von einem Tag auf den anderen wie vom Erdboden verschluckt gewesen war – das alles ergab Sinn, als Noa mehr darüber erfuhr, was für verbrecherische Hintergründe und zutiefst brutale Eltern ein Mädchen dazu zwangen, multipel zu werden.

Die vielen Geschichten, die Karin erzählt hatte und die niemand glauben wollte – auch nicht die Mädchenhausfrauen –, hatten Noa erschüttert, aber selbstverständlich hatte sie ihr geglaubt. Für sie war lediglich unglaublich, dass sich ihre Kolleginnen das von Karin beschriebene Ausmaß an Gewalt nicht vorstellen wollten oder konnten. Und das in einem Land, das seit dem Nationalsozialismus geprägt war von der Erkenntnis, dass Menschen zu jeder Form von Gewalt fähig und bereit sind und auch dazu greifen. Jeder Mensch in der Bundesrepublik Deutschland hatte die Möglichkeit, sich darüber zu informieren. Es gab weiß Gott genügend Schilderungen des Sadismus in den Konzentrationslagern und für Noa keinen Grund anzunehmen, dass die Gewaltbereitschaft und auch die Fähigkeit, solche Verbrechen an Menschen zu begehen, mit der so genannten Befreiung vom Nationalsozialismus einfach aufgehört hatten. Erst recht nicht, nachdem alles dafür getan worden war zu verdrängen, was hierzulande geschehen war.

Noa fiel es also nicht schwer, den Schilderungen von Karin Glauben zu schenken. Das Problem war ein ganz anderes gewesen. Sie hatte die vielen Brüche in den Schilderungen des Mädchens nicht verstanden, die Widersprüche. Teilweise hatten ihre Aussagen wie das genaue Gegenteil geklungen. Das machte sie in den Augen der Mädchenhausmitarbeiterinnen unglaubwürdig, und leider hatte auch Noa in zwei Gesprächssituationen mit Misstrauen auf Karins Schilderungen reagiert. Nachdem das Mädchen weggelaufen war und nicht wieder auftauchte, hatte Noa eine Kündigung ernsthaft in Erwägung gezogen. Die Erkenntnis, versagt zu haben und vielleicht wieder zu versagen, stürzte sie in eine echte Krise. Ohne die Unterstützung ihrer Kolleginnen hätte sie den Mut zur Weiterarbeit wahrscheinlich nicht aufgebracht.

Das Wasser kochte und Noa brühte eine ganze Kanne Kaffee auf. Sie stellte den fertigen Kaffee auf ein Tablett und wartete auf Hannah. »Oder wer immer gleich kommen wird«, murmelte Noa. Gerade, als sie beschloss nachzusehen, wo ihr neues Bezugsmädchen blieb, steckte die ihren Kopf zur Tür herein.

»Ich habe jetzt alles gefunden, was ich brauche, und auch noch ein paar Sachen, die ich schön finde.«

»Na, super. Dann nimm mal dein Waschzeug und komm mit ins Badezimmer.«

Hannahs Zimmer sah schon ein wenig eingerichtet aus. Sie hatte ihren Rucksack ausgepackt, ein Wäschehaufen lag auf dem Fußboden. Einige Kleidungsstücke waren fein säuberlich in eines der Regale geräumt. Noa stutzte. Die Sachen kamen ihr seltsam bekannt vor. Hannah hatte haargenau den gleichen Kleidergeschmack wie ihre Freundin Janne. Noa schüttelte den Kopf, wie um eine kleine lästige Mücke abzuschütteln.

Noa entdeckte ein Buch auf Hannahs Kopfkissen. »Ah, du hast dir auch etwas zu lesen mitgebracht?«

»Ja«, erwiderte Hannah eifrig. »Das habe ich heute geschenkt bekommen. Von einer ganz netten Frau in einem …« Das Mädchen zog die Stirn kraus, dann hellte sich ihr Gesicht auf. »In einem Frauenbuchladen«, schloss sie und ihre Begeisterung war unverkennbar.

»Du warst heute im Frauenbuchladen?« Noa blieb vor Überraschung der Mund offen stehen.

»Ja, von da aus habe ich doch versucht im Mädchenhaus anzurufen, und die Frau dort, die Janne«, fügte die Jugendliche erklärend hinzu, »hat mir das Buch geschenkt und mich mit nach Hause genommen und von da aus habe ich dann im Mädchenhaus angerufen und mit der Aische telefoniert. Janne hat mich auch in die Beratungsstelle gebracht. Mit der U-Bahn«, erklärte sie stolz, »und die Aische hat mich zum Schluss hierher gefahren.«

»Ach so war das.« Noa sah das Mädchen an. »Na, dann hast du ja heute schon eine Menge erlebt.«

Noas Gedanken überstürzten sich. Wieso hatte Janne ihr das nicht gesagt? War das der überraschende Besuch, von dem sie gesprochen hatte? Hatte sie deshalb keine Zeit gehabt? Wieso war sie mit Hannah zu sich nach Hause gefahren? Und wieso hatte sie das Noa nicht sagen können?

Irritiert hörte Noa Hannah zu und versuchte sich nicht anmerken zu lassen, wie viele Fragen die Schilderungen in ihr auslösten. »Hat dir Janne vom Mädchenhaus erzählt?«, hakte sie vorsichtig nach, um nicht den Eindruck zu erwecken, sie wolle Hannah ausfragen.

»Eigentlich war das ursprünglich die Mutter von der Stephanie.« Als Noa nur nickte und nichts sagte, sprach das Mädchen weiter. »Die Stephanie ist meine Klassenkameradin und deren Mutter kennt irgendwie ein Mädchenhaus in München, und von dem hat sie mir erzählt. Wieso weiß ich gar nicht mehr.« Sie schwieg plötzlich. Der letzte Gedanke verwirrte sie offensichtlich.

»Das ist ja toll, dass dir Stephanies Mutter vom Mädchenhaus erzählt hat«, nahm Noa den Faden auf, und die Jugendliche warf ihr einen dankbaren Blick zu.

»Dann bin ich jedenfalls weggelaufen. Vorgestern, glaube ich. Und heute bin ich dann irgendwie in den Frauenbuchladen geraten. Aus Zufall«, flocht sie ein und sah Noa verlegen an. Noa nickte. »Und da arbeitet eine Frau, die heißt Janne. Die hat mir Klamotten geschenkt, weil ich doch ganz nassgeregnet war. Und sie hört Pur.« Das Mädchen strahlte und Noa musste lächeln.

Verrückt, dachte sie, berührt von der Art, wie Hannah von ihrer Freundin sprach.

»Und die Janne hat mir auch das Buch geschenkt von Malina und ihrem stummen Bruder und den Delphinen, und ich durfte mir ihre Telefonnummer aufschreiben, von der Arbeit und von zu Hause.«

»Und? Magst du das Buch?« Noa lehnte sich gegen das Kleiderregal.

»Ja, es ist toll«, sagte Hannah mit leuchtenden Augen.

»Danke, Hannah, dass du mir so viel erzählt hast. Wenn ich dir gleich das Bad gezeigt habe, gehe ich noch mal zu Aische. Morgen sehen wir uns wieder, und dann habe ich viel Zeit und bin nicht so müde wie jetzt.« Noa sah Hannah an. »Bist du denn gar nicht müde?«

»Doch«, antwortete Hannah und musterte Noa unsicher.

»Möchtest du noch irgendwas wissen oder fragen?«, deutete Noa Hannahs Blick.

»Darf im Mädchenhaus nachts das Licht anbleiben, wenn man Angst hat?«, fragte Hannah leise.

»Ja, natürlich, viele Mädchen hier fürchten sich in der Nacht. Am Bett ist eine kleine Nachtlampe. Die darfst du ruhig brennen lassen.«

Im Mädchenhaus gab es zwei Bäder, von denen das eine eine Dusche und das andere eine Badewanne hatte. Die beiden Bäder waren den Zimmern zugeordnet, so dass jeweils fünf Mädchen sich ein Bad teilten. Das Bad, das zu Hannahs Zimmer gehörte, lag der Küche schräg gegenüber und damit auch fast genau gegenüber von ihrem Zimmer. »Das finde ich gut alles wieder«, bemerkte Hannah erleichtert.

»Kann ich dich jetzt allein lassen?« Als Hannah nickte, fügte Noa hinzu: »Im Mädchenhaus ist immer eine Frau da. Heute Nacht bleibt Aische hier. Wenn du Angst hast, nicht schlafen kannst oder schlecht träumst, dann darfst du ins Büro gehen und Aische wecken.«

Hannah sah sie fragend an.

»Mädchen, die von zu Hause weglaufen, haben sehr oft Angst, vor allem nachts. Und deshalb ist immer jemand da, damit keine von euch alleine ist«, erklärte Noa.

»Ach so. Danke«, sagte Hannah. »Das graue Kuscheltier, darf ich das heute mit ins Bett nehmen?«

»Das Kuscheltier ist ein Mädchenhausgeschenk. Du darfst es mitnehmen, wohin du willst. Es gehört dir.«

»Du? Das ist mein neuer Freund. Und er heißt Philipp Fidelius, sagt die Klara. Erzählt der mir jetzt auch so schöne Geschichten wie Flax Flabi Fledermaus?«

Noa hockte sich unwillkürlich hin. Diese Stimme gehörte nicht zu Hannah, es war die Stimme eines Kindes, und Noa sah in zwei kugelrunde, leuchtend blaue Kinderaugen.

»Dein neuer Freund Philipp Fidelius erzählt dir bestimmt Geschichten. Flax Flabi Fledermaus kenne ich leider nicht, aber die meisten Freunde können Geschichten erzählen.«

Die Kleine lachte glücklich und drückte das graue Kuscheltier fest an ihr Herz. Noa streckte eine Hand aus und die Kleine nahm sie.

»Komm, ich bring dich jetzt in dein neues Zimmer«, sagte sie und nahm die Hand ihres Schützlings. »Ich heiße Noa«, stellte sie sich vor.

Mit ängstlichem Blick flüsterte das Kind etwas. Noa verstand nicht und beugte sich hinunter.

»Ich heiße Sascha und bin schon fünf, aber niemand darf das wissen.«

Noa betrachtete sie aufmerksam. »Bei uns im Mädchenhaus bist du sicher, denn hier gibt es viele Menschen, die dich beschützen. Hier darfst du allen sagen, wer du bist. Es ist nicht mehr gefährlich.«

»So wie bei der Murmelaugenfrau?« Sascha dachte nach. »Bist du eine Hexe oder bist du eine Fee?«

Noa überlegte. Sie durfte jetzt nichts Falsches sagen und sie betete, dass ihre Antwort beruhigend sein möge. »Ich bin eine Fee.«

Sascha strahlte sie an und Noa fiel ein Stein vom Herzen. »Es wird Zeit, ins Bett zu gehen. Brauchst du Hilfe?«, fragte sie. Die Kleine schüttelte den Kopf. »Du darfst mich rufen, wenn du etwas brauchst«, sagte Noa, und als Sascha sie zufrieden anlachte, verließ sie das Zimmer und schloss leise die Tür. Sie holte das Tablett aus der Küche und atmete auf dem Weg ins Büro tief durch. Sie fühlte sich schwindelig, wach und erschöpft zugleich. Die Uhr im Büro zeigte halb zwei, aber Noa konnte mit der Information nichts anfangen.

»Na, wie geht es dir?«, fragte Aische, die müde aussah.

»Oh, ich bin ein bisschen durcheinander«, entgegnete Noa und Aische lachte.

»Das wundert mich überhaupt nicht. Ich habe den Aufnahmebericht schon geschrieben, weil diese Neuaufnahme auch für mich so verwirrend war und ich Angst habe, bis morgen alles durcheinander zu bringen.«

»Was meinst du damit?«, hakte Noa nach.

»Also«, begann Aische. »Ich habe jetzt Hannah kennen gelernt und dann John und vorhin ein Mädchen namens Dezember. Sie sind alle unterschiedlich und es ist doch das gleiche Mädchen. Ich habe so etwas noch nicht erlebt. Janne hat Hannah übrigens zur Beratungsstelle gebracht.«

»Ja, ich weiß.« Noa setzte sich auf die Schreibtischkante. »Hannah hat mir von ihren Abenteuern mit Janne erzählt. Ich habe ein weiteres Kind kennen gelernt. Ich weiß nicht, ob es ein Junge oder ein Mädchen war. Sie oder er jedenfalls heißt Sascha.«

»Macht dir das Angst?«, fragte Aische und Noa zögerte mit der Antwort.

»Erinnerst du dich an Karin?«

»Ja, natürlich«, sagte Aische.

»Weißt du, ich bin mir schon eine ganze Weile sicher, dass Karin in Wirklichkeit eine multiple Persönlichkeit ist. Damals habe ich das leider nicht erkannt.« Sie stockte und Tränen traten ihr in die Augen. »Ich habe ihren Geschichten misstraut und sie ist weggelaufen, weil ich ihr Vertrauen in mich total erschüttert hatte. Es war zu viel. Hätte ich bloß damals schon gewusst, dass unterschiedliche Kinder aus ihren unterschiedlichen Perspektiven und mit ihrem eigenen unabhängigen Wissen etwas erzählen, vielleicht, vielleicht …« Noa vergrub ihr Gesicht in ihrem Pullover. »Vielleicht hätte ich dann verhindern können, dass sie einfach verschwindet. Ich hätte ihr glauben müssen. Es wäre so wichtig gewesen.« Noa verstummte. Sie weinte heftig.

Aische war aufgestanden und nahm Noa in die Arme. »Noa«, sagte sie sanft. »Wir alle wussten damals viel zu wenig von den Zusammenhängen. Es gab kein Unterstützernetzwerk, so wie es das heute zumindest in Ansätzen gibt. Niemand von uns hatte zum damaligen Zeitpunkt genug Informationen, um Karin beschützen zu können. Erinnere dich doch, sie oder eine der Persönlichkeiten ist immer wieder nach Hause zurückgegangen und wer weiß, wohin noch.« Aische ordnete ihre Gedanken. »Noa, bitte.

Du musst aufhören, dir Vorwürfe zu machen! Das nützt niemandem. Es bringt Karin nicht zurück. Und wer weiß«, schloss sie, »Karin war ein so starkes und mutiges Mädchen. Vielleicht ist ihr die Flucht nach ganz woandershin gelungen, und sie hat alle Kontakte abgebrochen, weil sie wusste, wie gefährlich sie für sie sind. So wie ihr Aufenthalt im Mädchenhaus. Möglicherweise war es räumlich zu dicht dran an den Täterkreisen. Du bist nicht Gott, Noa. Und du hast sie hervorragend unterstützt.«

Noa wischte sich die Tränen aus dem Gesicht und lächelte schwach.

»Weißt du was? Du rufst jetzt endlich bei Janne an und dann fährst du zu ihr und lässt dich verwöhnen. Und«, ein strenger Blick traf Noa, »keine schwierigen Gespräche mehr, hörst du! Macht etwas Schönes. Du hast jetzt endlich frei.«

Noa musste lachen. »Ich wünsche dir eine ruhige Nacht«, sie umarmte Aische, »und danke.«

Dann ging sie ins Telefonzimmer der Mädchen, um in Ruhe mit Janne zu telefonieren. Sie zündete sich ihre erste Zigarette seit fast drei Stunden an und lehnte sich entspannt zurück, während sie dem Freizeichen lauschte.

»Ja, hallo?«, meldete sich Jannes Stimme nach dem fünften Klingeln.

»Janne, ich bin's, Noa.« Es war schön, Jannes Stimme zu hören.

»Mensch, geliebte Freundin, wo steckst du denn? Bist du noch im Mädchenhaus?«

»Genau«, erwiderte Noa. »Ich habe bis eben mit dem neuen Mädchen gesprochen und es hat mich ziemlich erschüttert. Ich habe so viele Fragen.«

»Ja, das glaube ich dir«, antwortete Janne. »Komm schnell her, meine Liebste. Ich koche derweil deinen Lieblingstee, der Kamin brennt, ich werde schöne Musik auflegen und dann ruhen wir uns zusammen aus. Was hältst du davon?«

»Hört sich toll an.« Noa fühlte sich gleich besser. »Ich seh dich dann in einer halben Stunde.«

»Das schaffst du um diese Uhrzeit bestimmt viel schneller«, lachte Janne.

Noa hörte erleichtert die Mädchenhaustür hinter sich zufallen und schaffte es tatsächlich, nach fünfzehn Minuten ihren knallroten Renault vor Jannes Haus zu parken. Sie hörte Janne in der Küche hantieren, ging aber gleich durch ins Wohnzimmer, legte sich aufs Sofa und blickte in den schwelenden Kamin. Die Wärme und die Stille taten ihr gut. Sie lag auf irgendetwas Hartem – Jannes blauer Plüschdrache! Komisch, der sitzt doch sonst immer in der Küche, wunderte sie sich und nahm den kleinen Drachen in den Arm. Neben dem Sofa sah Noa Jannes wunderschön bebildertes Märchenbuch liegen. Nachdenklich betrachtete sie das Bild auf dem Einband, und erst als sie Janne hereinkommen hörte, sah sie auf.

»Hallo«, sagte Janne erfreut, »da bist du ja schon.«

Statt einer Antwort zog Noa Janne zu sich herunter und küsste sie. »Meine kluge, geliebte Freundin. Hast du heute Abend mit deinem Drachen gesprochen?«

Janne schlüpfte mit der Hand in die Puppe und der Kopf des Drachen neigte sich etwas zur Seite. »Nein, ich hatte heute Besuch. Ich habe nämlich eine neue Freundin. Und außerdem«, der kleine Drache machte eine Kunstpause, »heiße ich schon immer Flax Flabi Fledermaus.«

Noa warf Janne einen schnellen Blick zu. »Janne, hab ich das richtig verstanden. Dein blauer Drache heißt Flax Flabi Fledermaus?«

»Ja, wieso? Gefällt dir der Name nicht?«

»Nein, im Gegenteil. Der Name ist klasse. Ich habe nur nicht gewusst, dass er so heißt.«

Janne sah sie verständnislos an.

»Ach, das kannst du ja gar nicht wissen. Ich habe heute im Mädchenhaus Hannah aufgenommen. Und sie, beziehungsweise nicht sie, sondern ein Kind, hat mir von Flax Flabi Fledermaus erzählt. Ich hätte nur nicht gedacht«, Noa legte eine Hand auf Jannes Knie, »dass es sich dabei um deinen Drachen handeln könnte.«

»Ja, ich weiß, es ist viel passiert. Ich habe Hannah und den Anderen heute geholfen, ins Mädchenhaus zu kommen. Es war ziemlich abenteuerlich und ereignisreich.« Janne lehnte ihren Kopf an Noas Schulter.

»Hannah hat ganz begeistert von dir erzählt. Morgen, wenn ich das Aufnahmegespräch mit ihr mache, werde ich ihr sagen, dass du meine Freundin bist.« Noa dachte einen Augenblick nach. »Es kann schwierig werden, wenn Hannah das Gefühl bekommt, etwas geschieht hinter ihrem Rücken. Andererseits findet sie es vielleicht gerade gut, wenn eine wichtige Bezugsperson mit ihr und ihrer Bezugsbetreuerin zusammenarbeitet, oder was meinst du?« Noa sah Janne zweifelnd an.

»Sag ihr einfach, dass wir Freundinnen sind und ganz viel miteinander zu tun haben. Dann wird sie schon wissen, ob es okay für sie ist, dass wir uns austauschen. Ich denke, Hannah und die Anderen können das ganz gut entscheiden und wir müssen uns keine Sorgen machen.«

»Zeit für einen ruhigen Abend«, lächelte Noa und strich dem Drachen versonnen über sein weiches Fell.

Hallo, liebes Tagebuch

Gestern rief eine Tante an und fragte mich – Tante Lore heißt sie, glaube ich –, ob ich denn schon etwas in mein Tagebuch geschrieben hätte. Erst wollte ich sie ganz spontan fragen, was für ein Tagebuch sie denn meint, aber dann habe ich mir doch lieber auf die Zunge gebissen. Denn ich falle besonders dadurch auf, dass ich immer Sachen nicht weiß, die ich dringend und ganz natürlich wissen sollte. Ich habe dieser Tante Lore – die übrigens erst mal ganz nett wirkt – dann gesagt, dass ich vom Tagebuchschreiben absolut nichts halte, und sie hörte sich ziemlich erstaunt an und meinte nur »aha«. Sonst nichts.

Jedenfalls – was soll ich sagen, kaum in meinem Zimmer angekommen, schlage ich ein altes Biobuch vom letzten Schuljahr auf, und da trifft mich doch echt fast der Schlag. Tatsache halte ich ein Tagebuch in den Händen, das offensichtlich meins ist – auch wenn ich das wohl vollkommen vergessen habe.

Mir scheint es überhaupt kein Zufall zu sein, dass ich das Tagebuch als Schulbuch getarnt habe, denn meine Mutter ist ein extrem neugieriger Mensch, wie mir scheint. Dieses Tagebuch von Tante Lore ist echt der Hammer. Nein, nicht eigentlich das Buch, sondern eher der Inhalt. Der macht mich wirklich ziemlich nervös.

Außerdem ist das voll das depressive Geschreibsel da drin und wirklich hochgradig chaotisch – gelinde ausgedrückt.

Jedenfalls bat ich Mutter, mir die Telefonnummer von Tante Lore zu geben, und das wollte die doch glatt nicht machen! Ich dachte, ich höre nicht richtig. Tante Lore soll immerhin meine Patentante sein!! Papa hat mir dann die Nummer gegeben, als er abends nach Hause kam. Er ist, glaube ich, ein lieber Mensch, obwohl ich ihn ehrlich gesagt überhaupt nicht wirklich kenne.

Na ja, jedenfalls habe ich dann Tante Lore angerufen. Etwas in mir vertraut ihr. Sie ist die Einzige aus der Verwandtschaft, von der ich das behaupten kann. Es ist nur ein Gefühl, aber das ist ja immerhin besser als überhaupt keine Orientierung zu haben.

Meine Mutter kam echt fünfmal ins Zimmer, wahrscheinlich um zu kontrollieren, was ich mit Tante Lore bespreche. Ich konnte so natürlich überhaupt nicht unbefangen mit Tante Lore reden und beschloss dann, sie später heimlich aus einer Telefonzelle anzurufen. Tante Lore hat auch mitbekommen, dass meine Mutter dauernd reinkam und mich störte, und sie war sofort damit einverstanden, dass ich sie später noch mal anrufe.

Als endlich alle schliefen, habe ich mich regelrecht aus dem Haus geschlichen – Telefonkarte hatte ich zum Glück – und Tante Lore hat mich dann in der Zelle zurückgerufen. Das war klasse.

Ich habe ihr erzählt, wie fremd ich mich fühle in diesem Haus und mit meinen Eltern. Dass ich mich an nichts so richtig erinnern kann. Und wie schrecklich ich meinen Namen finde. Hannelore! Das ist doch wirklich ein scheußlicher Name. Tante Lore hat gelacht und gemeint, sie hätte das gleiche Problem wie ich gehabt und würde sich nun schon seit Jahren Lore nennen. Ich habe ihr dann weiter erzählt, dass ich Hannah aus meinem Namen gemacht habe. Tante Lore war richtig beeindruckt. Sie meinte, diesen Namen würde sie ja noch viel schöner finden.

Dann ging es noch um dieses Tagebuch hier, in das ich gerade schreibe. Ich habe ihr den Einband beschrieben, und es ist tatsächlich das, was sie mir letztes Jahr zum Geburtstag geschenkt hat.

Tante Lore sagt, dass auch sie Schwierigkeiten mit meinen Eltern hat und oft so ein unheilvolles Gefühl hätte, wenn sie die beiden trifft. Das hat mich sehr nachdenklich gemacht.

Tante Lore wollte wissen, wie es mir denn zu Hause geht. Ich konnte es ihr überhaupt nicht sagen. Unheimlich und unheilvoll würde es ganz gut treffen, habe ich gemeint, und sie hat mich gefragt, ob ich vielleicht in den Sommerferien zu ihr kommen will. Um mehr Ruhe zu haben, miteinander zu reden.

Ich finde die Idee richtig toll. Ich glaube, Tante Lore kann mir vielleicht helfen. Wobei, das weiß ich auch nicht so recht, aber vielleicht kann ich ja genau das bei ihr herausfinden.

So, jetzt habe ich aber viel geschrieben, jedenfalls dafür, dass ich das anfangs so bescheuert fand.

Morgen gehe ich in die Schule. Komisches Gefühl! Ich habe richtiges Herzrasen bei der Vorstellung. Ich habe so ein Gefühl von einem riesigen Scherbenhaufen in mir drin. Alles fühlt sich kaputt an. Ja, wirklich. Wie ein Regal, aus dem sämtliches Porzellan herausgeschleudert worden ist.

Liebes Tagebuch
Sonntag, den 11.6.1995

Die Tagebucheintragung vor der von letzter Woche liegt schon drei Monate zurück. Also vorher habe ich ja wohl an Klara geschrieben, aber das kann ich irgendwie nicht mehr. Ich habe auch überhaupt kein Miriam-Gefühl, sondern ich bin eben Hannah und so fühle ich mich auch. Ein Mädchen, das irgendwie in eine merkwürdige Familie geraten ist und zu wildfremden Menschen Mama und Papa sagen soll. In eine Schule gehen soll, die ihr nichts sagt und in der alle sie zu kennen scheinen, nur sie kann mit den Leuten nichts anfangen.

Und dann dieses Gefühl – unheilvoll, sagt Tante Lore – ja genau so fühlt es sich an. Eine unheilvolle Leere in meinem Kopf und der Eindruck, von einem anderen Planeten hierher geschleudert worden zu sein.

Als ich neulich nachts aus der Telefonzelle nach Hause kam, wartete meine Mutter im Dunkeln auf mich. In dem Moment, als ich mein Zimmer betrete, geht das Licht an! Ich war so erschrocken, dass ich laut aufgeschrien habe. Meine Mutter sitzt auf meinem Bett, in einem schwarzen Kapuzenbademantel, und starrt mich an.

Sie fragt, wo ich gewesen bin, und ich sage ›telefonieren‹, was ja auch der Wahrheit entspricht. Mit wem ich gesprochen hätte, wollte sie wissen und ich sagte, das sei meine Sache und ginge sie nichts an. Das finde ich übrigens wirklich. Schließlich haben auch Kinder und Jugendliche ein Recht auf Intimsphäre, oder? Dann ist meine Mutter irgendwie vollkommen ausgeflippt. Ich kann das überhaupt nicht wiedergeben, es war echt furchtbar. Sie sagte: ›Komm mal mit in die Küche, ich habe ein Hühnchen mit dir zu rupfen.‹

Bei dem Satz hat es mir die Kehle zugeschnürt und danach weiß ich überhaupt nichts mehr.

Gestern Abend war die Hölle los. Als hätte der 15. Geburtstag noch nicht ausgereicht. Ich stand in der Küche und Mama brüllt mich an, was das eigentlich für neue Methoden wären, dass ich mich nachts aus dem Haus schleiche, um irgendwelche Leute anzurufen. Papa kam dann durch den Krach bedingt auch in die Küche und wollte natürlich wissen, was um Himmels willen jetzt schon wieder passiert sei. Mama brüllte nur, dass ich sie endgültig ins Grab bringen würde, und ich habe lieber erst mal nichts gesagt. Papa hat dann Mama ins Bett gebracht und ich sollte solange in der Küche warten, was ich auch gemacht habe. Papa war ziemlich wütend auf mich. Obwohl ich sonst immer mit ihm reden kann, ist es mir da überhaupt nicht gelungen. Ich habe noch gesagt, dass ich doch sein Sohn John bin, aber das war Papa scheißegal. Er hat mich zum ersten Mal geschlagen. So hart, dass ich mit dem Kopf auf die Tischkante geknallt bin. Und obwohl ich, glaube ich, sogar das Bewusstsein verloren habe, ist Papa einfach rausgegangen, ohne sich um mich zu kümmern.

So geht es jedenfalls nicht weiter. Auf gar keinen Fall.

Papa war am nächsten Morgen ziemlich fassungslos über seinen Ausfall. Er hat mich in den Arm genommen und fast geweint und gesagt, dass es ihm Leid tut. Ich glaube ihm das sogar. Als Mama reinkam, ist Papa ganz schnell von mir abgerückt und hat so getan, als wäre nichts gewesen. Komisch... Mit Mama werde ich nicht warm. Manchmal habe ich das Gefühl, als ob sie Papa voll für ein Weichei oder einen Schlappschwanz hält und Papa deswegen aufhört, mich zu trösten. Ich blicke da echt nicht richtig durch, durch diese Beziehung meiner Eltern. Jedenfalls ist das bestimmt nicht in Ordnung, davon bin ich überzeugt.

Wie auch immer. Es geht nicht mehr so weiter. Es geht mir so schlecht zu Hause und dann all das, was wir so treiben, und jetzt auch noch Hannah, ich glaube, wir haben das nicht mehr im Griff. Wir brauchen Hilfe. Papa rastet auch deshalb aus, weil wir nicht mehr richtig funktionieren und auffällig werden in der Schule und überhaupt. Ich habe echt Schiss vor den Sommerferien. Wir müssen vorher zum Jugendamt. Auf jeden Fall. Wenn das sonst niemand von uns schafft, dann muss ich es eben machen. Und zwar bald!

Nachtrag Donnerstag, den 6.7.1995

Termin beim Jugendamt nächste Woche Donnerstag. Da sind Papa und Mama beide nachmittags nicht da und das Jugendamt hat geöffnet. So kriegt es in der Schule und zu Hause niemand mit.

Also, am 13. Juli ist es so weit. Kurz vor den großen Ferien, besser gesagt schon am ersten Ferientag, na ja, so kann ich mir die Gedanken darum, ob es in der Schule jemand mitbekommt, wenigstens schenken. Verdammt knapp sozusagen. Aber das kann ich jetzt leider nicht ändern. Na ja, wird schon gut gehen – irgendwie. Ich habe Papa jetzt noch so lange Bedenkzeit gegeben, ich glaube, jetzt gibt es wirklich keinen anderen Weg mehr.

Die Sommerferien werden der größte Horror, wenn ich nicht sofort etwas unternehme. Gut, dass wir nicht schon am ersten Ferientag losfahren, sondern erst in den letzten vier Wochen.

Eine neue Welt für Hannah

7. Kapitel, in dem Silver findet, was ihr Herz begehrt, und Hannah sich vor einem Gespräch fürchtet

Hannah schlug die Augen auf und wusste nicht, wo sie war. Den Schlafanzug, den sie trug, kannte sie nicht. Panisch sah sie sich um. Auf dem Boden vor dem Bett lag neben einem aufgeschlagenen Buch ein graues Kuscheltier. Eine kleine Nachtlampe brannte. Auf dem Schreibtisch am Fenster standen Blumen.

Ich bin im Mädchenhaus! Die Erkenntnis ließ sie erleichtert aufatmen. Ich hab's geschafft, dachte sie und drückte das Kuscheltier an sich. Ich hab's geschafft. Ich habe eine Freundin gefunden und ein schönes Zimmer und meine Eltern können mich nicht einfach wieder nach Hause holen. Und heute um drei Uhr kommt Noa und will mit mir dieses besondere Gespräch führen.

Bei diesem Gedanken kam die alte Angst in ihr hoch. Angst vor Noas Fragen und Angst vor ihrer eigenen Sprachlosigkeit. Ihr Herz begann zu rasen und ihr Kopf wurde taub. »Hannah, reg dich nicht auf«, hörte sie eine Stimme und sah sich erschrocken um. Niemand war zu sehen.

Oh Gott, dachte sie, jetzt knall ich endgültig durch. Sie lauschte angestrengt, aber sie hörte nichts mehr.

Irritiert sprang sie aus dem Bett, knipste die Nachtlampe aus und ging zum Fenster. Draußen war es hell. Ihr Blick fiel in einen kleinen Hinterhof, in dem viele Fahrräder und noch mehr Mülltonnen standen. Einigen Bäumen war es gelungen, trotz des mangelnden Lichts hoch in den Himmel zu wachsen. Hannah mochte den Hinterhof. Er sah nach Leben aus.

Plötzlich sah sie den gedeckten Tisch vom gestrigen Abend vor sich und freute sich aufs Frühstück. Ich gehe jetzt duschen und zieh mich an, und dann gibt's erst mal was zu essen. Energisch trat sie einen Haufen schmutziger Wäsche beiseite, angelte frische Kleidung aus dem Regal und öffnete vorsichtig ihre Zimmertür. Alles war still.

Komisch, wo waren denn die ganzen Mädchen, die hier wohnen sollten? Gestern hatten sie schon geschlafen und heute … Klar, die saßen wahrscheinlich alle brav in der Schule.

An die Schule hatte sie schon ewig nicht mehr gedacht. Ihr Klassenlehrer schien ganz okay zu sein, jedenfalls bis irgendwelche Sachen passierten, die ihn gegen sie aufgebracht hatten. Na ja, und ihre Vertrauenslehrerin hatte auch versucht, sie zu verstehen. Aber in der Schule war trotzdem der Wurm drin. Sie konnte den Lehrern nicht vertrauen, weil sie von ihrem Vater abhängig waren und im Zweifelsfall sicher ihm glauben würden und nicht ihr. Hannah seufzte.

»Schweine«, hörte sie eine zornige Jungenstimme. »Wir werden es ihnen allen zeigen. Niemand – hörst du, Hannah! – niemand wird uns jetzt mehr fertig machen. Das schwöre ich, so wahr ich Basti heiße.«

»Was?« Entsetzt hielt sich Hannah die Ohren zu. »Hör auf«, schluchzte sie. »Ich will das nicht hören. Hau ab.«

»Guten Morgen, ich heiße Gül. Bist du Hannah?«

Erschrocken drehte sich Hannah um und sah sich einer großen Frau mit dunklen Augen und dunkelbraunen langen Haaren gegenüber. »Nein«, schrie sie, rannte ins Bad und knallte die Tür hinter sich zu. Scheiße, Scheiße, dachte sie. Wieso gibt es in diesem verdammten Bad keinen Schlüssel! Hektisch sah sie sich um. »Lasst mich doch alle in Ruhe!« Ihr Kopf schmerzte. Sie ließ sich auf den weiß gekachelten Boden fallen und schlug die Hände vors Gesicht.

»Ist alles in Ordnung bei dir?«, hörte sie eine Stimme.

Hannah wischte sich mit dem Schlafanzugärmel über Gesicht und Nase. »Wo ist denn die Aische?« Sie klang zittrig und mehr als kläglich.

»Aische ist um zehn nach Hause gegangen. Ich habe sie abgelöst.« Hannah erwiderte nichts. »Komm doch nach dem Duschen in die Küche, dann können wir zusammen frühstücken«, schlug die Stimme mit den langen Haaren vor.

»Ja«, war alles, was Hannah einfiel, und als sie die Schritte leiser werden hörte, stand sie stöhnend auf, zog den Schlafanzug aus und stieg in die kleine Duschwanne.

Das Wasser war angenehm heiß auf ihrer Haut. Ihr Mut kehrte langsam zurück, und beim Zähneputzen summte sie sogar leise vor sich hin. Sie trug den Schlafanzug in ihr Zimmer zurück und lief auf Strümpfen in die Küche.

Die dunkelhaarige Frau fragte, ob sie lieber Kaffee oder Tee trinken wollte, und als Hannah »Kaffee« sagte, hörte sie gleichzeitig die Stimmen zweier Kinder. Ein Kind wollte Saft, das andere warmen Kakao. Hannah fuhr herum, aber da war niemand.

»Kann ich auch Saft und Kakao bekommen?«, fragte sie verwirrt.

»Ja, klar. Was möchtest du denn, Apfel oder Orange?«

Hannah zuckte mit den Achseln. »Weiß nicht«, sagte sie und setzte sich an den runden Küchentisch. So saß sie der Frau schräg gegenüber und konnte gleichzeitig die Tür beobachten. Der perfekte Platz. Sie selbst war von draußen nicht genau zu sehen, hatte aber alles im Blick.

»Hast du gut geschlafen in deiner ersten Nacht im Mädchenhaus?«

»Ich glaube schon«, antwortete Hannah einsilbig. Sie kaute schweigend und sah sich in der Küche um. Alles war schön ordentlich aufgeräumt, außer ihrem Teller stand kein Geschirr mehr auf dem Tisch. »Sind die anderen Mädchen schon weg?« Sie wagte zum ersten Mal, der neuen Betreuerin ins Gesicht zu sehen.

»Ja, sie sind alle in der Schule. Ich glaube, die Erste kommt gegen halb eins und die Letzte erst um halb fünf.«

Auf der Küchenuhr war es zwanzig nach elf. Was sollte Hannah in der Zwischenzeit bloß mit sich anfangen?

»Aische hat vorhin erzählt, dass die Mädchen heute Morgen ordentlich Krach gemacht haben, um dich zu wecken. Sie sind alle sehr gespannt auf dich.«

»Ach, echt?« So sehr sich Hannah darüber freute, fühlte sie doch Misstrauen in sich aufsteigen. Was hatte Aische den Mädchen über sie erzählt?

»Wenn eine Neue kommt, sind die Mädchen natürlich immer sehr neugierig. Sie fragen sich, ob sie sie mögen werden. Was für Musik sie hört, welche Hobbys sie hat, ob sie frech ist oder still. Ob sie gut zu ihnen und in die Gruppe passt. Ob sie gute Ideen hat und so weiter.«

»Ach«, sagte Hannah und kam sich nicht gerade einfallsreich vor. »Und? Wie sind die Mädchen so?«

»Also, ich finde sie alle ziemlich klasse. Sie sind so unterschiedlich, dass du am besten selbst herausfindest, mit wem du dich verstehst. Ich glaube schon, dass du ganz gut in die Gruppe passt.«

»Wie kommen Sie denn darauf?« Hannahs Misstrauen wuchs.

»Weil du wach und lebendig auf mich wirkst. Und neugierig. Und mir Fragen stellst.«

Die Antwort war beruhigend und Hannah fühlte sich schon etwas sicherer. Plötzlich neugierig, ließ sie ihren Blick durch die Küche schweifen und blieb an einem großer Plan mit vielen Namen hängen. »Was ist denn das für ein Plan?«

»Das ist der Wochenplan für die Mädchen. Wenn du fertig gefrühstückt hast, erkläre ich dir am besten die wichtigsten Dinge. Und wenn du Lust hast, können wir später zusammen einkaufen gehen. Ich glaube ...« Sie stand auf und suchte den Plan mit ihren Blicken ab. »Ja, genau. Jutta kocht heute. Und zwar Spaghetti mit Tomatensauce und Gurkensalat.«

»Kochen die Mädchen immer das, was sie selbst am liebsten mögen?«

»Ja, entweder das oder auch, was sie schon kochen können. Kannst du kochen?«

»Ich glaube, darüber gibt es geteilte Meinungen. Wenn Sie meine Mutter fragen würden, würde sie Sie wahrscheinlich auslachen. Mein Vater kann noch weniger kochen als ich und findet meine Kochkünste beeindruckend. Na ja, und ich finde, ich hab zu wenig Ahnung vom Würzen und auch nicht gerade wahnsinnig viele Rezeptideen.«

»Dass du immer so unendlich viel quatschen musst«, hörte Hannah eine Stimme und hielt sich erschrocken den Mund zu. Vorsichtig warf sie einen Blick neben sich. Sie hörte ein Lachen, sah aber niemanden. Dezember, die sich darüber aufregte, wie vertrauensselig Hannah schon wieder war, überlegte einen Moment, ob sie sich ihr endlich vorstellen sollte, schwieg dann aber.

»Hannah, ist irgendwas passiert?« Die Frau wirkte ehrlich besorgt.

»Nein, nein, es ist nur …« Hannah blickte auf ihren Teller. »Ich weiß nicht, ich rede wohl manchmal zu viel«, endete sie lahm.

»Wer sagt das?«, fragte die Frau.

»Wieso, haben Sie das auch gehört?« Hannah warf der Frau einen schnellen Blick zu. Hatte sie sich das doch nicht eingebildet?

»Gehört? Wie meinst du das?«

»Halt die Klappe«, zischte Dezember drohend und Hannah bekam einen roten Kopf.

»Nichts«, sagte sie schnell, und um abzulenken: »Ich weiß Ihren Namen noch gar nicht.«

»Ich heiße Gül.«

Hannah fühlte sich von Gül beobachtet und versuchte ein Ablenkungsmanöver. »Was bedeutet das? Oder hat es gar keine Bedeutung?«

»Doch, das hat schon eine Bedeutung. Gül ist Türkisch und heißt Rose, aber es kann auch Lachen bedeuten.«

»Das finde ich schön.« Hannah vergaß ihre Verwirrung.

»Ja, ich auch. Bist du fertig mit frühstücken?«

Hannah nickte und räumte mit Gül die Küche auf, während die Betreuerin ihr etwas über den Alltag im Mädchenhaus erzählte. Der Arbeitsplan riss Hannah nicht gerade vom Hocker. Einmal die Woche kochen und einkaufen und am Wochenende ihr Zimmer putzen und noch einen Teil der Gemeinschaftsräume. Na ja, mal sehen … Hannah studierte die Namen auf dem Plan und versuchte, sich die dazugehörigen Gesichter vorzustellen.

Den Rest des Vormittags verbrachte sie mit der Erkundung des Mädchenhauses. Sie räumte ihre Wäsche in die Waschmaschine, wurde in das Geheimnis der Spülmaschine eingeweiht und wusste schon bald, wo welche Räume lagen. Sie sah das Büro zum ersten Mal bei Tageslicht. Der helle Raum wirkte freundlich, ganz anders als das Büro in der Schule oder das von Frau Krebs im Jugendamt, wo sie sich unter dem Aktenberg wie ein kleines Insekt gefühlt hatte.

Es gab auch ein kleines Fernsehzimmer, in dem es ziemlich chaotisch aussah. Hannah grinste zufrieden. Hier hausten Mädchen, nicht zu übersehen. Auf der Couch lagen neben zerwühlten Wolldecken leere Colaflaschen und auf dem Boden zwei zusammengeknautschte Chipstüten; ein Aschenbecher stand so nah am Tischrand, dass er jeden Moment herunterfallen konnte. Gül seufzte, und Hannah grinste noch breiter. Die Lager waren damit klar: auf der einen Seite die Jugendlichen, auf der anderen die Erwachsenen – Sozialpädagogen hin oder her. Plötzlich freute sich Hannah auf die anderen Mädchen. Es sah so aus, als könnte es sehr lustig werden.

Die Erste klingelte um viertel vor eins. Gül öffnete die Tür und erklärte: »Du darfst übrigens nie an die Tür oder ans Telefon gehen, Hannah. Auch dann nicht, wenn du ganz genau weißt, wer es ist. Es ist streng verboten.«

»Hi.« Ein großes Mädchen mit mittellangem aschblondem Haar stürmte zur Tür herein und verschwand in einem der ›privaten‹ Mädchenräume. Diese Zimmer durfte man ohne Erlaubnis der Bewohnerinnen nicht betreten, und Hannah war darauf am allerneugierigsten.

Nach ein paar Minuten kam das Mädchen zurück, ging auf Hannah zu und streckte ihr die Hand hin. »Ich bin Jutta. Und wer bist du?«

»Ich heiße Hannah. Ich bin gestern Nacht gekommen.«

»Ja, wir haben noch versucht, wach zu bleiben, aber es war echt zu spät. Und außerdem«, Jutta schnitt eine Grimasse, »hat man bei Noa keine Chance. Wenn die will, dass wir schlafen, dann schafft sie das auch. Meistens jedenfalls«, lachte sie.

»Ist Noa so streng?« Hannah fand das gar nicht witzig.

»Ach, im Großen und Ganzen ist sie okay. Bloß mit dem Ausgeschlafensein und mit der Schule, das nimmt sie schon sehr genau.« Jutta verzog den Mund, stellte sich gerade hin und verschränkte die Arme vor der Brust. »Leute, die Schule ist wichtig. Ihr braucht gute Zensuren, damit ihr später machen könnt, was ihr wirklich wollt. Und die wichtigste Voraussetzung dafür ist genügend Schlaf. Zitat Ende.« Jutta grinste.

Na, das konnte ja heiter werden. Aber immerhin schien Jutta ganz nett zu sein.

»Ich muss mir jetzt mal den Essensplan angucken. Ich koche nämlich heute und muss vorher noch einkaufen.« Fast entschuldigend zuckte Jutta die Achseln.

»Ich könnte doch mitgehen?« Hannah hatte überhaupt keine Lust, noch länger alleine in der Wohnung zu bleiben.

»Au ja, super Idee. Zusammen könnte es vielleicht sogar richtig Spaß machen.«

Gemeinsam gingen sie zu Gül ins Büro.

»Kann ich Geld für den Einkauf haben und darf Hannah mit?« Schmeichelnd sah Jutta ihre Betreuerin an.

»Okay, aber ihr geht wirklich nur einkaufen und kommt dann sofort zurück.«

»Zu Befehl, Miss«, sagte Jutta, und zu Hannah: »Lass uns schnell abhauen, bevor sie es sich anders überlegt.«

Bevor die Tür ins Schloss fiel, hörten sie Gül rufen: »Vergiss die Quittung nicht!«

Jutta seufzte. »Ich vergesse dauernd die Quittung. Anfangs dachte ich, das wäre nur so eine Erziehungsmaßnahme, aber die Frauen brauchen die tatsächlich. Für die Abrechnung. Na ja …«

Hannah erschien es unmöglich, alles zu behalten, woran man im Mädchenhaus denken musste.

Das Einkaufen machte tatsächlich Spaß, und auch das Kochen, während dessen Jutta Hannah erklärte, was alles zum Küchendienst gehörte.

»Mir schwirrt schon richtig der Kopf«, bemerkte Hannah, die gerade dabei war, die Gurken in Scheiben zu schneiden.

»Mir kam das am Anfang auch total viel vor, aber das legt sich mit der Zeit. Außerdem kannst du uns ja fragen, wenn du etwas nicht verstehst.«

»Danke«, sagte Hannah und warf die Gurkenscheiben in eine dunkelblaue Plastikschüssel.

»Magst du mein Zimmer sehen?«, fragte Jutta, als die Spaghetti im sprudelnden Wasser vor sich hin kochten, und Hannah nickte begeistert. Was für eine Frage. Natürlich wollte sie Juttas Zimmer sehen.

Die Staffelei fiel Hannah zuerst auf und ein kleines Regal mit verschiedensten Farbstiften. »Ist das deine?«, fragte sie mit leuchtenden Augen.

»Ja, ich male gern und hab die Staffelei zum letzten Geburtstag bekommen. Von meinem Vater. Die Bedingung war, dass ich nach

Hause zurückkomme. Ich hab das auch gemacht, aber er hat sich überhaupt nicht verändert. Blödes Schwein.« Jutta hielt inne, dann sagte sie: »Ach scheiße, ich wollte das gar nicht sagen.«

»Ist schon okay«, meinte Hannah, obwohl sie sich erschreckt hatte.

»Das Gute daran ist jedenfalls die Staffelei. Die hätte mir der Alte sonst nie geschenkt.«

»Darf ich mir die Farben ansehen?«

»Klar, pass nur ein bisschen mit den Pastellkreiden auf, die zerbrechen leicht. Willst du die Staffelei mal ausprobieren?«

»Jetzt?« Hannah verstand ihre eigene Begeisterung nicht. Eigentlich hatte sie sich noch nie fürs Malen interessiert. Und doch war ihr dieser Sog zu Farben und Papier schon aus dem Kunstunterricht vertraut. Ihr Kunstlehrer war jedes Mal völlig begeistert von ihren Bildern. Hannah war das zutiefst peinlich, weil sie überhaupt nicht mitbekam, wie sie entstanden. Es waren nicht wirklich ihre Bilder und sie hatte überhaupt nicht das Gefühl, das Lob und die gute Note zu verdienen. Im Gegenteil. Es machte ihr Angst, vor einem leeren Papier zu sitzen, zu sehen, wie ihre Hand nach einem Stift oder Pinsel griff, dann irgendwie nach hinten wegzukippen, nur um Stunden später das Lob ihres Lehrers entgegenzunehmen und keine Ahnung zu haben, wie sie das nun wieder fertig gebracht hatte.

Vor allem deshalb bedeuteten leeres Papier und Farben für Hannah Gefahr.

Doch wie jedes Mal war auch diesmal der Sog stärker. Sie konnte sich gegen die seltsame Anziehungskraft nicht länger wehren. Sie sah Jutta an und bemerkte zu ihrem Entsetzen, wie deren Gesicht immer unschärfer wurde und sie ihre Stimme nur noch aus weiter Ferne mitbekam. Dann Stille.

Silver starrte gebannt auf die Staffelei. »Ich darf sie benutzen?« Ungläubig und freudig erregt warf sie einem blonden Mädchen einen prüfenden Blick zu.

Die reagierte unsicher. »Wenn du willst ... Ja, eigentlich habe ich nichts dagegen. Kannst du denn damit umgehen?«

Merkwürdige Frage, dachte Silver. Wenn sie eins konnte, dann das. Und laut sagte sie: »Ich meine, kann ich jetzt gleich …?« Sie sprach den Satz nicht zu Ende. In ihr war nur noch fiebrige Erregung, nur noch der Wunsch zu malen.

»Ja. Klar. Ich …« Die Blonde war verwirrt. »Hier ist das Zeichenpapier und da in dem Regal …«, sie deutete in die Richtung, »hast du ja schon gesehen, die Stifte. Ich muss bloß jetzt in die Küche zurück, mir brennt sonst noch was an.«

Silver hatte keine Ahnung, wovon sie sprach, und es interessierte sie auch nicht. Sobald sie Farben auch nur von weitem sah, vergaß sie alle Regeln des Anstands. Doch als das Mädchen unschlüssig im Zimmer stehen blieb, brachte sie es immerhin fertig zu sagen: »Oh, ich fasse nichts anderes an. Ich will nur malen, sonst nichts. Und wegen deiner Farben brauchst du keine Angst zu haben. Ich kenn mich damit aus. Wirklich!«

»Na gut, dann viel Spaß«, meinte die Blonde irritiert und ging hinaus.

Silver fand einige Kohlestifte und versank fast augenblicklich im Weiß des Zeichenblatts. Der Stift malte ihre Bilder und Silver begleitete ihn nur. Sie fühlte sich jedes Mal wie auf einer Reise. Wie in einem Abenteuer. Dem Abenteuer, das sie am allermeisten liebte. Sie wusste nie, wohin es sie führen würde. Und noch nie war es ihr möglich gewesen, mit jemandem über ihre Farbreisen zu sprechen. Sie führte ihre Dialoge ausschließlich mit dem Papier, das ihr zuhörte, keine Fragen stellte und sich füllen ließ, von Minute zu Minute mehr.

»Hey, Zeit zum Mittagessen.« Das Mädchen, dem die Staffelei gehörte, stand plötzlich im Zimmer. »Kommst du?«

Silver musste sich fast gewaltsam von ihrem Bild losreißen. »Essen?«, fragte sie, als hätte die andere von einem Ufo gesprochen. Jetzt zu essen konnte sie sich überhaupt nicht vorstellen. Das Bild war noch nicht fertig, sie wollte lieber weitermalen. Aber die Blonde beachtete Silver gar nicht mehr. Mit offenem Mund stand sie vor ihrer Staffelei.

»Hast du das gemalt?«

»Klar, oder siehst du hier sonst noch jemanden«, gab Silver zurück.

»Das finde ich echt total abgefahren!«

Silver freute sich. »Muss man hier mitessen?«, fragte sie und es war deutlich zu hören, wie wenig sie dieser Gedanke in Begeisterung versetzte.

»Ja, wenn wir da sind, dann sollen wir auch mitessen. Bis auf Nuray sitzen alle schon in der Küche und platzen vor Neugier.«

Silver nickte. »Noch fünf Minuten, dann bin ich so weit.«

»Ich sag Bescheid«, warf die Blonde ihr über die Schulter zu und war schon wieder draußen.

Nachdenklich betrachtete Silver das Bild. Mit einem roten Pastellpunkt markierte sie den vorläufigen Endpunkt ihrer Farbenreise, an dem sie so schnell wie möglich wieder anknüpfen wollte. Sie legte alle benutzten Farben ordentlich an ihren Platz zurück. Dann versank sie langsam tiefer und tiefer in ihrem Gemälde, ging immer weiter in das Bild hinein, bis sie schließlich ganz darin verschwand.

Hannah rieb sich die Augen und sah in eine düstere Landschaft, die ein grellroter Sonnenuntergang erleuchtete. Vielleicht war es auch ein Feuer. Alte, knorrige Bäume streckten ihre knarrenden Äste nach ihr aus und Hannah wich einen Schritt zurück.

Wahnsinn, dachte sie. Wie spät es wohl war? Zögernd verließ sie das Zimmer. Aus der Küche drang Stimmengewirr und ihr wurde ziemlich mulmig zumute. Als sie eintrat, stellte sie mit einem schnellen Blick auf die Uhr fest, dass es fast halb drei war. Schon wieder war die Zeit ohne sie vergangen.

»Hey, du kannst dich hierhin setzen, der Platz ist noch frei.« Jutta zeigte auf den leeren Stuhl neben sich und Hannah ließ sich dankbar darauf nieder.

Sie sagte nichts, versuchte nur, sich die Namen und Gesichter der Mädchen zu merken, während sich in ihrem Kopf die Gedanken überschlugen – oder waren es wieder diese Stimmen?

Die Mädchen redeten alle durcheinander, stellten ihr viele Fragen danach, woher sie kam und in welche Schule sie gehen würde. Hannah hörte sich reden, als wäre es nicht sie, die die Antworten gab. Oft war das schon so, schoss es Hannah durch den Kopf. Eigentlich sprach sie überhaupt nicht über sich, aber das war bisher noch nie jemandem aufgefallen. Niemand schien sich dafür zu interessieren, wie es Hannah ging, was ihr wichtig war, was sie sich wünschte, was sie brauchte.

»Noa ist deine neue Bezugsbetreuerin, oder?«

Das Mädchen, das Hannah direkt angesprochen hatte, hieß Sigrid. Hannah fand sie nicht sonderlich sympathisch. Irgendetwas an ihr machte sie misstrauisch. »Ja, ich glaube schon«, sagte sie vorsichtig. »Wieso?«

Sigrid lachte, aber es klang nicht freundlich. »Na ja, was soll ich groß dazu sagen. Du wirst sie schon selber kennen lernen. Ich bin jedenfalls froh, dass Jackie für mich zuständig ist.«

Hannah erschrak. Auch wenn sie ihr nicht recht traute, schaffte Sigrid es doch, sie einzuschüchtern.

Ein Mädchen ließ ihren Löffel fallen. »Noa ist auch meine Bezugsbetreuerin«, fuhr sie Sigrid an. »Und ich finde sie gut.«

Sigrid musterte sie kalt. »Du bist ja auch Mamas Liebling.«

»Du Scheißkuh«, brüllte die andere und sprang auf.

»Annalena, stopp«, ging Gül, die bisher schweigend dabeigesessen hatte, dazwischen.

Annalena drehte sich wutentbrannt zu ihr um. »Ja, ja«, schrie sie, »ich weiß. Keine Gewalt. Und wie nennst du das, was Sigrid hier gerade macht?« Sie stürzte zur Tür, ließ sie krachend hinter sich zufallen, und einige Sekunden später fiel eine weitere Tür unsanft ins Schloss.

»Annalena hat Recht«, sagte Gül in die still gewordene Mädchenrunde. »Was sollte das eben, Sigrid?«

»Wieso, ich hab doch gar nichts gemacht«, maulte Sigrid, ohne Gül anzusehen.

Ein Mädchen namens Sahide stand langsam auf und nahm ihren Teller, um ihn in die Spülmaschine zu räumen. »Du bist echt so was von gemein, und das weißt du auch. Du brauchst dich wirklich nicht zu wundern, dass keine dich hier leiden kann.«

Sigrid wurde blass. Alle Mädchen starrten auf ihre Teller, nur Hannah warf ihr einen verstohlenen Blick zu. In ihren Augen sah sie Angst. Nur einen Moment lang. Dann schob Sigrid ihren Stuhl zurück, sagte: »Ich hau hier sowieso bald ab«, und verließ die Küche.

Die anderen Mädchen schwiegen und auch Hannah traute sich nicht, etwas zu fragen. Sigrid tat ihr Leid, andererseits fand sie

sie unmöglich. Sahide stimmte sie insgeheim zu und bei Annalena hätte sie sich gern bedankt.

»Hey«, sagte ein Mädchen und beugte sich zu Hannah vor. »Rauchst du zufällig auch?« Sie hieß Sevim, das hatte sich Hannah schon gemerkt.

Sie nickte, stand auf und ordnete ihr Geschirr in die Spülmaschine. Die Küchenuhr zeigte Viertel vor drei. Noch eine Viertelstunde Galgenfrist, dachte Hannah und wünschte in diesem Augenblick, dass Noa sie einfach vergessen würde. Doch kurz bevor sie das Fernsehzimmer erreichte, sah sie die Betreuerin durch die Wohnungstür hereinkommen, und seufzte leise.

Sevim bot ihr eine Filterzigarette an, und als sie ihr Feuer gab, fragte Hannah: »Ich hab gleich mit Noa dieses Gespräch – so ein besonderes irgendwie. Was wollen die Frauen denn alles wissen?«

»Du meinst das Aufnahmegespräch. Hast du Angst?«

»Ja, ich denke immer, dass ich vielleicht gar nicht hierher gehöre und Noa mich rausschmeißt.«

Sevim sah sie forschend an. »Ehrlich gesagt«, begann sie, »habe ich das hier noch nicht erlebt und auch von keinem solchen Fall gehört. Das würden die Frauen nie machen. Die Noa find ich übrigens klasse. Manchmal ist sie ein bisschen streng mit der Schule und dem Schlafengehen, aber sie hat auch echt verrückte Ideen. Und man kann ihr wirklich alles erzählen.«

Was Sevim sagte, klang nicht übel, und Hannah wurde es leichter zumute. »Wieso hat Sigrid das über Noa gesagt?«, wollte sie wissen.

»Ach, die hat einen Knall. Sie hat was gegen Ausländer und Juden. Die spinnt total. Niemand hier mag sie, weil sie immer so fiese Sachen sagt. Aber die Scheiße kommt eben von ihren Eltern, sagt zumindest Noa. Trotzdem, ich finde, sie ist mittlerweile alt genug zum Selberdenken!«

Ja, das fand Hannah auch. Sie konnte Sigrid immer weniger leiden, nur ein leiser Zweifel nagte noch an ihr. Denn das Gefühl, von allen verachtet zu werden, kannte sie selber so gut. Sie nahm sich vor, Sigrid nicht völlig links liegen zu lassen.

Es klopfte und Noa kam herein. »Lernt ihr euch gerade ein bisschen kennen?«, fragte sie.

»Wir tun unser Bestes«, erwiderte Sevim, während Hannah es vorzog zu schweigen.

»Was war denn gerade in der Küche los?«

»Ach, was weiß ich. Sigrid hat mal wieder Scheiße erzählt, daraufhin ist Annalena ausgeflippt, dann hat Sahide Sigrid ihre Meinung gesagt, und dann ist Sigrid abgehauen. Nichts Neues also«, schloss Sevim ihren Bericht.

»Und da hast du dir gedacht, gehst du lieber mit Hannah in Ruhe eine rauchen?«

»Du hast es erfasst!« Sevim grinste.

»Oje«, kommentierte Noa das Gehörte. Sie holte Tabak aus ihrer Jackentasche und drehte eine Zigarette. »Ich würde gerne noch eine mit euch rauchen, bevor wir mit dem Gespräch anfangen.« Als sie Hannahs Blick bemerkte, sagte sie: »Machst du dir Sorgen deswegen?«

Hannah nickte fast unmerklich. Ja, Sorgen machte sie sich tatsächlich, und einerseits wollte sie nichts lieber, als das Gespräch hinter sich zu bringen, andererseits hätte sie es am liebsten in die Unendlichkeit verbannt.

»Sevim, erinnerst du dich noch an dein erstes Gespräch?« Noa schob den Aschenbecher von der Kante weg auf die Mitte des Tisches und Hannah musste unwillkürlich lächeln.

»Oh ja«, antwortete Sevim, »das werde ich wahrscheinlich nie vergessen. Ich hatte solche Angst. Davor, dass ihr mir nicht glaubt und dass das Jugendamt mich sofort hier rausholt und nach Hause schickt, weil ich mir alles bloß ausgedacht habe. Und davor, dass das Jugendamt sowieso meinen Eltern glaubt. Kurz gesagt, es war echt grauenhaft.« Sevim lachte.

»Und dann?« Hannah musste unbedingt wissen, wie es weiterging.

»Na ja, meine Eltern waren echt schlimm, die sind auf dem Jugendamt total ausgerastet. So doll, dass die Frau vom Jugendamt meine Eltern am Schluss regelrecht rausgeworfen hat. Zuerst hat sie mir ja nicht geglaubt, die Frau vom Jugendamt. Aber mit jedem Gespräch wurde es besser. Und letzte Woche hat sie endlich zugestimmt, dass ich in eine Jugendwohngemeinschaft ziehen kann. Juchhu! Jetzt muss ich bloß noch 'ne tolle WG finden, und dann ist alles klar.« Zufrieden lehnte sich Sevim auf dem Sofa zurück.

»Und seit wann bist du hier?« Hannah hatte die Worte förmlich in sich aufgesogen.

»Och, schon ewig. Ich weiß gar nicht genau. Die Zeit ist wie im Flug vergangen, obwohl es mir gleichzeitig vorkommt wie die Ewigkeit. Wie lange bin ich jetzt hier, Noa?«

»Na ja«, sagte Noa, »zwischen drei und vier Monaten. Auf den Tag genau weiß ich das auch nicht. Aber ich kann gleich mal nachgucken, wenn du willst.« Sie drückte ihre Zigarette aus. »Hannah, kommst du mit?«

Hannahs Herz klopfte wild, als sie Noa ins Büro folgte.

Hallo, Tagebuch

Donnerstag, den 13.7.1995

Heute Nachmittag also war ich beim Jugendamt. Innerlich war ich so was von angespannt, das kann sich kein Mensch vorstellen. Die Frau vom Jugendamt – Frau Krebs – konnte überhaupt nichts anfangen mit dem, was ich erzählt habe. Sie guckte mich immer wieder dermaßen ungläubig an, dass ich wirklich schon dachte, ich muss irgendwie 'ne Schraube locker haben.

Hier also die Zusammenfassung des bislang kompliziertesten Gesprächs meines Lebens:

Ob Frau Krebs es als vertrauliches Gespräch behandelt, konnte ich nicht einschätzen. War zwar eine Zwickmühle, aber ich glaube, ich hatte keine Wahl. Meine Schilderung, wie Papa mich bewusstlos geschlagen hat, fand sie schockierend. Ich glaube, ich konnte ihr nicht klarmachen, dass Papa eine beschissene Meinung von Mädchen hat, während er mit Jungen eigentlich supergut klarkommt. Sie hat nicht verstanden, wieso Papa Mädchen sexuell misshandelt, mich aber nicht. Wieso ist sie so begriffsstutzig? So schwierig ist das doch gar nicht. Papa missbraucht nur Mädchen, und mit Jungs – vor allem mit mir – hat er kein Problem. Das heißt, mittlerweile stimmt das wohl nicht mehr, sonst hätte er mich kaum zusammengeschlagen.

Als mich Frau Krebs noch einmal fragte, ob mein Vater auch mich sexuell missbraucht hat, habe ich ihr stattdessen von dem Aufsatz erzählt, den jemand von uns in der Schule geschrieben hat, und ihre Frage einfach ignoriert. In der Hoffnung, dass sie vielleicht dadurch was kapiert. Aber echt, ich glaube, ich war wohl doch der Falsche.

Wer hat den Aufsatz eigentlich geschrieben? Jurek? Bastian? Darüber hab ich im Jugendamt schon nachgedacht, nur dann ist bei mir leider der Faden gerissen.

Ich glaube, diese Krebs hat mir kein Wort geglaubt. Die Burg ist das absolute Geheimnis. Ich habe den Inhalt meines Aufsatzes geschildert und fast alles gesagt, was ich über die Burg weiß. Mehr Vertrauen ist nicht drin! Sie denkt, ich hab mir 'n Video angesehen, dann einen Alptraum gehabt und kann jetzt Wirklichkeit und Traum nicht auseinander halten!!!

Ich sagte, dass meine Eltern genau das behaupten: Der Aufsatz und mein Erleben kämen von Krimis, dabei weiß ich, dass ich das wirklich erlebe. Aber was bedeutet schon Wirklichkeit? Gibt es mich wirklich? Oder bin ich nur ein Phantasiegeschöpf?

Ich wollte das mit der Frau nicht testen, vielleicht weil ich Angst vor der Wahrheit habe. Dass sie wie meine Eltern findet, dass ich, Dezember, ausschließlich in der Phantasie von Hannelore existiere. Und dann auch die Gewalt nicht existiert, die ich erlebt habe. Der Gedanke hat mich so erschreckt, dass ich jetzt nicht mehr weiß, was Wirklichkeit ist und was Phantasie.

Also habe ich meine Klappe gehalten, und die Krebs hat mich nur noch irritiert angestarrt.

Oh Klara, ich habe so lange nichts mehr ins Tagebuch geschrieben, obwohl ich deine Nachricht gelesen und mich darüber auch gefreut habe.

Aber in der Zwischenzeit − es kommt mir wirklich wie Jahrhunderte vor − haben sich die Ereignisse so überstürzt. Es hat sich angefühlt wie Achterbahnfahren und gleichzeitig wie der totale Stillstand. So als wäre mir mein Leben aus der Hand gerissen worden und ich hätte keinen wirklichen Einfluss mehr darauf.

Ich habe sogar deinen Rat beherzigt und versucht, mit Stephanie zu reden. Aber als ich gerade versuchen wollte, ihr zu erklären, was bei mir zu Hause los ist, habe ich plötzlich einfach den Faden verloren und mir fiel nichts mehr ein. Und dann hat Stephanie noch mal gesagt, dass ich meine Eltern nicht für meine Aggressionen in der Schule verantwortlich machen kann, und plötzlich hatte ich einen Filmriss.

Aber seit meinem Geburtstag ist es alles wieder viel besser geworden − einfach so. Die Stimmung in der Schule ist ruhiger. Ich halte mich sehr zurück, trotzdem schreibe ich jetzt wieder Einser und Zweier und die Lehrer reagieren wieder freundlich und offen auf mich. Als wäre ein Alptraum vorbeigegangen.

Keine Aggressionen mehr − ich bin ja so froh − der Aufsatz und alles danach ist vergessen und vorbei.

Was zu Hause seit einigen Monaten los ist, weiß ich überhaupt nicht mehr. Ich war bloß ziemlich erschrocken, als ich mich plötzlich auf dem Jugendamt wiederfinde und mich eine Frau dort fragt, ob ich ihr nicht einmal konkret schildern kann, was zu Hause passiert.

Ich sagte ihr, ich würde es versuchen, aber es sei total schwer, weil ich mich daran gar nicht so richtig erinnern könne. Die Frau vom Jugendamt verstand das nicht. Sie wollte von mir wissen, was ich damit meine, »ich könne mich nicht so richtig erinnern«.

Ich weiß ja auch nicht, was ich damit genau meine. Es fühlt sich an, als wäre ich ewig überhaupt nicht mehr zu Hause gewesen. Da das aber natürlich nicht sein kann, kann ich es nicht erklären. Ich habe der Frau dann von meinen Selbstmordgedanken und Ängsten erzählt. Dass ich mich immer so schrecklich fühle und meine Mutter wegen mir schon in einer Nervenklinik gelandet wäre. Dass ich mich selbst nicht verstehe und dauernd Dinge passieren, die ich nicht will.

Obwohl ich das überhaupt nicht wollte, musste ich plötzlich total losheulen. Ich war so verzweifelt, Klara. Erst auf dem Jugendamt habe ich das richtig gemerkt.

Die Frau fragte mich dann, ob ich von zu Hause wegwolle, und ich sagte, ja – aber nicht ins Heim. Sie fragte mich, ob sie das richtig verstanden hätte, dass mein Vater andere Mädchen sexuell missbrauchen würde, aber nicht mich.

Ich war so schockiert, dass ich vor lauter Schreck aus dem Zimmer gerannt bin. Wie kommt sie nur auf eine so furchtbare Idee?

Oh Klara, jetzt habe ich bestimmt schon wieder alles falsch gemacht, wo ich gerade dachte, dass jetzt endlich alles gut wird.

Die Luft zu Hause ist zum Zerreißen gespannt. Nachdem ich nun schon seit Wochen versuche durchzusetzen, dass ich die Ferien nicht mit meinen Eltern, sondern bei Tante Lore verbringe, fühle ich mich mittlerweile echt am Ende mit meinen Nerven.

Mein Zeugnis war ganz gut – für den zwischenzeitlichen Absturz sogar extrem gut. Meine Mutter meinte, ihr wäre es lieber, ich würde mal 'ne Vier mit nach Hause bringen und ihr stattdessen nicht das Leben zur Hölle machen. Nur weil ich zu Tante Lore will! Das ist ja wohl kein Verbrechen.

Ich habe zunehmend den Eindruck, in einer völlig durchgedrehten Familie zu leben. Meine Mutter verbreitet eine Lüge nach der anderen über mich. Das ist echt unglaublich, wie sie mich darstellt. Ich habe keine Ahnung, wie sie dazu kommt.

Ob ich wohl deswegen zum Jugendamt gegangen bin?

Als ich im Flur vom Jugendamt einer Frau gegenüberstand, da dachte ich im ersten Moment, dass ich jetzt wahrscheinlich restlos durchgeknallt bin.

Frau Krebs (der Name stand auf dem Türschild) bat mich dann zu sich ins Zimmer und ich bin auch mitgegangen. Ich fand sie schon ganz nett, aber ich wusste nicht, was ich ihr eigentlich erzählen soll. Ich habe dann gesagt, dass ich nicht weiß, ob es Grund genug ist, zum Jugendamt zu gehen, wenn einem die Eltern verbieten, in den Ferien die Tante zu besuchen, und man das Gefühl hat, überhaupt nicht mehr mit ihnen reden zu können.

Frau Krebs sah mich ziemlich merkwürdig an, so ähnlich wie meine Mutter mich manchmal ansieht. So als wäre ich vollkommen verrückt. Sie wollte von mir wissen, was sie denn nun aufschreiben sollte von unserem Gespräch, und ich meinte, ich hätte ihr ja wohl noch nicht allzu viel erzählt. Aber sie könne ruhig aufschreiben, dass ich mich zu Hause eingesperrt, kontrolliert und unglücklich fühle und nicht weiß, wie ich mit meinen Eltern weiter zusammenleben soll.

Und was mit der körperlichen und sexuellen Gewalt wäre, wollte Frau Krebs wissen, und mit den Schilderungen von der Burg?

Ich sagte: ›Wie bitte?‹, und dann habe ich mal eben klargestellt, dass ich so etwas nie gesagt habe und dass ich überhaupt nicht weiß, wovon sie redet. Und wenn die Gründe, die ich ihr gerade genannt hätte, nicht ausreichten, wüsste ich nicht, wieso ich eigentlich noch in ihrem Zimmer säße. Und dass ich jetzt lieber gehen wollte, denn das Gespräch hätte ja wohl keinen Sinn.

Oh Gott, war mir das peinlich. Ehrlich, von Missbrauch und körperlicher Gewalt habe ich nichts gesagt! Und was das mit der Burg sollte, habe ich überhaupt nicht verstanden.

Manchmal erschrecke ich mich selbst vor mir. Dann denke ich, vielleicht mache ich ja genau das Gleiche wie meine Mutter. Sie erzählt Lügen über mich und ich erzähle Lügen über sie und über meinen Vater.

In der Schule habe ich das auch schon einige Male erlebt – dass ich plötzlich das Gefühl hatte, ganz schrecklich zu lügen, mit meinen Zensuren, mit dem, was ich manchmal im Unterricht für ein Wissen habe. Und was das Verrückte dabei ist: Ich höre mich reden und verstehe selber nicht, was ich da sage, aber der Lehrer gibt mir eine Eins und meine Klassenkameraden sind entweder schwer beeindruckt oder halten mich für den letzten Streber. Bloß dass ich keinen Schimmer habe von dem, was ich sage! Aber das glaubt mir natürlich kein Mensch.

Na ja, und so ähnlich war es auch auf dem Jugendamt. Ich rede offensichtlich über Dinge, von denen ich nicht die leiseste Ahnung habe. Nachdem ich den Termin hinter mir hatte und wieder auf der Straße stand, wäre ich vor Peinlichkeit am liebsten im Erdboden versunken.

Oje, wo soll das alles enden?

Schritte ins Chaos

8. Kapitel, in dem Noa verschiedene Persönlichkeiten kennen lernt, einen abenteuerlichen Vorschlag macht und John erklärt, was eine Multiple Persönlichkeit ist

Noa setzte sich auf den einen der beiden Bürostühle, während Hannah noch unschlüssig im Zimmer stand.

»Wo möchtest du denn sitzen?«, fragte Noa. Das Mädchen zuckte die Achseln und sah nicht sehr glücklich aus. »Das Sofa ist ziemlich bequem«, half sie weiter und Hannah setzte sich dorthin.

Noa wusste, dass der doch irgendwie offizielle Charakter des Büros vielen Mädchen Angst machte. Einerseits betonte er die Wichtigkeit und Ernsthaftigkeit eines Gesprächs, andererseits konnte er das Mädchen darin blockieren, etwas von sich zu erzählen. Noa hoffte, dass sich Hannah nicht allzu eingeschüchtert fühlte. Im Kopf ging sie jede Information durch, die sie über das Mädchen schon hatte, und stellte fest, wie schwierig es gerade mit diesem Wissen war, das Gespräch zu beginnen.

Wie sollte sie Hannah von den Anderen erzählen? Noa bezweifelte, dass das Mädchen von den anderen Persönlichkeiten wusste. Dass sich diese so deutlich zeigten und zum Teil sogar mit Namen vorstellten, sprach für ziemlich viel Vertrauen in das Mädchenhaus und auch in Janne. Vielleicht wäre es vor allem für Hannah ein Schock, von den Anderen zu erfahren, und für andere Persönlichkeiten nicht? Schon als Noa am Nachmittag bei Janne losgefahren war, hatte sie hin und her überlegt, wie sie das Thema angehen könnte, ohne Hannah völlig aus der Bahn zu werfen.

Sie beschloss, zunächst noch ein bisschen über das Mädchenhaus zu erzählen, um zu prüfen, wie weit Hannahs Vertrauen zu ihr und in die Einrichtung ging.

»Sevim hat dir ja gerade erzählt, wie sie sich gefühlt hat mit ihrem Aufnahmegespräch, und ich glaube, es geht allen Mädchen ähnlich. Ich habe noch kein Mädchen kennen gelernt, die hierher gekommen ist und keine schwer wiegenden Gründe für diese Entscheidung hatte.« Noa schwieg, doch Hannah sah sie nur an. Kein Wort kam über ihre Lippen. »Ich habe heute den Bericht von Aische gelesen, die dich gestern aufgenommen hat. Ich finde, was du ihr erzählt hast, macht deutlich, dass deine Entscheidung, ins Mädchenhaus zu kommen, richtig war.«

»Was meinen Sie damit?« Zwei erschreckte Augen starrten Noa an.

»In Aisches Bericht steht, dass du dich vor einiger Zeit schon mal an das Jugendamt gewendet hast. Nach dem, was Aische aufgeschrieben hat, ist deine Situation zu Hause unerträglich und äußerst schwierig für dich. Sie hat notiert, dass du eine Vorladung wegen angeblicher krimineller Handlungen bekommen hast, und auch, dass dein Onkel behauptet, du würdest alles nur erfinden, um im Mittelpunkt zu stehen. Ich weiß durch den Bericht, dass du sehr große Angst vor deinen Eltern hast und dich von ihnen bedroht fühlst. Und dass du die Erfahrung gemacht hast, dass dir das Jugendamt nicht helfen konnte. Die Frau vom Jugendamt – Frau Krebs – hat wohl nicht verstanden, was du ihr erzählt hast. Obwohl du ihr sogar gesagt hast, dass dein Vater und auch deine Mutter dich schlagen, bedrohen und sexuell misshandeln.«

»Das soll ich gesagt haben? Nie im Leben. Nein, nein, das sind schreckliche Lügen. So etwas ist bei mir zu Hause niemals passiert. Ich meine« – Hannah gestikulierte wild –, »das müsste ich doch wissen.« Sie zitterte vor Erregung. Hoffentlich hatte Noa ihr nicht zu viel zugemutet.

»Hannah, du warst in großer Angst und Panik gestern. Und ganz bestimmt hast du keine Lügen erzählt. Kein Mädchen, das zu uns kommt, lügt. Und nur Mädchen, die in großer Not sind, wenden sich an das Jugendamt.« Hannah runzelte die Stirn. »Selbst, wenn du mir im Moment nichts mehr erzählen kannst oder willst, weiß ich ganz genau, dass du hier richtig bist. Du darfst auf jeden Fall bleiben. Und ich bin wirklich froh, dass du hier gelandet bist. Das hast du gut gemacht!«

»Ja echt? Was soll daran schon toll sein?« Angriffslustig musterte das Mädchen sie.

»Wenn ich mir vorstelle, mich hätte jemand vom Jugendamt

allein gelassen mit meinen Eltern, obwohl ich so viel erzählt habe, ich glaube, ich hätte mich nicht mehr getraut, von zu Hause wegzugehen und noch jemandem zu erzählen, was mir Schreckliches passiert ist. Und du hast es trotzdem gemacht. Du bist ein mutiges Mädchen, Hannah!«

Erleichterung und Verwirrung standen Hannah ins Gesicht geschrieben. »Ich darf hier bleiben?«

»Ja, natürlich.« Noa jubelte innerlich, weil Hannah das Wesentliche verstanden hatte.

»Und was jetzt?«, fragte das Mädchen.

»Jetzt brauche ich ein paar Informationen von dir. Ich zeige dir mal unsere Karten, die wir für jedes Mädchen anlegen. Da steht alles Mögliche drauf. Die Adresse von deinen Eltern, von deiner Schule, deinen Freunden, deinen Ärzten. Und zum Schluss schreibe ich noch auf, welches Jugendamt für dich zuständig ist.«

»Das müssen Sie alles von mir wissen?« Aus Hannahs Stimme klang Panik.

»Ja, aber mach dir deswegen keine Sorgen. Was du weißt, das erzählst du mir, und der Rest ist im Moment nicht so wichtig.«

Zweifelnd starrte Hannah auf die Karteikarte.

»Sieh mal, Hannah«, erklärte Noa. »Deine Eltern haben für dich das Sorgerecht. Das bedeutet, dass sie darüber bestimmen dürfen, wo du wohnst. Aber das Recht haben sie nur dann, wenn sie sich gut um dich kümmern. Wenn sie das nicht tun, dann entscheidet das Jugendamt, wo du wohnen darfst.«

Hannahs Gesicht veränderte sich merklich. Mit angehaltenem Atem beobachtete Noa ihren neuen Schützling.

»Sie glauben doch wohl kaum, dass Sie von unseren Eltern oder vom Jugendamt eine Erlaubnis bekommen werden. Das ist ja lächerlich!«

»Das war schon gestern mit Aische deine Angst, stimmt's?« Noa wusste, dass sie eine andere Persönlichkeit vor sich hatte. Ob es sich um John handelte? Ihn hatte sie noch nicht erlebt. Dezember war es eindeutig nicht. Sie sprach und wirkte anders.

»Ja, genau, das war schon gestern mein Problem, und ich habe das Aische auch ganz klar gesagt.«

145

»Ja, ich weiß«, bestätigte Noa. »Sie hat es aufgeschrieben. Ich weiß, dass ihr keine Hilfe auf dem Jugendamt bekommen habt. Dass die Sozialarbeiterin verwirrt und hilflos auf euch reagiert hat, obwohl ihr schon zu diesem Zeitpunkt längst hättet von zu Hause weg sein müssen. Ich will dir so gern klarmachen, dass so etwas normalerweise nicht passiert, wenn sich Kinder oder Jugendliche hilfesuchend ans Jugendamt wenden. Es gibt Gründe dafür, warum die Sozialarbeiterin euch nicht verstanden hat. Verstehst du, was ich sagen will?«

Die Jugendliche sah Noa herausfordernd an. »Nein, überhaupt nicht. Was denn für Gründe?«

»Also, als ihr Frau Krebs beschrieben habt, was zu Hause passiert ist, war das für sie vielleicht ein Schock. Das muss nicht unbedingt ein schlechtes Zeichen sein. Natürlich ist das schrecklich für euch, weil es dazu führte, dass Frau Krebs nicht sofort reagiert hat. Vielleicht fällt es ihr schwer zu glauben, dass ein Schuldirektor und eine Erzieherin zu solcher Gewalt greifen. Es kann auch sein, dass ihr Dinge gesagt habt, die vielleicht wie Widersprüche klangen. Alles das sind mögliche Erklärungen, warum die Sachbearbeiterin nicht sofort geholfen hat. Ich kenne die wahren Gründe nicht, aber ich weiß, dass so etwas nicht noch einmal geschieht.«

Noa hatte einige Mal »ihr« statt »du« gesagt, aber ihr Gegenüber schien das nicht bemerkenswert zu finden.

»Und, was schlagen Sie jetzt vor?«, schloss die Jugendliche Noas Erklärungen ab.

»Ich schlage vor, dass du mir hilfst, diese Karte hier auszufüllen, und wir danach zusammen das Jugendamt anrufen und bei der Polizei die Vermisstenanzeige zurücknehmen, falls es eine gibt.«

John, der Hannah abgewechselt hatte, nickte. Nach einer halben Stunden war die Karte fertig. Unter ›Freunde‹ hatte er Stephanie und Janne angegeben.

»Das war super«, sagte Noa und zog das Telefon näher zu sich heran. »Rufen wir jetzt beim Jugendamt an?« Johns Blick wanderte zweifelnd zwischen Noa und dem Telefon hin und her. »Komm, setz dich hier neben mich. Ich rede mit der Sachbearbeiterin oder dem Sachbearbeiter, und wenn du willst, kannst du auch etwas sagen. Ich mache den Lautsprecher an, damit du alles mitbekommst. Einverstanden?«

John zögerte, stand dann aber auf und setzte sich auf den zweiten Bürostuhl. Noa ließ sich mit dem Jugendamt verbinden und wurde nach einigem Hin und Her endlich durchgestellt. Sie war schon leicht verärgert, weil sich niemand zuständig fühlte und das die Angst der Jugendlichen noch verstärkte.

»Ja, Kirs am Apparat?«

Noa kramte in ihrem Gedächtnis, aber eine Sachbearbeiterin mit diesem Namen kannte sie nicht. »Epstein hier, ich bin Mitarbeiterin des Mädchenhauses. Wir haben gestern Nacht eine Jugendliche aufgenommen, deren Eltern mit der Aufnahme wahrscheinlich nicht einverstanden sein werden. Ich habe dort auch noch nicht angerufen, weil ich zuerst mit Ihnen die nächsten Schritte abstimmen wollte.«

»Droht dem Mädchen denn Gefahr?«

Noa, die dies für durchaus wahrscheinlich hielt, wechselte einen kurzen Blick mit John und bestätigte dann.

»In diesem Fall mache ich Ihnen folgenden Vorschlag«, sagte Frau Kirs. »Sie rufen jetzt bei den Eltern an, und wenn sie sich weigern, ihr Einverständnis zu dem Aufenthalt zu geben, dann melden Sie sich wieder bei mir.«

»Frau Kirs, möglicherweise dürfen die Eltern nicht einmal erfahren, in welcher Stadt sich das Mädchen befindet. Ich habe im Moment große Bedenken, ihnen darüber Auskunft zu geben.«

»Na ja«, die Stimme am Telefon zögerte, »Mädchenhäuser gibt es in Deutschland viele. Also sagen Sie erst einmal nicht, in welcher Stadt sich das Mädchenhaus befindet, lassen Sie uns aber bitte so schnell wie möglich einen Termin mit der Jugendlichen ausmachen.«

Noa bedankte sich und legte auf.

»Du hast gehört, wie wir vorgehen wollen. Was denkst du?«

»Sie *müssen* meine Eltern anrufen, oder?«

»Ja, ich denke schon. Willst du mithören?«

John kämpfte sichtlich mit sich, und Noa ließ ihm Zeit. »Okay«, murmelte er dann kaum hörbar. »Lassen Sie den Lautsprecher an.«

Mit klopfendem Herzen wählte Noa die Nummer. Nach dem dritten Klingelzeichen nahm jemand ab.

»Merkum?«

John zuckte zusammen und Noa drückte seine Hand. »Hier ist das Mädchenhaus. Ich möchte Ihnen mitteilen, dass sich Ihre Tochter seit gestern Nacht hier befindet.«

»Wer spricht da?« Die Frauenstimme klang bedrohlich und schrill.

»Hier ist das Mädchenhaus. Ich bin die Betreuerin Ihrer Tochter Hannah und rufe an, um Ihnen mitzuteilen, dass sich Hannah in Sicherheit befindet und Sie sich keine Sorgen mehr darüber machen müssen, dass sie verschwunden ist.«

John wirkte, als würde er überhaupt nicht mehr atmen. Noa nickte ihm aufmunternd zu. ›Ich mach das schon‹, sollte ihre Geste sagen, und etwas davon schien John auch zu erreichen.

»Mädchenhaus, was soll das denn sein!«, schnappte die Mutter. »Die Hannelore kommt sofort – sofort! – zurück. Haben Sie mich verstanden?«

»Frau Merkum«, Noa war geübt darin, in solchen Situationen ruhig zu bleiben, »das Mädchenhaus ist eine anerkannte Jugendhilfeeinrichtung. Hannah wird hier von Sozialpädagoginnen und Erzieherinnen betreut. Sie ist richtig in dieser Einrichtung und deshalb wird sie auch nicht zu Ihnen zurückkehren, sondern hier bleiben.«

»Jugendhilfeeinrichtung?« Hannahs Mutter atmete hörbar ein. »Die Hannelore braucht keine Hilfe.« Ihr Ton hatte sich schlagartig verändert. Sie wirkte jetzt ausgesprochen freundlich, aber Noa traute diesem Stimmungswandel noch weniger. »Wissen Sie, die Hannelore ist schon öfter zum Jugendamt gerannt und hat dort Lügen erzählt. Sie ist ein schwieriges Mädchen, der man nicht glauben darf. Ich mache mir ja auch langsam Sorgen um sie. Aber eine Jugendhilfeeinrichtung, das ist nun wirklich der falsche Ort.«

Klasse, dachte Noa, jetzt hat sie selbst mir die Argumente in die Hand gegeben, mit denen ich sie überlisten kann.

»Frau Merkum, Sie sagen sehr richtig, dass Hannah Unterstützung braucht. Ich sehe das genauso. Und genau dafür gibt es die

Einrichtung der Mädchenhäuser. Mädchen können hier vorübergehend bleiben, und wenn sich herausgestellt hat, was nicht in Ordnung ist, suchen wir mit ihnen zusammen Alternativen. Ich brauche von Ihnen im Moment nur die Einverständniserklärung dafür, dass Hannah hier bleibt.« Auf den Namen Hannelore ging Noa nicht ein, weil weder Hannah noch die Anderen diesen Namen benutzten. Sie wusste aus Erfahrung, dass dies schwer wiegende Gründe hatte.

»Nein«, erwiderte die Mutter, »damit bin ich alles andere als einverstanden. Meine Tochter soll sofort nach Hause zurückkommen.«

»Ihre Tochter möchte aber nicht nach Hause zurück. Sie will im Mädchenhaus bleiben.«

»Ich glaube Ihnen kein Wort. Das soll mir die Hannelore mal schön selbst sagen.«

»Einen Moment, bitte.« Noa legte den Hörer beiseite. »Schaffst du es, deiner Mutter zu sagen, dass du hier bleiben willst?« Als Antwort traf sie ein entsetzter Blick. »Es ist nur dieser eine Satz. Danach nehme ich dir den Hörer gleich wieder ab.«

Die Jugendliche nickte. »Mama, hier spricht Hannah. Ich will im Mädchenhaus bleiben und nicht nach Hause zurück.« John hatte all seinen Mut zusammengenommen. Es war immer sehr merkwürdig für ihn, nicht seinen eigenen Namen verwenden zu können. Schnell drückte er Noa den Hörer wieder in die Hand.

»Das war klasse«, sagte Noa leise, die wusste, wie schwierig eine solche Konfrontation mit den Eltern für die Mädchen war.

»Sie haben es gehört«, wandte sie sich wieder dem Telefongespräch zu. »Ich möchte Ihnen vorschlagen, das Jugendamt anzurufen und dort Ihr Einverständnis zu erklären. Sie können das auch schriftlich tun. Und ich möchte Sie auch bitten, die Polizei zu verständigen, falls Sie eine Vermisstenanzeige aufgegeben haben.«

Frau Merkums Stimme hatte sich wieder verändert. »Einverständniserklärung? So eine Unverschämtheit! Das kommt überhaupt nicht in Frage. Auch das Jugendamt wird dieser Unterbringung auf keinen Fall zustimmen, da kann die Hannelore sagen, was sie will.«

»Frau Merkum, ich muss Sie darauf aufmerksam machen, dass

wir in diesem Fall gezwungen sind, das Vormundschaftsgericht einzuschalten und Ihnen das Aufenthaltsbestimmungsrecht für Ihre Tochter zu entziehen. Ich würde das nur sehr ungern tun. Deshalb bitte ich Sie, sich die Sache noch einmal zu überlegen. Wenn Ihre Tochter, wie Sie selbst sagen, Unterstützung braucht, dann ist es doch gut, dass sie jetzt hier ist. Ich verstehe Ihre Haltung nicht.«

»Meine Tochter kommt nach Hause zurück und damit basta.« Frau Merkum warf den Hörer auf die Gabel.

»Und jetzt?« John sah Noa ratlos an.

»Jetzt rufe ich Frau Kirs an, damit sie dafür sorgt, dass eure Eltern nicht mehr darüber bestimmen dürfen, wo ihr lebt. Und hoffentlich auch dafür, dass sie nicht erfahren, wo ihr im Moment seid.«

»Das erfahren sie sowieso. Schneller, als uns lieb ist.« John blickte kampflustig zum Telefon.

Noa horchte auf. Das Mädchen hatte gerade wieder »uns« gesagt. Diese Persönlichkeit wusste möglicherweise, dass es die Anderen gab, und das konnte wichtig werden für die gesamte weitere Entwicklung. Noa beschloss, alles auf eine Karte zu setzen. »Du hast gerade gesagt, schneller als uns lieb ist. Du meinst damit dich – und wen noch?«

»Na, zum Beispiel Hannah und die Anderen.«

Noa nickte lächelnd. »Ja, ich dachte es mir«, sagte sie. »Weißt du, warum es dich gibt und Hannah und die Anderen?«

»Ja und nein.« John zögerte. »Ich beschütze die Anderen. Ich zieh das hier gerade mit Ihnen durch, weil die Anderen zu viel Angst davor haben.«

»Das ist eine gute Erklärung. Du bist John, oder?«

»Genau. Ich habe auch schon mit Janne gesprochen. Die ist echt in Ordnung.« Er grinste. »Und mit Aische und jetzt mit Ihnen. Sie sind Noa, oder?«

»Ja, ich bin Noa. Ich kenne bisher außer Hannah noch ein Kind und Dezember.«

»Dezember?« John sah sie erstaunt an. »Die kenne ich nicht.« Nach einer Pause fragte er: »Und Sie sind sicher, dass eine Dezember zu uns gehört?«

Noa wurde bewusst, wie merkwürdig seine Frage eigentlich war und wie wenig merkwürdig gleichzeitig. Sie alle steckten in diesem Körper, aber sie kannten sich nicht unbedingt. »Ja, ich weiß es hundertprozentig. Ich«, sie gab sich innerlich einen Ruck, »weiß auch noch mehr darüber, was es bedeutet, wenn mehrere Kinder und Jugendliche so zusammen sind wie ihr. Und ich würde darüber sehr gern mit dir reden.«

Noa hielt gespannt den Atem an. Ob John neugierig genug war, mehr erfahren zu wollen?

»Was … was meinen Sie damit?«, stammelte er. »Ich meine, was wissen Sie darüber? Ich dachte immer nur, ich und die anderen bei mir wären durchgeknallt. Ich wusste nicht, dass man darüber mehr wissen kann.«

»Also, erstens seid ihr alles andere als durchgeknallt. Und wer immer so was behauptet, hat selbst den Knall. Finde ich.«

John pfiff durch die Zähne. »Gefällt mir, wie Sie das sehen«, sagte er anerkennend.

»Das, was du beschreibst und was ich darüber weiß, nennt sich ›Multiple Persönlichkeit‹. Hast du diesen Begriff schon mal gehört?« John schüttelte den Kopf. »Multiple Persönlichkeit bedeutet so viel wie ›viele Personen in einem Körper‹. Und eine Multiple Persönlichkeit entsteht meistens dann, wenn etwas, was ein Kind erlebt, zu schwierig ist für ein Kind allein. Das Kind denkt sich dann ein anderes Kind aus. Es sagt sich, das passiert gar nicht mir, das passiert diesem anderen Kind. Oder wenn es keine Hilfe findet, dann erfindet es eine Hilfe. Einen Beschützer zum Beispiel. Es sagt sich, wenn mir niemand hilft, dann hilft mir ab heute der John. Das ist ein ganz mutiger und starker Junge, der sich ganz toll gegen alle Gemeinheiten wehren kann. Dann gibt es also den Beschützer John, und immer wenn eine Situation schrecklich wird und das Kind Hilfe braucht, dann kommt der Junge namens John und meistert das Problem. So wie du es gerade machst.«

»Hört sich ziemlich vernünftig und ganz schön schlau an«, meinte John.

»Ja, das finde ich auch.« Noa lachte angespannt. Was für eine tolle Bande, dachte sie. »Das Problem ist«, fuhr sie fort, und der Junge legte die Stirn in Falten, »dass die vielen Personen sich leider meistens nicht kennen, aber in einem gemeinsamen Leben herumwirbeln und Dinge tun, die sie für richtig halten, die ihnen Spaß machen oder die gerade notwendig sind. Diejenigen, die darüber nichts wissen, geraten dann leicht in Panik und denken, sie sind durchgeknallt, wie du es eben genannt hast.« Noa machte eine kleine Pause. »Soll ich weiterreden?«

»Ja, klar, ist total spannend, was Sie da erzählen.« John beugte sich interessiert vor.

»Vorhin zum Beispiel hast du mich gefragt, ob ich sicher bin, dass Dezember zu eurer Gruppe gehört. Das sagt mir, dass du nichts über Dezember weißt. Und ich, ich rede dann mit Dezember, und du weißt nichts davon. Aber das ist eigentlich blöd, weil vieles euch alle angeht. Verstehst du?«

»Ich glaube schon«, sagte John langsam. »Sie meinen zum Beispiel unser Gespräch jetzt oder das mit dem Jugendamt vorhin, das geht uns alle an.«

»Ja, genau! Genau das meine ich. Und wenn du gleich weggehst und zum Beispiel Hannah kommt, und sie weiß von nichts, dann kann sie das, was in der Zwischenzeit passiert ist, sehr erschrecken. Wenn sie dann erfährt, dass ich mit eurer Mutter gesprochen habe, obwohl ich ihr versichert habe, dass ich das nicht ohne sie mache, dann ist das für sie natürlich ein Vertrauensbruch. Verstehst du?«

Ja, John verstand. Und er war ratlos. Nein, das hörte sich tatsächlich nicht gut an. Im Moment konnten sie nichts weniger gebrauchen als das Gefühl eines Vertrauensbruchs!

»So habe ich das ehrlich gesagt noch nie gesehen«, sagte er entgeistert. »Was kann ich denn da machen?«

»Es wäre gut, wenn ihr euch kennen lernen würdet. Das geht wahrscheinlich am besten, indem ihr alle zusammen ein Buch schreibt. Du könntest heute reinschreiben, wer du bist und was du mit mir besprochen hast. Das würde Hannah dann lesen und sie schreibt auf, wie es ihr damit geht und was sie gemacht hat und wer sie ist und so weiter.«

»Klasse Idee«, meinte John. »Hat bloß den einen Haken, dass Hannah ausflippt, wenn sie das liest.« Er grinste schief.

»Und wenn ich mit ihr darüber rede, und du hilfst mir dabei?«

John überlegte. »Tja, ich weiß nicht recht. Was könnte ich da schon großartig machen?«

»Nun, ich gehe davon aus, dass du eure Gruppe kennst. Jedenfalls sehr viel besser als ich. Was zum Beispiel denkst du, weshalb Hannah ausflippen würde, wenn sie das liest?«

»Sie denkt doch sowieso schon, dass sie völlig durchgeknallt ist. Heute, da haben einige versucht, ihr etwas zu sagen, und sie hat darauf bloß mit Panik reagiert.« John zuckte die Achseln.

»Vielleicht ja gerade deshalb, weil sie für so vieles, was in ihrem Leben passiert, keine vernünftige Erklärung findet«, gab Noa zu bedenken.

Sie wusste, dass es bei einer Multiplen Persönlichkeit für die einzelnen Persönlichkeiten unterschiedlich schwierig sein konnte, mit dem Wissen um die anderen klarzukommen. Was sie nicht wusste, war, wovon das abhing. Vielleicht konnte John ihr weiterhelfen? »Weißt du, welche Aufgabe Hannah hat?«

John dachte einen Moment konzentriert nach. »Nicht genau. Aber sie soll wohl dafür sorgen, dass nach außen alles ganz normal erscheint. Na, Sie wissen schon«, er warf Noa einen abfälligen Blick zu, »heile Familie, tolles Elternhaus, gute Schülerin und der ganze Kram. Außerdem«, fuhr er fort, »kann sie es nicht ausstehen, wenn sie etwas nicht allein bewältigen kann.«

Noa musste unwillkürlich lachen. »Entschuldige, es ist bloß lustig, wenn Eine von Vielen das denkt. Aber ich verstehe es auch. Gerade in ihrem Fall kann es besonders bedrohlich sein. John, ich bin mir vor allem deshalb hundertprozentig sicher, dass ihr von zu Hause wegmüsst und dass ihr in besonderem Maße bedroht seid, weil ihr viele Kinder und Jugendliche in einem Körper werden musstet.«

John sah sie verständnislos an. »Wieso das denn? Die Logik verstehe ich keinen Millimeter.«

Noa strich sich nervös eine Haarsträhne aus dem Gesicht. Oh Gott, dachte sie, er hat überhaupt keine Ahnung von dem Ausmaß an Gewalt! Er sieht keinen Zusammenhang zwischen dem Viele-Sein und der Gewalterfahrung. Wie bringe ich ihm das nur bei?

»Was ich vorhin erzählt habe«, tastete sie sich langsam vor, »von

153

den Erlebnissen, mit denen ein Kind nicht fertig wird und allein auch nicht fertig werden kann, dabei handelt es sich in den allermeisten Fällen um Gewalt. Die Gewalt ist in der Regel so krass, dass ein Kind sofort Hilfe braucht. Und wenn die Hilfe im Außen nicht da ist, dann holt das Kind sie sich in sich selbst. Es erfindet andere Kinder, und die entwickeln im Laufe der Zeit ein eigenwilliges Leben. Eigene Wünsche, Vorstellungen, Interessen. Sie sehen unterschiedlich aus, sie sprechen unterschiedlich und so weiter.«

»Sehe ich wirklich anders aus als Hannah?«, fragte John überrascht, aber auch hoffnungsvoll.

»Ja, allerdings. Ich glaube nicht, dass ich Hannah und dich verwechseln werde.« Das freute John offensichtlich, denn er lächelte stolz. »Für mich ist euer Viele-Sein ein wichtiger Hinweis darauf, dass ihr zu Hause schreckliche Gewalt erlebt habt, sonst wäre es nicht notwendig gewesen, all diese Personen zu erfinden oder zu schaffen.«

»Sie denken, Gewalt ist der Grund dafür, dass es uns alle gibt?« John schwieg betroffen.

»Ja, genau das denke ich. Ich denke auch, dass ihr deshalb von zu Hause geflohen und ins Mädchenhaus gekommen seid.«

Noas Herz klopfte. Sie scheute vor der Frage zurück, die ihr durch den Kopf schwirrte, aber sie war wichtig, deshalb rang sie sich durch. »John, weißt du denn gar nichts von der Gewalt zu Hause?«

»Es gibt Kinder, die von schrecklichen Sachen berichten. Ich selbst habe so was nicht erlebt. Nur, dass mich mein Vater schlägt. Das ist ja auch schon Gewalt, auch wenn es nur zweimal vorgekommen ist und es ihm hinterher total Leid getan hat, oder?«

»Allerdings. Das ist Gewalt und reicht allein schon aus, um hierher zu kommen. Ich möchte dich noch etwas fragen, John.« Noa wählte ihre Worte sorgfältig. »Wenn sich eure Eltern weigern, ihr Einverständnis zu geben, dann werden das Jugendamt und ich das Gericht einschalten, damit ihr bleiben könnt. Der Richter wird euch fragen, was zu Hause los ist. Kannst du dir vorstellen, ihm zu sagen, dass du zu Hause geschlagen wirst?«

John nickte.

»Falls mir Kinder und andere von euch Gewalt schildern, die du nicht erinnerst, würde ich auch das in Rücksprache mit den Persönlichkeiten dem Richter sagen wollen.«

John nickte wieder.

»Denkst du, es ist gefährlich, wenn eure Eltern wissen, in welcher Stadt ihr seid?«

John sagte nichts, aber sein Gesicht veränderte sich. Oje, was geschieht jetzt?, dachte Noa und versuchte, ruhig zu bleiben.

»Dass das eine ziemliche Scheiße ist, denke ich.«

»Du … du bist nicht John, oder?«

Ein Lächeln huschte über das Gesicht der Jugendlichen. »Stimmt. Ich bin Jurek. Passen Sie auf, Sie müssen mir jetzt genau zuhören, weil das, was ich Ihnen sage, lebenswichtig für uns ist.«

Noa brach unwillkürlich der Schweiß aus. Sie nickte.

»Geben Sie mir bitte Stifte und ein Blatt Papier.« Die Stimme des Jungen klang ruhig und sehr klar.

Noa holte Zeichenpapier und verschiedene Stifte aus dem Regal. Jurek wählte einen Kugelschreiber und begann zu schreiben. Er schrieb konzentriert und zügig, ohne auch nur einmal aufzusehen, und schob Noa das Geschriebene nach einer Viertelstunde zu. Er legte den Finger auf den Mund, sagte kaum hörbar »pssst«, und Noa nickte. Dann begann sie zu lesen.

Wir befinden uns in großer Gefahr. Niemand aus der Familie, am besten auch niemand von der Schule, überhaupt niemand darf erfahren, wo wir sind. Ich und andere von uns wissen, was auch mit anderen Kindern und Jugendlichen geschieht. An der Gewalt sind mehrere Menschen beteiligt. Auch Menschen in sehr hohen Positionen. Wohlhabende Leute mit bekannten Namen. Es geht dabei auch um Geld. Wir wissen zu viel. Die Täter dürfen kein Risiko eingehen. Und unsere Flucht bedeutet ein Risiko für sie. Weil wir zu viel Wissen mit uns herumschleppen. Wenn Sie nicht verdammt gut aufpassen, bedeutet unsere Flucht an diesen Ort – davon bin ich überzeugt!!! – unseren sicheren Tod. Die Leute drohen uns schon lange damit und sie haben uns bereits bewiesen, dass sie zu kaltblütigen Handlungen fähig sind.

Oh Gott, was bedeutete das? Noa sah Jurek an und schrieb: *Vielen Dank für dein Vertrauen, Jurek. Ich werde der Frau vom*

Jugendamt sagen, dass wir eine Auskunftssperre für euch brau-
chen. Dann erfährt niemand, wo ihr seid. Ich muss mit ihr und
dem Gericht darüber sprechen, dass ihr bedroht seid. Kannst du
dir das vorstellen?

Jurek las sich ihre Antwort langsam und sorgfältig durch. *Sie*
glauben mir?, schrieb er zurück.

Ja, ich glaube dir jedes Wort, antwortete Noa, ohne zu zögern.

»Dann ist es okay«, sagte Jurek und Noa entspannte sich.

»Danke, Jurek«, sagte sie.

»Das mit dem Jugendamt und so machen Sie am besten mit
John«, schlug er vor.

»Jurek, bevor du gehst, kannst du dir vorstellen, etwas aufzuschreiben, damit Hannah und andere wissen, dass es dich gibt?«
Noa erzählte ihm von der Tagebuchidee.

Plötzlich war John wieder da und grinste sie verlegen an.

»Hast du irgendwas mitbekommen?«

Der Unterschied zwischen John und Jurek war so deutlich, dass
Noa sich fragte, ob wirklich niemand wusste, dass es bei Hannah
mehrere Persönlichkeiten gab. John zuckte mit den Achseln. Er
sagte nichts, und Noa vermutete, es war ihm peinlich zuzugeben,
dass er über Dezember hinaus auch noch andere aus ihrer Bande
nicht kannte.

»Ich habe mich mit Jurek unterhalten, und er hat mir sozusagen
auf meine letzte Frage an dich geantwortet.«

»Sie meinen, ob die zu Hause wissen dürfen, wo wir sind?«

»Ja, genau. Ich rufe jetzt noch ein letztes Mal beim Jugendamt
an, dann haben wir es endlich geschafft.«

Das Gespräch mit Frau Kirs verlief sehr viel unproblematischer,
als Noa befürchtet hatte. Sie berichtete der Sachbearbeiterin von
massiver Gewalt im Elternhaus und im weiteren Umfeld der Jugendlichen und von der damit verbundenen Lebensgefahr. Immer
wieder warf sie Blicke zu John hinüber, der zunehmend blasser
wurde, ansonsten aber einen gefassten Eindruck machte.

»Ich werde mich noch heute mit dem Jugendrichter in Verbindung setzen«, sagte Frau Kirs, und ihre Stimme klang mehr als besorgt.

Noa war ein Stein vom Herzen gefallen, aber nach dem Telefonat lag ein dunkler, bedrohlicher Schatten über dem Büro.

»Gehen wir ein bisschen raus? In der Nähe ist ein Park, dort können wir ungestört reden.«

»Oh ja, gute Idee. Ich hab das Gefühl, hier überhaupt keine Luft mehr zu kriegen.«

Nach ein paar Minuten erreichten sie einen weitläufigen Park und suchten sich eine ruhige Ecke.

»Es war ganz schön viel für dich, nicht wahr?«

»Ja.« John wirkte schweigsam und in sich zurückgezogen. Er saß grübelnd neben Noa, und sein Blick schien ins Leere zu fallen. Noa schwieg ebenfalls und sah in die Zweige einer Birke. So saßen sie lange beieinander, bis John zu sprechen begann.

»Das war wirklich verdammt viel für mich. Ich habe mir überlegt, dass es besser wäre, wenn Hannah mit dem Buch anfängt. Und ich schreibe ihr was dazu. Sie sollten dann aber in der Nähe sein, damit Hannah mit Ihnen reden kann. Oder vielleicht kann sie ja auch Janne anrufen«, setzte er nach einem Zögern hinzu. »Janne kennt mich und auch Hannah.«

»Das ist eine gute Idee. Ich kenne Janne übrigens sehr gut. Sie ist sozusagen meine beste Freundin.« John hatte wirklich ziemlich viel zu verkraften für einen Tag, fand Noa und wartete brennend auf seine Reaktion.

»Ach, echt?« Er wirkte überrascht, aber auch erfreut. »Das ist ja ein Ding! Find ich gut, irgendwie«, meinte er dann.

»Ja, ich auch«, lachte Noa.

»Ich muss erst mal über alles nachdenken. Dazu brauche ich ein bisschen Zeit.« John lehnte sich zurück und schaute in den Himmel. »Bis später«, sagte er leise.

Noa erkannte Hannah wieder. Das Mädchen sah sich verwirrt um, fasste sich aber schnell und sagte wie beiläufig: »Ist dieses erste Gespräch jetzt beendet?«

»Ja, fast. Ich dachte, es ist vielleicht eine gute Idee, noch ein bisschen rauszugehen. Wie fühlst du dich?«

»Gut, wieso?« Zwei zutiefst misstrauische Augen musterten sie.

»Weißt du noch etwas von dem, worüber wir gesprochen haben?«

»Wie meinst du das?« Hannahs Verwirrung und Panik waren überdeutlich.

»Hannah, ich will dich nicht verunsichern. Wenn du möchtest, fasse ich das Wichtigste noch mal zusammen, auch um zu prüfen, ob ich alles richtig verstanden habe.«

»Ja, ist doch eine gute Idee, oder?« Hannah gab sich betont lässig, aber ihre Haltung war voller Abwehr.

»Okay. Also, das mit der Karteikarte war ja nicht so einfach, aber sie ist wirklich gut geworden.« Abrupt wandte Hannah sich ab. Wie kann ich ihr das nur erklären?, dachte Noa beunruhigt. Ist es überhaupt möglich, die richtigen Worte zu finden? »Ich habe beim Jugendamt angerufen, damit sie Bescheid wissen, dass du jetzt bei uns bist. Sie haben mich gebeten, mit deiner Mutter zu telefonieren und ihr Einverständnis einzuholen.«

Hannah zog die Beine an, umschlang ihre Knie und versteckte den Kopf zwischen den Armen. Weinte sie?

»Hannah, ist alles okay?« Hannah nickte stumm. »Das Jugendamt ist einverstanden, dass du bei uns bleibst, auch wenn deine Mutter es nicht will.« Hannah rührte sich nicht. »Und nachdem du das alles trotz deiner Angst durchgestanden und es sogar geschafft hast, deiner Mutter zu sagen, dass du nicht mehr zurückwillst, sind wir in den Park gegangen.« Noa atmete tief durch. Es kam ihr vor wie eine Ewigkeit, bis Hannah langsam den Kopf hob und die Füße wieder auf die Erde stellte. Ihr war nicht anzumerken, wie das Gesagte auf sie wirkte. »Hast du noch Fragen?«

»Ich weiß nicht.« Hannah zögerte. »Hältst du mich eigentlich für verrückt?«

»Nein, überhaupt nicht!« Noas Stimme klang fest. »Wie kommst du darauf?«

»Manchmal kommen mir Sachen plötzlich ganz fremd vor. Ich kann mich dann nicht so richtig erinnern. Ich weiß nicht, ob ich das, was ich erlebe, träume oder ob es Wirklichkeit ist. Und manchmal«, Hannah sah sie fast flehend an, »jetzt zum Beispiel, habe ich das Gefühl, dass du viel mehr über mich weißt als ich selbst.« Die letzten Worte sagte sie so leise, dass Noa sie kaum verstand.

»Ja, jetzt verstehe ich deine Frage besser. Das, was du beschreibst, kennen einige Mädchen. Es ist überhaupt nicht verrückt, sondern im Gegenteil sehr klug.«

Hannah fuhr sich mit der Hand durch die Haare. Ihre Stirn hatte tiefe Falten bekommen. »Andere Mädchen kennen das auch, sich nicht erinnern zu können?« Sie schluckte, bevor sie flüsterte: »Manchmal fehlt mir ein ganzer Tag. Das ganze Gespräch mit dir, es ist einfach weg.« In ihren Augen glänzten Tränen.

»Ich weiß, für dich mag das vielleicht komisch klingen, aber für mich ist es kein Geheimnis. Ich habe mal ein Mädchen betreut, bei der es ganz genauso war wie bei dir.« Noa dachte einen Moment an Karin, bevor sie weitersprach. »Bei diesem Mädchen war es so, dass sie nicht allein war. Verstehst du, was ich meine?«

Hannah schüttelte den Kopf. »Nicht alleine? Was meinst du damit?«

»Es gab sie – das Mädchen – und dann gab es noch eine, die anders hieß, und noch eine, die wieder anders hieß. Zu diesem einen Mädchen gehörten noch andere Mädchen mit eigenen, anderen Namen.«

Es schien Noa wie eine Ewigkeit, ehe Hannah antwortete: »Was hast du gesagt? Ich habe dich nicht gehört.«

»Gehen wir ein Eis essen?«, fragte Noa und Hannah stimmte erleichtert zu.

Hallo, Tagebuch

Freitag, den 13.10.1995

Vor zwei Wochen hat die Frau Krebs vom Jugendamt meiner Mutter und mir einen Hausbesuch abgestattet, wie sie es nannte. Ich bin vor Schreck fast in Ohnmacht gefallen. Ich glaube allerdings, meine Mutter auch. Die Stimmung war dermaßen merkwürdig – künstlich trifft es schon ganz gut, aber gleichzeitig lag auch ein Gewitter in der Luft. Na ja, auf jeden Fall in mir.

Ich glaube, es ist schon über zwei Monate her, dass ich auf dem Jugendamt war – ehrlich gesagt hatte ich es komplett vergessen. Frau Krebs aber offensichtlich nicht. Sie sagte sogar, dass sie besorgt gewesen sei und deshalb einmal kommen und sehen wollte, wie es mir geht. Ich konnte überhaupt nichts sagen. In mir fühlte es sich mal wieder an wie Achterbahnfahren. Und ehrlich, ich hatte eine Höllenangst.

Erst in der letzten Ferienwoche sind wir, also meine Eltern, mein großer Bruder und ich, aus der Schweiz – diesem umwerfenden Urlaubsland – zurückgekehrt. Es war echt so öde, und natürlich durfte ich nicht zu Tante Lore. Nicht einen einzigen Tag.

Zu den Ferien fällt mir überhaupt nichts ein. Also, wenn das Urlaub sein soll, dann möchte ich niemals ein normales Leben führen.

Ich bin immer wieder erstaunt und auch erschreckt darüber, wie meine Eltern leben. Ich finde das so tödlich. Ich glaube, die beiden haben seit Jahren kein wirklich wichtiges Gespräch mehr miteinander geführt. Mit wichtig meine ich ein persönliches Gespräch, wo es um sie selbst geht und um ihre Beziehung zueinander und um ihre Wünsche, Träume, um das, was sie miteinander oder auch jeder für sich im Leben wollen. So einen Gedanken findet meine Mutter wahrscheinlich sogar vollkommen absurd.

Bei Papa bin ich mir da nicht so sicher. Ich glaube, er hat schon Träume und ist unglücklich, so wie er lebt – aber er scheint innerlich total aufgegeben zu haben. Und jetzt lebt er ein Fassadenleben, mehr für andere als für sich selbst.

Meine Mutter – manchmal macht sie mir richtig Angst. Obwohl sie jetzt eine neue Stelle angefangen hat als Heimerzieherin und auch manchmal weggeht und sich mit Freundinnen trifft, fühle ich, dass ihr Leben vollkommen leer, hoffnungslos und geprägt ist von dem Wunsch, anderen Menschen so viel Schmerz wie möglich zuzufügen. Mir auf jeden Fall. Aber auch Papa.

Was sie wohl in dieser Klinik gemacht hat? Manchmal wäre ich gern ein Mäuschen und würde zuhören, über was sie eigentlich mit ihrem Therapeuten spricht.

Meine Mutter kommt mir vor wie ein völlig fremdes Wesen. Jedenfalls fast immer. Manchmal kann es aber plötzlich und unerwartet auch richtig klasse mit ihr sein. So wie neulich Abend, als sie in mein Zimmer kam und mich von meinen Englischhausaufgaben befreite. Draußen war so eine tolle Stimmung. Das Licht tauchte alles in Gold. Wir saßen zusammen im Garten und meine Mutter hat von damals erzählt – als sie so alt war wie ich. Und wie sehr sie diese Jahreszeit geliebt hat, in der alles ganz verzaubert wirkte. Das war ein Moment mit meiner Mutter, wo ich sie plötzlich richtig gern hatte.

Warum kann sie nicht einfach immer so sein? Warum muss ich ständig auf der Hut sein? Selbst in solch friedlichen Augenblicken bin ich nie ganz entspannt, weil schon in der nächsten Sekunde alles umschlagen kann. Auf jeden Fall muss ich immer damit rechnen, und irgendwie tue ich das auch.

Ich glaube, bei ihr ist es anders als bei den meisten Menschen. Genau umgekehrt sozusagen. Diese friedliche Stimmung ist die absolute Ausnahme. Aber vielleicht täusche ich mich auch, und in Wirklichkeit sind die meisten Menschen so unberechenbar? Und ich will das einfach nicht wahrhaben?

Papa meinte letztens schon, ich würde langsam genau wie meine Mutter werden, er könne sich überhaupt nicht mehr auf das verlassen, was im nächsten Moment geschieht. Meine Mitschüler haben das auch gesagt – aber das liegt eigentlich schon lange zurück, sagen sie. Dass es so eine Zeit gab, in der ich vollkommen unberechenbar, aggressiv und launisch gewesen sei. Bin ich froh, dass sich das jetzt geändert hat.

So wie meine Mutter möchte ich lieber nicht werden. Klar hat sie offensichtlich 'ne Menge Probleme, sonst wäre sie wohl nicht in Therapie, aber das gibt ihr noch lange nicht das Recht, ihre Familie zu terrorisieren.

So, aber eigentlich wollte ich ja was über diesen Jugendamtsbesuch schreiben. Andererseits will ich das vielleicht doch nicht, denn ich tue es ja nicht.

Das mit dem Tagebuchschreiben finde ich auf jeden Fall echt abgefahren. Ich hätte nie gedacht, dass mir das so viel Spaß machen würde. Jetzt ist das Buch schon fast voll. Ich werde es bestimmt gut aufbewahren, und wenn ich erwachsen bin und dann vielleicht selbst Kinder habe, dann werde ich es durchlesen und dadurch hoffentlich mehr Verständnis für meine Kinder aufbringen als meine Eltern für mich.

Ich meine, was ist so schlimm daran, wenn eine Jugendliche zum Jugendamt geht? Papa und meine Mutter tun ja gerade so, als wäre das das allerschlimmste Verbrechen überhaupt. Eine Schande für die gesamte Familie! Und was wäre, wenn alle Jugendlichen wegen jeder Kleinigkeit gleich zum Amt rennen würden. Und das, wo Papa Konrektor am hiesigen Gymnasium ist und sich so etwas in einer Kleinstadt doch immer wie ein Lauffeuer verbreiten würde. Was denn nun die Nachbarn von ihnen denken sollen und wie er das an seiner Schule bitte dem Kollegium erklären soll, und Mutter hätte ihre neue Stelle als Erzieherin ja auch erst seit etwas mehr als einem halben Jahr und ob ich vielleicht ihren Arbeitsplatz gefährden will. Das Jugendamt im Haus! Das wäre doch nun wirklich das Allerletzte.

Oh Mann, nie habe ich etwas so sehr bereut wie diese Aktion. Und gebracht hat es außer Ärger nichts. Im Gegenteil. Es ist alles nur noch schlimmer geworden.

Die Frau vom Jugendamt ist unverrichteter Dinge wieder abgezogen – und ich darf jetzt überhaupt nicht mehr raus. Mutter und Papa haben sich geschworen, mich ab jetzt keine Sekunde mehr aus den Augen zu lassen, und mein toller großer Bruder unterstützt sie auch noch darin. Den finde ich sowieso zum Kotzen. Wie kann man nur so einen bescheuerten Bruder haben? Ehrlich gesagt finde ich ihn regelrecht ekelhaft. Und wie er mit seiner Frau umgeht und mit seinem Sohn – schrecklich! Jetzt ist seine Frau auch schon wieder schwanger. Und mein Bruder hofft, dass es diesmal ein Mädchen wird. Horror!

Von Stephanie wollte ich noch erzählen – das war nämlich wirklich gut. Letzte Woche bin ich nach der Schule einfach mit zu ihr gegangen. Dadurch, dass die letzte Stunde ausfiel, konnten wir früher gehen und mein Bruder hat mich leider verpasst. Das gönne ich ihm!

Stephanie hat mich gefragt, wieso mein Bruder mich seit zwei Wochen immer von der Schule abholt. Erst wollte ich ihr nichts erzählen, aber dann dachte ich: Wieso soll ich ihr eigentlich nicht die Wahrheit sagen? Schließlich werde ich seit dem Besuch vom Jugendamt tatsächlich auf Schritt und Tritt verfolgt und von meiner gesamten Familie kontrolliert.

Die Stephanie fand das auch total krass und meinte, das dürften Eltern bei einer 15-Jährigen nicht machen.

Wieso ich beim Jugendamt war, fragte sie dann, und ich wusste nicht so richtig, was ich ihr darauf antworten sollte. Ich habe dann so ein bisschen ausweichend erzählt, dass ich es zu Hause nicht mehr aushalte. Die Stimmung dort. Dass ich mich eingesperrt fühle und lieber woanders leben würde und meine Eltern denken, dass das noch lange kein Grund wäre, zum Jugendamt zu gehen, und dass es wohl allen Jugendlichen in ihren Elternhäusern nicht immer klasse ginge. Das gehöre zum Erwachsenwerden dazu, und wenn alle immer gleich zum Jugendamt rennen würden, dann hätte das Amt eine Menge zu tun.

Als ihre Mutter nach Hause kam, hat Stephanie sie gefragt, unter welchen Umständen eine Jugendliche von zu Hause wegdarf und wohin man überhaupt gehen kann, wenn man zu Hause nicht mehr leben will.

Die Mutter von Stephanie war ziemlich überrascht, dass ihre Tochter sie so etwas fragt. Sie fragte deshalb erst mal, ob Stephanie denn von ihr wegwolle. »Nein, ich doch nicht«, hat Stephanie lachend gesagt. Dass es dabei um mich geht, hat sie nicht verraten, das fand ich gut.

Stephanies Mutter finde ich toll. Sie geht mit ihrer Tochter kameradschaftlich um – entscheidet nichts über ihren Kopf hinweg oder so. Sie hat dann ganz viel von einem Mädchenhaus in München erzählt. Das hat sich richtig gut angehört. Sie hat auch erzählt, dass es Jugendwohngemeinschaften gibt und auch reine Mädchenwohngemeinschaften – für Mädchen, die nicht mit Jungs zusammenleben wollen.

Dann hat mich Stephanies Mutter plötzlich gefragt, wieso ich denn so lange nicht mehr gekommen bin und wie es mir nach meinem letzten Besuch bei ihnen gegangen wäre. Dieses plötzliche Interesse hat mich echt ein bisschen überfordert. Ich hab dann gesagt, dass ich zu Hause ziemlich Ärger habe, und auch diese ganze Scheiße mit der Kontrolle und meinem Bruder erzählt.

Stephanies Mutter fand, dass sich das ziemlich ernst anhört, und sie meinte auch, dass ich bestimmt ins Mädchenhaus gehen dürfte. Na ja, ich glaube, wenn das zu Hause nicht bald besser wird, dann mache ich das wirklich.

Ich hatte Schiss, nach Hause zu gehen, wegen des Hausarrests, und habe das der Mutter von Stephanie später auch erzählt. Sie hat gefragt, was denn passieren wird, wenn ich zu Hause auftauche. Aber Scheiße, das weiß ich ja selbst nicht. Komisch, ich habe Angst davor, aber ich weiß überhaupt nicht, wieso. Aber – wie sollte ich das Stephanies Mutter klarmachen? Ich habe dann schnell abgelenkt und mich mit Stephanie auf ihr Zimmer verzogen und ihre Mutter in der Küche stehen lassen. Ich weiß, das ist nicht besonders nett, aber was hätte ich denn sonst machen sollen?

Jedenfalls denke ich dann immer sofort, dass mit mir sowieso nicht alles ganz richtig ist. Ich weiß echt nicht, ob ich mir das bei mir zu Hause bloß einbilde. Ich meine, wenn da wirklich was wäre, müsste ich es doch wissen. Und erzählen können. Aber das eben kann ich nicht. Deswegen kann es nur Einbildung sein. Ach, Scheiße.

Na ja, und das gestern mit Frau Liesban hat mir irgendwie den Rest gegeben. Steht sie plötzlich vor mir und macht so ein todernstes Gesicht. So richtig zum Herzrasenkriegen. Und dabei hatte ich grad große Pause!

Und vorher muss irgendwas passiert sein, im Sportunterricht vielleicht? Stimmt, donnerstags hab ich ja immer Sport.

Frau Liesban hat mir gleich eine ganze Liste mit Adressen und

Telefonnummern von Jugendberatungsstellen und – man höre und staune – Mädchenhäusern in die Hand gedrückt und meinte, ich könne jederzeit zu ihr kommen. Am Schluss wollte sie mir doch glatt noch ihre Privatnummer geben, aber ich meinte, das sei nun wirklich etwas übertrieben und bei mir zu Hause wäre so weit alles in Ordnung, also kein Grund zur Besorgnis. Ehrlich gesagt kann ich das langsam selbst nicht mehr glauben.

So, jetzt bin ich doch tatsächlich auf der vorletzten Seite in diesem Tagebuch angekommen. Irre. Ich werde es – so merkwürdig ich es auch finde – jedenfalls sehr, sehr gut aufbewahren und überallhin mitnehmen. So wie mich Mutter und Papa nicht mehr aus den Augen lassen, so werde ich es mit diesem Tagebuch machen.

Die große Künstlerin wird dieses Buch nun also abschließen. Freitag, der 13. Jeder weiß, dass das auf keinen Fall ein Glückstag ist.

Ich habe meinem Kunstlehrer heute gesagt, dass ich von zu Hause abhaue und er mich in seinem Unterricht ab nächste Woche nicht mehr sehen wird.

Er war nicht überrascht. Er macht sich schon seit einem Jahr Gedanken über mich, sagte er. Silver, meinte er ganz ernsthaft, geh von zu Hause weg, aber lass von dir hören. Eine so begabte Schülerin lasse ich nämlich nur höchst ungern gehen.

Echt, das ist ein Originalzitat!

Er fragte, ob er mir helfen kann und ob ich ihm sagen will, was denn eigentlich zu Hause los ist. Ich sagte, das mit der Hilfe soll er mal lieber ganz schnell vergessen. Und zu Hause, meinte ich, das ist knapp zusammengefasst ein Horrorfilm, mindestens Stephen-King-verdächtig, nur dass ich ihn leider nicht abschalten kann.

Ich glaube, damit habe ich meinen Kunstlehrer ziemlich schockiert. Er weiß, dass ich nicht zu Übertreibungen neige! Er hat nur genickt, aber ich glaube, der hatte sogar eine Träne im Auge! Ja, ich mag ihn auch.

Nun denn, mein Tagebuch, dies sollen meine Abschlussworte sein.

Gehab dich wohl – in hoffentlich alsbald ganz anderen Tapeten!

Silver

Hannah und die Anderen

9. Kapitel, in dem Hannah einen heftigen Wutanfall bekommt, eine Menge Antworten auf ihre Fragen findet und eine blöde Idee auf einmal gar nicht mehr so übel findet

Hannah fühlte sich schwindelig. Wie durch eine Mangel gedreht. Der Park mit seinen hohen, alten Bäumen beruhigte ihre Augen, die wie Feuer brannten. Noa ging schweigend neben ihr her, so dass Hannah sie insgeheim beobachten konnte. Sie mochte die Ruhe, die von ihrer neuen Betreuerin ausging. Ihre Betreuerin! In ihrer Nähe wogen die bedrückendsten Gedanken plötzlich nicht mehr ganz so schwer. Hannah entdeckte um Noas Hals ein kleines silbernes Kettchen mit einem Stern daran. Und eine weitere Kette, an der eine kleine Axt hing, die fast aussah wie ein Schmetterling.

»Was bedeutet der Stern, den du trägst?«

»Das ist ein Davidstern. Juden und Jüdinnen tragen ihn.«

»Dann bist du Jüdin?«

»Ja«, sagte Noa.

»Sevim hat vorhin gesagt, dass Sigrid etwas gegen Ausländer und Juden hat. Hat sie dann etwas gegen dich, weil du Jüdin bist?«

»Ich glaube, ihre Eltern haben Sigrid ziemlich viel dummes Zeug erzählt. Wenn Sigrid nicht mit dem einverstanden ist, was ich sage, hat sie zum Beispiel schon gesagt, dass man Juden nicht trauen soll.«

»Ich glaube, ich verstehe das nicht«, sagte Hannah erschrocken.

»Na, dann haben wir ja was gemeinsam. Ich verstehe es nämlich auch nicht.«

»Es stimmt doch, dass vor fünfzig, sechzig Jahren in Deutschland ganz viele Juden ermordet worden sind? Ich habe das in der Schule gelernt.«

»Ja, das stimmt.«

»Aber warum?«

»Hannah, diese Frage kann ich dir nicht beantworten. Sieh mal, es gibt doch auch keinen Grund, Kinder zu schlagen. Menschen sind dazu imstande, sehr zerstörerisch zu sein. Sie denken sich einfach irgendwelche Gründe aus, um andere verletzen zu können. Aber einen wirklichen Grund für Gewalt und Mord gibt es nicht. Das ist meine feste Meinung.«

»Arbeitest du deshalb im Mädchenhaus, weil die Gewalt dich wütend macht?«

»Ja, das ist sicher ein wichtiger Grund. Ich kann Gewalt nicht ertragen. Und diese Arbeit ist meine Art, mich gegen sie zu wehren. Und gegen die Lüge, dass Gewalt gegen Kinder, Juden oder Ausländer in Ordnung ist. Ich kämpfe mit den Mädchen gegen die Gewalt, die sie erlebt haben. Denn je mehr Menschen nicht mehr glauben, dass Gewalt in Ordnung ist, desto weniger Gewalt wird es geben.«

»Ja, das glaube ich auch.« Hannah überlegte einen Moment. »Du, Noa? Wie wird man Jude?«

»Also, im Grunde genommen bist du dann Jude oder Jüdin, wenn deine Mutter Jüdin ist. Wenn der Vater Jude ist, musst du erst konvertieren, das heißt, zum jüdischen Volk übertreten. Und dann gibt es noch die Möglichkeit, dass jemand Jude werden möchte, der keine jüdischen Eltern hat. Es wird genau geprüft, ob die Motive in Ordnung sind, und wenn die Prüfung entsprechend ausfällt, kann man auch auf diesem Weg Jude werden.«

»Ach so. Ich dachte immer, das ist eine Religion. Aber wenn man durch Geburt Jude ist, dann ist das ja wie eine Nationalität. So wie man durch Geburt Holländer wird oder Deutscher oder so. Sind Juden ein Volk?«

»Ja, auf jeden Fall. Aber gleichzeitig ist es auch eine Religion. Juden haben einen Glauben, der sich von dem der Christen oder dem der Moslems in vielem unterscheidet. Aber wenn deine Mutter Jüdin ist und du nicht den jüdischen Glauben vertrittst, bist du trotzdem Jude.«

»Aha«, meinte Hannah, froh, über etwas anderes zu reden. Sie wollte möglichst viel über ihre Betreuerin wissen. »Und was bedeutet es dann, Jüdin zu sein? Ich meine, was ist anders für dich als für mich als Nichtjüdin?«

»Für mich persönlich bedeutet es zum Beispiel, dass von Freitagabend bis Samstagabend Ruhetag ist. In Deutschland, wo hauptsächlich Christen leben, geht der Ruhetag von Sonntagmorgen bis Sonntagabend.«

»Und wieso fängt dein Ruhetag am Abend an?«

»Das ist einer der Unterschiede. Für Juden fängt ein neuer Tag an, wenn am Himmel drei Sterne zu sehen sind.«

»Das ist ja witzig. Für dich fängt der Tag am Abend an.« Hannah dachte nach. »Aber deshalb jemanden zu ermorden, ist doch Wahnsinn!«

»Richtig. Für Gewalt, Hannah, gibt es niemals einen Grund.«

Mittlerweile hatten sie das Eiscafé erreicht, und Noa schob Hannah die Eis- und Getränkekarte hin. »Such dir was aus«, sagte sie.

Nachdem Hannah eine Weile hin und her geblättert hatte, wartete sie nun ungeduldig auf einen großen Waldbeerbecher mit viel Sahne. Über ihr Gespräch hatte sie fast vergessen, weshalb sie eigentlich hier saß. Weshalb sie Noa kennen gelernt hatte. Sie hatte Angst vor ihrer nächsten Frage. »Bist du immer noch sicher, dass ich im Mädchenhaus bleiben kann?«

»Ja, ich bin sicher«, antwortete ihre Betreuerin.

In diesem Moment kam die Kellnerin mit ihrer Bestellung. Das Eis schmeckte köstlich, und für einen Moment war Hannah ganz und gar mit Genießen beschäftigt.

»Hannah, ich wollte dir von einer Idee erzählen, bevor wir ins Mädchenhaus zurückgehen. Heute um sieben, nach dem Essen, ist Gruppenabend, den ich zusammen mit Danni mache. Aber bis dahin haben wir noch ein bisschen Zeit.«

Hannah war froh, dass Noa den Abend über dablieb. Sie fühlte sich durch ihre Anwesenheit beschützt. Es war anders als mit Janne, Aische oder Gül.

»Hast du nicht etwas von einer Idee gesagt, oder hast du mir die schon erklärt?« Hannah war sich nie sicher, ob sie vielleicht etwas verpasst hatte.

»Nein, habe ich noch nicht«, bestätigte Noa. »Mir gehen gerade viele Gedanken gleichzeitig im Kopf herum, so vieles, was ich dir noch sagen und erklären will. Aber mit der Idee fange ich an.«

Mach's nicht so spannend, dachte Hannah ungeduldig.

»Hast du schon mal Tagebuch geschrieben?«, fragte Noa.

Hannah starrte sie entgeistert an. Tagebuch? Du lieber Himmel. Tagebuchschreiben kam zu Hause einem Selbstmord gleich. Niemals, das hatte sich Hannah schon vor langer Zeit geschworen, würde sie ein Tagebuch schreiben. Und wenn doch, würde sie es bestimmt niemandem erzählen. Nein, so viel Vertrauen hatte Hannah nicht einmal zu Noa. So ein Schwachsinn! »Soll das ein Witz sein?«, fragte sie betont ablehnend und hoffte, dass Noa sich durch ihre Empörung abschrecken ließ. Aber da hatte sie sie falsch eingeschätzt. Im Gegenteil. Sie schien richtiggehend besessen zu sein von diesem Einfall, beugte sich jetzt sogar eifrig vor und begann, ihn vor Hannahs Augen auszubreiten.

»Okay, ich sehe, du bist noch nicht so richtig begeistert.« Hannah stimmte ihr von ganzem Herzen zu, doch bevor sie eine grimmige Bemerkung loslassen konnte, redete Noa schon weiter. »Ich kann mir vorstellen, dass dir der Gedanke Angst macht.«

»Wieso sollte er mir Angst machen?« Hannah versuchte, möglichst selbstbewusst zu klingen.

»Weil Tagebuchschreiben bei den meisten Mädchen zu Hause unmöglich ist. Viele Mütter – oft auch Väter – lesen die Einträge. Dann ist es schon besser, lieber nichts zu schreiben. Aber im Mädchenhaus ist das etwas anderes.« Noa unterbrach sich, und schweigend sahen sie einander lange an.

Verblüffend, wie viel Noa von dem wusste, was bei ihr zu Hause los war. In manchen Momenten war es wie mit Janne, die auch so viel von ihr verstanden hatte. Hannah räusperte sich. »Ja, du hast Recht. Tagebuchschreiben kam zu Hause nicht in Frage.«

»Aber im Mädchenhaus würde es gehen!«, sagte Noa bestimmt.

Misstrauisch musterte Hannah ihre Betreuerin. Da war doch etwas faul. Wenn Erwachsene sich so sehr an einer Idee festbissen, dann wollten sie einen meist reinlegen. Und noch etwas anderes, Bedrohliches steckte dahinter. Noa verschwieg ihr irgendetwas. Hannah fühlte eine heiße, rote Wut in sich aufsteigen.

»Was hast du eigentlich vor? Irgendwas bezweckst du doch mit dieser blöden Idee. Aber was, das sagst du mir natürlich nicht. Du bist genau wie die anderen Erwachsenen. Du willst mich nur reinlegen!« Sie war so laut geworden, dass sich andere Gäste irritiert umdrehten.

»Hannah, du hast Recht. Aber es ist nicht so wie du denkst. Im Gegenteil. Und darüber würde ich gern mit dir reden.«

Hannah war so baff, dass ihr vor Überraschung der Mund offen stehen blieb. Noa gab es zu! Sie gab zu, dass Hannahs Wahrnehmung stimmte! »Worüber?«, flüsterte sie kaum hörbar.

»Das Tagebuchschreiben bedeutet für dich wahrscheinlich etwas ganz anderes als für die meisten Mädchen.« Hannah kniff die Lippen fest zusammen. Sie zog es vor, erst einmal nichts zu sagen und sich Noas Gedanken stillschweigend anzuhören. »Ich glaube, dass es eine Menge Mut von dir erfordert, dich darauf einzulassen.«

»Wieso?«, platzte es wider Willen aus Hannah heraus.

»Weil du mit vielen Überraschungen rechnen kannst. Na ja, so gesehen ist es auch kein größeres Abenteuer, als ins Mädchenhaus zu fliehen«, setzte Noa nachdenklich hinzu.

Hannahs Herz schlug wild. Verdammt, wovon sprach sie? Was für Überraschungen? Sie zog sich zurück, doch dann hörte sie Noas Stimme.

»Hannah, bitte, geh nicht weg. Du solltest keine Angst davor haben. Das Tagebuch wird dir Antworten auf viele, viele Fragen geben, die dich schon lange beschäftigen. Bitte, Hannah, probier es doch wenigstens aus!«

Noa schwieg und sah Hannah nur an. Sie wartete und schien alle Zeit der Welt mitzubringen. Hannah wollte so gerne verstehen, wovon Noa sprach, aber sie hatte Angst davor. Sie suchte nach einem Faden, an den sie anknüpfen könnte, nach einem Punkt, wo sie anfangen könnte zu reden. Über diese Idee, über ihre Angst, über so viele Fragen, die ihr verrückt vorkamen.

»Was … was für Antworten meinst du?«, fragte sie nach einer Zeit, die ihr vorkam wie ein ganzes Jahrhundert.

»Zum Beispiel, was in der Zeit passiert, an die du dich nicht erinnern kannst. Oder wie du heute in den Park gekommen bist.«

Die Frage platzte aus Hannah heraus, ehe sie darüber nachdenken konnte: »Woher weißt du, dass ich mich daran nicht erinnern kann?« Ihr schwirrte der Kopf. So oft schon hatte sie gedacht, dass andere Menschen viel mehr von ihr wussten als sie selbst.

»Weil ich erst mit dir gesprochen habe, als wir schon im Park waren. Vorher habe ich nicht mit dir gesprochen.«

Hannah sah Noa an, als wäre sie nicht ganz richtig im Kopf. »Jetzt bist *du* aber durchgeknallt, oder?« Kampfluftig saß Hannah vor ihrem leeren Eisbecher. »Mit wem willst du denn sonst gesprochen haben?«

»Mit John«, sagte Noa einfach und schwieg dann wieder.

Hannah fühlte sich plötzlich wie in einer Achterbahn. Ihr war schlecht und schwindelig. Wer um Gottes willen war John? Wieso erzählte Noa ihr etwas von einem Jungen, den sie nicht kannte und den sie auch nicht kennen lernen wollte? Was hatte das mit ihr zu tun? Plötzlich hörte sie wieder die Stimme von heute Morgen, und erschrocken sah sie sich um. Aber da war niemand. Hannah schüttelte den Kopf, wie um die Stimme abzuschütteln. Verrückt war sie! Ihre Mutter hatte Recht.

»Mit John?« Hannah versuchte mühsam, nicht nach irgendwohin wegzukippen. Wohin, das wusste sie nicht. Nur, dass es ihr ständig passierte. Sie verschwand und war nicht mehr da. Und wenn sie wiederkam, hatte sich alles verändert. Nie wusste sie, warum das so war. Waren es diese Fragen, die das Tagebuch beantworten konnte?

»Hannah«, hörte sie die Stimme ihrer Betreuerin und versuchte, aus ihrer Verwirrung aufzutauchen. »Hannah, ich kann mir vorstellen, dass dich das sehr durcheinander bringt.«

Hannah nickte. Ja, durcheinander war sie tatsächlich.

»Wenn niemand darüber redet, dass es viele Kinder und Jugendliche in ein und demselben Leben geben kann, dann muss einem das ziemlich verrückt vorkommen, nicht wahr?« Noas Stimme klang beruhigend, auch wenn das, was sie sagte, alles andere als beruhigend war.

»Mehr als eine Jugendliche in ein und demselben Leben? Du meinst, in meinem Leben?«

»Ja. Manchmal bist du da und redest mit mir, wie gerade jetzt. Und dann kommt jemand anderes, zum Beispiel John, und spricht auch mit mir.«

Hannah traute ihren Ohren nicht. Verschiedene in einem Leben? Gab es so was? Konnte das Leuten passieren? Hannah nahm all ihren Mut zusammen, bevor sie die nächste Frage stellte. »Du meinst, bevor du mit mir gesprochen hast, hast du mit John gesprochen? Und John ist nicht jemand total anderes, also nicht so wie du und Aische zum Beispiel, sondern er soll zu mir gehören?«

»Ja, genau. Du hast es treffend beschrieben.« Anerkennung sprach aus Noas Worten.

»Aber das ist doch total durchgeknallt«, erwiderte Hannah resigniert.

»Findest du?! Also, ich finde das überhaupt nicht. Im Gegenteil, es ist eine sehr gute Idee von dir und den Anderen.«

»Von mir? Aber wie sollte mir so etwas passieren?« Hannah fühlte Verzweiflung in sich aufsteigen.

»Eigentlich ist das gar nicht so schwer zu verstehen. Soll ich es dir erklären?«

Ja, Hannah wollte sehr gern, dass sie ihr das erklärte. Noas Stimme klang so freundlich, und Hannah wurde langsam ruhiger. Sie nickte, und Noa sprach weiter.

»Das, was du und andere sich haben einfallen lassen, war sehr klug«, begann Noa. »Im Grunde genommen kennen alle Kinder die Möglichkeit, Freunde zu finden, die außer ihnen niemand sehen kann. Diese Freunde gibt es wirklich, so wirklich wie eine Freundin in der ersten Klasse, die neben dir auf dem Stuhl sitzt. Aber diese Freunde werden von den meisten Erwachsenen nicht ernst genommen. Leider ist es oft sogar noch schlimmer. Viele Erwachsene stellen diese Freunde, die nur ein Kind sehen kann, als Lügen des Kindes hin. Aber nur, weil sie sich nicht vorstellen können, was du dir vorstellen kannst, heißt das noch lange nicht, dass du lügst. Es bedeutet vielmehr, dass die Erwachsenen zu wenig Phantasie haben oder keine Möglichkeiten mehr in sich finden, etwas zu glauben und für wahr zu halten, was sie selbst nicht kennen. Aber alle Erwachsenen sind selbst einmal Kinder gewesen und haben solche Freunde gehabt. Dann wird ihnen eingeredet, dass diese Freunde nicht wirklich sind, und als Jugendliche wissen sie schon nicht mehr, dass es sie je gegeben hat. Und später reden sie ihren Kindern dasselbe ein. – Bei dir ist es anders gekommen. Die Freunde sind bei dir geblieben. Sie haben nicht aufgehört, dir zu helfen. Sie helfen dir noch immer. Das ist das Wesentliche, was es dazu zu sagen gibt.«

Hannah hatte gebannt zugehört. Das klang eigentlich nicht beängstigend! »Aber warum sollen die Freunde bei mir geblieben sein und bei den anderen Kindern, Jugendlichen und Erwachsenen nicht?«, fragte sie weiter.

»Das hat wahrscheinlich mehrere Gründe.« Noa überlegte. »Der wichtigste Grund ist, glaube ich, dass es für manche Kinder einfach keine anderen Freunde gibt. Sie sind so allein, dass sie ihre Freunde behalten müssen, denn kein Mensch kann ganz ohne Freunde leben. Dass die Kinder keine anderen Freunde finden, liegt meistens daran, dass die Eltern – oder auch andere Erwachsene – ihnen Freundschaften verbieten. Sie wollen nicht, dass ihre Kinder anderen erzählen, was zu Hause passiert. Aber das, was zu Hause passiert, ist so schrecklich und unerträglich, dass die Kinder unbedingt mit jemandem darüber reden müssen und ganz dringend Hilfe brauchen. Wenn sie allein sind und keine Hilfe bekommen, behalten sie diese Freunde, die niemand sehen kann. So halten die Kinder alles, was zu Hause geschieht, mit ihren neuen, heimlichen und unsichtbaren Freunden zusammen aus. Oft viele, viele Jahre lang. Manchmal sogar so lange, bis sie alt genug sind, um von zu Hause wegzugehen. Das Kind und jeder innere Freund des Kindes hat den Wunsch, mit anderen Menschen über das zu sprechen, was zu Hause passiert, und das Schreckliche und die Gewalt schnell zu beenden. Meiner Meinung nach ist das der Grund, weshalb du von zu Hause weggelaufen und ins Mädchenhaus geflüchtet bist. Und deine inneren Freunde sind mitgekommen, um mit mir zu sprechen, und haben das auch schon getan. Zum Beispiel John.«

»Aha«, kommentierte Hannah matt. Was Noa erzählte, klang logisch, so logisch, dass ihr kein Widerspruch dazu einfiel. »Aber«, sagte sie und der neue Gedanke erfüllte sie mit Panik, »ich erinnere mich an nichts Schreckliches zu Hause. Deshalb denke ich doch immer, dass es falsch war wegzulaufen. Dass es keinen Grund dafür gibt.«

»Ja, ich weiß, Hannah«, erwiderte Noa. »Es kann sein, dass du von dem Schrecklichen zu Hause nichts weißt. Dass deine Freunde dich davor beschützt haben. Damit du in die Schule gehen kannst, dich mit anderen Leuten treffen kannst. Sie haben sich die schrecklichen Erlebnisse für dich gemerkt. Sie erzählen mir davon, und sie würden es auch dir erzählen, wenn du das willst und verkraften kannst. Verstehst du, Hannah?«

»Ein bisschen schon«, nickte Hannah.

»Meine Idee mit dem Tagebuch, über die ich auch mit John gesprochen habe ...«

Hannah zuckte zusammen, als Noa John erwähnte. Sie fand es trotz allem verrückt, aber das sagte sie nicht, schließlich wollte sie keine phantasielose Jugendliche sein, von denen Noa offenkundig keine sehr hohe Meinung hatte.

»... hat den Hintergrund, dass ihr euch kennen lernen und euch gegenseitig erzählen könnt, wer was an einem Tag gemacht hat. Dann könntest du den anderen heute von unserem Gespräch und deinem Eisbecher erzählen« – Hannah lächelte – »und John erzählt von dem, was er gemacht hat und so weiter. Dann fehlt dir keine Zeit mehr, na ja, und den Anderen auch nicht.« Noa atmete tief durch.

»Du denkst, so was funktioniert?« Hannah fand die Vorstellung nicht nur absurd, sondern auch ziemlich unheimlich.

»Ich bin sicher, dass es funktioniert«, versuchte Noa sie zu beruhigen. Nur war sich Hannah überhaupt nicht sicher, ob sie wollte, dass es funktionierte. »Ich mach dir einen Vorschlag. Wir kaufen jetzt gleich ein Buch mit leeren Seiten. Du suchst dir das schönste aus. Was meinst du dazu?«

Hannah liebte Schreibwarenläden. Sie liebte leeres Papier und schöne Stifte. Sie zweifelte plötzlich, dass wirklich sie es war, die diese Dinge liebte, weil sie – außer in der Schule – eigentlich nie schrieb. Aber sie wollte nicht wieder in Panik geraten und wischte den Gedanken schnell beiseite. »In meinem neuen Zimmer liegt schon ein Buch mit leeren Seiten«, wandte sie ein.

»Und? Magst du trotzdem ein Buch kaufen? Das Buch in deinem Zimmer gehört dir. Und das Buch, das wir jetzt kaufen, ist für euch alle.«

»Na, du hast Humor«, meinte Hannah. »Wie viele, denkst du, schwirren denn in meinem Leben rum?«

»Du wirst es herausfinden, Hannah, und das kann spannend werden. Vielleicht auch lustig, traurig und ein wenig chaotisch, bestimmt aber sehr lebendig.«

»Wenn *du* es sagst!« Hannah schielte spöttisch zu Noa hinüber.

Noa lachte, und Hannah fühlte sich auf einmal leichter. Zögernd streckte sie ihre Hand aus, und als Noa sie in ihre nahm, wurde ihr warm im Bauch.

»Gehen wir?«, fragte Noa immer noch lächelnd.

Der Schreibwarenladen war riesig. Hannah fühlte einen inneren Tumult, den sie schon kannte, und dachte darüber nach, was er mit dem zu tun haben mochte, worüber sie mit Noa gesprochen hatte. Manchmal glaubte sie, Stimmen zu hören. Nein, sie glaubte das nicht nur, es waren Stimmen! Stimmen, die nur sie hören konnte. In den letzten Tagen waren sie so laut gewesen, dass sie gedacht hatte, jeder müsse sie hören können. Aber das stimmte nicht. Nur sie konnte sie hören, wie auch nur Kinder ihre inneren Phantasiefreunde sehen konnten. Die Stimmen waren trotzdem wirklich, so hatte es Noa erklärt.

Sie fand das Regal mit den leeren Schreibbüchern. Sie wollte ein dickes Buch mit leeren Seiten. Das dickste, das sie hatten. Und die Blätter sollten unliniert sein, einfach nur leere Seiten. Dann könnte sie auch etwas hineinmalen oder einkleben, ganz wie sie Lust hatte. Das Buch sollte so viele Möglichkeiten bieten wie nur eben vorstellbar.

Endlich fand sie, was sie suchte. Das Buch war einfach der absolute Renner. Sein regenbogenbunter Einband sah aus wie ein Dschungel aus Farben, mit Spiralen darin und wildem, undurchdringlichem Dickicht. Sie verliebte sich sofort. Genau dieses Buch musste es sein!

Als sie im Mädchenhaus ankamen, war es spät geworden. Mittlerweile waren alle Mädchen eingetroffen. Annalena und Sahide wollten gerade noch mal los, Freunde besuchen. Sevim, Sigrid und Jutta saßen im Fernsehzimmer und rauchten. Neben ihnen saß ein Mädchen, das Hannah noch nicht gesehen hatte.

»Hi. Ich bin die Neue und heiße Hannah.«

»Hallo, Hannah, ich bin Nuray. Du kommst gerade richtig. Hast du Lust, eine Runde Tischtennis zu spielen? Unten stehen Platten und bis zum Abendessen haben wir noch fast eine Stunde Zeit.«

»Tolle Idee.« Hannah liebte Schnelligkeit und Reaktionsspiele. »Bloß, na ja, Noa meinte, es wäre gut, wenn ich was aufschreibe, hier in mein neues Buch. Und nach dem Essen ist doch Gruppenabend und danach ist es bestimmt zu spät.«

»Ach was, so lange dauert der Gruppenabend auch wieder nicht. Die meisten wollen hinterher noch ins Kino. Es läuft so ein Computerfilm mit einer Frau in der Hauptrolle. Die soll echt klasse sein. Nicht so 'ne Blöde, die den Typen schöne Augen macht und ansonsten nur im Weg rumsteht und dumme Fragen stellt.«

Hannah lachte. Nuray gefiel ihr auf Anhieb. »Meinst du echt, ich komme heute Abend noch zum Schreiben?«

»Sicher, klar. Musst du morgen in die Schule?«

Hannah stutzte. »Keine Ahnung, ehrlich gesagt. Noa und ich haben darüber nicht gesprochen.«

»Ist Noa deine Bezugsbetreuerin?« Als Hannah nickte, schüttelte Nuray erstaunt den Kopf. »Komisch, das passt überhaupt nicht zu ihr. Sie findet sonst Schule immer unheimlich wichtig. Das Wichtigste auf der Welt sozusagen. Worüber habt ihr denn die ganze Zeit geredet?«

»Wenn du willst, erzähle ich es dir draußen bei den Tischtennisplatten, ja?«

»Einverstanden. Ich sag kurz Danni und Noa Bescheid, dann können wir los.«

Nuray klopfte an die Bürotür. »Hey, kann ich mit Hannah 'ne Stunde runter zu den Tischtennisplatten? Ich muss mal raus hier. Und ich glaube, Hannah auch.«

»Ja, da könntest du Recht haben.« Noa steckte den Kopf aus der Tür. »Hannah, pass bitte gut auf dich auf und lauf nicht weg. Bleibt beide beim Haus.«

»Mach ich«, sagte Hannah und lief mit Nuray die Treppen hinunter.

Vom Haus aus konnte man die beiden Platten sehen, was Hannah ein sicheres Gefühl gab. Die Sonne ging schon langsam unter. Hoffentlich konnten sie den Ball überhaupt noch erkennen! Aber ihre Sorge war unbegründet. Beide spielten gut, und vor allem spielten sie gut zusammen. Nach einem Satz, den Nuray knapp gewann, ließen sie sich auf eine Bank fallen.

»Rauchst du auch?«

Hannah nickte. »Ich hab bloß kein Geld im Moment und auch keine Zigaretten mehr.«

»Du müsstest doch Taschengeld kriegen, wie alt bist du denn?«

»Fünfzehn, fast fünfzehneinhalb. Taschengeld? Hat mir niemand gesagt!«

»Also, ich muss mich schon wundern«, meinte Nuray und lachte. »Worüber habt ihr euch denn nun zwei Stunden unterhalten, wenn nicht über Schule, Taschengeld und solche Sachen?«

»Über mich.« Ihre Worte hinterließen einen bitteren Nachgeschmack. Ob sie Nuray davon erzählen konnte? Sie mochte Nuray, mochte sie sogar sehr. Aber sie wollte lieber erst noch mehr über sie erfahren. »Seit wann bist du im Mädchenhaus?«

»Hier bin ich jetzt schon fast vier Monate. Vorher war ich in einem anderen Mädchenhaus, aber da musste ich schnell weg. Meine Eltern haben mich bis zur Zuflucht verfolgt, von der Schule aus, das war echt scheiße. Es ist eigentlich eine lange Geschichte. Sie haben damit gedroht, mich umzubringen, und meine Betreuerin haben sie auch bedroht. Das war ein richtiger Horror.«

Hannah hörte erschrocken zu. »Wahnsinn«, sagte sie. »Bist du denn jetzt sicher?«

»Ja, ich denke schon. Hier finden sie mich nicht. In der Stadt wohnen keine Verwandten oder Freunde meiner Eltern. Und Aische ist echt in Ordnung. Ich fühle mich wohl hier. Bloß wo ich hinsoll, das ist eine schwere Frage. Aber jetzt erzähl du mal, ich platze schon fast vor Neugier.«

Hannah nahm all ihren Mut zusammen. »Ich hatte mit Noa ein langes Gespräch über mich, ich weiß nicht, wie ich dir das erklären soll.« Sie war hin und her gerissen. Einerseits wollte sie nicht, dass Nuray sie für durchgeknallt hielt, aber sie wollte auch wissen, ob sie ihr vertrauen konnte.

»Sag's einfach«, meinte Nuray.

»Na ja, es gibt irgendwie nicht nur mich, Hannah, sondern auch noch andere.« Ängstlich musterte sie die Jugendliche.

Nurays Augen wurden groß. »Andere? Wie meinst du das?«

»Also, manchmal ... Du darfst aber nicht lachen oder so, ja?«

»Versprochen«, sagte Nuray.

»Manchmal verschwinde ich. Ich weiß nicht genau, wohin. Ich höre dich dann nur noch ganz aus der Ferne, alles wird immer undeutlicher, na ja, und am Ende bin ich weg.«

»Und was passiert dann?«, fragte Nuray, die sich sichtlich Mühe gab, ihr zu folgen.

»Dann ist jemand anderes da.« Als Nuray nichts sagte, ergänzte Hannah: »Zum Beispiel John.«

»Ein Junge? Echt? Das ist ja irre.« Nuray runzelte die Stirn. »Also, ehrlich gesagt finde ich die meisten Jungen bescheuert. Hoffentlich ist dieser John anders. Dich mag ich nämlich gern.«

»Du findest das nicht irgendwie durchgeknallt?«

»Also ... ich finde, es hört sich eher abenteuerlich an. Na ja, überleg doch mal, wie praktisch das ist. Wenn dir was nicht passt, dann haust du einfach ab, und dann muss dieser John damit fertig werden.« Nuray grinste. »Ich zum Beispiel hasse Englisch, und Latein noch mehr. Wäre doch klasse, wenn ich da einfach jemand anderen hinschicken könnte. So wie beim doppelten Lottchen. Einen Mehmet zum Beispiel. Den würde ich dann die Fächer machen lassen, die ich nicht kann oder zu denen ich keine Lust habe.« Sie schwelgte noch einen Moment in dieser Vorstellung, dann fragte sie: »Aber wieso ist das bei dir so?«

Hannah hatte mit offenem Mund zugehört. Sie fand Nuray höchst erstaunlich. Wie selbstverständlich sie damit umging! »Noa meint, dass mir die anderen geholfen haben, mit der Scheiße zu Hause klarzukommen. Ehrlich gesagt kann ich mich an Probleme mit meinen Eltern nicht erinnern. Schon, dass ich welche habe. Aber keine Ahnung, welche?«

»Und dieser John, weiß der was darüber?«

»Ich weiß nicht. Ich weiß überhaupt erst seit heute, dass es John gibt. Und auch noch andere. Deshalb sollen ich und auch die Anderen in das neue Buch schreiben. Noa meint, so könnten wir uns kennen lernen ...« Hannah brach unsicher ab.

»Coole Idee«, bemerkte Nuray. »Echt, Noa hat diesen John schon kennen gelernt?« Hannah nickte. »Und sie denkt, es gibt noch mehr? Voll spannend. Ist es so, dass mich dieser John jetzt noch nicht kennt?«

»Kann sein, ich weiß nicht.« Hannah überlegte. »Ich kann ja was über dich in das Buch schreiben, dann musst du nicht alles mehrmals erzählen.«

»Wenn ich mal andere treffe, soll ich dir das sagen?« Nuray schien das Ganze völlig normal zu finden. Unglaublich!

Hannah überlegte. »Ja, das wäre vielleicht 'ne gute Idee.«

»Du, da fällt mir überhaupt was ein«, sagte Nuray plötzlich. »Das Bild, das du auf Juttas Staffelei hinterlassen hast, das finde ich echt so was von genial. Malst du schon lange?«

»Ich kann nicht malen«, flüsterte Hannah. »Vielleicht ist das auch jemand anderes?«

»Tut mir Leid, Hannah. Das wusste ich nicht. Ich wollte dich nicht erschrecken.«

Hannah nahm sich zusammen. »Schon okay. Meinst du, die anderen verstehen das auch so gut wie du?«

»Keine Ahnung, aber falls nicht, mach dir nichts draus. Von mir verstehen andere Menschen oft auch nicht das Wesentliche.« Nuray grinste und Hannah lachte.

Sie spielten noch einen Satz, den wieder Nuray gewann, aber wieder nur sehr knapp. Kurz vor sechs liefen sie die Treppen zur Zuflucht hinauf. Nuray könnte eine richtig gute Freundin werden. Hoffentlich, wünschte sich Hannah an diesem Nachmittag. Und freute sich auf den Abend.

Hallo, neues Tagebuch

Plötzlich ist alles so schnell gegangen und jetzt bin ich seit gestern im Mädchenhaus. Wirklich erst seit gestern? Mir kommt es so vor, als müssten das schon mindestens vier Wochen sein. Es ist so viel passiert, seit ich von zu Hause abgehauen bin. Mir ist von all dem ganz schwindelig. Ich glaube aber, es war die einzig wahre Entscheidung. Jedenfalls finden alle, die ich bisher kennen gelernt habe, dass ich im Mädchenhaus richtig bin. Besonders meine neue Betreuerin Noa. Die finde ich klasse, jedenfalls meistens.

Ich bin auch froh, dass die Noa auf dem Gruppenabend nicht gesagt hat, dass es diesen John bei mir gibt. Ich hatte davor totale Angst. Bevor sie nach Hause gegangen ist, meinte Noa, ich allein solle entscheiden, was ich den Mädchen sagen will. Nur die Frauen im Team würden es erfahren.

Das hat mich ganz schön wütend gemacht. Wieso kann ich das nicht auch selbst entscheiden? Noa meinte, dass über alles im Mädchenhaus mit allen Kolleginnen offen gesprochen würde und dass es in der WG keine Geheimnisse geben soll. Damit es nicht ist wie bei den meisten Mädchen zu Hause, wo das Familienleben geprägt sei von viel zu vielen Geheimnissen. Aber ich weiß doch gar nicht, ob ich all den Frauen hier trauen kann. Ist ja toll, wenn die Noa es kann, aber das heißt noch lange nicht, dass ich das auch kann, oder?

Zum Beispiel die Danni. Ich weiß nicht, irgendwie finde ich sie nicht besonders vertrauenerweckend. Ich fand es zum Beispiel echt doof von ihr, dass wir überhaupt nicht mehr ins Kino gegangen sind, weil sie meinte, wir müssten erst mal über die Konflikte zwischen Annalena, Sigrid und Sahide reden. Danni meint, dass Sigrid für die anderen Mädchen immer als Sündenbock herhalten muss, und das fände sie nicht in Ordnung.

Ich habe dann sogar auch was gesagt, nämlich dass Sigrid total gemein zu Annalena war, und das völlig ohne Grund. Daraufhin hat mich die Sigrid echt zur Schnecke gemacht. Wer ich überhaupt wäre, und ich hätte ja wohl überhaupt keine Ahnung und wolle mich eh nur bei den anderen einschleimen. Das hat mich echt getroffen. Ich meine, vielleicht stimmt es ja, dass Annalena zuerst zu Sigrid gemein war. Auf dem Heimweg von der Schule zum Beispiel. (Sie gehen beide in die gleiche Schule.)

Die Maike finde ich echt süß. Sie ist die kleine Schwester von Annalena. Dass hier sogar Geschwister aufgenommen werden, finde ich toll. Und Maike findet Sigrid klasse und ihre Schwester findet sie doof.

Na ja, man sieht, hier ist ganz schön was los. Als wir dann auf die Uhr guckten, war es zu spät fürs Kino. Ich war echt enttäuscht.

Noa hat nicht viel gesagt. Die war irgendwie gar nicht richtig da, glaube ich. Vielleicht findet sie das mit mir ja auch zu schwierig. So ein durchgeknalltes Mädchen hatte sie bestimmt noch nie.

Sie hat dann ein ganz tolles Spiel vorgeschlagen. Es heißt ›Activity‹ und man spielt in zwei Gruppen. Man muss der eigenen Gruppe Begriffe in Pantomime vorspielen oder sie malen oder sie beschreiben, ohne sie zu nennen. Es war voll lustig. Ich war mit Sigrid in einer Gruppe, und sie kann toll malen und ist auch super in Pantomime. Vielleicht ist sie ja doch nicht so doof, wie es den Eindruck macht. Dank ihr jedenfalls haben wir gewonnen. Es war toll.

Mensch, jetzt schreibe ich hier die Seiten voll. Dabei fällt mir ein, was Noa mir heute Nachmittag erklärt hat. Bis jetzt jedenfalls schreibe nur ich in das neue tolle Buch, habe noch niemand anderen entdeckt. Und todmüde bin ich auch.

Noa will mit mir morgen über die Schule reden. Ab Montag soll ich schon in eine neue Schule gehen. Hier in der Nähe. Hoffentlich da, wo die Nuray hingeht! Das mit dem Nachmittagunterricht macht mir nicht so viel aus.

Also mir schon. Ich habe keine Lust, den ganzen Tag in der Schule rumzuhängen. Und Nuray kenne ich überhaupt nicht. Nee, meinetwegen müsste Schule überhaupt nicht sein. Ich will sowieso nur in eine gehen, wo es zumindest wieder so ein Jugendzentrum gibt, wo die Stadt und die Kirche kein Mitspracherecht haben. Na ja, ich kann nur hoffen, dass es auf der neuen Schule eine Schülerzeitung gibt und die Jungs ein bisschen mehr im Hirn haben als mit Mädchen rumzuflirten oder sich über Fußball zu unterhalten. Ich werd auch Karl vermissen, den einzigen Erwachsenen, den ich je akzeptieren konnte. Ich finde das so blöd, dass wir jetzt nicht mehr zu diesem Jugendzentrum gehen können. Wo wir es gerade erst für uns erkämpft haben! Und verdammt, wie soll ich jemals meinen Freund Hendrik wiedersehen? Das macht mir echt zu schaffen. Ich meine, klar ist es gut, dass wir nicht mehr zu Hause sind. Vater finde ich wirklich richtig entsetzlich. Nicht nur seine Ansichten. Vor allem auch seine Gewalt gegen Mädchen. Und manchmal denke ich, dass meine Schmerzen und blauen Flecke auch von ihm kommen müssen, wenn ich auch nicht weiß, wie.

Mama kenne ich irgendwie überhaupt nicht. Komisch, dass es ihr immer schlecht geht, wo sie doch schon so lange eine Therapie macht. Scheint ja nicht viel zu bewirken! Also ich jedenfalls werde bestimmt keine Therapie machen, das ist so sicher wie nur irgendwas. Jurek

P.S. Die Idee mit dem Tagebuch – vor allem damit, dass wir hier alle reinschreiben können – finde ich echt ziemlich cool. Was meinst du dazu, Basti?

Oh Mann, welche Entwicklung! Das hätte ich mir im Leben nicht träumen lassen, dass außer dir, Jurek, vielleicht mal jemand Notiz von mir nehmen würde. Eine Schülerzeitung finde ich auch das Mindeste, was die neue Schule bieten muss. Ob wir hier wohl abends mal länger rausdürfen? Also, einsperren lasse ich mich auf jeden Fall nicht schon wieder.

Obwohl die Aktionen mit dir, Jurek, schon sehr cool waren. Weißt du noch? Der Motorradklau! Ich bin so froh, dass wir der Terrorkontrolle unseres Bruders jetzt endlich entkommen sind. Ich geh mal ein bisschen durch unsere neue Behausung, mal sehen, wo wir überhaupt gelandet sind …

Wow! Mein Rundgang hat sich voll gelohnt! Mitten in 'ner Riesenci-ty. Geil, ey. Jetzt noch Ausgang bis Mitternacht, die eine oder andere Mark Taschengeld und 'ne vernünftige Schülerzeitung und ich sage dir, ich bin der glücklichste Mensch auf dieser Erde! Basti

Hey, ich bin's, John. Hallo, Basti, hallo, Jurek. Ich wollte euch kurz sagen, dass ich schon von euch weiß, sozusagen schon vor einiger Zeit Notiz von euch genommen habe. Und dann wollte ich klarstellen, dass dieses Buch hier alle von uns lesen können, die das wollen. Ich bin sehr neugierig darauf, was ihr schreibt. Ich finde das so irre, dass ich euch jetzt endlich kennen lernen kann. Ich habe Noa, das ist unsere neue Betreuerin – Bezugsbetreuerin heißt das hier wohl –, versprochen, dass ich für euch alle aufschreibe, was ich mit ihr besprochen habe. Ich mach das jetzt mal in Kurzfassung.

Also, Mama und Papa sind nicht damit einverstanden, dass wir hier sind. Ich glaube, das wird noch Ärger geben. Ich habe übrigens im ersten Tagebuch auch einiges darüber geschrieben, wie wir hierher gekommen sind und so. Mein Besuch beim Jugendamt etc. Was ich auch noch wichtig finde, ist, dass möglichst alle mit ihrem Namen unterschreiben – auch du, Hannah, bitte –, damit wir wissen, wer was schreibt und wer wie ist und so weiter.

Ich weiß, dass es eine Menge Kinder gibt, die zu klein sind, um lesen oder schreiben zu können. Sascha zum Beispiel – sie ist 5 Jahre alt, relativ häufig da und hat schon mit Noa und auch mit Janne gesprochen. Sie ist voll süß, finde ich.

Dann gibt es noch die Zwillinge, Sunny und Sammy – auf die müssen wir alle gut aufpassen. Wenn Mama, Papa oder unsere Geschwister die zu fassen kriegen, dann gehen sie sofort nach Hause zurück. Die können nicht anders.

Einige von uns kenne ich auch nicht! Noa hat mir von einem Mädchen namens Dezember erzählt. Keine Ahnung, woher sie kommt, was sie bei uns macht und so.

Ach ja, falls jemand von euch eine Idee hat, wie wir die Kinder mit einbeziehen können, dann schreibt das doch bitte auf, okay?

Grüße an alle, meldet euch bald. Ich bin so was von gespannt und aufgeregt … John

Bin nicht besonders redselig, John! Aber wichtig bin ich schon. Mich gibt es seit Dezember 94 – daher mein Name.

War ziemlich wenig da in der Vergangenheit und kenne mich selbst noch nicht besonders gut. Komme eigentlich nur, um den Mädchen zu helfen, besonders Rickie, aber auch Sunny und Sammy.

Ich liebe Reisen und Kartenlesen. Am liebsten bin ich unterwegs, mit Zelt und Schlafsack. Wohnungen mag ich nicht. Und ich bin nicht besonders in Kommunikation. Finde oft zu langwierig, wie sich die Leute unterhalten. Geht doch viel schneller und wesentlich prägnanter, meine ich. Na ja, so viel erst mal. Dezember

P.S. Ich find das Tagebuchschreiben auch gut, und eine von uns, Klara, sagt mir gerade, dass ich wohl sehr wichtig für die Dokumentatoren bin – was immer das bedeutet. Und dann wollte ich noch nachschicken, dass ich diejenige war, die den Aufsatz geschrieben hat, der für so viel Wirbel in der Schule gesorgt hat. Tut mir Leid, aber es musste sein. Nochmals Dezember

Liebe Klara,

jetzt habe ich bestimmt schon Ewigkeiten nicht mehr in mein Tagebuch geschrieben. Es geht mir echt sehr merkwürdig gerade. Draußen ist stockdunkle Nacht und ich sitze in einem mir ganz fremden Zimmer. Als wäre ich durch die Zeit in eine andere gefallen.

So richtig Angst macht mir das Zimmer eigentlich nicht, es sieht eher gemütlich aus.

Das Letzte, was ich noch ganz deutlich in Erinnerung habe, ist mein Besuch beim Jugendamt. Oh Gott, war das peinlich! Ich weiß wirklich nicht, wie das zustande kam mit der Gewalt, von der die Frau beim Jugendamt sprach.

Ich denke dann immer, dass ich die absolute Lügnerin bin und dabei ist gerade mir doch die Wahrheit so unendlich wichtig. Oh Klara, ich hoffe, du wenigstens glaubst mir.

Au Mann, ich glaube, ich spinne. Weißt du, wer gerade vor meiner Tür stand? Ein Mädchen namens Nuray.

Ich sagte »herein«, und sie lachte und meinte: Hey, schreibst du etwa immer noch? Ich meinte, nö, ich hätte gerade erst damit angefangen. Und dann wusste ich irgendwie nicht weiter.

Ich sagte dann so was wie ›und was machst du so‹ und sie hat dann angefangen, mir alles Mögliche zu erzählen. Von einer Sevim, mit der sie über eine Sigrid gesprochen hat, die Probleme in einer Gruppe hat, und was dazu dann eine Danni meinte ...?? Na ja, ich habe nur Bahnhof verstanden – so schlimm war es mit meiner Begriffsstutzigkeit echt noch nie!!! Nuray wurde dann ganz unsicher und fragte, ob sie mich nervt und lieber wieder gehen soll. Aber das wollte ich auf gar keinen Fall.

Ich mochte Nuray gleich – sozusagen vom ersten Moment an. Aber worüber ich mit ihr reden sollte, war mir nicht so klar. Nuray wirkte selbst auch unschlüssig, wie wir das Gespräch nun fortsetzen sollten. Nach einer ganzen Weile hat sie mich dann gefragt, ob denn außer mir noch jemand anderes in das Tagebuch geschrieben hätte, so wie Noa es vorhergesagt hätte.

»Welche Noa?«, habe ich sie ganz verblüfft gefragt. Ach Klara, ich hatte ja keine Ahnung. Nuray war genauso baff wie ich und guckt mich mit Riesenaugen an und meint: »Ach, dann bist du gar nicht Hannah?«

»Nee«, habe ich gesagt, »bin ich nicht.« Mein Herz hat gerast wie sonst was. Wieso Hannah? Und dann war ich echt mutig und habe Nuray erzählt, dass ich in Wirklichkeit Miriam heiße, dass das aber nur mein Tagebuch weiß. Nuray wirkte ganz erleichtert und wollte von mir wissen, ob ich Hannah kenne und ob ich weiß, dass sie mit mir bzw. Hannah schon Tischtennis gespielt hat.

Tischtennis? Keine Ahnung. Ich habe dann meinerseits sehr vorsichtig nachgehakt, wer denn nun Hannah sei, und dann meinte Nuray: »Stimmt, jetzt seh ich das erst. Du hast ja grüne Augen! Die von Hannah sind blau.« Und dann hat sie mir von Hannah erzählt und von einem Jungen namens John und dass Noa meint – das ist meine Betreuerin??!! –, es gäbe noch mehr, die alle zu mir bzw. zu Hannah gehören.

Ich kann das noch immer nicht richtig fassen! Ich bin seit gestern im Mädchenhaus und habe das gar nicht bemerkt. Nuray meint, weil Hannah abgehauen ist und nicht ich. Ich wollte dann – logisch, wie ich nun mal bin – wissen, wieso *ich* im Mädchenhaus sitze, wenn doch Hannah hierher geflüchtet ist. Nuray wusste wohl auch nicht, wie sie das erklären soll, und sagte einfach, dass wir eben alle zusammengehören und deshalb eine Entscheidung von Hannah oder John oder sonst wem auch Auswirkungen auf mich hat. Immer dann, wenn ich da wäre, sozusagen. Aha!

Ich habe mich mit Nuray morgen zum Frühstück verabredet. Na, das kann ja noch abenteuerlich werden.

Klara, stell dir vor, ich bin tatsächlich im Mädchenhaus gelandet. Ob das die Konsequenz meines Besuchs beim Jugendamt ist? Vielleicht kann ich ja morgen auch mit Noa sprechen. Nuray meint, die würde morgen extra wegen mir kommen. Wow. Was für ein Service.

Ich wünschte, ich wäre nicht so verwirrt. Oh Gott, hoffentlich habe ich nicht fürchterlich viel gelogen und bin deshalb hier gelandet?!

Liebe Miriam,

mach dir bloß keine Sorgen. Du hast auf keinen Fall gelogen und auch sonst niemand von uns. Wenn du es schaffst, liebe Miriam, lies doch bitte den ganzen Eintrag von heute Abend und nicht nur das, was ich dir schreibe. Du hast nämlich nicht nur mich zur Freundin – die du dir selbst ausgesucht hast –, sondern du hast ziemlich viele Freunde, die du über dieses Tagebuch kennen lernen kannst. Und glaube mir: Das lohnt sich. Es sind ganz tolle Mädchen und Jungen, die deine Freunde sind! Und das schon ganz lange! Nur hast du das leider nicht gewusst und durftest es auch nicht wissen, denn dein Zuhause war nicht sicher genug. Aber das Mädchenhaus ist sicher, das weiß ich genau.

Wenn du Fragen hast oder Angst bekommst, dann kannst du dich an Noa wenden. Sie kann dir Antworten geben und dich beruhigen. Aber du kannst natürlich auch mich fragen. Schön, dass du endlich wieder da bist. Ich freu mich riesig!

Deine Klara

Nächtlicher Hilferuf

10. Kapitel, in dem zwei Freundinnen sich langsam wieder näher kommen und schnell reagieren müssen, Noa ungeahnte Fähigkeiten zeigt und Janne die Nerven behält

Noa ist manchmal wirklich krass mit ihren Grenzen, dachte Janne und zerknüllte ein Schokoladenpapier, das vor ihr auf dem Boden lag. Mache ich mich wirklich abhängig von ihr? Noas Entscheidung, ihren Urlaub ohne Janne zu verbringen, machte sie immer noch wütend. Und es stimmt doch! *Noa* hat das Problem mit Nähe, nicht ich. Von wegen, ich bin zu sehr auf sie bezogen! Die soll sich bloß nichts einbilden. In ihren letzten Gedanken hinein klingelte das Telefon.

»Janne Mai?«

»Hey, ich bin's, Hannah. Stör ich?«

»Nein, überhaupt nicht. Erzähl mal, wie geht es dir und den Anderen denn so?«

Hannah rief alle zwei bis drei Tage an, zweimal waren sie schon zusammen Schlittschuhlaufen gewesen, und Janne kannte einige der Persönlichkeiten mittlerweile recht gut.

»Na ja, die Schule geht so einigermaßen«, meldete sich Jurek. »Seit einer Woche gibt es eine Schülerzeitungsredaktion. Natürlich von mir initiiert. Was nicht ist, muss man anscheinend selber machen«, fuhr er fort und Janne grinste.

»Ja«, sagte sie. »Da hast du etwas sehr Wahres erkannt.«

»Blabla«, lachte Jurek.

»Du, weißt du was?«, meldete sich plötzlich Miriam, die Janne nicht sofort erkannte. Miriam und Hannah verwechselte sie am Anfang immer noch. »Die Nuray geht vielleicht nach Italien in ein Mädchenprojekt und ich würde am liebsten mitgehen.«

»Super Idee.«

»Ja, aber Nuray musste so lange auf den Platz warten und jetzt ist wohl keiner mehr frei.« Miriam klang traurig. »Und das Jugendamt meint, dass meine Eltern mich ja nicht bedrohen und deshalb bräuchte ich nicht in ein anderes Land.« In der Leitung wurde es still.

»Mama sehn«, sagte eine sehr kleine Stimme, die Janne nicht kannte.

»Du hast deine Mama gesehen?«, schaltete Janne sofort und ihr Herz raste.

»Bruder kam, nehmte Lela mit auf Burg. Mama und Papa sehn und wehtun. Lieber Hause gehn«, sagte das Kind und Janne stockte der Atem.

»Wann war das?«, fragte sie.

»Ihr könnt mich nicht schützen«, weinte eine ältere Stimme. »Sie fangen mich wieder und wieder. Nuray darf dazu nichts sagen, sie haben sie eingeschüchtert.«

»An deiner Schule«?, fragte Janne, bemüht, nicht in Panik zu geraten, und um Zeit zu gewinnen.

»Ja«, bestätigte die Stimme. »Ich gehe nach Hause zurück, dann passieren die bösen Dinge nicht mehr, auch der Nuray nicht«, fuhr die Stimme fort und Janne brach der Schweiß aus.

»Wo bist du jetzt?«, fragte sie atemlos, doch es kam keine Antwort mehr. Die Leitung war unterbrochen.

Scheiße, Scheiße, fluchte sie. Da lief irgendwas verdammt schief.

Janne wählte die Nummer des Mädchenhauses. Nach dem dritten Klingeln wurde abgenommen. »Hallo, ich bin's, Janne.« Ihre Stimme überschlug sich fast. »Hast du Hannah gesehen, ist sie im Mädchenhaus?«

»Nein, sie ist doch noch in der Schule«, antwortete Jackie. Sie klang genervt. »Janne, du solltest dich da raushalten. Du bist für Hannah überhaupt nicht verantwortlich. Schließlich bist du keine Mitarbeiterin. Ich werde das Noa nächste Woche in der Supervision als Allererstes sagen. Mir reicht's! Ich bin nicht mehr bereit, für Hannah ständig eine Extrawurst zu braten. Ich finde Noas Arbeit höchst unprofessionell, und diese komische Diagnose … Noa ist überhaupt nicht berechtigt, solche Diagnosen auszusprechen.« Jackie war so in Fahrt, dass es Janne nicht gelang, auch nur ein Wort anzubringen. »Ihr habt beide einen Knall. Multiple Persönlichkeit! Dass ich nicht lache. Das sind doch Hirngespinste. Han-

188

nah flunkert sich alles Mögliche zusammen, schwänzt die Schule und treibt sich mit jungen Männern rum. Aber sie ist ja immer das Unschuldslamm, kann nie was dafür. Und weißt du, was ich das Allerletzte finde?«, schnaubte Jackie in den Hörer. Sie wartete nicht ab, ob Janne wissen wollte, was sie das Allerletzte fand, sondern wütete gleich weiter. »Das Allerletzte finde ich, dass sie Nuray in diese ganze Scheiße mit reinzieht. Nee, wenn du mich fragst, gehört Hannah nicht ins Mädchenhaus, sondern ganz woandershin. Außerdem finde ich dich und Noa echt verantwortungslos. Was ihr mit dem Mädchen macht ist wirklich haarsträubend.« Bevor Janne auch nur pieps sagen konnte, hatte Jackie den Hörer schon auf die Gabel geknallt.

Janne war wie vor den Kopf geschlagen. Was um Himmels willen ging da im Mädchenhaus vor? Was passierte mit Hannah und Nuray? Janne war so schockiert und durcheinander, dass sie den Hörer in der Hand behielt, während sie wie betäubt durchs Wohnzimmer lief. Was mache ich denn jetzt?, dachte sie immer wieder. Ich muss doch irgendwas tun!

Schließlich beschloss sie, Nurays Bezugsbetreuerin Aische anzurufen, mit der sie befreundet war. Doch als sie die vertraute Stimme hörte, brach sie unvermittelt in Tränen aus, und es dauerte eine Weile, ehe sie von Hannahs Telefonat und ihrem Gespräch mit Jackie erzählen konnte. »Was denkst du darüber?«, fragte sie dann.

»Ich verstehe noch nicht ganz, was läuft«, begann Aische, »aber Nuray geht es schon seit zwei Wochen nicht gut. Ich frage mich, warum. Ich dachte erst, ihre Eltern bedrohen sie, aber Nuray schwört, dass es nicht so ist. Sie sagt, sie weiß nicht, was los ist, und ich soll sie nicht danach fragen, aber es hätte ganz bestimmt nichts mit ihrer Familie zu tun. Na ja, und weil ich doch jetzt den Platz in Italien für sie habe, dachte ich, dass ihr vielleicht der Abschied vom Mädchenhaus wehtut, von Hannah und von ihren Freundinnen in Deutschland.«

»Aber das, was mit Nuray passiert, hat irgendwas mit Hannah zu tun«, vermutete Janne.

»Ja, das ist mir in den letzten Tagen auch klar geworden. Irgendwas stimmt da nicht. Aber darüber darf ich mit dir eigentlich gar nicht reden, weil du keine Mitarbeiterin des Mädchenhauses bist. Ich glaube«, fuhr Aische trotzdem fort, »wir haben uns mit Hannah einfach zu viel vorgenommen. Ich komme auch nicht klar mit den verschiedenen Persönlichkeiten. Wir haben im letzten Team besprochen, dass wir nur noch mit Hannah reden werden und sie das mit den Anderen bei sich alleine klären muss. Wir sind doch keine therapeutische Einrichtung«, beendete sie ihren Satz. In ihrer Stimme schwang Wut, aber auch Zweifel mit.

»Oh Gott, Aische«, stöhnte Janne. »Hannah hat doch am allerwenigsten Überblick über das, was geschieht. Wahrscheinlich war eure Entscheidung eine Katastrophe für sie.« Als Aische schwieg, fragte sie: »Glauben das mit ihrer Multiplen Persönlichkeit etwa nicht alle im Team?«

»Einige sind schon sehr kritisch und finden, dass man Hannah in diesem Spalten nicht unterstützen darf«, bestätigte Aische. »Sie sagen, dass Hannah nicht anders behandelt werden sollte als die anderen Mädchen. Wo kämen wir auch hin, wenn wir uns das Recht herausnähmen, allen Mädchen irgendwelche psychiatrischen Diagnosen zu verpassen. Das dürfen wir gar nicht«, fügte sie beschwörend hinzu.

Janne schwieg betroffen. Was war geschehen, seit Noa in Israel war?

»Aische, normalerweise … ich meine, wir kennen uns doch schon seit einigen Jahren und du weißt, wie ich über Diagnostik denke, vor allem im psychiatrischen Bereich und vor allem, wenn es Frauen betrifft. Also, normalerweise«, versuchte Janne während des Sprechens einen roten Faden zu finden, »würde ich dir ohne mit der Wimper zu zucken zustimmen. Aber sieh mal, Aische, diese Diagnose ›Multiple Persönlichkeit‹ beschreibt einen, wie soll ich sagen, einen Seins-Zustand. Die Persönlichkeiten bei Hannah gibt es wirklich. Und das weißt du. Du hast sie doch selbst erlebt im Aufnahmegespräch.«

Als Janne in ihrer Erklärung innehielt, sagte Aische zögernd: »Ja schon, Janne, aber …«

»Und sieh mal«, unterbrach Janne sie, »es ist gar nicht lange her, da war Homosexualität eine psychiatrische Diagnose. Lesben galten als psychisch krank. Erst vor ein paar Jahren haben sie die Diagnose aus dem *Psychiatrischen Handbuch* gestrichen. Verstehst du, Aische? Wir benutzen doch die Diagnose MPS bei Hannah nicht dazu, sie abzustempeln, sondern um sie zu verstehen.«

Aische sagte lange nichts, dann atmete sie tief durch. »Na ja, du magst schon Recht haben. Aber wir haben so wenig Erfahrung damit. Manche Frauen aus dem Team wollen nicht mit den Jungen reden. Sie sagen, dass das Mädchenhaus eine Einrichtung für Mädchen ist, und da sei eben kein Platz für Jungen. Und ich weiß nicht, Janne. Versteh mich nicht falsch, aber ich kann diese Ansicht schon verstehen.«

»Das ist doch vollkommen verrückt«, brauste Janne auf. »Findest du nicht, es ist an der Zeit, unsere männlichen und weiblichen Rollenbilder zu überdenken? Ich habe schon Mädchen erlebt, die galten bei anderen Selbstverteidigungstrainerinnen als zu jungenhaft und wurden deswegen abgelehnt. Was soll das bedeuten – männlich/weiblich? Wir sollten uns nicht selbst in solche Schablonen pressen. Das ist das Schlimmste, was wir machen können. Damit tragen wir nur dazu bei, die starren Rollen in dieser Gesellschaft, die wir eigentlich bekämpfen wollten, aufrechtzuerhalten.« Ja, genau das war es, was Janne sagen wollte. Sie hatte den Kern getroffen. Im Hinterkopf jedoch spürte sie, dass es anderes, Dringenderes gab, über das sie mit Aische sprechen musste. Sofort.

»Stimmt schon, was du sagst«, antwortete Aische. »Oje, es tut mir so Leid, aber einige Frauen fühlen sich mit Hannah vollkommen überfordert. Und ich kann mit dir so schlecht darüber reden. Du bist keine Teamfrau.«

»Ja, ja, ich weiß.« Janne überlegte ihre nächsten Worte sehr genau. »Aber ich bin für Hannah eine wichtige Bezugsperson. Versuch doch bitte als solche mit mir zu sprechen. Hannah hat schließlich mich angerufen. Ich glaube, ihre Eltern stecken dahinter – dass sie nicht mehr zur Schule geht und mit jungen Männern rummacht, wie Jackie es ausdrückt.« Janne kochte vor Wut, als ihr das Gespräch wieder einfiel. »Ich glaube, es ist ihr Bruder«, schloss sie unvermittelt.

»Was sagst du da?« Aische war schockiert. »Ihr Bruder?«

»Ja, ein Kind bei Hannah hat es mir eben am Telefon erzählt. Auch dass der Bruder Nuray bedroht hat und dass sie jetzt deswegen nach Hause zurückgehen. Oh Aische, bitte, wir müssen etwas tun.« Erneut brach die Verzweiflung aus Janne heraus und Tränen liefen über ihr Gesicht.

»Aber was?«, fragte Aische hilflos. »Oh Gott, ich hatte ja keine Ahnung.«

»Du musst im Mädchenhaus anrufen. Oder besser gleich hinfahren. Jackie ist auf hundertachtzig und auf Hannah und mich denkbar schlecht zu sprechen«, sagte Janne. »Ihr müsst Hannah unbedingt suchen, falls sie nicht im Mädchenhaus ist. Und wenn sie da ist, bitte sprecht mit ihr und auch mit den Kindern. Auch mit den Jungen. Haltet dieses Verbot bitte, bitte nicht aufrecht«, flehte sie.

»Ja, Janne, ich habe verstanden. Es tut mir so Leid. Wahrscheinlich haben wir im Team einen großen Fehler gemacht und Hannah wirklich Unrecht getan. Aber mach dir keine Sorgen, wir kriegen das wieder hin. Bist du zu Hause?« Aisches Stimme klang nervös.

»Ja, du kannst mich den ganzen Abend erreichen. Ausnahmsweise«, fügte sie hinzu, als ihr einfiel, dass Schabbat vor der Tür stand und sie dann eigentlich nicht ans Telefon ging. Schon gar nicht, wenn Noa bei ihr war.

»Gut, dann fahre ich jetzt ins Mädchenhaus. Pass auf dich auf. Bis bald.«

Janne fühlte sich müde und leer. Ihr Kopf schien nur noch aus Blei zu bestehen. Aber sie hatte sich vorgenommen, anlässlich Noas Rückkehr für sie zu kochen und den Schabbatabend gemütlich zu gestalten. Also rappelte sie sich auf und versuchte, die schweren Gedanken zu verscheuchen. Auf Aische konnte sie sich verlassen. Sie würden Hannah schon wiederfinden.

Janne sah aus dem Fenster und ließ ihre Gedanken mit den Wolken am Himmel ins Endlose ziehen. Im ganzen Haus duftete es nach ihren selbst gebackenen Challot. Sie würden heute Abend zusammen zur Synagoge gehen. Hoffentlich findet Aische Hannah, und Noa muss sich bis Sonntag nicht damit beschäftigen, dachte Janne, während sie den Wohnzimmerboden saugte. Wenn sie erfährt, was während ihres Urlaubs im Mädchenhaus los war, hat sie keine ruhige Minute mehr. Doch sie konnte sich den Gedanken um Hannah selbst kaum entziehen.

Hannah, dieses besondere Mädchen. Hannah, Sascha, John, Dezember, Basti und all die anderen. Eine wilde, kreative, lebendige und entschlossene Mischung von Persönlichkeiten. Es machte Janne wütend und traurig, dass die Frauen im Mädchenhaus so rigide mit Hannah umgegangen waren. Nein, das wollte sie Noa nicht gerade heute Abend erzählen. Als Hannah sie gestern anrief, hatte doch alles so toll geklungen! Janne wunderte sich, dass sie nicht bemerkt hatte, wie schlecht es Hannah schon seit längerer Zeit gegangen sein musste. Vielleicht weil sie meistens nur mit Hannah gesprochen hatte, die nichts davon wusste, wie es den Anderen ging?

Scheiße, dachte sie. Am Anfang hatte alles so gut ausgesehen! Noa hatte mit Hannah sofort über das Multipelsein geredet. Hannah hatte zwar mit Angst, aber auch mit Neugier reagiert. Wie viel Gewalt eine Rolle dabei spielte, sich in verschiedene Personen zu verwandeln, darüber dachte sie im Moment nicht weiter nach. Und das war auch gut so. Sie betrachtete das Ganze vielmehr als eine Art Entdeckungsreise. Janne freute sich darüber. Und darüber, dass es möglich gewesen war, mit Hannah über die Anderen zu reden. Nur diese Offenheit machte es möglich, mit allen zusammen an einer Zukunftsperspektive zu arbeiten. Machte es möglich, mit Hannah herauszufinden, was *sie* wollte und welche Fähigkeiten sie zur Verfügung hatte, um durchzusetzen und zu leben, was sie gemeinsam mit den Anderen entschied.

Verdammt, dachte Janne in Gedanken an ihr Gespräch mit Aische, das geht nur mit den Anderen zusammen. Allein kann Hannah das gar nicht schaffen, selbst wenn sie es wollte. Warum nur kapieren die Frauen im Mädchenhaus das nicht?

Janne und Noa hatten Hannah und die Anderen von Anfang an darin unterstützt, miteinander zu reden und ein gemeinsames Tagebuch zu führen. Sie waren auf einem so guten Weg, hatten so schnell begriffen, wie viele Möglichkeiten in ihnen lagen, sich erfolgreich zu wehren und wirklich das zu tun, was sie wollten. Sie wussten jetzt, dass sie weder schwach noch hilflos waren.

»Aber das Wesentliche habe ich wohl nicht gesehen«, murmelte Janne verbittert und drehte sich eine Zigarette. Wieso hat mir Hannah nichts von der Entscheidung der Frauen gesagt?

Als sie gerade die Milchkaffeemaschine eingestöpselt hatte, hörte sie die Haustür ins Schloss fallen. Es war erst kurz nach drei, und sie freute sich, dass Noa schon so früh kam. Sie könnten in einer Stunde zusammen die Kerzen zünden. Noch genug Zeit für einen ausgedehnten Milchkaffee.

»Hallo, Janne. Meine Güte, lange habe ich dich nicht gesehen.«
Janne nahm Noa in ihre Arme und ein tiefes Glücksgefühl durchströmte sie. Alles wird gut, dachte sie. Alles wird gut!

Noa ließ sich auf einen der Küchenstühle fallen. »Oh, es riecht so gut hier. Hast du Challot gebacken?«

»Ja, ich hatte heute den ganzen Tag Zeit. Und ich dachte, ich bereite den Schabbat vor. Betest du heute Abend vor?«

»Nein. Heute Abend nicht, aber morgen früh, und ich lese auch drei Abschnitte aus der Tora. Aber die kann ich schon. Ich habe sozusagen den ganzen Abend frei.«

»Wie war es in Israel? Erzähl schon, ich platze vor Neugier.«

»Anfangs sehr traurig. Natürlich. Der Tod von Yitzchak Rabin ist ein Schock für viele Menschen in Israel, auch für mich. Und warm war es«, sagte Noa. »Vor allen Dingen warm. Und mit meinen Freundinnen war es schön. Wir waren jeden Tag am Strand. Ich habe mich sogar erholt, trotz dieses schrecklichen Anlasses.«

Als Janne nickte, sagte Noa: »Es war anstrengend in den letzten Wochen und Monaten. Die vielen Auseinandersetzungen. Mit dir, aber auch um Hannah. Ich freu mich so sehr über Hannahs Entwicklung«, sagte sie. »Wie gut sie es aufgenommen hat, nur eine von mehreren Persönlichkeiten zu sein. Aber es hat mich auch viel Energie gekostet. In Israel habe ich wenig an sie gedacht. Aber seit gestern wird mir einiges klarer. Im Grunde genommen werfen Hannah und die Anderen alles über den Haufen, was Feministinnen jemals erarbeitet haben. Weißt du, die ganze Diskussion um männlich/weiblich, was das ist, was die Rollen jeweils beinhalten. Welche Bedeutung sie für Männer und Frauen haben, wenn es überhaupt etwas typisch Weibliches oder typisch Männliches gibt.«

»Interessant, dass du das gerade jetzt sagst. Genau darüber habe ich nämlich vorhin mit Aische gesprochen.«

»Ach ja?« Noa hob die Augenbrauen.

»Ich erzähle dir später davon.« Aber dann sprach sie doch weiter. »In meinem Gespräch mit Aische ging es um Multiple Persönlichkeiten. Sie findet, wir haben kein Recht, eine Diagnose über Hannah zu stülpen.«

Noa sah überrascht von ihrem Milchkaffee auf. »Ach«, sagte sie. »Seit wann sieht Aische das denn *so*?«

»Ich weiß nicht genau. Wenn ich sie richtig verstanden habe, hat es im Team wohl einige Verwirrungen gegeben.«

»Na, das scheint mir aber ganz entschieden so.« Es war nicht zu überhören, wie beunruhigt Noa war.

»Ich habe Aische gesagt, dass Lesbischsein auch als psychiatrische Krankheit galt, jedenfalls bis vor ein paar Jahren.«

»Sehr richtig«, brummte Noa. »Und was sagt Aische dazu?«

»Sie denkt darüber nach«, erwiderte Janne. »Denkst du eigentlich, dass eine bestimmte Absicht dahinter steckt, alternative Lebenskonzepte als krankhaft hinzustellen?«, fragte sie plötzlich.

Noa betrachtete ihre Geliebte. »Also gut, lass uns doch noch über Arbeit reden. Wenn ich das ›Viele-Sein‹ als alternatives Lebenskonzept verstehe, würde ich schon daraus folgern, dass Psychologie, Psychiatrie und vor allem Diagnostik als Machtinstrumente eingesetzt werden, um Veränderungen, Entwicklungen, Möglichkeiten im Menschen zu verhindern, beziehungsweise durch Diagnosen abzuwehren. Sogar massiv zu bekämpfen.

Vor allem aber fällt mir auf, dass Diagnosen dazu dienen, Gewalt zu verstecken. In die Psychiatrie kommen diejenigen, die schreien, nicht die, die sie zum Schreien gebracht haben.« Noa spielte mit dem Kaffeelöffel. »Egal, welche Diagnose du nimmst, sie alle beschreiben faktisch die Folgen von Gewalt Erwachsener gegen Kinder und die Auswirkungen, die das auf die Kinder beziehungsweise später dann auf die Erwachsenen hat. Es wird dabei so getan, als wären die Auswirkungen die Ursachen. Und die Ursachen werden ausgeblendet, nicht thematisiert – es gibt sie quasi nicht. Die, die Gewalt ausüben und damit eindeutig die psychisch Kranken sind, laufen als normale, gut funktionierende und gesellschaftlich anerkannte Bürger frei herum.

Schlafstörungen zum Beispiel werden als Ursache beschrieben, weshalb sich ein Mädchen schlecht fühlt. In Wirklichkeit fühlt sie sich aber schlecht, weil der Vater oder die Mutter sie jede Nacht vergewaltigt. Und sie schläft nicht mehr, um sich vor der Gewalt zu schützen. Und dann verpasst man ihr Valium, statt sie aus der Scheiße rauszuholen. Und mit den Eltern passiert überhaupt nichts.«

Janne nickte. »Und denkst du, ›Viele-Sein‹ ist ein Lebenskonzept, eine Alternative, so wie Homosexualität?«

Noa ließ sich die Frage durch den Kopf gehen. Während sie nachdachte, drehte sie sich eine Zigarette, und als Janne ihr ein Feuerzeug reichte, sagte sie: »Ich bin mir nicht sicher. Es handelt sich ja nicht um eine selbst gewählte Lebensform, schließlich ist bei multiplen Menschen fast immer unerträgliche Gewalt die Ursache für die Dissoziation. Andererseits«, führte Noa aus, »können auch Menschen, die nicht multipel sind, unerträgliche Gewalterfahrungen gemacht haben. Die Mädchen, die ins Mädchenhaus flüchten, zum Beispiel. Weiter gedacht, basiert unsere Welt geradezu auf Gewalt. Der ganze Reichtum unserer westlichen Welt basiert auf der Gewalt an Menschen, auf der Ausbeutung anderer Länder, auf Kinderarbeit und Krieg. Keine Ahnung, wie viele Menschen multipel sind, aber sicher viel weniger als die, die Gewalt erleben.«

»Dazu fällt mir ein«, unterbrach Janne ihre Freundin, »dass bei Frauen, die lesbisch sind, nach wie vor die Meinung vorherrscht, sie hätten in ihrer Kindheit oder später schlechte Erfahrungen mit Männern gemacht und wären deshalb lesbisch geworden. So betrachtet müsste jedes dritte bis vierte Mädchen lesbisch werden. Ist aber nicht der Fall, im Gegenteil. Prozentual gesehen berichten genauso viele heterosexuelle wie lesbische Frauen von sexueller Gewalt in der Kindheit. Die Gewaltargumentation ist für Lesben also nicht relevant. Okay, im Unterschied dazu mag Gewalt die Ursache für die Entstehung einer Multiplen Persönlichkeit sein. Aber viel wichtiger ist doch die Frage, was multipel zu sein für das heutige Erleben der Person bedeutet. Ich finde, MPS sollte als eine Lebensform begriffen werden.«

Noa rührte nachdenklich in ihrem Milchkaffee. »Ich überlege übrigens, Hannah zu fragen, ob sie eine Therapie machen will«, sagte sie. »Aber ich kenne leider keine Therapeutin, die Hannah und die Anderen darin unterstützen könnte, sich gegenseitig kennen und von ihren unterschiedlichen Fähigkeiten gemeinsam profitieren zu lernen. Ich will nicht, dass Hannah als krank abgestempelt wird und die Persönlichkeiten möglicherweise sogar als Spinnereien abgetan werden. Dieser Gedanke tut mir weh. Kommunikation ist für Hannah und die Anderen enorm wichtig. In dieser Beziehung müssen sie noch sehr viel lernen. Um ihnen die Angst vor den Zeitlücken zu nehmen. Besonders denjenigen, die gar nichts von den Anderen mitkriegen und damit auch nichts von dem, was in der Zeit passiert, in der sie selbst nicht da sind. Ich stelle mir das unheimlich vor, wenn mir immer wieder Zeit fehlt und ich keine Ahnung habe, was in dieser Zeit passiert. Ich glaube nicht, dass Hannah und die Anderen dazu unbedingt ihre Geschichte kennen oder verarbeiten müssen, obwohl genau das die Experten glauben.« Noa rührte immer noch. »Na ja«, sagte sie dann. »Möglicherweise bringt eine Kommunikation zwischen den Persönlichkeiten auch die Traumata ins Bewusstsein?« Sie ließ den Löffel auf den Tisch fallen. »Ich habe von einer guten Stelle gehört, wo sie Multiple Persönlichkeiten in praktischen Dingen beraten. In der Alltagsbewältigung sozusagen. Ich weiß ja nicht, wie Hannahs Eltern oder andere Täter auf ihre Flucht noch reagieren werden, aber möglicherweise suchen sie Hannah, und wenn sie sie finden, könnte das ziemlich gefährlich werden. Was denkst du?«

Janne zog die Augenbrauen zusammen. »Meinst du die Beratungsstelle für Opfer von Gewaltverbrechen?«

»Ja, ich glaube, so heißen sie. Ich habe schon vor meinem Urlaub versucht, dort jemanden zu erreichen. Die sind echt vollkommen überlastet. Jetzt am Montag habe ich endlich einen Telefontermin. Und dann geht es auch mit der Beratung sehr schnell, sagten mir die Mitarbeiter. Basti und andere wollen aufschreiben, was zu Hause und in ihrem Umfeld passiert ist, damit die Beratungsstelle uns die richtigen Tipps gibt. Das finde ich ziemlich gut.«

Janne dachte nach. »Ist es nicht so, dass sich die meisten Mädchen erst mal überhaupt nicht auseinander setzen wollen mit dem, was zu Hause passiert ist?«

»Ja, ist doch klar. Sie sind froh, endlich weg zu sein von dem

Ort, wo ihnen ihre Kindheit gestohlen wurde, und wollen nach erfolgreicher Flucht natürlich erst mal einfach nur leben. Freunde finden, in einer WG leben. Und über ihre Zukunft nachdenken, nicht über die Vergangenheit. Sie wollen endlich etwas aus ihrem Leben machen, etwas Besseres als das, was sie zum Glück hinter sich haben. Therapie finden die Mädchen deshalb oft das Allerletzte.«

Noas Worte klangen in Janne nach. »Gut, dass du endlich wieder da bist. Ich habe dich schrecklich vermisst«, sagte sie verlegen.

Noa lehnte den Kopf an ihre Schulter. »Ja, ich dich auch. Morgen nach der Synagoge bleiben wir den ganzen Tag zu Hause und machen nur schöne Dinge«, schlug Noa vor.

Die Wohnung lag friedlich im kerzenbeschienenen Nachtlicht. Der Mond war groß und orange und hing träge in Jannes Apfelbaum. Sie betrachteten ihn schweigend, ineinander gekuschelt und versunken. Alle Gedanken fielen wie ein viel zu schwer gewordener Rucksack von Janne ab, und auch Noa sah glücklich aus.

Als Janne und Noa fast drei Stunden später aus dem Gottesdienst zurückkamen, wirkte die Wohnung im Kerzenlicht wie verzaubert. Noa deckte den Tisch im Wohnzimmer, sie wollte in der Nähe der Schabbatlichter essen. Als sie beim Nachtisch angekommen waren, klingelte das Telefon. Janne hatte vergessen, dass sie den Anrufbeantworter absichtlich nicht leise gestellt hatte, und erschrak. Ihr Herzschlag setzte aus, als sie erkannte, dass es Hannahs Stimme war.

»Hallo, Janne, bist du da? Hier ist Hannah. Ich ... ich bin hier auf einer Autobahnraststätte, ungefähr fünfzig Kilometer weit weg, ich glaube auf dem Weg nach Hause.«

In Janne überstürzten sich die Empfindungen, und ihr schossen so viele Gedanken durch den Kopf, dass es fast unmöglich war, einen herauszugreifen. In Noas Gesicht stand Entsetzen, und als Janne den Hörer in die Hand nahm, nickte sie ungeduldig.

»Hannah, hier ist Janne. Was ist passiert?« Wenn sie nach Hannahs Anruf vom Nachmittag noch gezweifelt hatte, jetzt war klar, dass etwas Schreckliches geschehen sein musste. Janne betete, dass

Hannah weiterreden möge. »Hannah, hallo, ich bin jetzt am Apparat. Kannst du mir sagen, wo du bist?« Sie hörte Hannah schwer atmen, dann eine ruhige Stimme.

»Hey. Tja also, wo bin ich denn? Warte 'n Augenblick, ich guck mal. Scheiße, ich seh grade, das Geld ist gleich alle. Mist.«

»Sag mir den Namen von der Raststätte, ich rufe dich dort an.« Janne zitterte vor Angst, das Gespräch könnte unterbrochen werden, bevor sie wusste, wo Hannah war.

»Das ist eine Rückrufzelle«, hörte sie dann wieder die Stimme der Jugendlichen. Sie gab die Nummer durch, und als sie den nächsten Satz begann, riss die Verbindung ab.

»Zeig mal«, sagte Noa tonlos und stöberte wild in ihrem Rucksack, während Janne wählte.

Janne beobachtete aus dem Augenwinkel, wie sie das Handy aus der kleinen Seitentasche zerrte. Sie sah sie in die Küche gehen und schon auf dem Weg dorthin telefonieren. Kopfschüttelnd lauschte sie dem Freizeichen. Nach langem Klingeln wurde am anderen Ende endlich abgenommen. Keine Zeit mehr, über Noa nachzudenken!

»Hallo, hier spricht Janne. Wer ist dort?«

»Na, das hat ja gut geklappt.« Noch bevor John seinen Namen sagte, erkannte Janne ihn an der Stimme. »Irgendwas ist völlig schief gelaufen«, erzählte er. »Unsere Schwester hat irgendwann heute Nachmittag im Mädchenhaus angerufen.«

Janne unterbrach ihn. »Was?! Verdammt, wie ist sie denn an die Nummer gekommen? Oh, entschuldige John, ich wollte dich nicht unterbrechen. Was ist dann passiert?«

»Jackie kam rein und meinte, unsere Schwester wäre am Apparat und ob wir sie sprechen wollten. Also, ich wollte zwar nicht, aber irgendwer ist dann doch ans Telefon gegangen.«

Janne dachte an ihr Telefonat mit Jackie und fühlte erneut Wut in sich aufsteigen. Wieso hatte Jackie das Mädchen ans Telefon gelassen? Sie wusste doch genau, dass man Hannah unbedingt von dieser Familie fern halten musste!

»Nach dem Telefongespräch hat dann jemand unsere Sachen in den Rucksack gepackt und ist gegangen.«

»Aha.« Janne versuchte ihre Gedanken zu ordnen. Ihre Hände waren schweißnass. »Wieso seid ihr weggegangen und wohin wollt ihr jetzt?«

»Keine Ahnung, wieso wir weggegangen sind.«

Aus den Augenwinkeln sah Janne Noa erst ins Wohnzimmer, dann zur Diele gehen. Die Schabbatkerzen flackerten bedenklich, dann hörte sie die Haustür ins Schloss fallen und Noas Schritte draußen.

»Wir gehen jetzt wohl nach Hause zurück. Es hat ja doch keinen Sinn. Eigentlich wollte ich dir nur tschüß sagen, denn wir werden uns wohl nicht noch mal wiedersehen.«

»Nein, John, warte.« Janne rotierte. Sie war aufgesprungen. »Ich weiß nicht, wie deine Schwester an diese Telefonnummer gekommen ist, aber ich schwöre dir, dass ich das herausfinden werde. Geh nicht nach Hause zurück. Es gibt mindestens *eine* andere Möglichkeit. Erinnere dich, so viele von euch wollen auf keinen Fall nach Hause, und das aus gutem Grund.«

»Na ja, Jackie schien das nicht so problematisch zu finden. Und bis jetzt haben wir doch auch überlebt. Die Alte wird uns schon nicht gleich umbringen. Und wenn wir es nicht unseretwegen tun, dann wegen Nuray. Da gibt es jetzt eigentlich keine Alternative mehr.«

Janne versuchte, die Tragweite dessen zu erfassen, was John gerade gesagt hatte. In ihrem Kopf explodierten tausend kleine rote Lampen. Krampfhaft suchte sie nach einem Argument, mit dem sie John überzeugen konnte, ins Mädchenhaus zurückzugehen und nach einem anderen Ort zu suchen.

»John.« Sie sprach betont klar und ruhig, obwohl sie das genaue Gegenteil empfand. »Du weißt am allerbesten, dass es nicht nur ums Überleben geht, sondern um viel mehr als das. Darum, dass du dein eigenes Leben lebst, ohne Gewalt, ohne Menschen, die euch verletzen und verachten. Du hast mehr drauf, als dich in ein Schicksal zu fügen. Noch dazu in eins, das du überhaupt nicht willst.«

»Was schlägst du vor?« Johns Stimme klang kalt und misstrauisch.

»Ich fahre los und hol dich von dieser Autobahnraststätte ab, und wir kriegen zusammen raus, was passiert ist, und dann überlegt ihr, was *ihr* wollt. Und nur das wird dann gemacht.« Als es in der Leitung still blieb, sagte Janne: »John, es ist doch richtig, dass du nicht nach Hause zurückwillst und dass auch Hannah das nicht will und auch Sascha nicht. Und hätte eure Schwester heute nicht im Mädchenhaus angerufen, dann würdest du jetzt überhaupt nicht an der Raste stehen. Stimmt's?«

»Ja, das Dumme ist leider nur: Bevor Hannah dich angerufen hat, hat Sammy zu Hause angerufen, und unsere Eltern sind quasi auf dem Weg hierher, um uns abzuholen. In einer Stunde werden sie wohl hier sein.«

»Dann setze ich mich jetzt auch in mein Auto und fahre zu dieser Raste. Wenn ich da bin, kommst du mit mir und wir finden zusammen raus, was passiert ist.«

»Gegen die Alten kommst du nicht an, glaub mir. Und wenn Sammy da ist, dann geht sie mit. Da kann ich gar nichts gegen machen.«

Während John sprach, war Noa ins Haus zurückgekommen. Sie reichte Janne einen Zettel. *Ich hab die Raste gefunden, wir könnten in einer knappen dreiviertel Stunde da sein.* Janne nickte.

»John, ich habe ein Handy. Wir können auf der Fahrt weiterreden. Ich rufe dich wieder an, in fünf Minuten, sobald ich im Auto sitze. Okay?«

Am anderen Ende der Leitung blieb es still. Ob John überlegte? Nach einer Zeit, die Janne wie eine Ewigkeit vorkam, hörte sie seine leise, zweifelnde Stimme.

»Und du denkst, du schaffst das? Sie haben alles schon arrangiert.«

»Hör zu, Noa steht hier neben mir. Ich würde gern mit ihr zusammen kommen. Sie fährt mich hin, und du und ich, wir reden, bis ich da bin. Was meinst du?«

»Würdest du auch mit Sammy reden?«

»Ja, natürlich, John, mit allen, die mit mir reden wollen. Ich muss nur jetzt kurz auflegen und zum Auto gehen. Bleib in der Zelle, ich ruf dich wieder an. Und schreib bitte einen Zettel für die Anderen, damit alle wissen, dass der Anruf für euch ist, wenn es in der Zelle klingelt.«

Janne legte auf und schnappte sich ihre Jacke und Geldbörse.

»Oh Gott, wie konnte das passieren?«, flüsterte Noa. Sie sah verzweifelt und wütend aus.

»Komm, solange wir mit Hannah und den Anderen in Kontakt bleiben, kriegen wir das schon hin«, versuchte Janne sie zu beruhigen. »Lass uns erst mal losfahren, alles andere klären wir dann.«

Noa startete den Wagen. Die Benzinanzeige stand auf halb, sie würden locker an ihr Ziel kommen. Noa fuhr mit weit überhöhter Geschwindigkeit. Die Straßen waren zum Glück frei. Janne warf Noa einen Blick zu.

»Na, dann wollen wir doch mal sehen, wie viel Macht Hannahs Familie tatsächlich hat. Ich bin dermaßen wütend, die kommen mir gerade recht.« Janne hatte die Hände zu Fäusten geballt und ihr Gesichtsausdruck war wild entschlossen. Noa schwieg, sie konzentrierte sich auf die Fahrbahn.

Nach einigen gefährlichen Überholmanövern murmelte Janne: »Du fährst ja heute wie James Bond, äh, ich meine natürlich Jane Bond.«

Noa grinste schief. »Tja, jetzt lernst du mich endlich von meiner wahren Seite kennen.«

Janne wählte die Nummer der Telefonzelle, aber es war besetzt. Sie versuchte es immer wieder, aber die Leitung war jedes Mal belegt. »Ist das Handy okay?«, fragte sie und Noa nickte. »Komisch, es ist ständig besetzt. Ich erreiche Hannah nicht. Wieso ist diese Leitung nicht frei!«

Janne wollte das Handy wütend auf den Rücksitz feuern, als Noa bemerkte: »Wahrscheinlich telefoniert gerade jemand. Es ist doch eine öffentliche Telefonzelle. Hannah steht bestimmt draußen und wartet, bis sie wieder frei ist.«

»Ja, klar.« Janne fasste sich an die Stirn. »Natürlich, daran habe ich überhaupt nicht gedacht.«

Während sie immer wieder die Nummer wählte, raste Noa mit hundertsechzig die Autobahn entlang. »Hoffentlich geht alles gut und Hannah kommt mit uns. Ich glaube, wenn sie da ist oder John oder Basti, dann schaffen sie es. Bei den Kleinen habe ich Angst, dass sie sich nicht trauen, sich den Eltern offen zu widersetzen. Vielleicht schaffst du es, mit Hannah oder John zu reden.«

»Die Leitung ist frei, Gott sei Dank!« Erleichtert lauschte Janne dem Freizeichen, dann nahm jemand den Hörer ab. »Hallo, hier ist Janne, wer ist da?«

»Ich bin's, Hannah. Ich habe einen Zettel von John gefunden, dass du uns in der Zelle anrufen willst, aber hier hat gerade einer mindestens eine halbe Stunde telefoniert. Ich dachte schon, du rufst bestimmt nicht mehr an.« Hannah klang resigniert, traurig und voller Angst.

»Noa und ich brauchen, wenn alles gut geht, noch zwanzig Minuten. Es ist toll, dass du mich angerufen hast vorhin.«

»Noa ist auch da?«, fragte Hannah überrascht.

»Ja, sie war heute Abend bei mir zu Besuch. Noa und ich sind Freundinnen, weißt du noch?« Es fing an zu regnen und Noa schaltete den Scheibenwischer ein. Der Regen prasselte gegen die Scheiben und die Lichter der Autos spiegelten sich unangenehm im Straßennass. »John war einverstanden, dass wir zusammen kommen.«

Hannah seufzte. »Ich finde das auch gut«, sagte sie ohne Überzeugung. »Außerdem dachte ich, die Noa kommt nie aus Israel zurück. Der sind wir doch scheißegal«, setzte sie hinzu und Janne hörte sie weinen.

»Nein, Hannah, das stimmt nicht. Noa hatte nur zwei Wochen Urlaub. Jetzt ist sie zurück und holt euch mit mir zusammen ab. Verstehst du?« Als Hannah nichts sagte, fragte Janne vorsichtig: »Macht es dir Angst, dass es John und die Anderen gibt?«

Noa warf ihr einen Blick zu. Janne legte eine Hand auf ihren Arm und sie lächelten sich angespannt zu.

»Ja, das klingt alles so verrückt und mir ist schon wieder ganz schlecht und schwindelig. Ich kann mich gegen meine Eltern nicht wehren, und sie bringen noch jemanden mit, gegen den niemand etwas unternehmen kann.«

Janne stutzte. Drei Leute kamen, um Hannah abzuholen? »Kannst du dir vorstellen, dass nicht du, sondern jemand anderes von euch, der sich besser wehren kann, gleich mit mir kommt?«

»Wer denn? Ach Janne, vielleicht stimmt das mit den anderen Persönlichkeiten ja gar nicht. Ich kann mir das manchmal gar nicht vorstellen, außerdem hätte ich es doch die ganzen Jahre merken müssen. Und Papa sagt, das mit der Gewalt und den Folgen haben sich Feministinnen ausgedacht, damit sie an den Mädchen Geld verdienen und reich werden können.«

Janne fuhr sich verzweifelt mit der Hand durch die Haare. Sie konnte Hannahs Zweifel verstehen. Es war alles noch so neu für sie. Sie bräuchte einfach viel mehr Zeit, sich an die Anderen zu gewöhnen. Aber diese Zeit hatten sie heute Abend nicht. Janne hätte Hannahs Vater am liebsten ermordet. Immer wieder die gleichen Argumente. Und die großen, angesehenen Zeitungen druckten diesen Mist auch noch als Wahrheit ab.

»Hannah, ich bin mir sicher, dass du es schaffst. Denk daran, dass du nicht nach Hause zurückwillst. Hör nicht auf das, was deine Mutter oder dein Vater oder dieser andere Mensch dir sagt. Sing innerlich ein Lied und wiederhole nur den einen Satz, dass du mit *mir* gehen willst und nicht mit ihnen. Du kannst das, Hannah, ich weiß es.« Janne wartete. Bis zur Raste waren es noch knapp fünfzehn Kilometer. Noa fuhr mit großer Konzentration, die Stirn in Falten gelegt. Es steckten so viele Talente und Fähigkeiten in ihr, die sie noch nicht kannte. In diesem Augenblick, als sie auf regennasser Straße mit hundertsechzig durch die Nacht brausten, spürte Janne, wie viel Noa ihr bedeutete.

»Gut, ich werd's versuchen«, sagte Hannah. »Aber«, sie stockte, »der Mann, der noch mitkommt, ist von der Polizei. Was kannst du gegen ihn ausrichten?«

Polizei also auch! Janne spürte, wie es ihr eiskalt über den Rücken lief. Dass die Eltern die Polizei mitbrachten, verschärfte ihre schlimmsten Befürchtungen. »Hör zu, Hannah, du tust nichts Unrechtmäßiges, wenn du nicht nach Hause zurückgehen willst. Dazu kann und darf dich auch die Polizei nicht zwingen. Bleib bei deinem Satz und hör einfach nicht hin, egal wer was sagt. Okay?«

Janne hörte sich selbst wie aus weiter Ferne. Jetzt bloß nicht die Nerven verlieren, dachte sie. Du bist nicht allein. Noa sitzt neben dir und lässt dich nicht im Stich.

Hannah antwortete nicht.

»Hannah, hast du mich gehört?«, fragte Janne.

Das Mädchen weinte. »Ich glaube, ich habe gerade das Auto von meinen Eltern gesehen und einen Polizeiwagen.«

»Wissen deine Eltern, dass du mich angerufen hast?« Janne sah wie hypnotisiert auf die Straße.

»Noch ungefähr zehn Minuten«, sagte Noa, als hätte sie ihre Gedanken gelesen. Sie fuhr jetzt fast hundertachtzig und der Motor heulte bedenklich.

Janne nickte verzweifelt. Sie würden zu spät kommen. Irgendwie musste sie die zehn Minuten überbrücken. »Hannah, wir müssen gleich aufhören zu telefonieren. Kannst du das Auto sehen?«

Es blieb kurz still, dann flüsterte Hannah: »Wir sind im Restaurant verabredet. Davor steht das Auto. Auch der Polizeiwagen. Die Telefonzelle ist ein bisschen weiter weg. Ich glaube, sie haben mich nicht gesehen.«

»Kannst du dich auf der Raste verstecken? Sind da Bäume? Oder Autos, hinter denen du dich verstecken kannst?«

Janne hörte Noa leise fluchen, weil sie hinter einem Laster hing und nicht auf die Überholspur kam. Sie zog den Wagen plötzlich scharf nach links, so dass das Auto auf der Überholspur hinter ihr gezwungen war, hart abzubremsen. Janne fiel unsanft gegen Noas Schulter und stöhnte auf.

»Hannah, lauf rüber zur Tankstelle. Versteck dich auf dem Weg dorthin und dann im Kassenraum. Noas Auto ist knallrot. Wir fahren auf die Tankstelle und ich hole dich an der Kasse ab. Ist die Tankstelle ein Stück von dem Restaurant entfernt?« Bei den meisten Raststätten war es so, und Janne hoffte, dass diese keine Ausnahme bildete.

»Ja, von der Tankstelle aus kann man das Restaurant kaum sehen.«

»Sehr gut, Hannah. Wir sind gleich da. Noch zehn Kilometer. Wir sind gleich da.«

Janne hörte, wie Hannah den Hörer auflegte. Dann kam ihr plötzlich eine Idee.

»Noa, was hältst du davon, wenn ich Tanja anrufe? Ich glaube, sie ist heute im Dienst. Wer weiß, was dieser Polizist auf Lager hat, und ich will sichergehen, dass alles klappt.«

Tanja Stein war Polizeihauptkommissarin und lose mit Janne und Noa befreundet. Sie hatte schon in zwei Fällen geholfen, bosnische Mädchen, die ins Mädchenhaus geflüchtet waren, vor der Abschiebung zu bewahren.

»Ja, versuch es.«

In knappen Worten schilderte Janne Tanja die Sachlage.

»Wie heißt die Tankstelle? – Und kannst du mir den Namen des Kollegen geben? – Du meinst, der hat was damit zu tun?« Manchmal klang Tanjas Stimme wirklich wie bei Verhören in Kriminalfilmen.

»Keine Ahnung. Wir wissen leider so wenig, Hannah hat kaum Näheres erzählt.«

Janne verabschiedete sich genau in dem Moment, als Noa den Blinker setzte. »Wir sind da«, sagte sie und drosselte den Motor. Vor der Tankstelle kam sie zum Stehen.

Noa setzte zurück, um einzuparken, und da sahen sie es: Direkt vor der Tür zum Kassenraum standen ein Polizeiauto und ein dunkler Mercedesbus mit getönten Scheiben. »Scheiße, die haben Hannah bestimmt schon«, flüsterte Janne.

»Was, wenn nur die Kleinen da sind?«, fragte Noa beunruhigt.

»Auch daran habe ich gedacht.« Janne zog den blauen Drachen aus einer Tüte. »Ich glaube, Sascha wird sich erinnern. Außerdem hab ich die gleiche Jacke an wie an dem Tag, als ich Hannah und die Anderen im Laden kennen lernte. Obwohl die mittlerweile echt ein bisschen kalt ist«, registrierte sie beim Aussteigen. »Bleib du lieber im Auto«, sie bückte sich noch einmal ins Wageninnere, »damit wir schnell wegkommen und sie uns nicht ins Mädchenhaus folgen können.«

Als Janne den kleinen Tankstellenshop betrat, bot sich ihr ein merkwürdiges Bild. Auf dem Boden lagen Keksschachteln, Plüschtiere und Spielzeug wild durcheinander. Eine Frau hielt Hannah fest und schrie auf sie ein, ein Polizist hatte Hannahs anderen Arm gepackt. Zwei Männer redeten miteinander. Der Vater mit dem Tankstellenwart, vermutete Janne.

»Hallo, Hannah, da bist du ja«, rief Janne so laut, dass sich alle zu ihr umdrehten. Hannah nutzte die kurze Zeit der Verwirrung, um sich loszureißen und zu ihr zu laufen. »Guten Abend«, sagte Janne an den Polizisten gewandt. »Ich bin ja so froh, dass Hannah offensichtlich in guten Händen ist. Ich habe sie schon vermisst und nehme sie gleich wieder mit.« Jannes Herz klopfte wild, als sie nach Hannahs schweißnasser Hand griff und sie drückte. Das Mädchen sah zutiefst erschüttert und elend aus. Sie zitterte am ganzen Körper, erwiderte aber den Händedruck.

»Also, das ist ja …« Der Polizist starrte Janne an. »Was fällt Ihnen ein? Wer sind Sie überhaupt?

Der Tankwart blickte mehr als verwirrt von einem zum anderen. »Entschuldigung«, sagte er, »kann mir bitte mal jemand erklären, was das hier zu bedeuten hat?«

Hannahs Mutter ging direkt auf Janne zu, oder eher auf sie los, und Hannah versteckte sich hinter ihrem Rücken. Die Mutter war mehr als einen Kopf größer als Janne, die unwillkürlich in den sicheren Stand ging, die Ausgangsstellung für eine eventuell notwendige Selbstverteidigung.

»Falls das Mädchen diesen Schaden angerichtet hat«, wandte sie sich an den Tankwart, »komme ich dafür auf. Stellen Sie mir bitte eine Rechnung aus, ich bezahle sofort.«

Der Mann war immer noch äußerst verwirrt. »Nein, nein, es ist ja nichts kaputtgegangen, ich meine nur, diese Unordnung …« Die letzten Worte verloren sich im Raum.

»Sie lassen sofort das Mädchen los, sonst werde ich Sie wegen Kindesentführung anzeigen«, tobte die Mutter. »Das kann ich doch, Herr Polizeikommissar?«

Hannah, die immer noch zitterte, weinte leise. Dann spürte Janne ein Zupfen an dem kleinen blauen Drachen. Ein Lächeln huschte über das Gesicht des Mädchens, als sie den Drachen in ihren Armen hielt und ihn sofort fest umschlang. Wahrscheinlich war es nicht Hannah, sondern Sascha, die sie jetzt ansah.

»Keine Angst, Kleine, die Fee und der Drache sind da.«

Das Mädchen lächelte unter Tränen.

»Hören Sie«, sagte Janne zu Hannahs Mutter. »Ich halte nicht das Mädchen fest, sie hält mich fest. Und wenn hier heute jemand Anzeige erstattet, dann ganz bestimmt nicht Sie.« Ihre Stimme klang drohend, und Hannahs Mutter wich tatsächlich einen Schritt zurück.

»Ich bin die Mutter. Und du kommst mit. Und zwar sofort«, schrie sie und versuchte erneut, Hannah an sich zu reißen. »Sie! Können Sie sich überhaupt ausweisen. Wer sind Sie eigentlich?«

»Ich will mit dir gehen!«, schaltete sich die Jugendliche ein. Ihre Stimme war klar, fest und so tief, dass Janne ihr einen schnellen Blick zuwarf. Wen hatte sie vor sich? Diese Persönlichkeit kannte sie nicht.

»Lassen Sie das Mädchen los!« Entschlossen ging Janne einen Schritt auf die Mutter zu. »Sie tun ihr weh, merken Sie das nicht«? Sie sah den Polizisten an. »Notieren Sie das bitte. Hannah hat eine rote Druckstelle hier am Arm. Auch weitere Gewalt ist bekannt. Hannah hat Schutz im Mädchenhaus gesucht, und genau dahin werde ich sie zurückbringen. Und zwar jetzt gleich. Sie haben Hannah selbst gehört. Sie will mit *mir* gehen, nicht nach Hause.«

»Sie weisen sich jetzt erst mal aus.« Der Polizist wusste offensichtlich nicht mehr, wie er mit der Situation umgehen sollte. »Ich nehme Sie wegen Kindesentführung fest, wenn Sie sich nicht ausweisen können. Hannelore Merkum ist fünfzehn Jahre alt. Uns liegt eine Vermisstenanzeige vor.«

»Moment mal! Es handelt sich keineswegs um Kindesentführung. Sie haben kein Recht, mich zu verhaften. Hannah will zurück ins Mädchenhaus. Sie dürfen mich nicht festnehmen.«

»Hannah«, rief plötzlich jemand, und Janne sah Noa in der Tür stehen. Sie hielt dem Beamten ihren Ausweis hin. »Noa Epstein«, sagte sie. »Ich bin Mitarbeiterin des Mädchenhauses und die Betreuerin von Hannelore Merkum. Wenn Sie irgendwelche Bedenken haben, dann möchte ich Sie bitten, mit Ihrer Kollegin Tanja Stein zu sprechen. Sie muss jeden Moment eintreffen und ist im Bilde.«

Sichtlich verlegen fuhr sich der Polizeikommissar mit der Hand durchs Haar. »Ich wusste nicht … das tut mir Leid … ich habe wohl … verstehen Sie mich nicht falsch … die Merkums sind eine angesehene Familie … ich wollte wirklich nur helfen …« Verunsichert brach er ab.

Hannah war totenblass.

»Komm, lass uns gehen«, sagte Noa, und Hannah nahm ihre Hand.

Hallo, liebes Tagebuch

Freitag, den 24. November 1995

Jetzt ist Noa schon seit zwei Wochen und einem Tag weg. Ganz plötzlich ist sie nach Israel gefahren, weil dort ein wichtiger Mann ermordet worden ist. Am 4. November war das. Da war ich noch nicht lange hier, aber es kam mir schon vor wie Jahrhunderte.

Am Sonntag, dem 5. November, hatte Noa Dienst, und sie hat geweint, als sie erzählt hat von dem Herrn Rabin, den ein Mann in Israel erschossen hat. Den ganzen Tag lief das Radio und Noa hing am Telefon und hat mit Freunden in Israel, Amerika und Deutschland telefoniert. Sogar nach Paris! Von mir hat sie überhaupt nichts richtig mitbekommen. Sie war, glaube ich, total geschockt von diesem Mord. Ich wusste gar nicht, was ich sagen sollte, und die Stimmung hier im Mädchenhaus war einfach nur schrecklich bedrückt.

Na ja, jedenfalls deshalb ist Noa so überstürzt zu ihren Freundinnen nach Israel geflogen. Solange sie weg ist, ist Brigitte meine Bezugsbetreuerin. Aber nur, bis Noa wiederkommt, das hat sie mir versprochen.

Jetzt schreibe ich sogar immer meinen Namen unter das Geschriebene. Und jetzt ist es ganz wirklich, dass ich Miriam bin, und Janne und Noa und Nuray sprechen mich auch so an. Das finde ich richtig klasse.

Ich habe das zuerst gar nicht glauben können mit den Anderen, aber jetzt ist es bewiesen. Na ja, und als ich mir das alte Tagebuch von Tante Lore angesehen habe, war es gar nicht mehr zu übersehen.

Tut mir Leid, John, dass ich dich so konsequent ignoriert habe, wo du doch reichlich Spuren hinterlassen hast mit deinen Käsebroten und Schokoriegeln.

Mittlerweile ist das dicke Regenbogentagebuch vom Mädchenhaus auch schon fast voll – aber seit Noa in Israel ist, geht es mir überhaupt nicht mehr gut. Es wird alles so wie zu Hause.

Komisch, wieso schreibe ich das? Nichts ist so wie zu Hause. Alles hat sich doch verändert, oder?

Ach Klara, ich schreibe immer noch am liebsten an dich. Und das fand ich auch das Beste an dem ganzen neuen Wissen. Dass es dich wirklich gibt. Und dass es Hannah gibt, finde ich auch gut. Noa denkt, dass Hannah kam, um mir zu helfen. So ähnlich wie du. Nur dass ich dich sozusagen erfunden habe und Hannah nicht. Alles ganz schön kompliziert.

An den unterschiedlichen Schriften erkenne ich mittlerweile schon ganz schnell, wer hier was geschrieben hat. Ein bisschen unheimlich ist mir das schon. Manchmal wäre ich gerne Nuray, dann könnte ich den John oder die Silver oder Dezember oder Sascha und wie sie alle heißen mal persönlich kennen lernen. Und dich natürlich, meine liebe Klara.

Von Mama und Papa habe ich nichts gehört. Trotzdem habe ich, seit Noa weg ist, das Gefühl, als würde ich sie jeden Tag sehen. Mir ist das total unheimlich.

Mit Brigitte kann ich nicht darüber reden. DARF es gar nicht, weil das Team beschlossen hat, dass nur noch Hannah mit den Betreuerinnen reden soll und wir Anderen nur noch ins Tagebuch schreiben dürfen. Schon vor über einer Woche haben sie das beschlossen, gleich auf der ersten Teamsitzung nach Noas Abreise. Team ist immer am Mittwoch, und am Donnerstag auf dem Gruppenabend haben sie uns dann das Teamergebnis mitgeteilt.

Hast du das mitbekommen, Klara? Vor der gesamten Gruppe haben Renan und Aische gesagt, dass nur noch Hannah hier reden darf. Dabei hat uns Noa fest – ganz fest! – versprochen, dass die Mädchen, wenn wir es nicht wollen, gar nicht erfahren, dass es da viele bei uns gibt. Und wir haben darüber nur mit Nuray, Sevim und Jutta gesprochen. Die anderen wussten es noch gar nicht.

Und dann – stell dir das vor, Klara –

Jetzt heule ich hier das ganze Buch voll, aber das ist mir auch egal. Es ist sowieso alles zu Ende!

Na ja, dann wollten alle wissen, was das zu bedeuten hat und wieso jemand anderes als Hannah und so. Voll der Tumult. Und ich hatte natürlich mal wieder einen meiner berühmten Filmrisse – jetzt weiß ich ja, dass dann wer anderes da war. Also, ich frage euch: WER war es? Miriam

Na ich war's, dein treuer Freund Basti. Jedenfalls am Anfang. Ich dachte, ich muss dazu mal was sagen. Meinen Namen habe ich erst nicht gesagt, aber selbst Renan – und Aische sowieso – hat geschnallt, dass ich wohl kaum Hannah bin. Ich war echt so was von wütend.

Ich habe dann auch rumgebrüllt, mit ihrer Scheißentscheidung könnten Renan und Aische uns auch gleich nach Hause schicken und ob sie überhaupt 'ne Ahnung haben, was das für uns bedeutet. Dass das jetzt sogar noch schlimmer sei als bei uns zu Hause. Weil da wenigstens die da sein konnten, die mit der Situation zurechtkamen.

Aische sagte dann, sie wolle mit Hannah sprechen, und ich habe sie angeschrien, dass das überhaupt nicht in Frage kommt. Wer ich wäre, wollte sie wissen. Ich dachte, na, das kannst du haben, und habe ihr gesagt, dass ich Bastian bin. Sebastian, wenn sie's genau wissen will.

Sigrid sind fast die Augen aus dem Kopf gefallen. Trotzdem war sie die Einzige, die echt klasse reagiert hat in dem Moment. Sie meinte: Hey, Bastian, ich find's gut, dass du dich nicht einfach wegschieben lässt. Sie meinte, sie wolle mehr darüber wissen, wer wir sind und wer da alles wäre. Echt, die Frau ist doch klasse, ich weiß überhaupt nicht, was ihr anderen gegen sie habt. Nuray war total erschrocken. Sie kennt mich nicht. Aber ich glaube, sie hat auch kapiert, dass ich mich gegen so eine Scheiße wehren muss.

Renan und Aische konnten uns kaum beruhigen. Aber nicht nur wir, nein, die gesamte Gruppe war außer Rand und Band. Aische sagte, die Teamentscheidung stünde fest und würde so lange gelten, bis Noa wieder da ist, weil Noa unsere Bezugsbetreuerin sei. Mit der könnten dann alle reden, mit denen Noa reden will. Aber für Brigitte sei das zu viel, und das Team unterstütze sie darin.

Ich dachte echt, ich hör nicht richtig. Basti

Basti, du warst echt ziemlich aufgebracht. Ich meine, ich kann das schon gut verstehen, aber klar, dass Aische und Renan dagegen erst mal voll angegangen sind.

Ich habe Aische dann direkt angesprochen und sie daran erinnert, dass sie mit mir schon im Aufnahmegespräch gesprochen hat. Ich habe mich auch den anderen Mädchen einfach vorgestellt. In solchen Situationen besser offensiv nach vorne gehen, dachte ich mir.

Aische hat mich voll abgeblockt. Aber ich bin sicher, dass sie sich

damit völlig scheiße fühlt. Ich glaube, sie musste da eine Teamentscheidung durchziehen, hinter der sie selber nicht so richtig steht. So blöd ist
sie echt nicht. Ich traue da meiner Wahrnehmung hundertpro!

Renan, die fand ich aber nun wirklich krass. Die kommt mir sowieso
manchmal vor wie das Sprachrohr von Jackie. Sie meinte: ›Schluss jetzt
und Ruhe hier. Hannah‹ – dabei wusste sie doch ganz genau, dass sie
mit mir spricht – ›wir können nicht den ganzen Abend damit verbringen, mit dir über deine Probleme zu reden. Besprich das mit Brigitte, die
ist übermorgen wieder da, oder später mit Noa.‹

›Das geht nicht‹, habe ich geschrien, selbst echt voll am Nerven-
Verlieren – das ist unser Ende, wenn nur noch Hannah da sein darf. Das
geht wirklich nicht.

Peinlich, peinlich, vor Wut und Verzweiflung habe ich echt voll geheult. Und das mir! John

Ich habe mich eingeschaltet, weil John nicht mehr weiterwusste. Ich hab
Aische beschworen und auch den anderen gesagt, dass ich Dezember bin
und dass diese Entscheidung für uns gefährlich ist, weil Hannah nichts
mitbekommt. Ob sie sich nicht für John oder Jurek oder meinetwegen für
mich entscheiden könnten?

Aische meinte, nein, sie hätten Hannah aufgenommen und Hannah hätte
den Vertrag unterschrieben, und Jungen in einem Mädchenhaus fände das
Team sowieso total schwierig. Dies sei einer der wenigen Schutzräume für
Mädchen in der Stadt und das müssten wir respektieren. Schließlich wären
wir ja freiwillig – man höre und staune – ins Mädchenhaus gekommen.

Sagt mal, sind alle Feministinnen dermaßen durchgeknallt? So allmählich bin ich auch wütend geworden, was bei mir wirklich lange dauert.

Renan sagte dann: ›Hannah, du hast es mal wieder geschafft, die halbe Gruppenzeit für dich zu beanspruchen. Hier leben acht Mädchen, und
entweder du hältst jetzt endlich deine Klappe oder du gehst bitte auf dein
Zimmer. Extrawürste für Hannah Merkum gibt es ab heute nicht mehr.‹

Dazu fiel mir nichts mehr ein. Ich bin aufgestanden und rausgegangen.
Dezember

Sitze ich so in unserer kleinen Butze, kommen eine nach
der anderen die Mädchen rein. Das war vielleicht irre!
Zuerst kam Sigrid, das rote Tuch für dich, Hannah, ich

weiß. Aber ich stimme Basti zu. Die ist eigentlich total klasse. Und ihre Mimik – einfach göttlich! Also, ich mag sie megagern.

›Und, wer bist du?‹, fragt sie mich gleich schon mal als Erstes.

›Jurek‹, sag ich, und: ›Willste 'n Müsliriegel?‹

›Klar ey‹, meint sie.

›Kino fällt wohl flach‹, grinse ich so, und Sigrid meint: ›Nee, eigentlich nicht, aber alle Mädchen haben beschlossen, dass sie sich mit euch solidarisieren und die Frauen gern allein ins Kino gehen können.‹

›Und wie haben Aische und Renan darauf reagiert?‹, wollte ich natürlich wissen.

›Die hocken jetzt im Büro‹, meinte Sigrid. Der Gruppenabend wäre wohl zu Ende.

Na ja, und dann kamen nach und nach alle anderen Mädchen, bis unsere kleine Butze fast aus allen Nähten platzte. Und alle waren echt klasse an dem Abend.

Wir haben beschlossen, dass das, was wir privat machen, eh unsere Entscheidung ist, und alle Mädchen – stellt euch das vor – wollen mit uns allen reden, je nachdem, wer von uns gerade da ist. Echt, das hat mich so was von umgehauen.

Ich habe den Mädchen dann gesagt, wer ich bin und dass ich es im Übrigen voll kacke finde, dass Sigrid immer die Böse ist. Das fände ich nicht gerecht und ich jedenfalls fände sie spitze, und wenn wir uns alle so mit Sigrid solidarisieren würden, wie sie es heute Abend mit mir und meiner Bande gemacht hätte, dann wäre sie voll gut in unserer WG-Gruppe drin.

Daraufhin gab es in unserem kleinen Zimmer voll die heiße Diskussion um Sigrid. Und Sigrid hat echt klasse durchgehalten. Aber ehrlich, ich finde sie auch wirklich toll und habe sie gern unterstützt.

Am Schluss haben wir noch Flaschendrehen gespielt in Kombination mit Wahrheit oder Pflicht. Echt, wir haben uns fast totgelacht. Bis um elf dann Aische kam und uns

auseinander gescheucht hat. Na ja, Erwachsene eben. Sie
hat immer noch voll das schlechte Gewissen, das habe ich
ihr angesehen.

Ja, Scheiße, wie kriegen wir das jetzt bloß hin? Jurek

Mein Gespräch mit Brigitte vor zwei Wochen war ziemlich daneben. Ich hatte danach überhaupt keine Lust mehr, noch irgendwas ins Tagebuch zu schreiben. Laut Teambeschluss will Brigitte
nur noch mit mir reden, und auch die anderen Frauen werden es
so machen. Aber was um Himmels willen sollte ich Brigitte denn
erzählen? Ich habe doch überhaupt keine Ahnung. Na ja, unsere
Gespräche sind entsprechend immer sehr kurz.

Vorgestern haben mich dann Brigitte und Jackie zu einem Gespräch gebeten. Das war echt wie zu Hause mit meiner Mutter.
Ich hatte voll die Panik. Die ganze Stimmung war schon derart
bedrohlich – ich habe die Gewitterwolken am Himmel über dem
Büro so deutlich gesehen, dass mir vor Angst ganz schlecht geworden ist.

Und wisst ihr was? Es war noch viel schlimmer, als ich es mir
in meinen schlimmsten Alpträumen hätte ausmalen können. Wäre
ich bloß nie ins Mädchenhaus gegangen!

Brigitte meinte, die Schule hätte angerufen und ich hätte in den
letzten zwei Wochen fast dreißig Fehlstunden. Wie ich ihr das erklären könnte. Konnte ich nicht! Ich habe dann irgendwas vor
mich hin gestammelt, und Jackie ist daraufhin ausgerastet. Dann
wüsste ich sicher auch nicht, dass ich mit jungen Männern in der
Öffentlichkeit sexuell rummachen würde. Oh Gott, ich schüttelte
nur den Kopf. Nein, allerdings wusste ich davon nichts. Ich mit
Männern rummachen! Ich sagte: Nein, so etwas habe ich noch nie
gemacht. Und die Drogen, die Aische bei Nuray in der Jackentasche gefunden hätte? Damit hätte ich wohl auch nichts zu tun.
Nein, natürlich nicht, habe ich geschrien. Was ich denn damit zu
tun haben sollte?

Jackie meinte, dass ich einen verdammt schlechten Einfluss auf
Nuray hätte und dass Mädchen, die in der Gruppe oder außer-
halb mit Drogen zu tun hätten, nicht im Mädchenhaus bleiben
könnten – erst recht nicht, wenn sie andere aus der Gruppe da mit

reinziehen würden. Das mit den Drogen hätte ich in meinem Vertrag mit dem Mädchenhaus unterschrieben und auch, dass ich zur Schule gehe. Und das wären jetzt bereits zwei massive Verstöße gegen den Vertrag, und ich bekam eine Verwarnung von Brigitte.

Sie sagte, noch so ein Ding und ich bekäme die zweite Verwarnung und dann wäre ich draußen. Und es wäre auch egal, ob Noa dann aus ihrem Urlaub zurück wäre oder nicht. So wären die Regeln, und es läge jetzt an mir, was ich daraus mache.

Ich habe Brigitte nur angesehen und dann gesagt, dass Nuray meine beste Freundin ist und ich noch nie – noch nie! – was mit Drogen zu tun gehabt hätte und dass ich schwöre, dass die Drogen nicht von mir sind. Und das mit dem Sex – so was würde ich auch niemals tun. Ich würde das viel zu eklig finden, um es überhaupt zu tun, aber wenn, dann ganz bestimmt nicht in der Öffentlichkeit.

Ob ich damit sagen wolle, dass meine neuen Lehrer lügen, fragte Brigitte.

Ich sagte, das wollte ich nicht sagen. Aber vielleicht sei ich ja von diesen Männern in der Öffentlichkeit vergewaltigt worden und die Lehrer hätten mir nicht geholfen, schrie ich sie an und bin rausgerannt.

Und wisst ihr was? Jemand von euch hat mir dann gesagt, dass es genau so gewesen ist.

Ich habe mich dann in meinem Zimmer eingeschlossen. Nach einer ganzen Weile kam Brigitte zu mir und bat mich aufzuschließen. Erst wollte ich nicht, aber dann habe ich es doch gemacht. Vor allem, damit sie mich nicht gleich rausschmeißen.

Brigitte setzte sich einfach hin und sah mich an. ›Es tut mir Leid, Hannah‹, sagte sie dann und hatte echt Tränen in den Augen. ›Ich hätte dich fragen sollen, was in der Schule passiert ist, statt dir gleich lauter Sachen zu unterstellen. Das war nicht in Ordnung von mir. Es tut mir Leid.‹

Ich habe überhaupt nichts gesagt. Was hätte ich auch sagen sollen? Ich habe mich wieder gefühlt wie ein Fisch im Aquarium. Ich schreie, aber niemand kann mich hören.

Was im Büro passiert ist, war einfach viel zu schlimm. Ich war total stumm.

Brigitte fragte, ob sie mir irgendwie helfen könne und ob ich ihr erzählen wolle, was in der Schule vorgefallen ist. Ich habe nur stumm den Kopf geschüttelt, denn erstens weiß ich es nicht und zweitens hing ich im Aquarium fest.

Irgendwann ist Brigitte dann wohl rausgegangen. Das habe ich aber schon gar nicht mehr mitbekommen. Hannah

Was hat sich geändert, seit ich nicht mehr zu Hause lebe? Habe ich nicht schon damals aufgeschrieben, dass wir hier nicht so locker ein Tagebuch schreiben können?

Was – was verdammt – habe ich denn erreicht? Mit dieser Flucht?

Nichts. Absolut nichts.

Jeden Morgen holt mich Martin ab. Nach der großen Pause. Mit niemandem kann ich darüber reden. Noa ist weg. Mit Janne kann ich auch nicht reden. Weil die doch gar nicht hier arbeitet und mir sowieso nicht helfen kann. Und Hannah, die liest ja doch nicht, was ich schreibe. Wie nur, wie kann ich sie erreichen? Warum ist Noa nicht hier?

Das Mädchen Nuray, die hat versucht, mir zu helfen.

Dann hat Martin sie hinter einen Busch gezogen. Da warteten schon die anderen von der Burg. Und an der Ecke stand die schwarze Limousine. Ich weiß nicht, was er mit Nuray gemacht hat.

Ich muss weg hier, sofort weg. Allein schon wegen Nuray. Ich mag sie doch so gern.

Wir mussten beide diese Cola trinken. Ich wollte nicht. Ich wusste ja schon, was das für ein Scheißzeug ist. Mir haben sie dann eine Spritze gegeben. Nuray hat gefleht, dass sie nichts verrät, dass sie sie nur gehen lassen sollen.

So war es dann auch. Nuray ist beim Klingelzeichen zum Pausenende weggerannt und Martin hat sie laufen lassen. Mich aber nicht.

In der Limousine waren Mama und Papa. Sie fuhren gleich los, und Papa und Mama riefen wieder nach Sunny.

Mehr weiß ich nicht. Nur dass wir hier weg müssen, so schnell wie möglich. Rickie

Wenn Jutta nicht wäre, dann wäre ich hier wirklich aufgeschmissen. Jetzt malen wir immer zusammen. Ich habe sogar Janne Bilder von mir gezeigt. Sie war echt beeindruckt.

Die anderen Mädchen sind auch klasse. Sigrid, wenn sie nicht redet, ist toll. Na ja, man muss ja schließlich nicht immer reden.

Wir haben ein kleines Pantomimestück gemacht. Das war super. Wenn ich nicht reden darf mit den Betreuerinnen hier, vielleicht sollte ich es mal mit Pantomime probieren?

Ich habe Brigitte Bilder von mir gezeigt. Ich habe gemalt, was mit Rickie, Sunny, Sammy und Lela geschieht. Brigitte fragte mich, wann das passiert sei, was ich gemalt habe. Ich habe gesagt: Vor drei Tagen. Brigitte hat es wohl nicht geglaubt. Lieber glaubt sie, dass ich in der Vergangenheit festhänge.

Hoffentlich kommt Noa bald wieder.

Ich will zu Janne. Ich muss mit ihr reden. Vielleicht kann sie mir helfen? Sie jedenfalls glaubt mir bestimmt.

Wir müssen etwas tun. Sonst sind wir schneller zu Hause, als wir piep sagen können. Und meine Eltern haben schon einen Platz für uns gesucht – in Belgien. Und dann, Leute, ist es zu Ende mit uns. Denn von dort werden wir nicht lebend zurückkehren. Silver

Geschichten aus dem Tagebuch

11. Kapitel, in dem Hannah und den Anderen eine abenteuerliche Flucht gelingt, eine Fernsehsendung eine wichtige Entscheidung bewirkt und Nuray die beste Idee des Jahres hat

Hannah legte den Hörer auf und sah sich noch einmal genau um. Schräg links lag das Restaurant, davor der Polizeiwagen, gleich daneben das Zweitauto der Eltern, ein dunkelblauer Mercedesbus mit getönten Scheiben. Allein der Anblick des Busses löste Todesangst in ihr aus. Die Stimmen in ihrem Kopf schrien wild durcheinander.

»Leute, haltet bitte, bitte mal die Klappe«, flehte sie. Selbst nach so vielen Wochen Wissens um die Anderen fand sie es immer noch merkwürdig, sie anzusprechen. John, Jurek, Basti, Miriam, Silver und wer weiß, wer noch alles, die so anders waren und dachten als sie. »Dreh jetzt bloß nicht durch«, sagte sie streng, ohne die leiseste Ahnung, wie sie das verhindern sollte. Das Letzte, was sie wahrnahm, war das grelle Licht der Telefonzelle und der Gedanke: Na, hier sieht uns doch jeder aus einem Kilometer Entfernung.

Dann stand sie plötzlich in einem Verkaufsraum, inmitten von auf dem Boden verstreuten Waren. Verdammt, wie bin ich hierher gekommen? Eben stand ich doch noch … Hannah duckte sich entsetzt, als plötzlich die Mutter schreiend auf sie losstürzte. Gleichzeitig kam ein Polizist auf sie zu. Mit wilden Blicken sah sie sich um, aber es gab keinen Fluchtweg. Die Mutter riss ihren Arm hoch und Hannah schrie vor Schmerzen laut auf. Den anderen Arm packte der Polizist und sein Griff fühlte sich an wie ein Schraubstock.

»Was fällt dir eigentlich ein. Du glaubst wohl, du kannst dir alles erlauben!«, schrie die Mutter.

»Einen Moment mal«, schaltete sich jetzt ein Mann ein. »Was ist denn los mit dem Mädchen?«

»Entschuldigen Sie bitte«, hörte Hannah die Stimme ihres Vaters und fuhr zusammen. »Heinrich Merkum. Das hier ist meine Tochter. Es tut mir wirklich Leid, was sie hier angerichtet hat. Also wirklich, Hannelore, irgendwann ist mal eine Grenze erreicht«, sagte er zu Hannah und sah dann wieder den Mann an, der wohl ein Tankwart war. »Meine Tochter hat leider schon einiges auf dem Kerbholz. Sie sehen ja selbst, wie sie Ihren Laden zugerichtet hat.«

Hannahs Herz blieb stehen. Was? Das sollte sie gewesen sein? Sie wollte schreien, sich verteidigen, hielt dann aber verwirrt inne. Vielleicht war es jemand anderes von ihnen gewesen? Verzweiflung trieb ihr die Tränen in die Augen.

»Sie sehen ja«, sagte ihr Vater. »Wir mussten sogar die Polizei einschalten.«

»Papa, bitte, es war doch gar nicht so, wie du es hier darstellst«, widersprach Hannah.

»Hannelore, ich denke wirklich, dass ein Termin beim Jugendgericht, ein Motorraddiebstahl und diese Verwüstung hier ausreichen sollten, um selbst dich einmal zum Schweigen zu bringen.«

Der fremde Mann sah Hannah an und sie blickte zu Boden. Alles umsonst, dachte sie resigniert, als sie eine vertraute Stimme hörte. »Hallo, Hannah, da bist du ja.«

Janne! Sie war wirklich gekommen. Für eine verblüffte Sekunde lockerten die Mutter und der Polizist den Griff, und Hannah riss sich los. Dann stutzte sie. Aus einer Tüte in Jannes Hand lugte der blaue Drache. Oh Gott, sie wollte doch nicht mit einem Kuscheltier gegen ihre Eltern antreten!

Janne sprach jetzt mit dem Polizisten. Merkwürdig, dass sie so freundlich zu ihm war. Erkannte sie nicht, dass er mit den Eltern Front gegen sie machte und ihr sowieso kein Wort glaubte? Hilflos stand Hannah dabei und sah plötzlich, wie eine Hand sich nach dem Drachen ausstreckte. Im selben Moment wurde ihr schummrig, und alles, was sie sah und hörte, schien unendlich weit entfernt zu sein. So weit …

Mit aufgerissenen Augen staunte Sascha ihren kleinen Freund an. Flax Flabi Fledermaus war zu ihr gekommen. Seine großen, munteren Augen strahlten sie an. Na los, hol mich raus hier, schien er zu sagen. Vorsichtig nahm Sascha den Drachen aus der Tüte, und als Flax immer noch lachte, nahm sie ihn fest in die Arme. Die Fee hielt ihre Hand, und als Sascha zu ihr hochblickte, staunte sie, wie mutig und stark sie geworden war. Aber klar, bestimmt konnten Feen sehr laut und wütend werden, wenn sie sich gegen böse Menschen wehren mussten. Sascha hielt die Hand der Fee noch ein bisschen fester. Jetzt konnte ihr nichts mehr geschehen. In der Nähe von Flax und der Fee fühlte sich ihr Bauch gleich wärmer an. Die Menschen, mit denen die Fee sprach, machten ihren Bauch kalt und taten ihr weh. Immer hatten sie Sascha wehgetan. Sascha sah zu der Fee auf. Sie kämpft um mich, dachte sie stolz.

Da kam die böse Frau, zu der sie immer Mutti sagen sollte, auf sie zu. Schnell versteckte sich Sascha hinter dem Rücken der Fee. Die Frau, die Mutti hieß, riss an ihrem Arm und Sascha schrie. Die Fee war jetzt ganz aufgebracht und hatte eine laute Stimme, mit der sie die böse Frau und auch den Mann in Uniform ein bisschen erschreckte. Sascha fühlte sich sicher genug, um hinter dem Rücken der Fee hervorzuschielen. Konnte die Fee die anderen Menschen nicht einfach wegzaubern? Vielleicht sollte Sascha ihr helfen? Vielleicht hatte sie in der Aufregung vergessen, dass sie zaubern konnte?

Da hörte sie plötzlich eine Stimme, die sie kannte. Die zweite Fee! Da stand sie und sah so schön und stark aus. Ein bisschen wild vielleicht, aber das mochte Sascha. Als die Fee auf sie zukam, lief Sascha ihr entgegen. Die Fee nahm ihre Hand und Sascha versteckte ihr Gesicht schnell unter der Feenjacke.

Bastian starrte seine Eltern und den Polizisten wütend an. Gott sei Dank, Noa ist endlich wieder da. Wurde aber auch allerhöchste Zeit, dachte er und versuchte sich zu entspannen.

Noa sah ihn an. »Alles okay?«

»Nein«, erwiderte Basti, »aber das ist eine lange Geschichte.«

Noa nickte. »Wir gehen gleich, dann ist der Alptraum hier vorbei. Es tut mir so Leid, dass das alles passiert ist.«

Bastian war verblüfft. Wusste Noa denn schon alles? Und wenn ja, woher? Aber darüber konnten sie später reden. Das wichtigste war im Moment, hier rauszukommen. Bloß weg von seiner Familie.

»Ich geh jetzt mit Hannah zum Auto, okay, Frau Polizeikommissarin?«, fragte Noa eine Frau, die ihm zunickte und Noa verschmitzt zuzwinkerte. Oder hatte er sich getäuscht?

»Die kennt dich gut, oder?«, fragte Bastian auf dem Weg zum Auto.

»Stimmt«, lachte Noa. »Du bist ein aufmerksamer Beobachter.«

»Du hast geschnallt, dass ich nicht Hannah bin«, meinte Bastian anerkennend.

»Ja, aber ich bin mir nicht sicher. Jurek oder Bastian?«, fragte Noa und Bastian lachte.

»Jurek und ich, wir scheinen ja Zwillinge zu sein«, grinste er und Noa schloss die Beifahrertür auf.

»Herzlich willkommen zurück im Mädchenhaus, Bastian«, sagte sie, während er sich auf den Autositz schwang.

Interessant, dachte er und lehnte sich gemütlich in seinem Sitz zurück. Noa hatte sogar Freunde bei der Polizei. Ich glaube, ich muss mein Weltbild doch noch mal überdenken. Er schloss die Augen und atmete gleichmäßig ein und aus.

Erstaunt stellte Hannah fest, dass sie den blauen Kuscheldrachen umklammert hielt. Was war geschehen? Sie erinnerte sich noch daran, dass sie zu Janne gelaufen war. Und jetzt fuhr sie mit Noa durch die regnerische Nacht.

»Ich bin so froh, dass ihr hier bei mir im Auto sitzt. Eine Freundin bringt Janne nach Hause. Und ich bring euch ins Mädchenhaus zurück. Du weißt ja, die Adresse ist anonym. Schnallst du dich bitte an?«

Noas Stimme klang schon wieder fast so, wie Hannah sie kannte. Sie zog den Sicherheitsgurt heraus und ließ den Verschluss in der Halterung einschnappen, dann nahm sie den Drachen in beide Arme. Es tat gut, sich an etwas festzuhalten.

Hannah starrte auf die regennasse Straße. Was für eine merkwürdige und schreckliche Nacht. Sie hatte ihre Mutter gesehen und ihren Vater. Es war ein Alptraum, und trotzdem kam ihr alles schrecklich normal vor. Normal und vertraut.

Sie hatte schon aufgegeben in der Raste. Sie wäre einfach mit nach Hause gegangen. Sie hatte keine Kraft weiterzukämpfen. Der Kampf war ihr sinnlos vorgekommen, die versuchte Flucht lächerlich, so wie alles, was sie schon unternommen hatte, um von zu Hause wegzukommen. Sie hatte gedacht, dass sie es sowieso niemals schaffen könnte.

Niemand könnte das schaffen.

Und immer wieder der Gedanke, dass doch eigentlich gar nichts passiert war. Dass ihre Mutter Recht hatte und sie nur maßlos übertrieb. Und wirklich, sie erinnerte sich an nichts, rein gar nichts. Aber Noa war fest davon überzeugt, dass zu Hause Schreckliches geschehen war.

Ja, dachte Hannah, die Anderen wissen es und schreiben es auf. Aber es ist so schwer, all das zu lesen. Ich kann es nicht. Es reißt mich in Stücke.

Tränen liefen über ihr Gesicht. Wie sollte sie Noa sagen, dass sie seit fast drei Wochen nichts mehr von den Anderen gelesen hatte? Seit dem Tag, an dem der israelische Politiker erschossen wurde und Noa die ganze Zeit telefoniert hatte und gar nicht richtig da gewesen war. Und dann, ein paar Tage später, wirklich nach Israel geflogen war und sie, Hannah und alle Anderen, allein gelassen hatte.

Und dann hatte nur noch sie mit Brigitte reden dürfen. Ob Noa das überhaupt wusste? Würde sie es ihr jemals erzählen können? Verstohlen betrachtete Hannah ihre Betreuerin.

»Sprichst du jetzt auch nur noch mit *mir*?«, fragte sie.

Noa antwortete nicht. Hatte sie sie nicht gehört? Stumm sah Hannah aus dem Fenster.

»Kannst du mir sagen, was passiert ist?«, fragte Noa unvermittelt.

»Ich bin plötzlich so entsetzlich müde.« Hannah war erstaunt, wie schwer es ihr fiel, Worte laut auszusprechen.

Noa nickte. »Kein Wunder, nach allem, was du heute erlebt hast.«

Komisch, dachte Hannah. Noa versteht mich. So wie früher. Plötzlich war es, als wäre sie nie fortgewesen. Als hätte es die Zwischenzeit im Mädchenhaus und vor allem den heutigen Abend nie gegeben. Sie fühlte sich noch immer todmüde, aber nicht mehr so elend. »Also, im Mädchenhaus«, begann sie, und als Noa nickte, fuhr sie fort: »Im Mädchenhaus wurde es ganz komisch, nachdem du nach Israel geflogen bist.«

Noa runzelte die Stirn. »Wie meinst du das, Hannah?«

Hannah suchte fieberhaft nach den richtigen Worten. Erst nur bruchstückhaft, dann immer klarer schilderte Hannah die Erlebnisse der letzten drei Wochen.

Noas Gesicht verfinsterte sich zunehmend. »Oh Gott, Hannah, das tut mir Leid. Das war absolut nicht in Ordnung. Und wir müssen unbedingt zusammen, *alle zusammen*«, betonte sie, »herausfinden, was an deiner Schule mit euch und auch mit Nuray geschehen ist.«

Erst jetzt traute sich Hannah, ihre Frage von vorhin noch einmal zu wiederholen. »Noa, sprichst du denn jetzt auch nur noch mit mir?«, fragte sie diesmal laut genug und sah, wie eine Träne in das leuchtende Fell des Drachens fiel.

»Nein, Hannah, natürlich nicht. Ich rede mit allen, die mit mir reden wollen. Und ich werde niemals etwas anderes tun. Okay?«

Hannah nickte langsam. »Okay«, flüsterte sie und spürte plötzlich die ganze Verzweiflung der letzten Wochen.

»Das passiert nicht noch einmal«, sagte Noa fest, während sie ruhig und sicher durch die Nacht fuhr. »Möchtest du vielleicht Musik hören?«

»Hast du Pur?«, fragte Hannah hoffnungsvoll.

»Ja, eine Cassette von Janne. Ist, glaube ich, sogar noch im Recorder«, lächelte Noa.

Hannah war selig.

Eine ganze Weile hörten sie Musik, dann wollte Noa wissen, was dazu geführt hatte, dass Hannah und die Anderen nach Hause zurückfahren wollten.

»Ich weiß nicht so genau«, begann Hannah. »Den Anderen ging es nicht mehr gut im Mädchenhaus und mir nach dem Gespräch mit Brigitte und Jackie auch nicht. Ich habe mich so schuldig gefühlt«, brach es aus ihr heraus.

»Es wird alles gut werden, Hannah, du wirst sehen. Auch das mit Nuray. Sprecht ihr beiden denn noch miteinander?«

»Ja, Nuray ist die beste Freundin, die ich jemals hatte«, sagte

Hannah mit leuchtenden Augen. »In jeder freien Minute treffen wir uns und reden. Nuray hat nur Angst wegen meiner Familie. Sie sagt, dass die genauso schlimm ist wie ihre. Aber dass niemand uns mehr auseinander bringen wird.« Sie hatte keine Angst mehr um Nuray, jetzt, wo Noa wieder da war.

»Woher weiß Nuray das mit deiner Familie?«, fragte Noa und Hannah fühlte einen dumpfen Schlag. Wilde Gedankenfetzen jagten durch ihr Hirn.

»Ich … ich weiß nicht. Als hätte Nuray die mal gesehen.« Hannah schwieg verwirrt. Konnte denn das sein? Aber wie, wo? Dann hörte sie ganz deutlich eine Stimme. »Jemand sagt mir was«, flüsterte sie.

»Was sagt er oder sie denn?«

»Dass mein Bruder Nuray Angst gemacht hat. Dass er Drogen in ihre Jacke gesteckt hat, damit die Betreuerinnen uns aus dem Mädchenhaus schmeißen. Und dass Nuray versprechen musste«, Hannah stockte der Atem, »dass sie nicht verrät, dass mich mein Bruder jeden Tag nach der großen Pause auf eine Burg mitnimmt.«

»Oh Gott, dann wart ihr gar nicht in Sicherheit. Die ganze Zeit nicht!«, rief Noa bestürzt.

»Ja, das glaube ich jetzt auch.«

»Hör zu, Hannah, der Schrecken wird jetzt aufhören, auch für Nuray. Das verspreche ich dir. Diesmal wirst du deine Freunde behalten und deine Familie wird verlieren. Ich werde alles dafür tun.«

»Das hast du schon mal versprochen«, sagte Hannah traurig.

»Ja, ich weiß. Mir war nicht klar, dass ich zu einem so frühen Zeitpunkt nicht hätte wegfahren dürfen. Ich kannte deine Geschichte noch nicht gut genug, und für meine Kolleginnen war es noch viel schwerer, euch richtig zu verstehen. Es war mein Fehler.«

Hannah schluckte. »Gehst du jetzt nicht mehr von mir und den Anderen weg?«

»Nein, ich gehe nicht mehr von euch weg«, wiederholte Noa. »Erzählst du mir noch, was heute passiert ist im Mädchenhaus?«

»Ich erinnere mich nur, dass am Nachmittag meine Schwester angerufen hat.«

»Kannst du dich an das Gespräch erinnern? Weißt du noch, was sie gesagt hat?«

»Nein, das weiß ich nicht mehr.« Hannah grub nach Erinnerungen, aber es war so weit weg, dieses Gespräch. Sie erinnerte sich nur noch an die Stimme, nicht an die Worte. »Tut mir Leid«, sagte sie.

»Ist okay«, sagte Noa, »erzähl einfach weiter. Was geschah dann?«

»Jackie war auf einmal ganz gleichgültig. Ihr war es total egal, ob ich nach Hause gehe oder nicht. Irgendwie habe ich dann meine Sachen gepackt, und Jackie meinte, ob ich mir das auch gut überlegt hätte.« Noa nickte. »Ich habe nichts gesagt, und dann hat Jackie tschüß gesagt und ich bin gegangen.«

»Das war nicht in Ordnung«, sagte Noa und Hannah warf ihr einen schnellen Blick zu. »Nein, ich meine nicht dich, Hannah. Das, was Jackie gemacht hat, war nicht okay. Aber entschuldige, ich habe dich unterbrochen.«

»Na ja, viel gibt es nicht mehr zu erzählen«, sagte Hannah zögernd. Sie hätte heulen können bei dem Gedanken, wie verzweifelt sie gewesen war, als sie ganz allein durch die grauen Straßen zur Autobahn gelaufen war. Und wie tot sie sich gefühlt hatte. Sie hatte eigentlich gar nichts mehr gefühlt. Noa und Janne waren zu Traumfiguren geworden, Figuren aus einer anderen Welt. Unerreichbar.

»Als ich nach Ewigkeiten endlich auf der Raste ankam, habe ich bei Janne angerufen«, setzte sie ihren Bericht fort. »Warum, weiß ich gar nicht mehr. Vielleicht wollte ich ihr nur tschüß sagen.«

Hannah konnte sich nicht erinnern, die Nummer von Janne gewählt zu haben. Vielleicht war das auch jemand anderes gewesen? Schon wieder kannte sie nur einen Bruchteil dessen, was geschehen sein musste. Sie fühlte das drohende Aquarium näher kommen und Angst, die ihr die Kehle zuschnürte. Nein, nicht jetzt! Ich will Noa doch erzählen, was ich weiß.

»Das war dann gut mit Janne. Zwischendurch hat ein Mann stundenlang telefoniert und ich hatte schon richtig Angst, dass sie mich nicht mehr erreichen kann. Aber es hat ja doch noch geklappt.« Hannah grübelte. »Dann war ich in einer Tankstelle, keine Ahnung, wie ich dahin gekommen bin. Jedenfalls herrschte dort das totale Chaos. Ich dachte, jetzt ist alles zu spät und meine Mutter nimmt mich mit. Aber dann kam Janne. Mann, war ich froh. Wie es weiterging, weiß ich nicht. Plötzlich saß ich in deinem Auto und du hast mit mir gesprochen. Ja, so war das«, schloss sie und fühlte sich wieder unendlich müde.

»Ich verstehe.« Noa schwieg einen Moment. »Guck bitte mal ins Handschuhfach, da muss eine Karte liegen. Kannst du Straßenkarten lesen?«

»Nee«, hörte Hannah sich antworten, dann war plötzlich alles sehr weit weg.

»Klar kann ich Straßenkarten lesen.« Dezember mochte die Musik. »Hallo«, schob sie noch nach, suchte dann die richtige Karte aus Noas Sammlung heraus und breitete sie auf ihrem Schoß aus. »Okay, wohin willst du?«

»Ich bin mir nicht sicher, wie wir am besten fahren. Ich will zurück zum Mädchenhaus, das heißt, wir müssen eigentlich in die entgegengesetzte Richtung. Ich werde die nächste Ausfahrt nehmen, aber dann wäre es besser, nicht gleich auf die Gegenfahrbahn zu wechseln. Ich würde gern zuerst ein Stück Landstraße fahren, um ganz sicher zu gehen, dass uns niemand verfolgt.«

»Aha.« Dezember sah Noa von der Seite an. Komisch, dachte sie, leidet die unter Verfolgungswahn? »Wer sollte uns denn verfolgen?«

»Vielleicht deine Eltern?« Noa klang zweifelnd.

»Okay, schaun wir mal. Ich kenne die Autos und Kennzeichen.« Dezember drehte sich um. Von den nachfolgenden Autos kannte sie keins. »Sieht nicht so aus«, stellte sie fest.

»Habe ich schon mal mit dir gesprochen?«

Dezember lachte. »Ja, haben Sie. Ich bin die schweigsame Dezember.« Nach dem Schreck vom ersten Mal war es plötzlich selbstverständlich, dass sie sich mit ihrem Namen vorstellte. Sie war stolz, als die sprechen zu können, die sie war. Dezember hatte dieses Versteckspiel gehasst. Außerdem waren die meisten Menschen einfach unfähig, sie von Hannah oder einer der Anderen zu unterscheiden. Anerkennend stellte sie fest, dass Noa offensichtlich nicht auf den Kopf gefallen war.

»Ja, ich erinnere mich. Prima, dass du mir mit dem Kartenlesen helfen kannst.«

Noa kam, wie es aussah, mit ihren Anweisungen gut zurecht. Dezember beobachtete weiter die Straße hinter ihnen, aber schon eine ganze Weile sah sie keine Lichter mehr. »Sie können sich entspannen«, verkündete sie. »Die Luft ist rein. Nachher müsste ein Hinweisschild Richtung Autobahn kommen, noch etwa 20 km auf dieser Straße. Kommen Sie damit alleine klar? Ich bin hundemüde.«

»Kein Wunder. Schlaf du ruhig, ich komme zurecht. Hinten liegt eine Wolldecke, falls du dich zudecken willst.«

Noas Stimme klang noch genauso nett wie vor ein paar Wochen, fand Dezember und schnappte sich ohne zu antworten die Wolldecke von der Rückbank. Sie sah noch eine Weile aus dem Fenster, dann fielen ihr die Augen zu.

»Hallo«, riss eine Stimme sie plötzlich aus dem Schlaf.

»Was, was ist denn passiert?« Erschrocken setzte Hannah sich auf. Oh Gott, sie musste eingeschlafen sein.

»Wir sind in zwei Minuten im Mädchenhaus. Ich suche nur noch einen Parkplatz, dann gehen wir zusammen hoch, okay?« Noa sah todmüde aus.

»Bist du mir böse?«, fragte Hannah.

»Nein, überhaupt nicht. Ich bin froh, dass du heil wieder im Mädchenhaus gelandet bist. Komm, steig aus.«

Im Schein der Straßenlaterne konnte Hannah die Tischtennisplatten erkennen. Morgen sehe ich Nuray und die anderen Mädchen wieder! Hoffentlich muss ich nie mehr nach Hause zurück. Wenn nur meine Mutter oder Schwester nicht anrufen. Gegen die komme ich einfach nicht an.

Als hätte Noa ihre Gedanken erraten, sagte sie plötzlich: »Weißt du was, Hannah? Ich verbiete dir jetzt einfach, mit deiner Familie zu telefonieren. Du sagst allen Frauen, dass ich es dir verboten habe, und ich schreibe es auch für sie auf.«

Hannah blieb stehen. »Geht denn das?«, fragte sie zweifelnd.

»Wenn es gehen muss, dann geht es auch.«

Noa öffnete die Tür zur Mädchenhauswohnung. Der Anblick

des bunten Flures erleichterte Hannah so sehr, dass ihr Tränen in die Augen schossen. »Ich dachte, ich seh das nie wieder«, flüsterte sie.

»Komm her«, sagte Noa und breitete die Arme aus.

Hannah ließ sich hineinfallen und begann hemmungslos zu weinen. Noa wiegte sie in ihren Armen »Ist ja gut, Hannah«, sagte sie und streichelte sanft ihren Rücken. »Alles wird gut.« Hannah nahm sich vor, diesen Augenblick niemals zu vergessen.

Nach einer langen Zeit, in der sie sich mitten im Flur in Noas Armen zum ersten Mal in ihrem Leben wirklich ausweinen konnte, brachte Noa sie zu ihrer Zimmertür.

»Kannst du jetzt schlafen?« Ihre Stimme klang ein wenig besorgt.

»Ja.« Hannah fühlte sich müde und glücklich. Das kleine Grautier – ihr Geschenk vom Mädchenhaus – wartete schon auf sie. »Darf ich den Drachen heute Nacht hier behalten?«

»Klar darfst du das. Dann gute Nacht, Hannah. Wir sehen uns Sonntag. Ich schreib dir noch einen Brief und Jackie gibt ihn dir morgen.«

Hannah erschrak. Jackie war immer noch da?

»Ich spreche mit Jackie. Sie wird gut darauf aufpassen, dass deine Familie nicht noch einmal mit dir telefoniert. Morgen um zehn kommt Gül und wird es genauso machen.«

Noa schloss die Tür und Hannah ließ sich aufs Bett fallen. Angezogen wie sie war, versank sie augenblicklich in tiefen, traumlosen Schlaf.

Als sie erwachte, war schon helllichter Tag und die Wohnung von den Geräuschen herumwuselnder Mädchen erfüllt. Wohlig räkelte sich Hannah im Bett. Die sich überstürzenden Ereignisse des Vortages, ihre Irrfahrt durch die regennasse Nacht, die Rettungsaktion von Noa und Janne erschienen ihr heute Morgen wie ein böser Traum. Draußen strahlte sogar die Sonne.

Die Mädchen polterten durch die Wohnung. Ach ja, Großputz! Die Aussicht auf Aufräumen, Staubsaugen und Putzen begeisterte Hannah nicht gerade. Aber nach den Geräuschen draußen zu urteilen, schien es eine lustige Aktion zu sein. Hannah hörte ein Scheppern, einen Aufschrei, wildes Lachen, dann eine Jagd durch den Wohnungsflur mit Gejohle und Kreischen. Dazwischen die Stimme von Gül: »Oh nein, Ladys, bitte, ihr sollt die Wohnung *aufräumen* und nicht *verwüsten*.« Fröhliches Gelächter war die Antwort. Hannah musste grinsen. Wird ein netter Tag werden, dachte sie und sprang aus dem Bett. Zum Duschen hatte sie keine Lust. Schnell schlüpfte sie in eine frische Jeans, zerrte noch ein buntes T-Shirt und einen der neuen Pullis aus dem Regal. Sie seufzte, als ihr auffiel, dass sie ihren Rucksack an der Raste hatte liegen lassen, mit einigen der neuen Lieblingsklamotten und dem tollen Buch von Janne. Zum Glück hatte sie das Tagebuch nicht eingepackt. Es lag friedlich auf ihrem Schreibtisch und wartete auf sie.

Der Frühstückstisch war leider schon abgeräumt und außerdem schrubbte Sigrid den Herd. Nicht gerade die Atmosphäre, die Hannah sich vorgestellt hatte. »Guten Morgen«, sagte sie in der Hoffnung, das Putzklima etwas zu entschärfen.

»Hannah?«, fragte Sigrid und drehte sich um. Hannah nickte. Sigrid brummelte etwas, das sie nicht verstand.

»Küche putzen finde ich am schlimmsten.« Sie legte Mitgefühl in ihre Stimme. So schnell gebe ich nicht auf, liebe Sigrid, dachte sie. Du kannst ruhig mal zur Kenntnis nehmen, dass auch ich meine Meinung über dich geändert habe.

Tatsächlich unterbrach Sigrid ihre wilden Schrubbbewegungen. »Du bist also doch wiedergekommen.« Sie klang, als wären diesbezüglich Wetten abgeschlossen worden.

»Und, hast du gewonnen?«, fragte Hannah.

»Klar«, sagte Sigrid grinsend und drehte sich wieder um.

Na, das war dann wohl mein Morgenplausch mit Sigrid. Hannah zuckte die Achseln, fischte eine Schüssel aus dem Küchenschrank, füllte Smacks und Milch hinein. Kaffee fand sie noch in einer Thermoskanne und machte Anstalten, das Ganze in ihr Zimmer zu schleppen.

»Essen im Zimmer ist nicht erlaubt«, klärte Sigrid sie auf, aber Hannah hatte keine Lust auf irgendwelche Regeln.

»Tja, Pech für die Regel«, erwiderte sie.

Sigrid sah sie ungläubig an. »Ich dachte, du bist bei euch die ganz Brave«, meinte sie. Ihr Tonfall verriet deutlich, was sie von solchen Mädchen hielt.

»So kann man sich irren«, sagte Hannah leichthin und verschwand in ihrem Zimmer.

Wenig später, Hannah hatte es sich gerade auf ihrem Bett gemütlich gemacht, klopfte es an ihrer Tür. »Ja?«, sagte sie und hoffte, Nuray würde sie besuchen. Stattdessen kam Gül herein. Schnell versuchte Hannah ihr Frühstück unter der Bettdecke verschwinden zu lassen. Musste ja nicht jede wissen, was sie von dieser bescheuerten Regel hielt.

»Hallo, Hannah. Ich bin froh, dass du wieder da bist.« Dann entdeckte Gül das kleine Picknick, doch Hannah reagierte blitzschnell.

»Ich weiß, aber die Küche ist wirklich hochgradig ungemütlich.«

»Räum das gleich einfach ordentlich weg, okay? Hier, ich wollte dir diesen Brief von Noa bringen. Und weißt du noch, für welchen Putzdienst du eingetragen bist?«

Hannah machte ein Gesicht, als spräche Gül von einem fremden Planeten.

Die Betreuerin lachte. »Ich hab nachgesehen. Du bist für Fernsehzimmer und Flur zuständig. Wahrscheinlich ist es besser, wenn du nach dem Frühstück als Erstes sauber machst und hinterher den Brief von Noa liest.«

Hannah seufzte. »Okay«, gab sie sich geschlagen.

Die meisten Mädchen waren schon unterwegs. Auch Nuray hatte sich mit einer Freundin verabredet und würde erst zum Abendessen wiederkommen. Hannah fühlte sich plötzlich einsam. Verdrossen putzte und räumte sie auf, und nach einer halben Stunde hatte sie es geschafft. Endlich konnte sie sich Noas Brief widmen, der ungeöffnet auf ihrem Bett lag.

Liebe Hannah und ihr Anderen, begann er, und Hannah wurde mulmig zumute. *Ich möchte euch bitten aufzuschreiben, was zu Hause, in der Schule, in der Burg und ich weiß nicht wo noch passiert ist. Das ist bestimmt eine schwere Aufgabe. Am Montag habe ich den Termin in der Beratungsstelle für Opfer und Zeugen von Gewalt. Dort gibt es jemanden, der helfen kann, einen guten Weg für euch zu finden. Ihr habt bestimmt auch viele Ideen, was ihr machen wollt und was gut für euch ist. Ich bin schon sehr gespannt, was euch einfällt. Bestimmt finden wir zusammen einen tollen Ort, an dem ihr sicher seid. Ich komme Sonntag um zehn Uhr und bleibe bis Montag, so dass wir viel Zeit haben. Lasst es euch gut gehen heute! Jackie tut sehr Leid, was passiert ist. Sie möchte gerne mit euch sprechen. Wenn du Hilfe brauchst oder jemand anderes von euch, dann könnt ihr jederzeit zu Gül gehen. Überlegt euch, was ihr Schönes machen könntet. Vielleicht Kino oder Disco? Euch fällt bestimmt was ein. Bis morgen, ihr alle. Mit ganz herzlichen Grüßen, eure Betreuerin Noa.*

Hannah ließ den Brief sinken. Ich muss keine Angst mehr haben. Ich kann Noa und Janne vertrauen. Sie haben mich nicht im Stich gelassen. Du hast dich geschnitten, Mutter, wenn du denkst, ich finde niemanden, der mir glaubt. Euch werd ich's zeigen, dachte Hannah grimmig.

Sorgfältig faltete sie den Brief zusammen. Es zog sie wie magisch zum Schreibtisch, wo ihr Tagebuch lag. Viele Seiten waren schon beschrieben. Ihr wurde immer noch übel, wenn sie die vielen unterschiedlichen Schriften und Namen sah. Sie schaffte es einfach nicht, das alles zu lesen, aber Noa hatte ihr versichert, dass sie das auch nicht musste.

Der erste Tagebucheintrag vor vielen Wochen. Das große Experiment! Als sie sich hingesetzt und einfach angefangen hatte zu schreiben, sah sie zuerst nur aus weiter Ferne, wie sich der Stift bewegte, und Stunden später lag ein halb voll geschriebenes Tagebuch vor ihr. Voller Staunen hatte sie die verschiedenen Schriften bewundert. Das Staunen war im ersten Moment größer gewesen als der Schock darüber, wer noch alles in ihrem Leben mitspielte. Sie war nur tief beeindruckt gewesen, dass Noa Recht gehabt hatte mit ihrer Vermutung. Der Schock hatte erst am nächsten Tag eingesetzt. Zwischen Angst, Panik, Verzweiflung, Weinkrämpfen und Unglaube schwankte sie noch immer hin und her. Gut, dass es Noa und Janne gab, die sie immer wieder beruhigten und unendliche Geduld mit ihr zu haben schienen. Hannah hatte viele Hoffnungen mit einem Mädchenhaus verbunden, als die Mutter von Stephanie ihr davon erzählte, aber dass es dort so toll sein würde, hätte sie nie gedacht. Na ja, mal von Jackie abgesehen. Und von der Teamentscheidung, dass nur noch sie mit den Betreuerinnen reden durfte.

John, Jurek und Bastian hatten den Brief von Noa mitgelesen und auch Dezember hatte zwischendurch einen Blick darauf geworfen. Sie alle waren froh, wieder im Mädchenhaus zu sein.

Der Blick aus dem Zimmerfenster ist zwar nicht gerade inspirierend, fand Silver, aber ich find's trotzdem gut, dass wir wieder hier sind. Unruhig zappelnd dachte sie an die Staffelei, die sie sicher bei Jutta wusste. Ihrer neuen Freundin!

Hannah fühlte, wie ihr langsam schummrig wurde, und stand energisch auf. »Nee Leute«, sagte sie und registrierte mit klopfendem Herzen, dass sie mit den Anderen gesprochen hatte.

Ja, wieso sollte sie nicht auch mit den Anderen reden können? Einfach nur so, auch wenn keine Gefahr bestand? Jurek und Bastian machten es schließlich auch so. Das wäre doch klasse, dachte sie und wurde immer aufgeregter. Ich hätte mit einem Schlag ganz viele Freunde. Das könnte ein spannendes Leben sein.

Außer ihrer Mutter, ihrem Vater und einem Kinderarzt hatte niemand sie als verrückt bezeichnet. Ach ja, und der Therapeut ihrer Mutter. Aber der hatte wahrscheinlich keine Ahnung! Ich glaube lieber Leuten wie Noa und Janne. Und Nuray, überlegte Hannah und fühlte sich plötzlich stolz und stark. Alle Mädchen haben super auf mich und die Anderen reagiert. Sogar Sigrid.

Plötzlich hatte sie Lust auf Musik und lief zu Gül, die ihr einen Cassettenrecorder gab. Den supergenialen aus dem Büro! Sie fand auch noch zwei Cassetten von Pur und andere Musik, die ihr gefiel. Die Betreuerin war ganz in Gedanken versunken.

»Ist irgendwas passiert?«, fragte Hannah.

»Erstens hole ich heute vielleicht ein neues Mädchen ab. Und zweitens ruft hier alle zehn Minuten irgendjemand an und sagt komische Sachen. Ich muss das gleich mal aufschreiben. Ja, deshalb bin ich wohl etwas nachdenklich«, antwortete Gül.

»Wegen mir rufen die an, oder?« Hannah fühlte sich überhaupt nicht mehr stolz oder stark.

»Ich weiß nicht genau. Manchmal passiert das, wenn Mädchen hier sind und die Eltern das nicht wollen. Falls es wegen dir ist, sollst du auf jeden Fall wissen, dass so etwas häufiger geschieht und dass wir damit umgehen können, okay?«

»Gehen wir heute Abend ins Kino oder in die Disco?«, fragte Hannah, die auf keinen Fall über die Anrufe nachdenken wollte.

»Das wäre wirklich gut. Ich hoffe, wir kriegen das mit dem neuen Mädchen hin, und hoffentlich könnt ihr euch ausnahmsweise mal auf etwas einigen. Weil zerteilen kann ich mich nicht. An eurer Uneinigkeit ist schon so mancher Abend gescheitert. Aber das weißt du ja.«

Hannah nickte. Ja, das wusste sie.

Wieder in ihrem Zimmer, stellte sie den Recorder so laut, dass sie das Telefonklingeln nicht mehr hören konnte. Sie setzte sich an ihren Schreibtisch, vor sich ein leeres Blatt Papier und ihren Lieblingskugelschreiber. Sie sah aus dem Fenster und andere begannen zu schreiben.

Sie unterbrachen ihren Schreibfluss nur, um die Cassetten umzudrehen. Jurek und Bastian gehörten mit zwei weiteren Persönlichkeiten zu einer speziellen Gruppe innerhalb der Bande, die sich selbst ›die Dokumentatoren‹ nannten. Zu dieser Gruppe gehörten außer Jurek und Bastian Franziska und Burkhard, die noch niemand kannte. Die Aufgaben waren unter ihnen genau verteilt.

Basti merkte sich alle möglichen Daten. Namen und Adressen von Orten, Namen und Berufe der Täter, Autokennzeichen, Täterbeschreibungen.

Jurek merkte sich die Taten. Er hatte ein fotografisches Gedächtnis, mit dem er die ›Tatbilder‹ festhielt. Außerdem ließ er innerlich ein Tonband mitlaufen, wie er sagte, das es ihm ermöglichte, ganze Dialoge wiederzugeben.

Franziska und Burkhard bewahrten jene Erinnerungen auf, denen Jurek und Bastian nicht gewachsen waren. Außerdem waren sie die einzigen Vertrauenspersonen der jüngeren Kinder und einiger Jugendlicher, die sonst niemand kannte und die ihnen erzählten, was sie zu Hause und in der Burg erlebten. Franziska schrieb diese Schilderungen in Form verschlüsselter Gedichte auf, mit denen nur sie etwas anfangen konnte. Dies war lebensnotwendig gewesen, solange sie noch im Elternhaus wohnen mussten. Für Noa beschloss Franziska entschlüsselt zu schreiben.

Burkhard fertigte Zeichnungen von Orten und Taten an, die

sehr architektonisch waren. Er hatte, ohne dass sie es wusste, einiges von Silver gelernt.

In der ganzen Zeit waren die ›Dokumentatoren‹ unentdeckt geblieben. Darauf war vor allem Basti stolz, denn er wusste jetzt, dass weder seine Eltern noch andere Täter allmächtig waren.

Den Tag, an dem sich ihre Vierercrew gegründet hatte, erinnerte Franziska glasklar, und es fiel ihr schwer zu glauben, dass es schon fast ein Jahr her war. An diesem Abend waren sie allein zu Hause gewesen – die absolute Ausnahme. Miriam hatte den Fernseher eingeschaltet, was streng verboten war. Sie zappte durchs Programm, unschlüssig, was sie sehen wollte. Plötzlich starrte sie wie gebannt auf den Bildschirm und tauchte dann erschrocken weg. Stattdessen sah sich Bastian die Sendung an: einen Bericht über Kindesmisshandlung, Folter, Kinderprostitution und Kinderpornographie, die man treffender als Kinderfolterproduktionen bezeichnen sollte, wie ein Experte sehr richtig bemerkte. Dieser Mann arbeitete in einer Kinderschutzorganisation und berichtete, dass Kindern, die solche Gewalt erlebten, nicht geglaubt wurde. Dass sich niemand vorstellen wollte, was täglich geschah. Er beschrieb Kinder, die Multiple Persönlichkeiten entwickeln mussten, um das Grauen auszuhalten. Und er sagte, dass man ihnen gerade wegen ihrer Multiplen Persönlichkeit nicht glaubte, weil ihre Berichte oft widersprüchlich waren und für eine Strafverfolgung nicht ausreichend exakt.

Zum ersten Mal hörte Bastian einen Begriff für das, wofür er keine Worte gefunden hatte. Multiple Persönlichkeit nannte der Experte die Möglichkeit, die er, Bastian, zusammen mit Jurek, Miriam und anderen gefunden hatte. Jetzt hatte er den Beweis. Es gab ihn! Es gab sie alle! Nicht nur in seiner Vorstellung! Und andere wussten davon. Dieser Sozialarbeiter wusste es. Er sagte diese wichtigen Dinge in aller Öffentlichkeit. Jeder konnte sie hören. Und jeder könnte ihnen glauben!

Der Mann berichtete, wie Täter die Kinder verwirrten, damit ihre Aussagen unglaubwürdig würden. Ja, Bastian kannte die Methoden. Er erfuhr, dass all die Dreckskerle davonkamen, weil die Kinder keine genauen Angaben machen konnten, oft nicht einmal die Täter wiedererkannten. Diese, hochangesehene Personen wie sein Vater und seine Mutter, deckten sich gegenseitig. Die Folge war, dass die Leute lieber ihn für verrückt und sein Wissen für Phantasie erklärten, als die Verbrechen zu glauben und endlich zu beenden. Bastian hatte immer wieder heftig genickt, während er dem Bericht gebannt lauschte. Ja! Genau das hatte er auch schon gedacht! Dass man sich alles gut merken muss. Dass die Verbrecher sonst nicht bestraft werden können.

An diesem Abend fasste Basti mit Jurek zusammen den Beschluss, die Gruppe der Dokumentatoren zu gründen. Und Franziska und Burkhard schlossen sich der Idee an, ohne den beiden anderen etwas davon zu sagen. Lieber hundertpro sicher gehen, hatte Burkhard gemeint. Wer nichts weiß, kann nichts verraten! Niemand durfte davon erfahren, so dachten auch Bastian und Jurek. Niemand! Auch Miriam und die Anderen nicht. Ab heute würden sie alles in ihren Köpfen festhalten. Sie teilten die Arbeit unter sich auf und vergaßen den Abend dann. Sicherheitshalber. Bis heute.

Vor dem Tagebuch fanden sie wieder zusammen, um endlich zu tun, was sie sich an jenem Abend vorgenommen hatten. Um ihren Schwur einzulösen. In stummer Anspannung versammelten sie sich vor den leeren Seiten. Alle anderen Persönlichkeiten waren weit weggegangen. Und das war gut so. Es wäre zu viel für sie und würde sie wahrscheinlich zu Tode erschrecken.

Vor allem Hannah sollte nichts davon erfahren, obwohl sie schon fast sechzehn war und für alle so gut den Alltag regelte. Sie hatte keine Ahnung, und das hatte seinen Grund.

Die Kinder sowieso nicht. Franziska würde ihre Geschichten aufschreiben, wie eine Journalistin. Natürlich berührte sie das, was die Kinder und Jugendlichen ihr zu erzählen hatten. Aber mit ihr und ihrem Leben hatte es nichts zu tun! Und auch das war gut so.

Und die Zwillinge *durften* nichts erfahren. Sie würden sofort zu Hause anrufen und alles weitererzählen, einfach weil sie mussten. Sie würden noch viel Zeit brauchen, bevor sie den Lügen der Eltern nicht mehr glaubten.

John brauchte seinen Humor, sein Vertrauen in andere Menschen und seinen Widerstandsgeist für die nächsten Wochen und Monate. Ihn ließen die vier lieber auch in Unkenntnis.

Jurek würde das Material mit Noa durchgehen. Er würde zwar nur auf dem Papier sprechen, wie er es nannte, aber damit musste sie eben klarkommen.

Bastian wusste, dass Noa auch dafür Verständnis hatte. Sie ging am Montag genau zu der Stelle, die in der Fernsehsendung genannt worden war und wo auch der Experte arbeitete. Den würde Basti gern persönlich kennen lernen. Beim nächsten Mal wollte er mit Noa zusammen hingehen und den Sozialarbeiter fragen, ob er sie mit den Informationen vor weiteren Gefahren schützen konnte. Das wünschte sich Basti am allermeisten. Und dass seine Eltern und alle Erwachsenen, die Kinder verletzten, bestraft wurden.

Erst fast sechs Stunden später legten die Dokumentatoren den Stift aus der Hand. Basti klappte das Buch zu. Er las das Geschriebene nicht noch einmal durch. Er war sicher, dass sie ganze Arbeit geleistet hatten. Sollte Hannah jetzt ruhig ins Kino gehen. In den letzten Tagen hatte es wahrlich genug Stress gegeben. Basti verstaute das Tagebuch in der untersten Schreibtischschublade und legte sich aufs Bett. Er hörte zum vierten Mal das gleiche Lied von Pur, eins, das er besonders liebte. ›Und ich wünsch dir noch ein Leben, noch ein Leben, doch du hast nur eine Chance …‹

Hannah öffnete die Augen, als sich der Cassettenrecorder abstellte. Draußen war es dunkel. Erschrocken sah sie auf die Uhr: schon kurz nach sieben. Das Tagebuch! Sie sollten doch alles aufschreiben. Bloß was?, dachte sie verzweifelt. Sie konnte kein Tagebuch entdecken. Mist, was war denn jetzt schon wieder geschehen? Sie sprang auf. Auf dem Schreibtisch fand sie ein regenbogenfarbenes Papier. Atemlos las sie die Nachricht: *Hallo, Hannah, wir haben alles aufgeschrieben, was Noa für den Termin am Montag braucht. Mach dir also keine Sorgen. Viel Spaß im Kino. Bis vielleicht irgendwann auch mal persönlich. Bastian*

Wie angewurzelt stand Hannah vor ihrem Schreibtisch. Was für ein toller Zettel, dachte sie. Der Bastian will Kontakt zu *mir*! Sie fühlte sich geschmeichelt. Und super, ich habe den ganzen Abend frei. Aufgedreht rannte sie aus dem Zimmer und fand die anderen Mädchen friedlich vereint vor dem Fernseher.

»Hey, was guckt ihr denn da?«, fragte sie und ließ sich neben Nuray auf die Couch fallen.

Die Freundin legte den Arm um sie. »Bin ich froh, dass du wieder da bist!«, sagte sie.

»Könnt ihr nicht woanders quatschen? Ich will den Film sehen«, knurrte Sahide mürrisch. Die anderen Mädchen stimmten zu, und die beiden verzogen sich auf den Flur.

»Hat Gül euch gesagt, dass wir heute Abend ins Kino gehen?«, fragte Hannah.

»Ja, in diesen Film, den wir seit Wochen sehen wollen«, erwiderte Nuray lachend. »Mit der Computerfachfrau, die in voll das Abenteuer gerät und ganz allein so einen Ring auffliegen lässt. Ich glaube, von uns allen braucht Gül das Kino am allermeisten. Das Telefon stand den ganzen Tag nicht still. Morgen kommt ein neues Mädchen. Aber den meisten Stress gab es, glaube ich, wegen voll den üblen Drohanrufen.« Sie schwieg und sah Hannah unsicher an.

»Meine Familie«, flüsterte Hannah tonlos und kämpfte mit den Tränen.

Nuray nahm sie in den Arm. »Hey, das schaffen wir schon. Erinnerst du dich, was ich dir von meinen Eltern erzählt habe? Ich muss doch auch ganz weit weg. Aische hat jetzt einen Platz für mich in Italien gefunden. Wo ich die Schule fertig machen kann und eine Ausbildung. Ich freu mich darauf.« Sie stutzte und wurde plötzlich ganz aufgeregt. »Mensch, Hannah, das ist überhaupt die Idee. Wir gehen zusammen nach Italien!«

»Nach Italien?«, fragte Hannah, der der Gedanke so ungeheuerlich vorkam, dass sie die Anrufe vergaß.

»Das wäre doch total genial, oder nicht?« Nuray schwieg verunsichert.

»Ich … ich wollte eigentlich … Ich weiß nicht genau. Aber ins Ausland?«

»Ich habe auch eine Woche gebraucht, um mich an den Gedanken zu gewöhnen. Aber dann dachte ich mir, was soll ich hier? In der Klasse gucken mich die anderen komisch an, weil ich im Mädchenhaus bin, die Lehrer sind langweilig und meine Freunde von früher kann ich sowieso nicht mehr sehen. Na ja«, schloss Nuray, »ich glaube, ich würde nur dich vermissen. Ich hatte schreckliche Angst, dass du nicht mehr zurückkommst. Und jetzt freu ich mich so!«

»Echt?« Hannah wusste nicht, was sie dazu sagen sollte. Sie mochte Nuray auch, aber das so offen einzugestehen traute sie sich nicht. »Wieso magst du mich?«

Nuray sah sie lange an. »Ich vertraue dir einfach. Ich habe das Gefühl, dass ich dir alles sagen kann. Außerdem«, lachte sie dann, »spielst du echt gut Tischtennis!«

»Gibt es denn in Italien überhaupt Tischtennisplatten?« Hannah wollte nicht, dass Nuray sah, wie sehr ihre Worte sie berührt hatten.

»Notfalls bauen wir uns eine und wünschen uns die Kellen zum Abschied.«

»Okay«, stimmte Hannah zu. »Dann steht unserer Zukunft ja nichts mehr im Wege.«

»Meinst du wirklich?«, fragte Nuray mit großen Augen.

»Für mich hört sich das voll gut an. Und gleich morgen frage ich die Noa, was sie davon hält.«

Die beiden Mädchen sahen sich forschend an. Hannah hatte Nuray wirklich gern. Sie war so direkt und ehrlich und unkompliziert. Bestimmt würde sie ihr immer die Wahrheit sagen, und das war das Wichtigste in einer Freundschaft.

»Sind wir Freundinnen jetzt?«, fragte Hannah.

Nuray nickte. »Das will ich doch sehr hoffen«, sagte sie. »So, und jetzt lass uns mal nach Gül gucken, damit wir hier heute noch rauskommen.«

Der Abend war ein voller Erfolg. Den Film fand Hannah vom ersten Moment an so spannend, dass sie alles um sich herum vergaß. Diese Sandra Bullock war einfach eine superklasse Hauptdarstellerin. Vielleicht, dachte sie zwischendurch, werde ich auch mal Computerfachfrau. Dass niemand der Frau ihre Geschichte glaubte, kam ihr nur allzu vertraut vor. Und nicht nur ihr. Auch John und Dezember sahen sich einzelne Passagen des Films an.

Das Netz ist wirklich ein passender Titel, fand Basti, der den Film im Hintergrund mitverfolgte. Er fühlte sich oft ähnlich wie Angela Bennett: niemand, der einem glaubt, und ganz allein auf der Welt. Mit einer falschen Identität noch dazu! Angela Bennett schaffte es. Und wir schaffen es auch, dachte Bastian zufrieden und zog sich in seine Privatwelt zurück.

Liebes Tagebuch,

Gestern haben hier welche wie die Verrückten ins Tagebuch geschrieben. Den ganzen Tag! Um alles aufzuschreiben, worum die Noa uns in ihrem Brief gebeten hat. Oje, ich will gar nicht wissen, was in diesem Buch jetzt alles drinsteht.

Ich habe heute Abend mit Noa gesprochen. Hier war den ganzen Tag so viel los, dass wir erst vor ein paar Stunden dazu gekommen sind.

Und wie lange habe ich persönlich mit Noa gesprochen? Eine halbe Stunde? Das ist etwas, was ich an der Multiplen Persönlichkeit wirklich ungerecht finde. Dass man sich die knappe Zeit mit so vielen teilen muss! Andererseits, wenn ich an die Zeit denke, als nur ich mit Brigitte reden durfte … Das wollte ich erst recht nicht. Dann schon lieber so. Tja, wie man es auch dreht und wendet, es gibt wohl immer Nachteile.

Die Noa hat jedenfalls alles gelesen, was welche von uns aufgeschrieben haben. Und sie hat uns alle gelobt.

Sie sagte, dass es ihr sehr Leid tut, dass die anderen Frauen sich geweigert haben, mit Verschiedenen von uns zu reden. Und sie denkt, es wäre nicht so viel Chaos entstanden, wenn es diese Regel nicht gegeben hätte. Das glaube ich ehrlich gesagt auch.

Ich kann gar nicht laut genug sagen, wie froh ich bin, dass Noa endlich wieder da ist! Auch wenn ich mir das Wiedersehen mit ihr ehrlich gesagt anders vorgestellt hatte.

Ist es wirklich erst zwei Tage her, dass ich meine Mutter und Papa auf der Autobahnraststätte gesehen habe? Und dann war Janne da. Ich konnte es gar nicht glauben.

Und plötzlich saß ich mit Noa im Auto und dieses Gefühl, als ich endlich wieder im Mädchenhaus war und sie mich getröstet hat, ich glaube, das werde ich nie vergessen. Alles! Alles wird gut.

Ich merke auch, dass ich nicht mehr so viel Angst davor habe, dass ich vielleicht im Mädchenhaus gar nicht richtig bin. Eine ganze Zeit lang habe ich sogar gedacht, dass ich anderen Mädchen die Möglichkeit nehme, hierher zu kommen, die den Platz viel dringender brauchen als ich. Heute musste ich ganz viel an den ersten Tag denken, als ich hierher kam und noch niemanden kannte. Oje, wie viel Angst ich da hatte. Vor den Mädchen und vor den Betreuerinnen, aber vor allem davor, dass sich alles als schreckliche Lüge herausstellt und ich überhaupt kein Recht habe, hier zu sein. Und dass meine Mutter und mein Patenonkel Recht damit haben, dass ich nur im Mittelpunkt stehen und mir mein Leben abenteuerlicher machen will, als es ist.

Aber inzwischen glaube ich schon viel mehr, dass ich nicht gelogen habe – und auch sonst niemand von uns. Hannah

Der Therapeut von Mama hat sogar gesagt, dass ich so viel Unsinn mache, weil ich mich mit Mama und Papa nicht auseinander setzen will. Und dass man so was als Aufregungsjunkie bezeichnet, solche Menschen, die sich selbst dauernd in Gefahr bringen und dauernd etwas anstellen und dann ständig mit der Polizei und den Gerichten zu tun haben.

Ich muss immer noch und immer wieder an die Worte von Mamas Therapeuten denken. Das klang alles so logisch, und als Papa dann auch noch die Briefe rausgeholt hat, die von der Polizei und dem Gericht, da habe ich dem Therapeuten voll geglaubt. Oh Gott, ich glaube, das war der schlimmste Augenblick in meinem Leben.

Danach ging es nur noch bergab mit mir. In der Schule, zu Hause, in meinem ganzen Leben. Ich glaube, es ist auch der schlimmste und längste Filmriss in meinem bisherigen Leben. Ich hoffe, dass es eine solche Zeit nie wieder geben wird.

Mittlerweile habe ich zwar begriffen, dass alles, was damals passiert ist, überhaupt nichts mit mir zu tun hatte, sondern eben mit Basti und Jurek. Trotzdem ist es immer noch ein sehr merkwürdiges Gefühl.

Aische und auch Renan meinten zu mir (da war ich gerade da, aber sie haben mich immer Hannah genannt!) – oh, jetzt habe ich den Faden verloren ...

Ach ja, stimmt (danke, Klara), sie sagten, dass sie im Team darüber gesprochen haben, dass es nicht so gut wäre, dieses Spalten – in der Fachsprache heißt es wohl dissoziieren –, und dass die Teamfrauen diese Dissoziation nicht dadurch unterstützen wollten, dass sie mit verschiedenen Persönlichkeiten sprechen. Denn in Wirklichkeit gäbe es doch nur eine Persönlichkeit, und das sei Hannah, und alles andere wäre reine Phantasie. Ich war echt geschockt und bin es noch immer. Miriam

Ausgerechnet Hannah! Wenn ich mir überlege, dass sie die letzte Persönlichkeit ist, die zu uns gestoßen ist – übrigens um dir, Miriam, zu helfen –, dann hat die Ansicht von Aische und Renan echt etwas Urkomisches.

Tja, was sage ich denn zu dieser Spaltungsdiskussion? Schon bevor ich mit Noa darüber gesprochen habe, dachte ich bei mir, dass vom Ignorieren verschiedener Persönlichkeiten wohl kaum etwas besser werden kann. Und was heißt das schon: Spalten unterstützen? Ich meine, das ist doch längst passiert. Und man macht es nicht dadurch weg, dass man nicht hinguckt.

Na ja, Noa sieht es sogar noch krasser. Sie meinte, erst dann – und überhaupt nur dann –, wenn verschiedene Persönlichkeiten den Raum und die Möglichkeit bekämen, mit Außenmenschen zu sprechen, und alle Persönlichkeiten die Chance hätten, da zu sein und zueinander Kontakt zu bekommen, nur dann könnte diese Spaltung sich auflösen.

Sie meinte, so etwas würde in Fachkreisen Integration genannt. Dass sich zum Beispiel Basti, Jurek und ich irgendwann mal überlegen könnten, ob wir zusammengehen wollen. Und wir drei dann sozusagen zu einer Persönlichkeit würden, in der alle Anteile von Basti, Jurek und mir vorhanden wären. Na, das wäre bestimmt eine ziemlich brillante Mischung.

Ich höre Jurek schon heftig protestieren. Ich habe mir das nicht für heute vorgenommen, Jurek! Du kannst dich also wieder abregen.

Spannend, die Ansicht von Noa. Mensch, bin ich froh, dass die Frau wieder da ist!

Ich habe heute mit ihr besprochen – Leute, aufgepasst, das ist eine Info, die für uns alle wichtig ist! –, dass wir auf keinen Fall mehr zu unserer Schule gehen und Nuray vorerst auch nicht. Noa will ganz schnell eine Alternative finden! So wie man sie wohl einschätzen muss, werden wir schon am Dienstag in einem neuen Klassenzimmer sitzen. Seufz! John

Das ist wirklich nicht fair. Wozu reiß ich mir eigentlich den Arsch auf und investiere alle meine Energien, um eine Schülerzeitungsredaktion aus dem Boden zu stampfen, nur damit wir dann auf eine andere Schule wechseln? Also wirklich, ich muss mich jetzt echt mal beschweren. Jurek

Tja, Jurek, wenn wir noch ein paar Monate bleiben, dürften wohl sämtliche Schulen dieser Stadt eine Schülerzeitung besitzen. Und wenn dir das immer noch nicht reicht, könntest du ja an einer Vernetzung dieser Zeitungen arbeiten. Wäre das nichts? John

Sehr witzig, John. Danke für deine wundervolle Unterstützung. Aber mal im Ernst: Du würdest dich mit mir und Basti integrieren wollen? Da muss ich mich wohl geschmeichelt fühlen, oder wie? Jurek

Ja, zum Beispiel. Aber ehrlich gesagt, ich glaube, ich bin gern so, wie ich bin. Nehmt es nicht persönlich, aber ob diese Mischung wirklich so brillant ist, wie ich es solo bin, das wage ich nun doch zu bezweifeln. John

Ich nehme alles zurück, was ich eben über dich geschrieben habe, John, und sage dazu nur eins: Sausocke!! Jurek

Wenn ich auch mal was dazu sagen darf: Grundsätzlich finde ich euch, Jurek (dich sowieso!) und John, klasse, so wie ihr seid. Lassen wir es doch einfach, wie es ist. Ohne die Familie wird ein wunderbares Leben auf uns warten. Und das ist eigentlich alles, was ich will. Mit euch allen. Das ist mein größter Traum. Am liebsten wirklich in einem anderen Land.

By the way: Wisst ihr überhaupt, wie ungeheuer sprachbegabt ich bin? Italienisch, das lerne ich fließend in einem halben Jahr. Und die Wärme dort! Ehrlich, Italien fände ich ausgesprochen genial. Und Nuray finde ich ganz in Ordnung. Sicher werde ich nicht so ein Herzensfreund von ihr werden wie Hannah, aber in Italien wird es ja noch mehr Menschen geben außer ihr und uns. Und insofern – lasst uns dorthin gehen. Noa soll dort einen Platz für uns auftun. Sie und Aische sind doch ein unschlagbares Team. Wenn die beiden zusammenhalten, dann kann das Projekt überhaupt nicht anders, als uns auch noch aufzunehmen. Und mal unter uns gesprochen: Auf ein Mädchen mehr oder weniger wird es doch letztlich nicht ankommen.

Noa findet die Idee auch sehr gut. Das Dumme ist nur, dass dieses Projekt schon in drei Wochen startet. Keine Ahnung, ob wir das alles so schnell auf die Reihe kriegen. Wo Noa doch gerade erst aus ihrem Urlaub zurück ist. Und wo doch das Jugendamt findet, unsere Eltern wären nicht krass genug drauf, dass wir deswegen in ein anderes Land müssten.

Na ja, vielleicht schafft Noa es ja, das Jugendamt vom Gegenteil zu überzeugen. Besser wäre es! Basti

Noa hat sich meine Bilder angesehen. Und sie mochte sie sehr. Ach, wenn ich bloß eine eigene Staffelei hätte! Aber dafür kriegen wir leider zu wenig Taschengeld, und anders als Jutta bekäme ich mit Sicherheit keine Staffelei zur Belohnung, wenn ich nach Hause zurückginge. Außerdem wäre dieser Preis sowieso viel zu hoch.

Noa fragte mich, ob ich im Jugendamt darüber reden könnte – über meine Bilder aus den beiden letzten Wochen. Ich weiß nicht recht. Noa versteht die Bilder, ohne dass ich viele Worte mache. Da ist sie ähnlich wie Janne. Aber wenn schon Brigitte als Mädchenhausmitarbeiterin es nicht verstanden hat, wie soll es dann ein Sachbearbeiter vom Jugendamt verstehen? Na ja, einen Versuch ist es wert. Zumal Noa versprochen hat, mir dabei zu helfen.

Außerdem schlage ich vor, eine kleine Rundfrage zu starten wegen dem Projekt in Italien, und da ich mal annehme, dass ihr das alle gut findet, fange ich gleich damit an.

Ich finde Italien gut. Das Einzige, was ich mir wünsche, ist eine Staffelei, damit ich dort weitermalen kann. Und dann hoffentlich endlich andere Sachen als im Moment noch. Denn das ist mein zweiter großer Traum: selbstbestimmt Bilder malen. Über uns, über das Land, in dem ich lebe, über meine Träume und wie ich die Welt sehe. Schreibt doch bitte was zur Rundfrage!! Silver

Hilfe, Papa steht unten im Hof. Er ruft die ganze Zeit nach mir. Ich muss zu ihm gehen. Ich kann nichts machen. Er ruft. Er ruft. Ich muss gehen. Hilfe!

Oh Gott, das wäre ja beinahe völlig schiefgegangen. Danke, Klara. Ich habe dich gehört – zum allerersten Mal, vorher kannte ich nur deine Briefe. Deine Stimme ist mir richtig unter die Haut gefahren, aber ich kam an Rickie nicht vorbei. Es war auch das erste Mal, dass ich *sie* erlebt habe.

Gut, dass sie sich selbst an die Regel gehalten hat, sich abzumelden, und dass Noa so misstrauisch geworden ist. Wohin sie denn wolle, hat Noa gefragt. Nur ein bisschen raus, meinte Rickie.

Da hat Noa wohl ein komisches Gefühl bekommen und ist Rickie nachgegangen. Gerade noch rechtzeitig, um sie davon abzuhalten, in Papas Auto zu steigen.

Noa hat immer wieder nach Hannah gefragt, aber dann war ich da. Natürlich wollte ich auch nicht in Papas Auto einsteigen. Ich habe mich total erschrocken. Scheiße, mir tut das so Leid mit Papa. Ich weiß, dass er mich auf seine Art wirklich liebt und all das Schreckliche, glaube ich, auch selber nicht will.

Noa hat mich mit zurückgenommen ins Mädchenhaus, und dann bin ich im Büro erst mal zusammengebrochen. Es war richtig schlimm.

Noa hat die Polizei angerufen, damit sie nachsehen, ob Papa noch vor dem Mädchenhaus steht. Die Polizei hält jetzt wohl die ganze Zeit Wache. Besser gesagt, bis morgen.

Und Noa meint, dass wir unter diesen Umständen auf keinen Fall hier bleiben können. Sie war selber weiß wie die Wand.

Ich will nicht weg aus dem Mädchenhaus! Wieso musste schon wieder so was passieren? Gerade fühlte ich mich sicher und habe geglaubt, dass endlich alles gut wird.

Jetzt kann ich gar nichts mehr glauben und will nur noch sterben. Miriam

Und ich habe mich heute zum ersten Mal mit Noa unterhalten und finde sie richtig gut. Sie hat die ganze Zeit rumtelefoniert, um einen anderen Platz für uns zu finden. Morgen wird sie mit uns zusammen zur Beratungsstelle gehen. Sie sagt, dass wir es schaffen werden. Ich hoffe es so sehr! Auf jeden Fall sind wir in guten Händen.

Noa hat mir erklärt, was eine Multiple Persönlichkeit ist. Sie hat mich mit zitternder Stimme gefragt, ob ich irgendeine Idee

habe, wie ich unser System (so heißt das in Fachkreisen) unterstützen kann. Ich glaube, sie hat einen richtigen Schock. Zuerst fiel mir überhaupt nichts ein, aber als mich Noa nach meiner Aufgabe bei uns fragte, habe ich genau rekonstruiert, wann, wie und warum ich entstanden bin. Und da wurde es mir klar. Jetzt bin ich verblüfft, dass ich es nicht die ganze Zeit gewusst habe. Ich bin das, was die Fachwelt einen »inneren Helfer« nennt.

Noa hat mir die Stelle in einem Buch gezeigt, wo das, was ich selbst als meine Aufgabe definiert habe, beschrieben wird. Das hat mich beeindruckt. Als »innere Helferin« weiß ich sehr viel von unserem »System« – Noa glaubt sogar, dass ich die Persönlichkeit sein könnte, die das gesamte »System« kennt. Sie fragte mich, ob ich mich in der Lage fühle, eine Persönlichkeitenliste zusammenzustellen. Man nennt so was in der Fachsprache auch »innere Landkarte«. Ich bin mir nicht sicher, ob ich es kann, aber Noa traut es mir zu. Sie glaubt, dass diese Persönlichkeitenliste ein weiterer und sehr wichtiger Schritt dazu ist, unsere Kommunikation zu verbessern und damit Situationen wie die heute zukünftig zu verhindern. Sie meinte, ich solle mich einfach hinsetzen und anfangen, alles aufzuschreiben, was ich weiß, was mir in den Sinn kommt und was ich von anderen Persönlichkeiten höre. Damit verbringe ich bestimmt die nächsten Stunden.

Klara

Persönlichkeitenliste von Hannah Merkum
Stand: 26.11.1995

Hannah, 15 Jahre: übernimmt mit knapp 15 die Aufgabe von Miriam; weiß nichts von der Geschichte und den Anderen; Persönlichkeit, die in der Fachwelt »die Gastgeberin« genannt wird; flieht von zu Hause ins Mädchenhaus; Alltagspersönlichkeit

Miriam, 14 Jahre: regelt den Alltag bis zum 15. Lebensjahr; kennt ebenfalls keine anderen Persönlichkeiten; »erfindet«

mich, Klara, und möchte später Schriftstellerin werden;
Alltagspersönlichkeit

ich, Klara, 19 Jahre: Beschützerin und Beraterin insbesondere von Miriam, aber auch für andere Persönlichkeiten, da »innere Helferin«; ich kenne alle Persönlichkeiten; eher Innenpersönlichkeit

John, 14 Jahre: Beschützer von Miriam, Hannah und einigen Kindern; kennt nicht alle Persönlichkeiten; glaubt, ihm geschähe keine Gewalt, weil er ein Junge ist; verantwortungsbewusst – viel und gern im Außen; ausgesprochen kommunikativ; humorvoll und selbstbewusst; isst gern Süßes beim Schreiben; will die anderen Persönlichkeiten unbedingt kennen lernen; liebt Handwerkern; Alltagspersönlichkeit

Sebastian (Basti), 14 Jahre: traut seinen Eltern nicht über den Weg; offen rebellisch, ehrlich, abenteuerlustig, sprachbegabt; Jureks bester Freund; gehört mit Jurek, Franziska und Burkhard zur Gruppe der »Dokumentatoren«; Alltagspersönlichkeit

Jurek, 13 Jahre: politisch sehr aktiv; will Journalist werden; stiller Rebell und Bastis bester Freund; findet Jungen klasse, Mädchen eher nicht; kooperativ, sportlich, kommunikativ und hilfsbereit; braucht Freiheit und Unabhängigkeit; traut Erwachsenen nicht; wach und kritisch; kennt Klara, Miriam, Bastian und John; gehört zur Gruppe der »Dokumentatoren«; Alltagspersönlichkeit

Silver, 16 Jahre: die Malerin im »System«; wenig Außenkontakte; spricht nicht gern, außer durch ihre Bilder; vertraut ihrem Kunstlehrer und im Mädchenhaus Jutta, Noa und Janne; eher Innenpersönlichkeit

Lela, 5 Jahre: traumatisiert; schreibt Traumen ins Tage-buch; braucht unsere Hilfe und unseren Schutz; sehr ängst-lich und verwirrt; kennt keine anderen Persönlichkeiten; kommt nur in Situationen raus, die sie an die Traumen er-innern; sucht verzweifelt Hilfe (Auslöser); eher Innenper-sönlichkeit

Rickie, 10 Jahre: Mädchen mit viel Traumaerfahrung, die beschützt werden muss; eng verbunden mit den Zwillin-gen Sunny und Sammy, ist deren Beschützerin; von den Eltern abhängig – aber durchaus mit Widerstandsgeist und einer Menge Wut; kann sehr ironisch sein, gleichzeitig voller Verzweiflung; selten im Außen; sehr misstrauisch; Innenpersönlichkeit

Sammy und Sunny, 9 Jahre: tun alles, was die Mutter sagt; leben ausschließlich im Trauma; suchen und brau-chen dringend Hilfe; schwer traumatisiert und verängs-tigt; Innenpersönlichkeiten

Sascha, 5 Jahre: aufgewecktes, neugieriges Mädchen; gern im Außen; trotz Angst und Traumaerfahrung vertrauens-voll; schließt gern und schnell Freundschaften; liebt Ku-scheltiere, Murmeln und Märchen; kennt andere Persön-lichkeiten; Alltagspersönlichkeit

Feuerfeder, 12 Jahre: Indianermädchen, Dichterin und Märchenerzählerin; ausgesprochen scheu; für ihr Alter sehr klug; z.Zt. noch viel im Innen, könnte aber eine All-tagspersönlichkeit werden

Burkhard und Franziska, ca. 16 Jahre: gehören zur Grup-pe der »Dokumentatoren«; »innere Helfer«; Beschützer-persönlichkeiten für schwer traumatisierte Innenkinder und Innenjugendliche; selten im Außen – dort sehr hilfsbe-reit; Innenpersönlichkeiten

*Dezember, 15 Jahre: entstanden in einer Traumasitua-
tion; Beschützerin, die in Krisensituationen für jede Persönlichkeit einspringt; humorvoll bis sarkastisch; eher einsilbig; ausgesprochen klar; leicht zu verunsichern; sehr
guter Orientierungssinn; hat in der Schule einen Aufsatz
geschrieben – gedacht als Hilferuf; wusste immer, dass
es andere Persönlichkeiten gibt; lange Zeit Innnenperson,
was sie auch bleiben sollte; durch häufiges Draußen-Sein
und das Kennenlernen anderer Orte als der Tatorte zu
einer Alltagspersönlichkeit geworden*

*Lola 4 Jahre, Mai 7 Jahre, Hans 6 Jahre: diese Kinder be-
wahren Traumen und leben ausschließlich darin; Alltags-
leben kennen sie nicht; brauchen sehr viel Liebe, Geduld,
Verständnis und Aufmerksamkeit; Innenpersönlichkeiten*

*Ich höre nichts mehr und es ist spät. Ob es noch weitere Per-
sönlichkeiten gibt, werden wir im Laufe der Zeit sicher zusammen rausfinden. Ich jedenfalls finde toll, dass es uns alle gibt,
und hoffe, es geht euch genauso. Gute Nacht, Klara*

Und vor uns liegt das Meer

12. Kapitel, in dem von Abschieden die Rede ist, sich Hannahs größter Wunsch erfüllt und Silver das Abschiedsgeschenk aussuchen darf

Noas Blick fiel in den wolkenverhangenen frühen Morgen. Nachher würde sie mit Hannah und den Anderen in die Beratungsstelle fahren. Unter einer Notfallnummer hatte sie Tom Beck, einen Mitarbeiter, persönlich erreicht und für zehn Uhr einen Termin mit ihm verabredet.

Noa war froh über die Zeit, die sie für sich allein hatte und die sie auch dringend brauchte. Der gestrige Abend hatte ihr einen gehörigen Schrecken eingejagt, und von dem Horror zwei Nächte zuvor hatte sie sich alles andere als erholt. Der Blick aus dem Bürofenster wenigstens war beruhigend: Der Polizeiwagen stand noch immer vor dem Haus.

Dieses Tagebuch, dachte Noa, enthält so detaillierte Beschreibungen der erlebten Gewalt, dass mir davon immer noch ganz schlecht ist. Wie genau und zusammenhängend die Persönlichkeiten alles aufgeschrieben haben!

Es klopfte an der Tür, und noch ehe Noa es richtig registriert hatte, sagte sie schon »herein«.

»Guten Morgen, Noa«, begrüßte Hannah sie und setzte sich auf das Sofa.

Wie selbstverständlich sich Hannah hier mittlerweile bewegt, dachte Noa und musste lächeln. »Morgen, Hannah. Guck mal, ich habe deinen Rucksack dabei. Janne hat ihn auf der Tankstelle retten können.«

Es war nicht zu erkennen, ob Hannah sich freute. Sie musterte Noa schweigend und sagte dann: »Ich – wir müssen noch mal mit dir sprechen wegen gestern Abend und so. Hat ein Mädchen namens Franziska jedenfalls vorhin auf einen Zettel geschrieben.«

»Na dann los, wir haben nicht mehr viel Zeit.« Noa wartete, und nach kurzer Zeit stand die Jugendliche auf, nahm ein Blatt und einen Kugelschreiber vom Schreibtisch und setzte sich vor Noa auf den zweiten Bürostuhl.

»Franziska?«, fragte Noa, und die Jugendliche nickte. Also eine von den vier Dokumentatoren. Bastian hatte gestern von der Gründung ihrer Gruppe geschrieben, von der Fernsehsendung und dem Experten, den er so toll fand. Und sie hatte ihm erzählt, dass sie genau diesen Mann heute in der Beratungsstelle treffen würden.

Franziska reichte Noa das Papier. *Möglicherweise hat der Sozialarbeiter konkrete Fragen zu einzelnen Punkten, die du gar nicht beantworten kannst. Ich möchte dir noch mal sagen, dass wir nicht hier bleiben können. Es ist zu gefährlich und unsere Kommunikation untereinander ist noch nicht gut genug. Mit der Schule kannst du dir ruhig Zeit lassen, aber eine andere Unterkunft scheint dringend.*

Noa sah auf und blickte in ein verschmitztes und gleichzeitig ernstes Mädchengesicht. Sie schrieb: *Na, ich muss mich schon sehr wundern. Wer hat euch denn gesteckt, wie wichtig mir die Schule ist? Okay, ich habe Kontakt zu einem anderen Mädchenhaus aufgenommen, die wahrscheinlich noch einen Platz für euch freihaben. Nach dem Termin in der Beratungsstelle würde ich euch gerne dorthin bringen. Ich hoffe, das klappt. Wir werden auf jeden Fall in Kontakt bleiben und ich bleibe auch eure Betreuerin.*

Aber da kennen wir doch niemanden, und außerdem, wer weiß, wie die Frauen dort mit dem Viele-Sein umgehen, antwortete Franziska.

»Ich weiß, dass das schwierig für euch ist«, sagte Noa. »Überlegt mal zusammen, wie ihr in dem anderen Mädchenhaus mit den vielen Persönlichkeiten umgehen wollt. Ihr allein entscheidet, wer wissen soll, dass ihr viele Personen in einem Körper seid, und wer nicht.«

Franziska nickte. *Wir müssen sehr vorsichtig sein. Jetzt, wo die Leute unsere Telefonnummer und die Adresse wissen, wird es hier gefährlich für uns. Ab sofort darfst du uns nicht mehr aus den Augen lassen.*

Noa spürte Angst in sich aufsteigen. »Ich werde euch ganz bestimmt nicht aus den Augen lassen.« Sie sah Franziska an und musste den Kopf über sich schütteln. Meine Güte, ich breche in Panik aus und die Bande sitzt ganz ruhig da. Ich sollte mir wirklich ein Beispiel an ihnen nehmen. »Pass auf, ich habe mir Folgendes überlegt. Ihr packt jetzt eure Sachen. Alles, was ihr die nächsten Tage braucht. Und ich ruf von unterwegs in dem Mädchenhaus an, damit wir gleich nach dem Termin dorthin fahren können. Okay?«

Franziska nickte. Ihr Gesicht spiegelte Entschlossenheit. Noa nahm noch einmal den Kugelschreiber zur Hand: *Liebe Franziska und ihr Anderen! Im Moment kann ich die Lage noch nicht wirklich einschätzen, aber eins weiß ich genau: Ihr werdet sicher an einen Ort kommen, wo ihr gerne leben wollt. Ich weiß noch nicht genau wie, aber ich werde alles dafür tun. Und wenn ich dabei Gesetze brechen muss, wird mich das nicht im Geringsten hindern. Ich weiß, dass wir alle zusammen es schaffen werden.*

»Auf ins nächste Abenteuer«, sagte Noa laut und Franziska lächelte. Dann ging sie in ihr Zimmer, um zu packen.

Noa saß wieder allein im Büro und versuchte sich für den bevorstehenden Termin mit Tom Beck zu sammeln. Die Ereignisse der letzten Tage hatten sie sehr mitgenommen. Natürlich hatte sie damit gerechnet, dass Hannahs Familie das Mädchen so schnell wie möglich zurückhaben wollte. Aber dass sie so weit gehen würden, darauf war sie nicht gefasst gewesen. Hoffentlich bleibt die Polizei noch ein wenig, dachte sie, aber als sie aus dem Fenster sah, stellte sie fest, dass der Polizeiwagen nicht mehr unten stand.

Solange sie mit Hannah zusammen war, würden sie es nicht wagen, ihr etwas anzutun. Noa hatte gestern noch das gesamte Tagebuch kopiert und in Hannahs Akte verstaut. Die Aussagen waren derart belastend, dass sie sicher einen Schutz bedeuteten, wenn sie hinterlegt wären. Deshalb hatte sie Hannah und die Anderen um ihr Einverständnis gebeten, eine zweite Kopie an eine Kanzlei zu schicken, deren Anwälte Mädchen und Frauen betreuten, die von Gewalt bedroht wurden. Sie hatte auch einen Brief beigefügt: »Sehr geehrte Frau Anwältin Roth, mit diesem Brief sende ich Ihnen in einem verschlossenen Umschlag die Aussage von Hannah Merkum zu. Sollte Hannah Merkum, Frau Janne Mai oder mir selbst etwas zustoßen, bitte ich Sie, den verschlossenen Umschlag sofort zu öffnen und der Staatsanwaltschaft zu übergeben. Der Inhalt der Aussage beschreibt Verbrechen, die Hannah Merkum bezeugen kann. Es besteht ein Interesse daran, sie zum Schweigen zu bringen und eventuell auch alle anderen, die davon wissen. Ich melde mich so bald wie möglich. Danke! Mit freundlichen Grüßen und Schalom, Noa Epstein.« Seit der Brief im Kasten war, ging es ihr schon besser.

Noa sah auf die Uhr. Dann nahm sie ihre Tasche, ihren Mantel und das Tagebuch und lief zu Hannahs Zimmer. »Komm, wir müssen los. Lass den Rest einfach liegen.«

»Sehe ich das Mädchenhaus noch einmal wieder?«, flüsterte Hannah.

»Ich weiß es noch nicht«, antwortete Noa beklommen.

»Noa?« Hannah blieb im Treppenhaus stehen.

»Ja?«

»Ich möchte wirklich mit Nuray nach Italien«, erklärte Hannah mit fester Stimme.

»Du klingst, als wärst du dir schon ganz sicher.« Halb fragend sah Noa ihr Bezugsmädchen an.

»Ja, und die Nuray will das auch«, betonte Hannah.

»Na, wenn das so ist«, meinte Noa lachend. Diese Mädchen sind einfach toll, dachte sie. Ich selber bin gar nicht auf die Idee gekommen, dass Hannah mit Nuray gehen könnte. Das Projekt in Italien war ein Pilotprojekt für Jugendliche, die sich in besonderen Lebenssituationen befanden und eine Betreuung in völlig anderer Umgebung brauchten. Was genau die Vorraussetzungen für die Aufnahme waren, wusste Noa nicht, aber wenn das Projekt für Nuray passte, warum nicht auch für Hannah?

»Ich bin froh, dass du dir so sicher bist. Ich habe die Sache gestern schon mit John besprochen, er wollte etwas dazu ins Tagebuch schreiben. Das hat er wohl auch gemacht?«

»Na ja, Silver hat schon vorgestern eine Rundfrage im Tagebuch gestartet, und eigentlich wollen alle, die häufiger da sind, in das Projekt«, erzählte Hannah und der Kummer in ihrem Gesicht wich einem Leuchten.

»Ich finde eure Idee richtig genial. Aische meint, es könnte noch einen freien Platz geben, und mit der Frau vom Jugendamt habe ich heute Morgen auch schon gesprochen. Sie würde es befürworten, wenn es klappt.«

»Meinst du, in Italien sind wir wirklich sicher?« Hannahs Angst war deutlich zu hören.

»Genau deswegen fahren wir zu dieser Beratungsstelle«, beruhigte Noa sie. »Wir werden mit Tom Beck alle Möglichkeiten durchgehen und so lange daran herumfeilen, bis ihr wirklich ganz sicher seid.«

Als Hannah antworten wollte, hörten sie draußen das Taxi hupen.

Soweit Noa es einschätzen konnte, wurden sie nicht verfolgt. Sie dachte an die Fahrt ins Mädchenhaus mit Dezember und musste lachen, als sie merkte, dass sie Dezember vermisste und sich fragte, warum sie nicht wie Hannah neben ihr saß.

In der Beratungsstelle war dann plötzlich Franziska da. »*Ich* will mit Tom Beck sprechen«, sagte sie und ging zielsicher auf einen Mann zu, der vor einem Computer saß und erstaunt aufsah. Sie reichte ihm die Hand. »Guten Tag, ich heiße Franziska. Ich bin gekommen, damit Sie uns helfen, einen sicheren Ort zu finden, wo die Eltern und andere Menschen uns nicht mehr verletzen können.«

Noa nickte dem Mitarbeiter der Beratungsstelle zu und setzte sich still an einen der Tische. Sollte Franziska das Gespräch managen, wahrscheinlich konnte sie das sowieso viel besser als sie.

»Woher kennst du mich?«, fragte der Mann und Franziskas Antwort schien ihn sehr zu berühren. »Das ist ja toll«, sagte er. »Wenn die Sendung so viel bewirkt hat, dass du deswegen zu mir kommst, dann hat sie sich wirklich gelohnt. Setzen wir uns?«, fragte er und Franziska setzte sich zu Noa.

»Hallo, ich bin Noa Epstein«, sagte Noa.

»Wir haben alles für Sie aufgeschrieben«, erklärte Franziska und bat Noa um das Tagebuch. Dann sah sie Tom Beck fest in die Augen. »Glauben Sie das, was Ihnen erzählt wird?«

»Ja, ich glaube den Menschen, die zu mir kommen, und ich werde dir auch sagen, warum. Das, was mir von Kindern, Jugendlichen und Erwachsenen berichtet wird, ist schrecklich. Niemand würde sich so etwas freiwillig ausdenken. Die Leute, die behaupten, dass solche Berichte reine Phantasie sind, übersehen, dass sich Kinder in ihrer Phantasie schöne Dinge vorstellen und keine schrecklichen.«

Franziska nickte. »Aber das mit der Multiplen Persönlichkeit, wieso glauben Sie das?«

»Siehst du, die meisten Menschen wollen nicht glauben, dass es viele Persönlichkeiten in einem Menschen geben kann. Warum also sollte sich ein Kind so etwas ausdenken, wenn es doch niemand hören und glauben will. Es ist auch so, dass man eine Multiple Persönlichkeit unmöglich spielen kann, wie manche Fachleute behaupten. Denn du müsstest so viele Informationen speichern, allein schon die unterschiedlichen Fähigkeiten der Personen, und niemals dürftest du sie verwechseln. Immer müsstest du ganz unterschiedliche Rollen spielen. Selbst wenn man so etwas immer mitschreiben könnte oder würde, wäre es unmöglich, das über viele Wochen und Monate durchzuhalten. Und selbst wenn einem das gelänge, stellt sich doch die Frage: Wozu macht jemand einen solchen Aufstand? Welchen Sinn sollte es haben? Vor allem, wenn sie oder er damit sowieso nur auf Unglaube oder Ablehnung stößt? Nein, glaub mir, selbst für den begabtesten Schauspieler ist es unmöglich, eine Multiple Persönlichkeit auf Dauer zu spielen. Und mit Dauer meine ich länger als einen Tag. Das«, schloss Tom Beck, »ist meine feste Überzeugung und meine Erfahrung.«

Franziska war offensichtlich begeistert von ihrem Gesprächspartner. »Gut«, sagte sie, »für diesen Fall, dass Sie uns glauben, haben wir beschlossen, dass Sie zuerst alles lesen sollen. Ihre Fragen schreiben Sie bitte auf, weil nur vier von uns Ihnen antworten können und wollen. Für die anderen ist das, was wir sagen müssen, zu schmerzlich. Da sie uns aber hören könnten, muss unsere Unterhaltung ganz still auf dem Papier stattfinden.«

»Gute Idee«, stimmte Tom Beck zu. »Kann ich euch alles fragen, oder muss ich mit bestimmten Sachen vorsichtig sein?«

Franziska überlegte lange. Dann schrieb sie: *Bitte heute keine Fragen zu den genauen Taten stellen, aber Fragen zu den Verbrechern und den Orten und Namen sind okay. Zu dem, was genau passiert ist, haben wir im Tagebuch alles aufgeschrieben, was wir im Moment verkraften. Wenn Sie da weiter nachfragen, könnte uns das von hier wegschleudern, und das wollen wir auf keinen Fall.*

»Ich verstehe«, sagte Tom Beck, und Franziska legte den Finger auf ihren Mund. Er nickte und schrieb: *Tut mir Leid, ab jetzt schreibe ich alles auf.*

Noa saß still dabei und sah ihnen zu. Franziska schob ihr immer wieder die Blätter zu, damit sie folgen konnte.

Bereits nach den ersten Sätzen, die er im Tagebuch las, schaute Tom Beck auf, sah Franziska und Noa an und schrieb: *Das ist wahnsinnig genau. Ich habe noch nie eine so gute und detaillierte Beschreibung bekommen.*

Ich weiß, schrieb Franziska zurück. Auf dem Papier erzählte sie ihm von dem Beschluss, den sie nach seiner Sendung mit den drei anderen gefasst hatte, und Tom Beck antwortete: *Das war sehr, sehr klug von euch.*

Einige Namen habe ich schon gehört oder gelesen, schrieb er weiter. *Ich werde einige Zeit brauchen, um meine Informationen mit euren zusammenzubringen, und vielleicht können wir mit dem Material dann wirklich etwas gegen die Täter unternehmen.*

Franziska nickte heftig. *Ja, das wollen wir. Die Gewalt gegen Kinder soll schnellstens aufhören. Alle Kinder, die solche Gewalt erleben, sollen schnell weg aus ihrer Umgebung und dann so sicher leben können, wie wir es jetzt für uns erkämpfen. Und die Leute, die zu anderen Kindern so sind wie unsere Eltern und unser Onkel und andere zu uns, die sollen bestraft werden. Und zwar so, dass sie es nie wieder tun.*

Oh ja, bestätigte Tom Beck, bevor er weiterlas.

Noa überlegte, ob er das Gleiche empfand wie sie gestern, als sie das Tagebuch gelesen hatte.

Die vier Dokumentatoren beschrieben eine Jagdhütte in einem Wald. Wo sie lag, konnte niemand von ihnen sagen, aber Jurek vermutete, dass sie nicht sehr weit von ihrem Heimatort entfernt war. Dorthin hatte der Vater Freunde eingeladen, deren Autokennzeichen Jurek notiert hatte und jetzt an Tom Beck weitergab. Burkhard beschrieb auch eine Burg. Vieles von dem, was die Kinder dort erlebt hatten, hatte Franziska aufgeschrieben.

Tom Beck las sich alles durch. Sein Gesicht spiegelte Wut und Schmerz, aber auch Entschlossenheit.

Bastian beschrieb noch einige Aufgaben, die ein Junge namens Hendrik in ihrer Bande hatte. Hendrik musste mehrmals nach Rumänien und auch in andere Länder fahren, um Dinge dorthin oder von dort nach Deutschland zu bringen. Nachrichten, Geld, Filme, Drogen.

Plötzlich schaltete sich Miriam in das Gespräch auf dem Papier ein. Sie hörte auf zu schreiben und sagte laut: »Wir dürfen heute nicht mehr weiter daran arbeiten. Einige Kinder weinen schon. Wenn wir nicht sofort etwas anderes machen, bricht bei uns gleich alles zusammen.«

»Gut, dass du das sagst«, fand Tom Beck und holte Karten aus einer Ecke. »Wollen wir einfach ein bisschen Karten spielen?«

Und so spielten die drei fast eine Stunde lang die verschiedensten Spiele. Tom Beck hatte vorher alle Papiere zusammengelegt und auf seinen Schreibtisch getragen, damit niemand sich von dem Aufgeschriebenen bedroht fühlte. Als Noas Handy klingelte, zeigte er ihr einen Nebenraum, in dem sie ungestört telefonieren konnte. Aus den Augenwinkeln sah sie noch, wie er ein Memory auspackte und nun offensichtlich mit einem Kind spielte, das mit leuchtenden Augen vor ihm saß.

Am Telefon war eine Mitarbeiterin aus dem anderen Mädchenhaus, die Noa mitteilte, dass Hannah noch am selben Tag dort einziehen konnte. Sie verabredeten sich für den Nachmittag.

Das geht alles so schnell, dachte Noa und fühlte, wie sehr ihr Hannah und die Anderen fehlen würden. Sie sah die unterschiedlichen Gesichter vor sich, hörte Johns leicht ironischen Tonfall, dachte an Silvers Talent und Liebe zum Malen, sah Hannahs unruhige Augen, Dezembers klaren und stolzen Blick, die kugelrunden Kinderaugen von Sascha, das verschmitzte Grinsen von Bastian – oder war es Jurek?

Tom Beck hatte Recht. So etwas konnte sich unmöglich ein einzelner Mensch ausdenken.

Gedankenverloren blätterte sie in einem Faltblatt der Beratungsstelle. Sie las, dass nur Kinder multipel werden konnten, und auch nur dann, wenn die Gewalt vor dem sechsten bis achten Lebensjahr stattgefunden hatte. Die Erkenntnis traf Noa schmerzhaft und tief. Ein so kleines Kind!, dachte sie. In dem Flugblatt stand auch, dass die Kinder keine Unterstützung und Hilfe in ihren Familien erfuhren. Niemanden hatten, der sie beschützte und ihnen glaubte.

Dass Hannah und die Anderen überhaupt so viel Vertrauen aufbringen konnten, fand Noa mehr als erstaunlich. Hannah würde gute Chancen haben. Mit sechzehn hatte sie früh erkannt, dass eine Multiple Persönlichkeit die Ursache für die große Verwirrung und das Chaos in ihrem Leben war. Oft brauchten Frauen und auch Männer sehr viel länger, um dies herauszufinden. Manche erfuhren es erst mit dreißig oder sogar noch später.

Würde ich mit einem solchen Wissen fertig werden? Mit anderen Persönlichkeiten auszukommen konnte sie sich vorstellen, nicht aber, erst so spät von so viel Gewalt zu erfahren.

Als Noa in den Beratungsraum zurückkam, spielten Tom Beck und das Kind immer noch Memory. Die Kleine sah Noa an und lachte. »Ich gewinne«, freute sie sich.

»Ja, sehen Sie, Frau Epstein, das ist einer der wenigen Nachteile an meiner Arbeit.« Amüsiert sah Tom Beck auf sein klägliches Häufchen an gefundenen Pärchen. »Die Kinder sind einfach besser in Memory. Ich verliere jedes Mal haushoch.«

Noa setzte sich wieder dazu, und Tom Beck erzählte von Gruppen, in denen sich multiple Mädchen und Frauen trafen.

»Das ist bestimmt spannend«, sagte eine Persönlichkeit und Noa stellte fest, dass es John war. »Vorausgesetzt, dass da nicht ständig Problemgespräche geführt werden und wir nicht über unsere Geschichte reden müssen«, fügte er hinzu und Tom Beck lachte.

»Nein, ich glaube, für die Kinder und Jugendlichen ist es eher ein Spieletreff.«

»Na, dann geben Sie mir mal die Nummer«, sagte John zufrieden.

Tom Beck musste eine Weile auf seinem Schreibtisch herumkramen. »Na also«, sagte er dann und hielt triumphierend einen Prospekt hoch. Er zerrte auch noch eine Zeitung aus einem der völlig überfüllten Regale. »Hier, die *Matrioschka*. Das ist eine Selbsthilfezeitschrift für Multiple Persönlichkeiten. Sie erscheint jetzt seit ungefähr einem Jahr. Wenn du willst, könnt ihr die erste Ausgabe mitnehmen.«

»Das ist ja toll«, mischte sich Jurek ein und Noa lachte.

»Endlich mal eine Zeitung, die jemand anderes zuerst herausbringt, was?«

»Muss ich wohl doch nicht alles selbst machen«, konterte Jurek. »Super, echt«, fügte er nach kurzem Blättern hinzu. »Da kann ich auch selbst was schreiben und überhaupt alle. Kinder, Jugendliche, Mädchen und Jungen. Voll genial.« Seine Begeisterung nahm gar kein Ende und Tom Beck und Noa zwinkerten sich über seinen Kopf hinweg zu.

»So, ich denke, für heute haben wir genug über Schwieriges geredet. Ihr habt sehr, sehr gute Arbeit geleistet«, lobte Tom Beck.

»Danke«, sagte Hannah. »Haben wir alles überstanden?«, fragte sie mit einem Blick auf Noa.

»Ja, und jetzt denkt ihr nicht mehr über so viel Erschreckendes nach. Abgemacht?« Hannah sah den Berater etwas zweifelnd an. »Nur wenn ihr ganz viel Schönes macht und gute Freunde findet und euch ein sicheres neues Zuhause sucht, verlieren die Schrecken im Laufe der Zeit ihre Macht über euch«, bekräftigte Tom Beck. »Jetzt beginnt die Zeit, in der ihr selbst bestimmt, was in eurem Leben geschieht. Und dafür wünsche ich euch alles Gute.«

»Vielen Dank für alles. Sie sind klasse«, sagte Hannah und schüttelte ihm die Hand. Als sie mit Noa die Beratungsstelle verließ, sah sie schon viel weniger sorgenvoll aus.

»Gehen wir eine heiße Schokolade trinken?«, schlug Noa vor.

»Au ja«, sagte Hannah und stutzte. »Immer kriege ich die guten Sachen in den Cafés mit dir.«

»Sag das nicht zu laut«, lachte Noa. »Du weißt, deine Freunde hören mit.«

Hannah lächelte ein wenig schief. Aber die anderen ließen sie die heiße Schokolade mit Sahne trinken und sogar das Stück Kuchen essen.

»Okay, Hannah«, sagte Noa, als sie fertig waren. »Ich habe vorhin mit Claudia vom Mädchenhaus gesprochen. Um vier treffen wir uns in der Beratungsstelle und sie nimmt dich dann mit.«

Hannah hatte Tränen in den Augen. »So schnell«, flüsterte sie.

»Oh Hannah, wir werden fast jeden Tag telefonieren und Claudia ist eine tolle Betreuerin.«

»Lieber würde ich bei dir bleiben«, sagte Hannah leise und eine Träne fiel auf das Tischtuch.

»Ja, es ist schwer für dich und ungerecht, dass du wegen deiner Familie von einem Ort wegmusst, der dir gut gefällt. Ich hoffe, es ist nicht für lange und du kannst mit Nuray nach Italien.«

Hannah nickte und wischte sich die Tränen aus den Augenwinkeln.

»Komm, lass uns sehen, welche Fragen du noch hast, bevor wir Claudia treffen«, versuchte Noa sie ablenken.

Tatsächlich hatten viele Persönlichkeiten Fragen, und im Zug wurden sie von Minute zu Minute aufgeregter. John erzählte, dass sie im neuen Mädchenhaus vorerst nicht sagen würden, dass sie viele waren, um den Aufenthalt so unkompliziert wie möglich zu beginnen. Noa war überrascht, wie gut es Hannah und den Anderen gelang, eine solche Entscheidung zu treffen, ohne sich damit abgelehnt zu fühlen.

»Es ist nur, weil wir nicht lange dort bleiben werden«, sagte Hannah. »Und mit dir, Janne, Nuray und den anderen Mädchen können wir ja offen reden. Wenn wir dann noch zu diesem Treffen gehen, reicht das erst mal.«

»Ich werde euch vermissen«, sagte Noa, als der Zug in den Bahnhof einfuhr.

Zum Abschied drückte Noa Hannah ganz fest. »Und denk daran: Alles wird gut. Weißt du noch?«

Hannah nickte. »Ja, das weiß ich noch.«

Am Dienstagmorgen wachte Hannah schon um fünf Uhr auf und konnte nicht wieder einschlafen. Eine halbe Stunde wälzte sie sich hin und her, dann stand sie leise auf, zog sich im Dunkeln etwas Warmes über, angelte sich den Tabak vom Nachttisch und schlich aus dem Zimmer. Veronika, mit der sie zusammenwohnte, schlief tief und fest und hätte sich wahrscheinlich auch durch lautes Poltern nicht aus ihren Träumen reißen lassen.

Auf dem Weg in den Keller – dem einzigen Ort, an dem in diesem Mädchenhaus das Rauchen erlaubt war – tastete sich Hannah noch an der Küche vorbei, schnappte sich zwei Bananen, ein Stück Apfelkuchen und einen Yoghurt aus dem Kühlschrank und stopfte sich zwei Kerzen in die Schlafanzughose.

Hannah fror, trotz Pullover, Socken und Heizung auf voller Kraft. Komisch, im Haus gab es so viele gemütliche Ecken, aber wo fanden die intensivsten, längsten und meisten Gespräche statt? In einem verqualmten Kellerloch!

An einem Wochenende hatten die Mädchen ihren Lieblingsraum mit weißer Wandfarbe und jeder Menge Sprühflaschen verschönert. Als sie fertig waren, hatten sie ihn »Wundertüte« getauft, und Silver und Kati, ein tolles Punkmädchen, sprühten den neuen Namen auf die Tür.

Silver war vollkommen beeindruckt von Kati, die sie in die Kunst des Graffiti und des Schablonensprühens einweihte. Und eines Abends waren die beiden spurlos verschwunden – sehr zum Entsetzen von Kathrin, der diensthabenden Betreuerin. Als die Ausreißerinnen mitten in der Nacht durch das Erdgeschossfenster wieder einsteigen wollten, hatte Kathrin den Fluchtweg schon entdeckt und versperrt. Sie mussten notgedrungen klingeln, und von dem darauf folgenden Donnerwetter wurden alle anderen Mädchen wach.

Die beiden hatten aber wirklich eine geile Aktion gebracht. Graffiti auf die Häuserwand von Katis Elternhaus. Frontseite, damit auch jeder es mitbekam. ›Hier wohnt ein Kinderschänder‹, in riesigen, flammend roten Buchstaben.

Hannah hatte gemerkt, dass Kathrin die Idee eigentlich klasse fand, das aber nicht zeigen durfte, schließlich handelte es sich um eine strafbare Handlung. Silver und Kati bekamen Wochenendausgehverbot. Hart, aber nicht zu ändern, wobei Hannah sich natürlich ungerecht behandelt fühlte, wie auch Miriam, Dezember, Jurek und Basti.

Na ja, was tut man nicht alles in einer solchen Lebensgemeinschaft. Man solidarisiert sich. Auch in diesem Fall. Sie bissen alle gemeinsam in den sauren Apfel, und jede und jeder ging auf seine eigene Art damit um.

Jurek schrieb über die Sprühaktion einen fetzigen Artikel für die *Matrioschka* und eine andere Mädchenzeitung und fotografierte das Produkt aus unterschiedlichen Perspektiven. Als Erinnerung und zur Übung für später eigentlich. Die Mädchenzeitung brachte Jureks Foto dann allerdings auf der ersten Seite und auch seinen Artikel in ungekürzter Fassung. Wahrscheinlich würde Jurek noch einmal richtig berühmt werden, dachte die Bande.

Bastian nahm Silver in den Club der Widerständigen auf – endlich, wie er mit drei Ausrufungszeichen ins Tagebuch schrieb. John grinste sich eins, und die Mädchen bewunderten Silver und Kati heimlich. Die Erzieherinnen mussten das ja nicht so genau mitkriegen.

Hannah lächelte, als sie sich an die Aktion erinnerte. Sie hatte nicht im Geringsten das Gefühl, irgendetwas damit zu tun zu haben. Nicht mehr als Veronika oder eines der anderen Mädchen.

Die Zeit in diesem Mädchenhaus war wirklich klasse, und Hannah vergaß beinahe, weshalb sie eigentlich hierher gekommen war. In Amira hatte sie eine neue Freundin gefunden, die ihr von ihrem Leben im Libanon und ihrer großen Sehnsucht nach zu Hause erzählte. Hannah sprach nicht von den anderen Persönlichkeiten, die zu ihr gehörten. Manchmal aber sprachen die Anderen mit Amira, ohne jedoch ihre Namen zu nennen. Die Stimmung im neuen Mädchenhaus entsprach genau ihren Vorstellungen von Familie als einem Ort, an dem die Menschen einander mit Respekt begegnen.

Hannah und die Anderen schrieben ihre Wünsche auf. Sie malten und schrieben, wie sie sich ihre Zukunft vorstellten, und wenn sie Janne trafen, zeigten sie ihr stolz ihre Werke. Auch Noa besuchte sie ein- bis zweimal in der Woche.

Heute, dachte Hannah, kommt Noa das letzte Mal, um mich abzuholen. Und morgen fahren Nuray und ich schon los! In eine unbekannte Zukunft, in ein unbekanntes Land, mit fremden Menschen, noch mehr neuen Mädchen, wieder einer neuen Schule und, parallel dazu, einer so genannten multiplen Ausbildung (Hannah hatte sehr gelacht, als sie das gelesen hatte). Jede Menge handwerkliche Sachen würden sie da lernen, aber auch Zeichen- und Schreibkurse wurden angeboten. Wie im Paradies, dachte Hannah. Sie fand es ziemlich in Ordnung, dass sie nach all dem Horror ein so tolles Leben führen würden.

Ab übermorgen.

Und dann ging alles ganz schnell. Die Mädchen wachten wie jeden Morgen lautstark auf, der Run auf die Duschen begann. Einige suchten laut fluchend Socken, Schulbücher, ihre Netzkarte für die Bahn. Beschwerten sich, dass ihr Lieblingssweatshirt schon wieder nicht mitgewaschen worden war und trafen sich am Schluss mehr oder weniger gestresst am Küchentisch.

Noa kam schon um halb neun. Während sie und Silvia im Büro die letzten Dinge besprachen und Unterlagen zusammenpackten, rauchte Hannah in der Wundertüte eine letzte Zigarette.

Im Auto hatte sie keine Lust zu reden. Noa ließ sie zum Glück in Ruhe, und irgendwann legte Hannah ihre Lieblingsmusik auf. So fand sie am besten zur Welt des ersten Mädchenhauses zurück, zu Janne, Noa, Nuray, den anderen Mädchen und Betreuerinnen und zu der Beratungsstelle, wo sie gleich einen Termin hatten.

Eingangs lobte Tom Beck noch einmal ihre Aufzeichnungen. »Zuerst konnte ich mir so viel Gewalt auch nicht vorstellen«, sagte er. »Aber dann wurde mir klar, dass sie nur deshalb passieren kann, weil niemand sie sehen will. Und als ich das begriffen hatte, habe ich mir vorgenommen, mir das umso genauer anzugucken. Weil ich will, dass diese Gewalt aufhört. Natürlich will ich in erster Linie den Kindern und Erwachsenen helfen, aber ich will auch, dass die Männer und Frauen, die andere Menschen quälen und ausbeuten, bestraft werden.«

Das wollte Dezember auch, aber sie spürte auch viele Ängste – ihre eigenen und die von vielen anderen in der Hannah-Bande. »Es gibt auch Kinder, die den Vater mögen«, sagte sie. »Manchmal ist er mit uns weggefahren, ans Meer oder auf den Rummel. Oder er hat Kindern Geschichten erzählt und ihnen vorgelesen. Er ist nicht nur ein Monster.«

»Ich weiß, dass es nicht so einfach ist«, antwortete Tom Beck. »Ich weiß, dass euer Vater auch ein toller Vater war. Das macht es ja gerade so schwierig. Vor allem haben Väter wie eurer überhaupt kein Unrechtsempfinden. Sie glauben tatsächlich, dass das, was sie tun, in Ordnung ist.«

»Weil sie mich dann nicht mehr als Menschen sehen?«, fragte John plötzlich und seine Wut brodelte ganz dicht unter seiner Haut.

»Ich weiß es nicht. Ich weiß nur, dass die Täter davon überzeugt sind, ihre Macht benutzen zu dürfen, wie es ihnen gefällt. Erwachsene Menschen zum Beispiel betrachten ihre Kinder viel zu oft als ihr Eigentum, mit dem sie machen können, was sie wollen. Und viele weiße Menschen sagen, dass Schwarze weniger wert sind, und mit diesem Argument stehlen sie ihnen das Land, lassen sie für sich arbeiten, bringen sie um.«

»So wie die Nazis behauptet haben, dass die Juden keine Menschen sind«, unterbrach John den Sozialarbeiter.

Tom Beck nickte. »Das ist ein gutes Beispiel. In Wirklichkeit, denke ich, geht es um Hass und um Macht und darum, seine eigenen Vorstellungen und Gedanken durchzusetzen, mit allen Mitteln. Na ja, und dann erfinden Menschen Argumente, um andere für ihre miesen Zwecke benutzen zu können. Die Gewalt schreibt sich durch die Geschichte fort, mit je anderen Gesichtern und Namen, aber im Grunde geht es immer um das Gleiche. Ein Mensch will Gewalt über einen anderen Menschen haben.«

»Und die Leute, über die wir so viel aufgeschrieben haben, die wollen Gewalt über Kinder haben«, schaltete sich Hannah ein.

»Ja, sie wollen andere Menschen verletzen, und das geht bei Kindern am leichtesten, weil sie in diesem Land keine Rechte haben und weil sie sich nicht so gut wehren können.«

Plötzlich war Silver da. Sie hatte die letzten Sätze gehört und wollte endlich auch etwas dazu sagen. »Ich glaube, Erwachsene sind gewalttätig gegen Kinder, weil sie nicht ertragen können, wie viel Positives in ihnen ist. Sie zerstören die Liebe, die Phantasie, die Kreativität in den Kindern, weil sie sich selbst so leer und tot fühlen und weil die Kinder sie ständig daran erinnern. Und entweder wollen sie nicht daran erinnert werden oder aber sie wollen das zerstören, was sie selbst nicht mehr haben. Vielleicht«, sie machte eine kleine Pause, »vielleicht glauben sie auch, es den Kindern auf diese Weise wegnehmen zu können und dadurch selbst wieder lebendiger zu werden.« Silver schwieg. Noch nie hatte sie einem anderen Menschen ihre Gedanken mitgeteilt. Schon gar nicht einem Erwachsenen.

»Ja, das ist eine mögliche Erklärung.« Tom Beck überlegte einen Moment. »Und gleichzeitig liegen hinter dem, was du beschrieben hast, noch viel tiefere Gründe.«

Silver hörte aufmerksam zu. »Ja«, sagte sie und eine Frage schwang darin mit.

»Diese Gewalt, von der wir hier sprechen, und die Menschen, die du mir gerade beschrieben hast – hast du dir schon mal überlegt, dass sie selbst einmal Kinder waren?«

Silver nickte langsam. Tom Beck hatte Recht: Man musste alles hinterfragen.

»Ich weiß wirklich nicht, wann diese Gewalt begonnen hat, aber ich weiß, dass sie von Generation zu Generation weitergegeben wird. Jemand hat damit begonnen, sein Kind zu misshandeln. Niemand wollte dem Kind glauben, also musste es vergessen. Sonst ist der Schmerz zu groß.«

Nicht nur Silver, viele Persönlichkeiten hörten jetzt zu. Sie waren gespannt, wohin Tom Becks Erklärung sie führen würde.

»Aber solche Erfahrungen kannst du nicht vergessen. Sie sind in dir gespeichert. In deinem Körper und in deiner Seele. Ein jüdisches Sprichwort besagt, dass Erinnerung Erlösung ist. Aber du kannst dich nur dann erinnern, wenn jemand bei dir ist und dich hält, dir in deinen Schmerzen beisteht. Wenn du allein bist, versuchst du zu vergessen, was du nicht ertragen kannst. Und dann wird irgendwann dein Kind geboren. Es ruft die Erinnerung an die erlebte Gewalt in dir wach, und du versuchst in deinem Kind diese Gewalterfahrung totzuschlagen. Und so schraubt sich die Spirale immer höher, denn die Gewalt wird von Generation zu Generation schlimmer.«

Silver zögerte. »Aber warum will niemand die Gewalt glauben? Warum bleiben die Menschen damit allein?«

»Es gibt Leute, die daran verdammt viel Geld verdienen«, sagte Tom Beck bitter. »Und sie setzen alles daran, dass die Gewalt weitergeht, denn sie wollen keine Verluste machen. Mit Kinderprostitution, Drogenhandel und Kinderpornographie verdient das organisierte Verbrechen über 800 Milliarden Mark im Jahr. Das ist der zehnfache Jahresumsatz von Daimler Benz. Mit nichts lässt sich so viel verdienen wie mit organisierten Verbrechen. Tja, da wollen einfach alle mit von der Partie sein.« Tom Beck schwieg. Seine Augen waren dunkel vor Wut. »Deutschland spielt dabei eine führende Rolle«, fuhr er fort. »Niemand verfolgt diese Verbrechen, weil die, die die Macht haben, viel zu gut daran verdienen. Es ist sogar noch schlimmer. Die Mächtigen setzen alle Hebel in Bewegung, um jene zum Schweigen zu bringen, die diese Gewalt aufdecken – ja sogar dagegen antreten wollen. Und sie haben die Waffen, mit denen sie die Widerständigen zum Schweigen bringen können. Geld, die Berichterstattung in den Medien, Politik, psychiatrische Diagnosen, Gesetze.«

Silver war blass geworden. »So viel Macht setzen sie ein, um Sie und die Frauen vom Mädchenhaus zu bekämpfen – und auch uns?«

Tom Beck nickte. »Aber weißt du«, sagte er und grinste, »wir wissen zum Glück, dass es wichtig ist – lebenswichtig –, nicht zu schweigen und nicht zu vergessen. Und ich habe die Hoffnung noch lange nicht aufgegeben, dass wir damit letztlich doch die Stärkeren sein werden. Ich will euch Mut machen, auf diesem Weg zu bleiben. Weil euer Weg den Ausstieg aus der Gewaltspirale bedeutet.«

Silver sah ihn fragend an.

»Nur wenn ihr euch mit der Gewalt auseinander setzt und euch bewusst macht, wie zerstörerisch sie ist, wenn ihr versucht, euch zu erinnern, wie viel Schmerz sie in euer Leben gebracht hat, könnt ihr die Weitergabe dieser Gewalt an eure Kinder verhindern. Denn niemand würde euch darin stoppen, sie in der gleichen Weise oder schlimmer zu quälen.«

»Glauben Sie wirklich, dass wir unser Kind misshandeln könnten?« Silver brach in Tränen aus.

»Nein, ehrlich gesagt glaube ich das überhaupt nicht. Denn ihr seid ausgestiegen aus der Gewaltspirale. Ihr seid abgehauen. Egal, wie viele Geschenke ihr auch immer bekommen hättet, ihr habt den Tätern den Rücken zugekehrt und seid in eine andere Richtung gegangen. Weg von der Gewalt, hin zu einem Leben, in dem sich eure Kinder bestimmt sehr gut aufgehoben fühlen werden. Ihr habt den wichtigsten Schritt schon gemacht. Wenn ihr auf diesem Weg bleibt, ist es die beste Garantie für ein Leben, in dem Gewalt keinen Platz mehr hat. Aber weißt du was? Jetzt kümmern wir uns mal darum, wie ihr am besten zu diesem selbstbestimmten Leben kommt. Okay?«

Silver wischte sich die Tränen mit dem Pulloverärmel ab und lächelte schwach. Ihr schwirrte der Kopf.

»Ich glaube, dass es für eure Sicherheit sehr gut ist, wenn ich von euren Aufzeichnungen weitere Kopien mache und sie an bestimmte Adressen schicke.«

»Was für Adressen?«, schaltete sich Bastian ein.

»Anwälte, Fachleute, Juristen, das Amtsgericht. Ich kenne selbst nicht alle Adressen und die anderen auch nicht. Der Vorteil ist, selbst wenn mich ein Täter schnappen und verhören sollte, kann ich nicht viel verraten, weil ich selbst nicht alles weiß. Und falls euch, Noa Epstein oder anderen Menschen, die euch helfen, etwas zustößt, werden diese Umschläge sofort geöffnet. Dann erfahren die Stellen, dass die Leute, die in den Papieren als Täter genannt werden, dafür verantwortlich sind, dass denen, die als Helfer angegeben sind, etwas passiert ist. Wir haben viel Erfolg damit. Es ist sozusagen eine Lebensversicherung für euch und für alle, die euch helfen.«

»Wie das?«, wollte Bastian wissen.

»Die Beratungsstelle und unsere Methoden haben sich in Täterkreisen ganz gut herumgesprochen. Sie wissen, dass, wer hier war und uns sein Wissen weitergegeben hat, es für den Fall, dass etwas passiert, auch dem Staat anvertraut hat. Also lassen sie in diesen Fällen die Opfer lieber in Ruhe.«

»Cool«, sagte Bastian.

»Gibt es noch etwas, wie wir Hannah und die Anderen vor den Tätern schützen können?«, fragte Noa und Bastian nickte. Er wollte einfach weg, am liebsten in ein anderes Land, und dort so leben, dass er und die Anderen nicht gefunden werden konnten.

»Ihr könntet über eine Namensänderung nachdenken. Und über eine Auskunftssperre, damit niemand erfährt, wohin ihr vom Mädchenhaus aus geht.«

»Sie meinen so eine richtig neue Identität?«, fragte Bastian aufgeregt. Er hatte so etwas schon häufiger in Filmen gesehen.

»Ja, genau. Eine Namensänderung kann man beim Rechtsamt beantragen. Die Gewalt eures Vaters reicht als Grund völlig aus, seinen Namen nicht mehr tragen zu wollen.«

Ein anderer Name! Die Idee war der Hit in der Bande und löste Begeisterungsstürme aus. Wild wurden Namen gerufen.

»Auch ein neues Geburtsdatum?«, fragte Hannah, die sich nach vorne durchgekämpft hatte.

»Ja, bei Gefahr ist das sicher möglich«, meinte Tom Beck.

»Das ist nämlich ganz leicht!« Hannah war ganz aus dem Häuschen. »Natürlich Sommeranfang, der 21. Juni, das können sich alle gut merken.«

Hannah fühlte sich plötzlich um Zentner leichter. Erst jetzt wurde ihr bewusst, dass sie sich noch nie in ihrem Leben richtig frei gefühlt hatte. »Wisst ihr was?«, sagte sie und sah die beiden Erwachsenen an. »Immer musste ich tun, was andere wollten. Nie durfte ich über irgendwas selbst bestimmen. Und jetzt fängt mein Leben an, endlich mir zu gehören!« Hannah sprang in der Beratungsstelle herum. »Stell dir vor, Noa, ab morgen lebe ich am Meer! Mit einem tollen Geburtsdatum und einem tollen Namen.«

»Ja«, sagte Noa lachend, »und bis dahin haben wir noch eine Menge vor.«

Die nächsten Stunden vergingen für Hannah und die Anderen wie im Flug. Noa brachte sie zu Janne, ein letzter Besuch in ihrem gemütlichen Hexenhaus. Janne sah wieder so aus wie an dem Tag, als Hannah sie kennen gelernt hatte. Anscheinend war Bunt ihre Lieblingsfarbe. Als Hannah sich daran erinnerte, wie sie von einer Frau überrannt und nur deshalb im Frauenbuchladen gelandet war, musste sie lächeln.

Sie hörte viele Stimmen wild durcheinander rufen. Sie dachte daran, dass ihr das vor noch gar nicht allzu langer Zeit ausschließlich Angst gemacht hatte. Sie hatte alles versucht, um die Stimmen schnell wieder zu vergessen. Jetzt wusste sie, dass sie alle Janne erzählen wollten, was sie erlebt hatten.

Zur Feier des Tages machten sie mit Janne einen Einkaufsbummel und suchten sich neue Klamotten und ihr Abschiedsgeschenk aus. Dann holte Noa sie wieder ab und brachte sie in ihr »altes« Mädchenhaus, wo sie die letzte Nacht verbringen würden. Die Drohanrufe hatten aufgehört und niemand bewachte mehr das Haus.

Damals, vor ihrem Einzug, hatte ein Aufnahmegespräch stattgefunden, und nun führten sie mit Noa das so genannte Abschiedsgespräch. Gemeinsam riefen sie sich in Erinnerung, was seit ihrer ersten Nacht im Mädchenhaus geschehen war, und das war wirklich unendlich viel.

»Ich bin sehr stolz auf euch«, sagte Noa zum Abschluss.

»Kannst du das für uns ins Tagebuch schreiben?«, bat John.

Sie schrieb es groß auf eine Doppelseite, und jemand freute sich sehr darüber. Noa konnte nicht erkennen, wer es war, und das Kind wollte auch nicht erkannt werden.

Am Ende des Gesprächs schwirrte Hannah und den Anderen der Kopf von so vielen Erinnerungen und Eindrücken. Aber sie hatten keine Zeit, über alles nachzudenken, denn heute Abend würden sie Abschied feiern. Noa führte sie in die Küche, wo in einem Kerzenmeer alle Mädchen und Aische auf sie warteten.

Nuray freute sich so sehr, Hannah wiederzusehen, dass sie sie zur Begrüßung beinahe zu Boden riss. »Mensch, bin ich froh, dass du mitkommst!«

»Ja, ich auch«, stimmte Hannah zu. »Morgen fängt ein neues Leben an.«

»Und vor uns liegt das Meer«, sagten beide gleichzeitig.

Liebes Tagebuch

Sonntag, den 17. Dezember 1995

Die letzte Nacht im Mädchenhaus und meine letzte Nacht in
Deutschland! Ob Nuray heute Nacht schlafen kann? Ich auf kei-
nen Fall. Wie kann an einem einzigen Tag nur so viel geschehen?
Das Abschiedsfest war das Schönste, was ich je erlebt habe!

Aber auch mein – besser gesagt unser – Besuch bei Janne war
toll. Für alle, die es noch nicht wissen: Noa und Janne bringen
uns morgen höchstpersönlich nach Italien! Tausendfacher Jubel!
Juchhuh!! Ich kann nicht beurteilen, was das genialere Abschiedsgeschenk ist. Die gemeinsame Reise mit den beiden oder das, was
uns beide Mädchenhäuser und Janne zusammen gegeben haben.

Obwohl wir in den letzten Wochen so viele Wünsche aufgeschrieben haben, war am Schluss – ich glaube für alle – klar, was
wir unbedingt brauchen und was wirklich das Allerwichtigste ist.
Genau! Eine Staffelei für Silver. Ich bin auf jeden Fall damit einverstanden, denn ich finde toll, was Silver malt. Und ich schreibe
und lese zwar gern, aber dafür brauche ich kein Abschiedsgeschenk, weil das ja nicht so teuer ist. Papier und Stifte jedenfalls.
Und Bücher kann ich in der Bibliothek ausleihen. Na gut, ab Ja-
nuar dann wohl in Italienisch.

Ich habe riesiges Herzklopfen wegen Italien und freue mich
halbtot.

Übrigens hoffe ich, dass ihr alle bemerkt habt, dass ich mittlerweile richtig gern Tagebuch schreibe. Ich glaube sogar, genauso
gern wie du, Miriam.

Inzwischen bin ich meistens ganz froh, dass ich euch alle kennen lerne. Nur manchmal habe ich noch Angst vor diesem Viele-
Sein und denke, ich bin verrückt oder das stimmt sowieso alles
nicht. Das zu Hause mit Papa und meiner Mutter kommt mir immer mehr vor wie ein Traum. So, als wäre es nie wirklich gewesen
und das Mädchenhaus wäre schon immer die Wirklichkeit.

Ich finde die *Matrioschka* richtig toll und hoffe, dass wir sie

269

auch in Italien bekommen werden. Es sind nicht viele Mädchen, die in der Zeitung schreiben, aber immerhin habe ich zu einer, die auch noch in die Schule geht, einen Briefkontakt aufgenommen. Sie hat mir sogar schon geantwortet und mir gefällt der Brief.

Die Gruppe für »Multiple Persönlichkeiten« (der Begriff ist mir immer noch unheimlich) werde ich vermissen. Mit zwei Mädchen verstehe ich mich supergut. Ich werde sie bestimmt nicht wiedersehen können, weil Italien viel zu weit weg ist. Und richtig toll finde ich die Therapeutin, die die Gruppe leitet. Sie heißt Vicky, ist ganz lebendig und lacht sehr viel. Wenn ich jemals Therapie mache, dann nur bei einer Frau wie Vicky.

Ich glaube, ich vergesse Papa und meine Mutter bald. Sie sind so weit weg. Manchmal denke ich, dass ich nicht normal bin, weil ich sie gar nicht vermisse. Aber Vicky meinte, es sei gut so und ab jetzt könnte ich mir meine Familie selbst aussuchen.

Dann hat die Vicky noch was ganz Tolles gemacht, als Silver ihr ihre Bilder gezeigt hat: eine richtige Ausstellung, und sogar die Presse war da. Nur Fotos durften sie nicht von uns machen, weil Tom Beck meint, das wäre zu gefährlich, falls die Eltern das Bild vielleicht in der Zeitung sehen.

Was ich toll finde, ist, dass Silver die Ausstellung unter ihrem eigenen Namen gemacht hat und damit auch in die Zeitung gekommen ist. Sie hat einfach gesagt, es wäre ihr Künstlername, und das fanden alle völlig normal. Tja, versteh einer diese Welt … Hannah

Oh Mann, war das ein Tag, als meine eigene Ausstellung eröffnet wurde!

Jetzt habe ich Bilder an einer Kunsthochschule eingereicht, und falls sie mich aufnehmen sollten, kann ich ein Stipendium für ein Studium in Italien bekommen. Das wäre doch toll. Ja, ja, ich weiß, wir müssen noch drei Jahre die Schulbank drücken, oder besser gesagt noch zweieinhalb Jahre bis zum Abitur, aber danach will ich auf eine Kunsthochschule gehen.

Und ihr, was wollt ihr nach dem Abi machen? Silver

Oh Silver, du kannst einem Fragen stellen! Keine Ahnung. Ich fände Kunst auch nicht schlecht, bloß Malen ist nicht das Richtige für mich.

Man müsste dort auch andere Sachen machen können, zum Beispiel was Handwerkliches. Also zum Beispiel mit Holz, aber so richtig große Sachen. Mühlen bauen oder Boote, so was fände ich toll.

Na ja, im Moment denke ich aber wohl eher an die nächsten Wochen. Es wird sich noch einmal – hoffentlich erst mal das letzte Mal – ganz viel für uns verändern. Wieder neue Menschen und eine neue Betreuerin. Beziehungsweise sind da wohl sogar zwei Betreuerinnen für uns zuständig. Dafür insgesamt nur 5 Frauen, also schon mal etwas weniger als in den Mädchenhäusern.

Gut, dass wir Nuray schon kennen. Sie hat auch ein bisschen Schiss vor dem Neuen und ist sehr froh, dass wir mit ihr zusammen gehen. Bin ich vielleicht froh, dass das geklappt hat.

Die Frauen in Italien wissen übrigens – falls das jemand noch nicht mitbekommen hat –, dass wir viele Personen in einem Körper sind, wie Vicky immer sagt. Aber dort leben wir ja schließlich ein paar Jahre, und dann ist das schon besser so. Ich find's gut, dass es dort noch ein zweites multiples Mädchen gibt.

Offensichtlich sind wir wirklich haargenau richtig für dieses Projekt, denn in deren Konzept steht drin, dass es ein Projekt für Mädchen und junge Frauen ist, die aus extrem schwierigen Verhältnissen kommen. Kein Wunder also, dass noch wer zweites Multiples seinen Weg dorthin gefunden hat. Bin gespannt, wie wir uns verstehen werden.

Ich wollte euch noch sagen, dass ich Papa manchmal schon sehr vermisse. Mit niemandem konnte ich so gut schrauben, handwerkern und vor mich hin bauen wie mit ihm. Und er hat mir so viel beigebracht. Echt, es gibt Stunden, wo ich richtig Sehnsucht nach ihm habe. Auch wenn er mich zusammengeschlagen hat, dieses Gefühl gibt es auch.

Seit dem letzten Gespräch mit Tom Beck denke ich zum ersten Mal über unsere Mutter nach. Ich frage mich, was sie wohl in ihrer Kindheit erlebt hat. Und was sie eigentlich in dieser Therapie macht. Wer weiß, vielleicht verdient sich der Therapeut an Mutters Gewalterfahrung eine goldene Nase? Wieso sollten nicht auch Therapeuten Täter sein? Ich bin inzwischen sicher, dass Mutter eine schreckliche Gewaltgeschichte hat. Ich kann mir sogar sehr gut vorstellen, dass sie eine Multiple Persönlichkeit ist. Mir fallen dazu etliche Tagebucheinträge von dir, Miriam, ein, die diesen Verdacht nahe legen. Und ich sage euch jetzt, was das für uns bedeutet:

Wir dürfen nie vergessen, was wir erlebt haben. Damit wir die erlebte Gewalt nicht an unsere Kinder weitergeben oder ihnen sogar noch schlimmere Qualen zufügen. Alle sollen sich immer sicher bei uns fühlen, unsere Freunde und vor allem unsere Kinder. Hiermit verspreche ich, dass ich mich mein Leben lang gegen das Vergessen wehren und allen in unserer Bande die Hölle heiß machen werde, die nur noch vergessen wollen. Wir müssen zwischen dem Glücklichsein und der Erinnerung einen Weg finden. Denn ich glaube, Tom Beck hat Recht. Nur wenn wir alles dafür tun, dass es uns gut geht, werden wir das Schreckliche in unserem Leben nicht vergessen. Ich höre mich bestimmt schon genauso an wie er …

Ich wünschte, Mutter hätte dieses Schreckliche nicht erlebt. Ich wünschte, sie hätte so tolle Menschen getroffen wie wir. Und ich wünschte, sie hätte sich getraut, die Gewalt zu erinnern. Dann wäre sie bestimmt ein toller und liebenswerter Mensch geworden.

Jetzt muss ich echt heulen. Scheiße, dass wir ihr nicht helfen können. Scheiße, dass sie nur den einen Weg gefunden hat – uns so grausam zu quälen. Versprecht mir, Freunde, dass wir keinem Lebewesen je so etwas antun werden. Zum ersten Mal im Leben habe ich Mitleid mit Mutter.

Ich hab mich erst mal richtig ausgeheult. Und jetzt geht es schon besser.

Ich hoffe so sehr, dass ich außer Tom Beck in den nächsten Jahren noch ein paar fitte Männer kennen lerne, denn nur Frauen, das finde ich auf Dauer ehrlich gesagt ein bisschen öde. Und vielleicht würde mir das helfen, über den Verlust eines tollen Handwerksvaters hinwegzukommen? John

Ich habe mich jetzt mit Nuray auch viel mehr angefreundet und fühle mich nicht mehr so fehl am Platze wie die ganzen Wochen davor. Ich konnte das nicht so richtig in Worte fassen und habe auch gar nicht genau verstanden, wieso ich mich so überflüssig und sinnlos gefühlt habe. Bis ich letzte Woche mit Vicky, Noa und dann sogar mit Nuray darüber geredet habe. Ich hoffe, ihr könnt verstehen, was ich jetzt aufschreibe.

Also, eigentlich ist das wegen Hannah so. Obwohl ich Hannah wirklich gerne mag, und es geht dabei auch gar nicht um sie, sondern eigentlich um mich. Als ich mitbekommen habe, dass sie entstanden ist, weil ich nicht mehr klargekommen bin, da habe ich mich plötzlich total ausgelöscht gefühlt.

Natürlich, es stimmt schon, dass ich nur noch Angst hatte im letzten Jahr zu Hause und alles immer mehr über mir zusammenschlug, und als Mama in der Klinik war, da dachte ich wirklich, alles ist zu Ende.

Ich werde nie vergessen, wie Papa die Briefe aus seiner Jacke geholt hat mit den tausend Strafanzeigen. Ich habe in dem Moment geglaubt, dass ich die größte Lügnerin überhaupt bin und schuld daran, dass es Mama so schlecht geht.

Ich vermisse die seltenen, aber doch wunderschönen Stunden mit Mama im Garten manchmal auch sehr. Ich wünschte, wir hätten einfach eine ganz normale Familie. Das werde ich wohl noch lernen müssen, dass das nicht so ist.

Na ja, meine Zukunftspläne sind noch ungewiss. Ich will auf jeden Fall noch immer Schriftstellerin werden. Manchmal träume ich davon, mit dir, Silver, Kinderbücher zu schreiben und zu malen. Richtig tolle moderne Märchen und Phantasiegeschichten, in denen Kinder gute unsichtbare Freunde haben und lernen, auf sie und auf ihre Gefühle zu hören, und in denen sie sich ganz toll wehren gegen schlechte Geheimnisse und Schuldgefühle. Und in denen sie natürlich sehr viel Unsinn machen und es immer ein Happy-End gibt. Mit Bildern von dir, Silver, werden das bestimmt Bestseller.

Ich möchte auch richtig eigene Welten in meinen Büchern erfinden, so wie Vicky es mir letzte Woche gesagt hat. Dass wir unsere eigene Welt erfunden haben und dass es eine tolle Welt ist, die wir alle zusammen gegen den Schrecken erschaffen haben.

Manchmal glaube ich sogar, dass Vicky Recht hat, aber manchmal glaube ich immer noch, dass ich reichlich durchgeknallt bin und Mama Recht hat. Aber nie mehr länger als fünf Minuten. Miriam

Na, ihr wisst ja, ich bin eher so 'n Abenteurertyp, weshalb mir die Idee mit Italien auch megagut gefällt. Ich würde mich am liebsten mit Dezember zusammentun und so etwas wie Reiseleiter oder Fremdenführer werden. Weil Dezember so 'n tollen Durchblick hat mit der Orientierung und supergut im Kartenlesen ist.

Wir könnten zum Beispiel auch Entdeckungsreisen machen und Jurek schreibt darüber dann die tollsten Reportagen. Vielleicht findet sich noch ein guter Fotograf unter uns – der könnte dann mit Silver zusammen die Kunsthochschule besuchen und unsere Reisen dokumentieren. Da fällt mir ein, das könntest du doch bestimmt schnell lernen, Jurek, mit deinem fotografischen Gedächtnis.

Jedenfalls wäre ich immer bei euch, denn ihr wisst ja, dass ich mich fast vor gar nichts fürchte!! Und mit meiner Sprachbegabung reiße ich uns aus allen Verlegenheiten umgehend raus. Gebt mir ein halbes Jahr in jedem Land und es kann nichts mehr schief gehen. Euer Basti

Hey, Basti und all ihr Anderen. Coole Ideen hast du, das muss ich schon sagen.

Ja, Fotografie würde ich wirklich unglaublich gerne lernen und natürlich auch Journalismus, wie ihr euch sicher alle denken könnt. Ich werde dann, was die Reportagen betrifft, auf alle Fälle sehr eng mit dir, Basti, und auch mit Dezember zusammenarbeiten. Mit dir wegen deiner Sprachbegabung und mit Dezember wegen der geographischen Genauigkeit. Mensch, das könnte ein tolles Leben werden.

Ich will auch in den nächsten Tagen unbedingt wieder was für die *Matrioschka* schreiben, denn dass macht mir ungeheuer Spaß. Mir geht es richtig gut mit allem und das finde ich total klasse.

Da fällt mir noch was sehr Wichtiges ein. Zum Ergebnis der Schnellrundfrage am Küchentisch von Janne. Wir haben ab sofort einen neuen Namen. Wow! Leute, ich finde ihn WAHNSINN! Er lautet: Zazie Riko Nachtigall. Hört sich gut an, oder? Auf die Vornamen sind wir durch zwei Jugendbücher von Janne gekommen. Beides sind Mädchennamen, könnten aber auch Jungennamen sein. Und das ist das Tolle daran. Ich glaube, für Hannah wird die Umstellung am schwierigsten, deswegen hatte sie auch das letzte Wort. Ich finde, unsere Namensgebung ist super gelungen. Woran ich sehe, dass unser Miteinander-Reden mittlerweile zwischen den meisten von uns genauso gut klappt wie zwischen Basti und mir von Anfang an.

Der Nachname hat natürlich auch einen besonderen Sinn, wie alles bei uns. – Ach, ich bin so glücklich im Moment, dass ich nur noch schwärmen kann … Auf Nachtigall ist Klara gekommen und alle waren sofort einverstanden. Nachtigall wollen wir heißen, weil dieser Vogel so selten ist und er nur dann singt, wenn er sich ganz sicher fühlt. Aus diesem Grund können ihn nur die Menschen hören, die ihn achten und schützen. Außerdem finden wir den Namen toll, weil man einer Nachtigall nicht ansehen kann, wie schön sie singt. So, liebe Freunde, ich bin todmüde und werde jetzt schlafen. Euch allen noch eine gute letzte Nacht. Jurek

Hallo, wir kennen uns noch nicht so gut, ich bin Franziska, und auf die Gefahr hin, dass ihr das komisch findet, aber ich würde am liebsten so etwas machen wie Tom Beck von der Beratungsstelle. Mit Kindern und Jugendlichen arbeiten und gleichzeitig Verbrechen und Tabus in dieser Gesellschaft aufdecken, damit sich die Welt für möglichst viele Kinder und Jugendliche so ändern kann wie für uns. Hoffentlich gibt es so etwas wie Mädchenhäuser und Beratungsstellen noch ganz lange und sie werden niemals wegen Geldmangel geschlossen.

Ja, ich glaube, ich könnte mir sogar vorstellen, in die Politik zu gehen und mit euch zusammen ganz viel aufzudecken und darüber zu berichten, worüber niemand nachdenken will. Eine Arbeit bei Greenpeace oder Amnesty International würde mir auch gut gefallen. Franziska

ich will lieba mal zaubara werden Lela

Und ich am liebsten Dichterin und Märchenerzählerin. Feuerfeder

Wie gut, dass Janne und Noa uns nach Italien bringen. Der Abschied von Janne wird bestimmt ganz schön schwer. Und der von Noa sowieso!

Ohne Nuray würde ich mich gar nicht in ein anderes Land trauen, glaube ich.

Es tut mir so Leid, Miriam, wie du dich wegen mir gefühlt hast. Ich mag dich nämlich sehr und ich finde, es ist an der Zeit, dass wir uns mehr zusammentun. Ehrlich gesagt kenne ich auch schwierige Gefühle in Bezug auf dich. Ich fand schon immer, dass du so toll schreiben kannst und viel kommunikativer bist als ich. Schon mehr als einmal wollte ich lieber du sein, und manchmal konnte ich gar nicht sagen, worin der Unterschied zwischen uns eigentlich besteht. Jetzt bin ich froh über die viele Zeit und Ruhe, mit der wir all das herausfinden können. Deine Freundin Hannah (wenn du willst!)

Ich habe gelesen, was du geschrieben hast, John. Ich verspreche dir, dass ich Papa und meine Mutter nicht vergessen werde. Und dass ich, sobald wir uns in Italien eingelebt haben, die Tagebücher lesen werde und mich mit dem, was passiert ist, auseinander setze. Ich will mich erinnern, und ich will wissen, was ihr anderen erlebt habt. Und ich werde mit dir, John, gegen die Gewalt in dieser Welt kämpfen und alles dafür tun, dass sich jedes Lebewesen in unserer Gegenwart sicher fühlen kann. Hannah

Jetzt kommt endlich eine bessere Zeit ohne Angst. Ich bin froh. Und wenn wir mal im Urwald sind und keinen Platz zum Schlafen finden, dann baue ich mit John ganz schnell ein kleines Holzhaus für uns, damit wir uns immer und überall sicher fühlen. Ich mag auch gerne lernen, Tische, Stühle, Betten und Regale zu bauen. Und wenn dann der Burkhard noch Feuer für uns im Kamin macht oder Elektriker wird, dann kann uns nie mehr etwas Schreckliches geschehen, weil wir es dann immer warm, hell und gemütlich haben. Das wünsche ich mir am meisten. Rickie

Nachwort

in dem ich etwas über Multiple Persönlichkeiten erzähle
und Adressen und Telefonnummern angebe, die weiterhelfen
können, wenn Hilfe gebraucht wird

Liebe Leserin, lieber Leser,

Hannah und die Anderen haben in diesem Buch begonnen, ihr eigenes Leben aufzubauen, und sie haben viele Menschen getroffen, die ihnen glaubten und auf ihrer Seite waren: Janne, Noa, Nuray, die Frauen und die anderen Mädchen im Projekt. Und Hannah hat Freundinnen gefunden, die auch multipel sind.

Über multiple Kinder, Jugendliche und Erwachsene wird nicht sehr viel berichtet. Auch deshalb habe ich dieses Buch geschrieben. Denn die Vorstellung, dass beispielsweise an einer Schule von einhundert Schülern ein Schüler oder eine Schülerin multipel ist, bedeutet, auf eine Kleinstadt wie Oldenburg (mit 160 000 Einwohnern) umgerechnet, dass das schon 1600 Menschen sind. Und in einer Großstadt wie Berlin, in der etwa 3,5 Millionen Menschen leben, sind es dann 35 000 Menschen. Als ich das hörte, fand ich die Zahl so hoch, dass ich unbedingt ein Buch zu diesem Thema schreiben wollte.

Ich habe auch gelesen, dass sehr viel mehr Mädchen als Jungen multipel werden, allerdings wird über sexuelle Gewalt an Jungen noch viel weniger berichtet als über sexuelle Gewalt an Mädchen. Daher ist die Dunkelziffer bei Jungen höher, und sicher sind deshalb viel mehr Jungen multipel, als wir bisher wissen. Mein Buch richtet sich an Mädchen und Jungen, Frauen und Männer, auch wenn Hannah ein Mädchen ist (allerdings mit vielen Jungen, die in ihr wohnen) und mehr Frauen und Mädchen als Jungen und Männer in diesem Buch vorkommen.

Seit mittlerweile über zwanzig Jahren gibt es in Deutschland Menschen, die sich für multiple Persönlichkeiten engagieren. Ich habe sie angerufen und gebeten, ihre Telefonnummern in dieses Nachwort aufnehmen zu dürfen, falls nach dem Lesen Fragen auftauchen, Informationen benötigt werden, eine Leserin/ein Leser jemanden kennt, der multipel ist, oder selbst multipel ist und Hilfe braucht.

Es ist richtig und erwünscht, bei diesen Stellen anzurufen oder an die Adressen zu schreiben. Es erfordert vielleicht mehr als einen Versuch, deshalb nicht aufgeben, wenn es nicht sofort klappt, wie es auch Hannah im ersten Kapitel erlebt hat. Die Frauen – in immer mehr Projekten auch Männer – können vielleicht nicht immer sofort zurückrufen oder schreiben, weil so viele Jugendliche und Erwachsene Hilfe brauchen. Aber von allen Adressen weiß ich, dass sie auf jeden Fall antworten werden.

In jeder größeren Stadt gibt es einen Kindernotruf, ein Mädchenhaus, eine Beratungsstelle für Jungen und Männer, ein Frauenkrisentelefon, eine Jugendschutzstelle und/oder eine Wildwasser-Einrichtung, die im Telefonbuch verzeichnet oder deren Nummer über die Auskunft/das Internet zu erfahren sind. Diese Einrichtungen verfügen über die erforderlichen Informationen über Projekte in der Nähe, in denen multiplen Persönlichkeiten geholfen werden kann. Es ist auch möglich, bei einer der nachfolgenden Telefonnummern anzurufen und dort zu fragen, welches Projekt in der Nähe helfen kann. Die angegebenen Projekte kennen die Projekte in den anderen Städten, denn sie alle arbeiten in einem Netzwerk zusammen. Sie werden weiterhelfen.

Hannah und die Anderen ist im April 2001 erschienen und wurde im Februar 2011 erneut aufgelegt. Zu diesem Zeitpunkt wurde die Liste aktualisiert. Wenn sich dennoch eine Telefonnummer geändert hat, lässt sich die neue z. B. über die Auskunft/das Internet in Erfahrung bringen.

Ich würde mich sehr freuen, Gedanken und Meinungen der Leserinnen und Leser kennenzulernen. Briefe erreichen mich über den Argument Verlag.

Adriana Stern
c/o Argument Verlag
Glashüttenstraße 28
20357 Hamburg

1. *Einrichtungen für Jungen und Männer, die bei Gewalterfahrung helfen*

Pänz Up in Köln
http://www.paenzup.de
Telefon: 0221-270 68 58
E-Mail: kontakt@paenzup.de

Mannigfaltig in Minden/Lübbecke
www.mannigfaltig-minden-luebbecke.de/index.html
Telefon: 05741-90 99 31und 0571-889 26 84
E-Mail: info@mannigfaltig-minden-luebbecke.de

Beratungsstelle Anstoß in Hannover
www.anstoss.maennerbuero-hannover.de/content
Telefon: 0511-12 35 89 11
E-Mail: anstoss@maennerbuero-hannover.de

Beratungsstelle Kibs in München
http://kibs.de
Kinderschutz e.V.
Tel: 089-23 17 16 91 20
Per E-Mail auf der Homepage selbst erreichbar

Jungen-Netz in Berlin
www.jungen-netz.de
berliner jungs
Telefon: 030-23 63 39 83
E-Mail: info@jungen-netz.de

Wildwasser in Halle
www.wildwasser-halle.de
Telefon: 0345-5 23 00 28
E-Mail: wildwasser-halle@t-online.de

Verein Miss-Mut in Stendal
http://miss-mut.de
Telefon: 03931-21 02 21
Per E-Mail auf der Homepage selbst erreichbar

Switchboard – Zeitschrift für Männer- und Jungenarbeit in Hamburg
www.switchboard-online.de (Online-Kontaktformular)
Telefon: 040-38 19 07
E-Mail: info@switchboard-online.de

2. *Einrichtungen für Mädchen, die bei (sexueller) Gewalt helfen und Erfahrung mit multiplen Mädchen haben*

Wildwasser Berlin e.V.
www.wildwasser-berlin.de
Telefon: 030-48 62 82 22
www.wildwasser-berlin.de/maedchenberatung.htm
E-Mail: wriezener@wildwasser-berlin.de
www.wildwasser-berlin.de/maedchennotdienst.htm
Telefon: 030-21 00 39 90
E-Mail: maedchennotdienst@wildwasser-berlin.de

Schattenriss – Beratungsstelle gegen sexuellen Missbrauch an Mädchen e.V. in Bremen
www.schattenriss.de/index.php
Telefon: 0421-61 71 88 (mit Telefonzeiten und AB)
E-Mail: info@schattenriss.de

<SELMA> Mädchenprojekt Rostock
www.verlagmebesundnoack.de/epages/61695848.sf/de_
DE/?ObjectPath=/Shops/61695848/Products/3-927796-44-1
u. a. mit der CD-ROM ›SELMA‹, Abenteuerspiel mit Hilfs-
angeboten für Mädchen in scheinbar unlösbaren Situationen

LOTTA – ein Projekt für junge Frauen ab 18 Jahren in Kiel
www.psychotrauma-kiel.de
Telefon: 0431-620 08 (mit Telefonzeiten und AB)
E-Mail: info@frauenwohngruppen.de

VIOLETTA – Beratungsstelle für Mädchen und junge Frauen in Hannover
http://www.violetta-hannover.de
Telefon: 0511-85 55 54 (mit Telefonzeiten und AB)
E-Mail: info@violetta-hannover.de

I.M.M.A. e. V. – Kontakt- und Informationsstelle für
Mädchenarbeit in München
www.imma.de/einrichtungen/imma-ev
Telefon: 089-18 36 09 (mit Telefonzeiten und AB)
E-Mail: info@imma.de

Zufluchtstelle des Mädchenhauses / I.M.M.A. e. V.
www.imma.de/einrichtungen/zufluchtstelle
www.inobhutnahme-muenchen.de
Telefon: 089-436 62 90 (24 Stunden erreichbar)
E-Mail: Reifenstuhl@wohnhilfe-muenchen.de

3. *Autonome Mädchenhäuser, die Erfahrung mit multiplen
    Mädchen haben*

Mädchenhaus Düsseldorf e. V. – Mädchenberatungsstelle
www.promaedchen.de
Telefon: 0211-48 76 75 (mit Telefonzeiten und AB)
E-Mail: maedchenberatung@web.de

Mädchenhaus Bielefeld e. V.
Beratungsstelle: www.maedchenhaus-bielefeld.de
Telefon: 0521-17 30 16 (Telefonzeiten und AB)
Zufluchtstätte: www.maedchenhaus-bielefeld.de/?page_id=24
Telefon: 0521-210 10 (24 Stunden erreichbar)
E-Mail: beratungsstelle@maedchenhaus-bielefeld.de

Towanda (Wohnangebot)
Telefon: 0521-17 00 24 in Bielefeld (Telefonzeiten und AB)

femina vita – Mädchenhaus Herford e. V.
www.feminavita.de
Telefon: 05221-506 22 (Telefonzeiten und AB)
E-Mail: feminavita@aol.com

Mädchenzentrum Gelsenkirchen
www.maedchenzentrum.com/index2.html
Telefon: 0209-302 53 (Telefonzeiten und AB)
E-Mail: maedchenzentrum-ge@t-online.de

Mädchenhaus Köln e. V. – Mädchenberatungsstelle
www.lobby-fuer-maedchen.de
Telefon: 0221-45 35 56 50 oder 0221-890 55 47
(Telefonzeiten und AB)
maedchenberatung-linksrhein@lobby-fuer-maedchen.de
oder: maedchenberatung-rechtsrhein@lobby-fuer-maedchen.de

4. *Spezielle Projekte für Multiple Persönlichkeiten (Erwachsene und Jugendliche), die angeschrieben werden können und garantiert alle Fragen beantworten (ein wenig Geduld ist erforderlich – Wartezeit mindestens 14 Tage)*

VIELFALT e. V.
Verein zur Aufklärung über Dissoziation als Überlebensmuster
Postfach 10 06 02, 28006 Bremen
www.vielfalt-info.de
Telefon: 0421-794 94 34
E-Mail: vielfalt@vielfalt-info.de

S.P.O.R.G. – Consulting e. V.
www.dissoc.de/sporg.html
Postfach 26 24, 21316 Lüneburg
Fax: 089-244 34 91 51

5. *Selbsthilfezeitschriften für Multiple Persönlichkeiten (Erwachsene und Jugendliche)*

Lichtstrahlen
http://lichtstrahlen.opfernetz.de
Postfach 12 12, 26206 Hatten
Selbsthilfezeitung für und von multiplen/stark dissoziierenden Menschen mit dem Hintergrund von rituellem Missbrauch

6. *Weitere wichtige Anlauf- und Beratungsstellen mit Erfahrung im Bereich MPS für Mädchen und Frauen*

Frauennotruf Köln
www.notruf-koeln.de
Telefon: 0221-56 20 35
E-Mail: mailbox@notruf-koeln.de

LAWINE Hanau
www.lawine-ev.de
Telefon: 06181-25 66 02
E-Mail: mail@lawine-ev.de oder info@lawine-ev.de

Frauenberatungsstelle Düsseldorf
www.frauenberatungsstelle.de
Frauenkrisentelefon Düsseldorf:
Telefon: 0211-68 68 54 (täglich 10–22 Uhr)
Fax: 0211-67 61 61
E-Mail: info@frauenberatungsstelle.de

Frauenberatungs- und Fachstelle bei sexueller Gewalt Kiel
www.frauennotruf-kiel.de
Telefon: 0431-911 44
E-Mail: Frauennotruf.Kiel@t-online.de

Wildwasser Wiesbaden e. V.
Fachberatung gegen sexuelle Gewalt
www.wildwasser-wiesbaden.de
Telefon: 0611-80 86 19
E-Mail: info@wildwasser-wiesbaden.de

Eine aktuelle Liste von allen Anlauf- und Beratungsstellen zum
Thema sexueller Missbrauch ist erhältlich bei:
DONNA VITA – Pädagogisch-therapeutischer Fachhandel Köln
www.donnavita.de
Telefon: 0221-139 62 09 (Beratung)
         0800 3666 284 (kostenlose Bestellung)
E-Mail: mail@donnavita.de

7. *Hilfreiche Internet-Adressen für Jugendliche und Erwachsene*

http://lichtstrahlen.opfernetz.de
www.dissoc.de
www.anti-kinderporno.de
www.lobby-fuer-menschenrechte.de
www.multicorner.de (für Betroffene und Freunde/Freundinnen
und Partner/innen)
www.verbuendet-miteinander.org

www.mps-forum.de/forum/index.php
www.dissoziation-forum.de (mit einer empfehlenswerten
Mailingliste für Betroffene und Freund/innen)

8. *Hilfreiche Adressen für Betroffene mit dissoziativen Strukturen*
   aus dem Buch »Psychotherapie der dissoziativen Störungen« von
   Reedemann/Hofman/Gast, erschienen 2004 im Thieme-Verlag

Frauenwohngemeinschaft BORA e. V.
Postfach 790 253, 13015 Berlin
www.frauenprojekte-bora.de/de/frauenberatungsstelle/weitere-
adressen/weitere-adressen.html
Telefon: 030-927 47 07
E-Mail: twg@frauenprojekte-bora.de

Therapeutische Frauenberatung e. V. Göttingen
www.therapeutische-frauenberatung.de
Telefon: 0551-456 15
E-Mail: info@therapeutische-frauenberatung.de

Wildwasser Magdeburg e. V.
www.wildwasser-magdeburg.de
Telefon: 0391-251 54 17
Ansprechpartnerinnen: Anna Wittmann, Kerstin Wohlrath
E-Mail: info@wildwasser-magdeburg.de

Psychotherapeutisches Institut im Park
www.iip.ch
Steigstraße 26, CH-8200 Schaffhausen
Telefon: +41-52-624 97 82
AnsprechpartnerInnen: Hanne Hummel, Raimund Dörr
E-Mail: info@iip.ch

Eine bundesweite Sammlung aller Notrufnummern, regionaler
Beratungsstellen und Mädchenhäuser finden sich auf dieser
Homepage:
www.schwarzespiegelscherben.de/notruftelefone.html

Danksagung

Jetzt, wo das Buch fertig ist, fallen mir viele Menschen ein, die dazu beigetragen haben, dass *Hannah und die Anderen* den Weg in die Öffentlichkeit finden konnte. Ihnen allen gilt mein Dank.

Ganz besonders möchte ich mich bei meinen Kolleginnen in der Zufluchtstätte Wildwasser Berlin bedanken – für die gemeinsame Arbeit, die mir für dieses Buch ein Vorbild geblieben ist.

Ich danke auch der Beraterin und Mitbegründerin von VIELFALT e. V. Monika Veith – für ihren unerschütterlichen Glauben daran, dass ich dieses Buch schreiben kann, für ihre unendliche Geduld in Zeiten des Zweifels, für die vielen Stunden, die sie mir und meinem Manuskript gewidmet, und die konstruktive Kritik, mit der sie mich von Anfang an begleitet hat.

In diese Aufzählung gehört unbedingt der Berater von S.P.O.R.G. Consulting Thorsten Becker, der die Entstehung dieses Buches aufmerksam verfolgte und mit seiner Fachkompetenz und seinem umfangreichen Wissen über den Stand der Arbeit zu MPS in Deutschland entscheidend dazu beigetragen hat, dass die Fakten stimmen.

Ich danke meiner Freundin Antonie Bachhuber, die mir seit mindestens zehn Jahren damit in den Ohren liegt, endlich Bücher zu schreiben – für ihre Hartnäckigkeit und ihr Vertrauen.

Ganz besonderer Dank gilt meiner Lektorin Iris Konopik, die die erste Fassung meines Manuskripts mit Liebe, Humor und Respekt betrachtete, auch wenn sie zur Veröffentlichung nicht geeignet war. Sie hat mich genötigt, zum Verständnis der LeserInnen das notwendige Hintergrundwissen in mein Buch einfließen zu lassen, mich mit ihrer Begeisterung mitgerissen und war immer da, wenn ich sie brauchte. Die Arbeit mit ihr hat mir sehr viel Spaß gemacht.

Zum Schluss möchte ich mich bei allen multiplen Mädchen und Frauen bedanken, die ich in den letzten Jahren kennenlernen durfte – für ihr Vertrauen in mich und ihr Feedback zu *Hannah und die Anderen,* das mir half, ein realistisches Bild der Multiplen Persönlichkeit zu entwerfen. Ihre Überzeugung, dass dieses Buch eine Notwendigkeit ist, hat mich zur Veröffentlichung ermutigt.

Autorin

Adriana Channah Stern wurde 1960 an der holländischen Grenze geboren und ist Grenzgängerin geblieben. Mit zwölf begann sie zu schreiben, mit fünfzehn lief sie von zu Hause weg, schloss sich der Hausbesetzerbewegung an, lebte in verschiedenen Wohnprojekten in Berlin, Hamburg, Bochum und Amsterdam.

Sie ist Autorin, Sozialarbeiterin, Zirkuspädagogin und Gestalttherapeutin. Sie hat in verschiedenen Mädchenhäusern und Jugendzentren gearbeitet und bietet als Beraterin in poetischer Selbstanalyse Schreibkurse für Kinder und Jugendliche an. Schwerpunkte ihres Schreibens sind phantasievolle Romane für Kinder und realistische Romane, die den Charakter von Krimis haben und gesellschaftlich und politisch bedeutende Themen aufgreifen. Die Auseinandersetzung mit dem Anderssein in Deutschland ist eine wichtige Antriebsfeder für ihr Schreiben.

Adriana Stern hat bisher fünf Jugendromane veröffentlicht:
Hannah und die Anderen, Argument Verlag Hamburg 2001, 6. Auflage 2020
Pias Labyrinth, Argument Verlag Hamburg 2003
Und dann kam Sunny, Verlagshaus Jacoby & Stuart Berlin 2010
Jockels Schweigen, Verlagshaus Jacoby & Stuart Berlin 2011
Und frei bist du noch lange nicht …, Ariella Verlag Berlin 2016

Mehr zu ihr und ihren Büchern findet sich auf ihrer Homepage:
www.adriana-stern.de